I0641343

LAS COSAS
QUE SÉ
QUE SON
VERDAD

Copyright © Pilar López Cárdenas, 2022
Todos los derechos reservados

Registrado en la propiedad intelectual (Barcelona-España): B-93-22

ISBN: 978-0-6451896-6-7

Cubierta y diseño artístico de las ilustraciones del libro:
Katherine Giannina Moreno Rosso

Reservados todos los derechos. No se permite la reproducción total
o parcial de esta obra, ni su incorporación a un sistema informático, ni su
transmisión en cualquier forma o por cualquier medio, ya sea electrónico,
mecánico, fotocopia, grabación u otros sin autorización previa y por escrito
de los titulares del copyright. La infracción de dichos derechos puede
constituir un delito contra la propiedad intelectual.

Sigue a la autora en Facebook: Pilar López Cardenas
Email: farfalle7@icloud.com

ISBN 978-0-6451896-6-7

9 780645 189667 >

LAS COSAS QUE SÉ QUE SON VERDAD

Pilar López Cárdenas

Estas páginas están dedicadas a las mujeres fuertes de mi familia.
A mi hija Adriana, a mi madre Emilia, y a mi hermana Isa.
Todas guerreras pacíficas y llenas de luz, que se enfrentan a la vida con la
valentía infinita de ser ellas mismas.

Índice

Agradecimientos

Creo que esta es la parte más difícil de todo el libro, y no porque me cueste agradecer, sino porque soy consciente de la divinidad y la grandeza, de la palabra más poderosa, sanadora y mágica que conozco. Quiero que la gratitud sea mi mantra, para todos y cada uno de aquellos que me han dado, de una u otra manera, la mano para llegar donde estoy hoy.

Gracias *baby honey*, mi amor, por darme mi espacio y por tantas horas de tele y lectura en el sofá a solas esperándome. Por soñar conmigo este sueño, y regalarme cada día nuevas plumas para mis alas, demostrándome que juntos volamos más alto.

Gracias a Cowland Management, patrocinador de este libro, por creer una vez más primero en la persona, y luego en el proyecto. Por la visión que lo ha hecho posible.

Gracias Carmenchu, mi amiga del alma, por acompañarme en cada capítulo, poniendo tus oídos y tu corazón, presentándote puntualmente cada día a nuestra cita con la vida, aunque estemos a dieciocho mil kilómetros de distancia. Por ser mi fan número uno.

Un millón de gracias a los lectores de mi primer libro *Cómo crear una vida maravillosa*, que habéis compartido conmigo vuestras historias de éxito y me seguís en cada paso de mi camino. Por elegirme de nuevo, por elegiros.

Gracias a todos los maestros arquitectos que habéis contribuido a diseñar, construir y decorar este proyecto tan especial, que ha visto la luz gracias al esfuerzo de gente también muy especial.

Y gracias, como siempre a mis hijos, Adriana y Darío, por ser mi inspiración.

A todos… Gracias mil.

Capítulo 1

El último combate

Un año después, y sin que ni siquiera sus vecinos la reconocieran, Rafaela López Aguilar regresa de nuevo al que había sido su hogar durante la mayor parte de su vida. La historia podría haber sido distinta, pero esto es lo que sucedió tal y como ella me lo contó. Hay historias que comienzan muy lejos y terminan muy cerca, esta es una de ellas. Los finales siempre sorprenden, aunque estén escritos desde el principio.

—∞—

Podía sentir la sangre caliente, brotando de mi nariz dolorida, que se deslizaba por mis labios rotos con un ligero sabor salado. Esta sensación volvía una vez más a despertar mi instinto de supervivencia. Mientras yacía en la lona del cuadrilátero, mi mente inconsciente aún podía escuchar las voces anónimas jaleando mi nombre.

—Vamos, Iris, sigue peleando. No te rindas.

Me había prometido a mí misma que este sería mi último combate, mi última pelea por una buena causa.

Conocía muy bien los secretos de la psicología del boxeo, de hecho la aplicaba a diario fuera del *ring* con mis pacientes. Conan, mi entrenador, me había preparado para la competición, la victoria, la derrota, y también a mantener mi motivación alta.

Siempre pensé que me inicié en el boxeo como consecuencia de mi trabajo como psicóloga. Sabía lo importante que era ganar el combate psicológicamente antes de comenzar la pelea. El truco, según Conan, era salir del vestidor despojándome de toda ansiedad y conquistando dosis de confianza en mí misma. Pasaba, en apenas unos metros, de un estado de miedo, de derrota y de dolor a creerme una persona invencible.

Solía practicar un truco mental que consistía en mirar a mi contrincante fijamente a los ojos hasta que este desviaba la mirada. En ese momento, sabía que había dado el primer golpe, que le había golpeado psicológicamente y esto acrecentaba mis oportunidades de ganar el combate.

Conocí a Conan cuando contestó a uno de mis anuncios en el que buscaba un inquilino para la planta baja de mi casa. Una casa de estilo andaluz, pintada de azul añil y paredes repletas de macetas colgantes, con geranios rojos y blancos. La primera vez que le vi, me impresionó su porte seguro y su acento norteamericano. Me explicó que había abandonado la Marina cuando se enamoró de Granada, esa bella ciudad al sur de España bañada por el mar Mediterráneo, perfumada por el verde de sus campos, y que descubrió en una de sus misiones. Era un hombre fresco y espontáneo; enseguida supe que él era el elegido.

Recuerdo nuestras largas conversaciones bajo la luz de los farolillos de colores, que decoraban el patio de naranjos en la cantina El Romero, justo en la esquina del gimnasio donde entrenábamos todas las tardes. Yo solía hablarle de mi frustración y de lo injusta que era la vida con algunos de mis pacientes, entre los que se encontraban jóvenes drogadictos que ignoraban la grandeza del regalo de la vida, mujeres golpeadas una y otra vez por quien debería protegerlas y amarlas, ejecutivos exitosos que viven bajo el umbral de la pobreza ya que solo tienen dinero, personas que se encuentran en la desesperanza de enfermedades terminales, y niños que son propiedad de instituciones en un mundo de incertidumbre.

«El boxeo y la vida tienen grandes paralelismos, ambos te golpean duro constantemente», solía decirme Conan, cuyo nombre de procedencia irlandés significa «pequeño guerrero».

—Dime Rafaela, ¿por qué decidiste ser psicóloga? —preguntó Conan curioso, mientras agarraba con determinación su jarra de cerveza espumosa.

Permanecí dubitativa por unos instantes, buscando una respuesta que me hiciera sentir una superheroína. Al fin y al cabo, era una rescatadora de vidas, ¿no?

—Hay un punto de inflexión en todo superhéroe en el que pasa de ser una persona normal a descubrir su misión en la vida —contesté, mientras trenzaba mi larga melena color negro azabache.

—Entiendo, ¿y qué sucedió para que te atrevieras a dar ese gran paso?

———∞∞———

Volví bruscamente al escenario del combate, recobrando de nuevo el sentido de la realidad. El árbitro estaba a punto de terminar el conteo que daría la victoria a mi oponente por K.O, es decir ese momento fatídico en el que recibes tantos golpes que te vas debilitando hasta el punto de recibir el golpe final, que te incapacita para continuar peleando. Mi cuerpo quería rendirse y terminar con aquella agonía, sin embargo, mi mente se resistía a «tirar la toalla». No quería formar parte de esa mayoría que se rinde a pocos metros de su meta.

Conecté en ese instante con el primer recuerdo de mi niñez. Teníamos una gata de color naranja muy rara, a quien le encantaba mojarse con el agua de la lluvia. *Ágata* había dado a luz y quise regarle una cría a mi amigo Sebastián, que vivía cerca de nuestra casa con su padre alcohólico. Su madre había fallecido el mismo día que alumbró a Sebastián. A los ojos de su padre él siempre había sido el culpable de su muerte. Nunca superó su pérdida y esto lo llevó a refugiarse en la bebida.

Sebastián era un muchacho temeroso, con inmensos ojos grisáceos y cuerpo esquelético. Tomó el pequeño animal entre sus brazos mientras sollozaba.

—¿Por qué lloras, Sebastián, no quieres el gatito?

—Sí, es muy suave —respondió mientras acariciaba su frágil lomo—, pero papá no me va a dejar tenerlo. Él siempre me dice que no sirvo para nada, ni siquiera para cuidar de mí mismo. Ayer me dejó sin cenar cuando derramé la leche sobre la alfombra del salón, y me dio un bofetón cuando le dije que aún tenía hambre.

—No te preocupes, Sebastián. Yo te adoptaré y seremos hermanos. Entonces cuidaremos del gatito juntos y formularemos las palabras mágicas que harán desaparecer a tu papá.

Si cierro los ojos, aún puedo verlo abrazándome con fuerza y siguiéndome a cualquier lugar. Jugábamos a imaginar que viajábamos en una nave espacial hasta el planeta Iris, donde cada color nos otorgaba un súperpoder. Yo tenía ocho años, creo que Sebastián alguno más, cuando no pudo superar la última paliza de su padre tras una borrachera. Esa visión me dio el coraje suficiente para ponerme en pie y regresar a mi esquina, donde Conan y mi equipo me reanimaron en pocos segundos.

—Rafaela, no sé qué está pasando por tu cabeza —me susurró Conan con determinación, mientras dejaba caer una toalla sobre mis hombros—. No olvides que una campeona es aquella que se levanta cuando no puede.

Su voz ejercía un poder mágico sobre mí que me recordaba que peleaba sola, pero con la fuerza de muchos. Con la fuerza de Sebastián y con la de todos y cada uno de mis pacientes.

Había aprendido que el superhéroe y el cobarde sienten lo mismo, el primero usa el miedo y lo proyecta en el oponente, mientras que el cobarde huye. Yo no tenía dónde huir aunque hubiese querido. Desde hacía algunos meses, me enfrentaba a un vacío existencial, o lo que yo misma había bautizado como «El síndrome del algo más». Se suponía que era un superhéroe y tenía que proteger a todos aquellos indefensos y perdidos en un mundo hostil, pero ¿quién me rescataba a mí del borde del abismo donde me encontraba?

Me ajusté el protector bocal, mientras sentía el peso de los guantes sudorosos tirando de mí hacia la lona. Solía llevar uno de color naranja y otro verde como talismán, en honor a Sebastián, por eso era reconocida como «La Iris Andaluza», aunque a decir verdad después del último gancho que me propinó el otro púgil, apenas era capaz de distinguir los colores.

El segundo asalto estaba a punto de empezar y el sonido de la campana volvió a ponerme en alerta. Todos escuchamos ese sonido en algún momento de nuestra vida, ese que nos dice que tenemos que continuar, aunque en realidad sintamos una necesidad imperiosa de parar, de reinventarnos profesionalmente, de liberarnos de una relación tóxica, de romper con todo y descubrirnos en un lugar distinto, o simplemente de perseguir ese sueño loco en el que nadie, excepto tú, cree. Somos expertos en bailar sobre el *ring* al ritmo de la campana, y al igual que en el boxeo nos sentimos entre las cuerdas, muchas veces incapaces de escapar.

Había perdido la vocación en mi trabajo. Es como cuando sigues amando a tu pareja, pero ya no te apetece tener relaciones íntimas con ella. Mi toque especial se había esfumado, o tal vez nunca estuvo.

Mi gran amigo y entrenador, Conan, era el único que, por momentos, conseguía sacarme de ese estado. Padecía esa curiosa enfermedad de los que no pueden dejar de hacer chistes. A menudo se despertaba en medio de la noche y si veía la luz de mi ventana encendida, se acercaba para explicarme la última ocurrencia que le había venido a la mente. Supongo que no podía culparle por haberse contagiado de ese peculiar sentido del humor andaluz, que aderezado a su acento norteamericano y a su risa cantarina lo hacían un ser irresistible.

—Chiquilla, ¿estás despierta? —preguntó, mientras propinaba dos golpecitos secos en la ventana de mi habitación, como queriendo confirmar sus sospechas.

Desvelada y aburrida le hice un gesto tras el cristal, invitándole a que entrara.

—Te voy a contar un chiste que es ideal para tus pacientes desmotivados —dijo al tiempo que se acomodaba en una de las mecedoras de mimbre, junto al pequeño balcón que iluminaba una luna plateada y generosa.

—El jefe le dice a uno de sus trabajadores: «Martínez, ¿por qué no está usted trabajando?». «Es que no le he visto llegar, jefe», dice el trabajador. «Al trabajo se viene motivado de casa, Martínez», le recrimina el jefe; a lo cual le responde el empleado: «Jefe si he venido supermotivado, pero al llegar aquí no sé qué ha pasado que se me ha ido la motivación».

Conan empezó a reírse con tanta euforia que me contagié de su chispa, y no podíamos parar de reír mientras nos mirábamos divertidos. A continuación, nos quedamos callados en una completa quietud, al tiempo que observábamos las estrellas fijadas en la noche oscura.

—¿Quién serías si pudieras elegir? —pregunté, atropellando el silencio. Supongo que la pregunta lo pilló por sorpresa y a destiempo, porque tardó unos segundos en reaccionar.

—Sería un sagaz reportero —articuló finalmente convencido—. Concretamente un corresponsal en una ciudad grande y alborotada, inquieta, con miles de acontecimientos interesantes que explicar al resto del mundo. Me gustaría ser brillante en mi profesión, no solo una cara conocida del montón sino alguien con verdadero talento, inteligente y osado.

Reconocí inmediatamente ese brillo en los ojos, la música de su voz y la pasión que envolvía cada una de sus palabras al imaginarse siendo el héroe de su propia vida sin que nadie más lo reemplazara.

—¿Y qué hay de ti, chiquilla? ¿Quién serías tú?

En un arrebato de sinceridad contesté:

—Me siento perdida, Conan. Siento que estoy viviendo una vida sin sentido. No me gusta nada de lo que sucede a mi alrededor. Cada mañana me miro en el espejo y veo una ecuación con una constante; la inercia y un montón de variables que no logro descifrar. La desidia me abraza con fuerza. ¿Qué estoy haciendo con mi vida?

Era muy evidente. Había dejado noqueado a mi amigo con semejante respuesta. Rascó el tabaco de la pipa que solía fumar cuando estaba nervioso, como buscando las palabras perfectas que me hicieran sentir mejor. Luego empezó a llenar la pipa, sirviéndose de una tabaquera de madera labrada. Apisonó el tabaco y lo encendió, aspirando reiteradas veces hasta que empezó a arder de manera uniforme. Era un grandullón musculado, con un arquero tatuado en su brazo derecho. Uno de los mejores boxeadores y amigos que he conocido, pero con pocos recursos para sostener emocionalmente un organismo tan complejo como yo en aquel momento.

—Rafaela, la vida es como el boxeo: no pierde el que se cae, sino aquel que no se levanta. Vamos, no puede ser tan terrible. Tienes una casa maravillosa, un trabajo en el que eres reconocida, la chica más guapa de toda Granada, y lo más importante, me tienes a mí —siguió argumentando, mientras hacía una de sus muecas guasonas—. No te irás a convertir en la psicóloga deprimida, ¿verdad?, porque eso sería el título perfecto para un *best seller* —continuó en su afán de arrancarme una sonrisa.

—Supongo que he perdido la motivación como tu amigo Martínez, el del chiste.

—No siempre estamos motivados, chiquilla. Tienes que aprender a ser disciplinada. Mientras persistas y resistas, podrás conseguir todo lo que quieras.

Conocía ese discurso perfectamente. Yo misma lo utilizaba con mis pacientes, tratando de poner su foco de atención en lo positivo, en aquello que tenían y no en lo que les faltaba. Vamos la teoría de la abundancia frente a la carencia. Qué fácil resulta aconsejar a los demás desde el otro lado, ¿no es cierto?

La realidad volvió súbita cuando mi contrincante me proyectó un derechazo que apenas tuve tiempo de esquivar. Yo peleaba para apoyar el centro de menores de mi barrio, que dirigía la fundación Casa para Crecer. Lo cierto es que cuando empecé a boxear, me convertí en su patrocinadora, y llevaba ya varios años participando en competiciones para que niños huérfanos pudieran ir a la escuela y tener una vida mejor. Al menos, eso es lo que me decía a mí misma para sentirme reconfortada cada vez que aporreaba al otro púgil. Porque yo lo hacía por una buena causa.

A menudo buscamos una excusa para aliviar nuestra alma y permitimos que el ego, la rabia o la frustración tomen el control. Algo ya no estaba bien dentro mí, el efecto del engaño estaba desapareciendo como una mala magia.

Sin fuerzas y en modo automático, intentaba ganar dos batallas encarnizadas al mismo tiempo; mi ego no quería perder el título, el héroe quería ganar la causa. Capeaba la tormenta mientras me guarecía tras los brazos amoratados. El público seguía animando.

—¡Iris no te rindas! Estamos contigo.

—Campeona dale duro. Enséñale tu raza.

Mi mirada ensangrentada se cruzó con la de Conan, que no cesaba de darme instrucciones con algunas señas que teníamos codificadas. Me sentía como un gladiador a punto de ser comido por los leones. El esfuerzo era titánico, pero ya sin reflejos me convertí en un blanco fácil. La única gloria que anhelaba no estaba en aquel campo de batalla. Lo último que recuerdo fue un dolor intenso en la cabeza, seguido de un manto oscuro que cubrió mis ojos. Me quebré.

Como psicóloga siempre me había interesado lo que la ciencia tiene que decir acerca de las visiones que algunas personas aseguran tener cuando se enfrentan a la muerte, esas que la literatura y el cine han usado como recursos para potenciar nuestra experiencia. Shakespeare en *Hamlet* lo describe como «un país sin descubrir del que ningún viajero regresa». Pero ¿qué sucede si vuelve?

Me crie con mi abuela Isabel. Una mujer de estatura discreta, de talle fino y esbelto que contrastaba con unas caderas anchas y exuberantes, acompañadas de un trasero opulento. Su mirada quieta y soñolienta recogía curiosa cada pequeño detalle a su alrededor. Era imposible escapar a su radar. Siempre terminaba cazándome en alguna de mis travesuras, antes de que pudiera culminarla.

Era una belleza andaluza de mejillas redondas y labios rosados como el vino tinto. Todos me decían que yo era su vivo retrato, y era bien cierto. Mis rasgos arábicos eran, sin duda, uno de sus legados.

Belly, como así la llamaba, era una adelantada a su tiempo. En una sociedad machista, donde la mujer era relegada al cuidado de la casa y la crianza de los hijos, a ella no le impidió convertirse en una diseñadora de sombreros y guantes de alta costura para las firmas europeas más glamurosas. Una verdadera pionera a contracorriente. ¡Esa era mi abuela!

De niña solía disfrutar oliendo sus manos, teñidas de negro por el sol, que desprendían un olor a sándalo. Los domingos cuando todos iban a misa, nosotras nos enfundábamos sus últimas creaciones y modelábamos con movimientos exagerados, atravesando el patio al ritmo de nuestras propias canciones desafinadas. Me embelesaba el museo que había construido en la buhardilla, y que custodiaba montones de gorros de lana, gorras parisinas, pamelas con encajes para bodas y funerales, sombreros de paja de ala ancha, sombreros de viaje, e incluso algunos de estilo PorkPie, que muchos relacionan con los gondoleros de Venecia.

Los muchachos se burlaban de mí en la escuela cuando aparecía con algunos sombreros exuberantes, de colores llamativos y lazos imposibles. Pero a mí poco me importaba. Belly me había enseñado que yo podía ser quien me diera la gana, y eso elegí, ser quien me diera la real gana. Con el tiempo entendí que el verdadero amor no es otra cosa que el deseo inevitable de ayudar al otro para que sea quien es. Nadie puede saber por ti. Nadie puede crecer por ti. Nadie puede buscar por ti. Nadie puede hacer por ti lo que tú mismo debes hacer. La existencia no admite representantes.

Tengo claro que también heredé su afición por coleccionar cosas. Una de mis aficiones consistía en recopilar frases motivadoras para mis pacientes. Tenía cientos de ellas plasmadas en imanes que decoraban el frontal de la nevera. Pequeños cuadros *vintage* de madera envejecida que solía comprar en mis viajes, postales coloridas para todas las ocasiones, barajas de cartas con frases en japonés, y hasta un libro que yo misma había escrito con mis frases favoritas y que titulé *Si no puedes, yo te ayudo*. Pero mi preferida siempre fue «no importa lo que pase, siempre tendrás una historia que contar». A menudo me pregunté cuál sería la mía, qué historia podría contar y cómo sería contada. Jamás imaginé que un día sería la protagonista de una historia tan increíble como apasionante.

Un boxeador profesional es tan bueno, o tan malo, como lo sea su esquina. No importa lo veloz y habilidoso que pueda llegar a ser el púgil. Está en seria desventaja si no cuenta con una esquina que lo refresque y lo reanime.

Suena la campana. El público guarda silencio, las luces se apagan y un foco apunta a dos guerreros que se cruzan en un *ring* de boxeo. No hay momento en que un deportista se sienta más solo que en ese. La esquina está ahí. Pero al menos durante dos minutos, las únicas armas serán tus manos y lo que has aprendido en la preparación. Cuando vuelves a escuchar la campana, por fin llega ese ansiado momento de sentirse arropado. Ahí está tu esquina. El setenta por ciento del mérito es del boxeador, pero el otro treinta por ciento se debe a múltiples factores que controla la esquina.

Fuera del cuadrilátero mi esquina se había esfumado como el vapor de mi tetera exprés, pocos minutos después de ser silenciada. Mi persona, esa persona que todos necesitamos en los momentos en que te deshaces en lágrimas y maldices el mundo. Esa persona que se convierte de forma espontánea en el arquitecto de tu alma hecha pedazos, y que, con cuidado y suma delicadeza, los va entrelazando sin que apenas te des cuenta. Mi persona, que no se cansaba de abrazarme, aunque hiciese calor. Mi fan número uno y la única presencia que podía comprender lo que no contaba. Mi persona. Esa que sabía cómo sembrar sueños y no dudas, y que desarmaba el dolor con risas absurdas y poesía. Fuimos cómplices absolutos de una historia imperfecta, pero eterna, que ya no existía. Ese amor experto en romper miedos y no corazones. Un momento... ¿he dicho experto en no romper corazones? Bueno... ya me dirás qué te parece más adelante.

Intentaba regresar a esa esquina una y otra vez, sin aceptar que él ya no estaba allí para reconformarme y susurrarme una vez más «toda irá bien mi niña. Somos un equipo invencible».

Recuerdo el primer día que nos conocimos. Cuando alcé la mirada, lo vi. Me saludó con esa blanca sonrisa, agitando su mano con energía. Se presentó como Jared. Lo conocí en la Universidad de Jerusalén mientras realizaba mi tesis en Psicología. Él trabajaba en la cantina de la biblioteca para pagarse sus estudios de Filosofía. Sus ojos chisposos y brillantes se asomaban tras unas gafas de pasta negra que reposaban sobre una nariz aguileña, dándole un aspecto intelectual y moderno. Así era él, presumido y coqueto. Me enganchó su carácter apasionado y un poco chiflado. Solíamos perdernos en infinitas conversaciones sobre la existencia, sin ponernos nunca de acuerdo.

—Rafaela, «filosofía» proviene de la palabra griega *philosophi*, que significa «amor a la sabiduría». Tú estudias la mente humana y su comportamiento. Yo estoy en la liga de aquellos que queremos comprender el sentido de la existencia. Tú preguntas a la mente, yo escucho al alma —solía decirme, terminando su discurso con un guiño juguetón.

Fue un rojo atardecer de julio, apenas tres semanas después de nuestro primer encuentro, cuando Jared me entregó el recibo de mi desayuno junto a una arrugada servilleta de papel, manchada de café y azúcar con una nota que rezaba:

Todos los gurús espirituales
los aprendices de genio
los psicólogos que hablan de no anclarse a nadie
los místicos que promulgan el camino de la autosanación
aquellos que nos ayudan a crecer personalmente
los expertos en felicidad
los que recomiendan ser fuerte
y depender solo de uno mismo.
Tienen razón.
Pero yo soy más feliz cuando tú me miras.

Conan sabía cómo reavivarme en menos de un minuto de descanso que se otorga entre asaltos. Sesenta segundos puede ser la distancia que separa una victoria de una derrota, la vida de la muerte, y la felicidad de una vida sin propósito. No es mucho tiempo, pero el suficiente si tomas las decisiones correctas. Todos disponemos de mil cuatrocientos cuarenta minutos cada día en nuestro banco del tiempo y la última concesión del ser humano que nadie nos puede arrebatar: el poder de decidir. Ese privilegio legítimo que nos hace libres. El filósofo Sartre lo define muy lúcidamente en su célebre frase «estamos condenados a ser libres». El no decidir nada en sí mismo ya implica una toma de decisión.

—¿Qué decisiones estaba tomando yo, que me habían abocado a este lugar remoto de la nada? ¿En qué instante erré el rumbo?

—Rápido, adrenalina. Vamos, vamos —gritaba Conan a su asistente, sin apartar la mirada de mi cara desfigurada y llena de cortes vivos, mientras extendía su mano ruda y abrasadora, como si buscara el último elixir del planeta. La adrenalina es el único químico permitido en la esquina que ayuda a contraer los vasos sanguíneos.

—Ponle más vaselina en la cara. La tiene destrozada —siguió el técnico, que sabía de la importancia que este lubricante a base de petróleo tiene para dar elasticidad a la piel, y minimizar la posibilidad de cortes.

El cubo de agua helada sobre mi cabeza no solo hizo que bajara la temperatura corporal, sino que me volvió a la vida súbitamente.

Mi mente se disoció en ese preciso instante de la «realidad», transportándome al recuerdo de mi primer entrenamiento con Conan.

—Tienes que ser más rápida, Rafaela. El más rápido siempre pega dos veces.

—Pero necesito pensar en la estrategia —respondí, haciéndome la interesante, cuando en realidad no podía dejar de pensar en el atractivo de su torso desnudo y lo sexi que me parecía con aquellos pantalones cortos estampados de corte tailandés, que insinuaban la firmeza de su trasero bien formado.

—El boxeo es como la vida, chiquilla, tiene una velocidad vertiginosa. No tenemos tiempo para pensar o reflexionar. Cada vez que tomamos una decisión, estamos renunciando a otras. Las decisiones son como una moneda con doble reverso; en un lado está lo que queremos y en el otro el coste de esa decisión.

—Pero, entonces ese proceso es un camino repleto de trampas entre las que se encuentra la propensión a la acción.

—Eso es, chiquilla —afirmó, seguro de su argumento—. Es un proceso rápido, violento e irreflexivo. Así actuamos los seres humanos la mayoría de las veces.

Volví al *ring*.

—Iris, estamos a punto de conseguirlo. Lo tienes acorralado. No le des tregua. Pegar y que no te peguen, esa es la máxima de este noble arte —voceaba Conan.

Aturdida por la ráfaga de golpes, apenas podía escuchar las palabras de mi entrenador, aunque era capaz de leer en sus gestos la furia que a mí ya no me quedaba.

—Respira profundo. Termina el trabajo y volvamos a casa.

—¿Trabajo? —repitió mi voz entrecortada—. El boxeo es la única profesión donde no paran de golpearte mientras trabajas. ¿Qué clase de trabajo es ese?

Cada combate era una historia, un drama sin palabras que estaba ayudándome a descubrir quién era esa mujer que se ocultaba tras un par de guantes coloridos. La vida me había propinado unos cuantos golpes bajos, pero también fue el mejor de los *sparrings*. Una persona trasciende únicamente por dos razones: aprendió demasiado o sufrió lo suficiente. Yo estaba en el segundo grupo. Herida y rota, aun contaba con uno de mis mejores aliados; esa mujer rebelde e idealista que todavía vibraba dentro mí, y que se había propuesto noquear las adversidades de cualquier modo.

Desgranaban los primeros días del verano. Belly había dejado entreabierto el gran ventanal arqueado de mi habitación, con la intención de que mi pereza no me hiciese perder el primer día de las vacaciones. Los cálidos rayos de sol se colaban impacientes, aterrizando en el rojo pimentón del suelo de barro, reflejándose después en algunos de los muebles antiguos que ella misma había traído de Marruecos, de Italia y del norte de Bélgica. Decoraban la alcoba incluso algunas piezas recuperadas del siglo XVI, objetos familiares y recuerdos de viajes, bañados por los suaves y frescos colores de las paredes, que le concedían un genuino toque personal.

Estaba disgustada y cabizbaja porque una vez más, mi madre no compartiría las vacaciones con nosotras. Cada año, soñaba impaciente con aquel momento en que ella apareciese tras las rejas del patio, con su maleta de piel marrón desgastada y su moño a la italiana. El verano quedaba inaugurado entonces realmente para mí. No había nada que me hiciese más feliz que pasear de su mano, descalzas por la orilla de la cala «siempre juntas», como la habíamos bautizado un tibio amanecer de julio. Había escuchado a la gente del pueblo decir que había perdido la cabeza, que estaba loca y que deliraba. Yo, en cambio, solo conocí a un ser de luz permanente, que paraba mi mundo cuando me acurrucaba entre sus rodillas, y me contaba historias que me convertían en gigantes, héroes, magos y ninfas. Tenía siete años cuando la vi por última vez. Su ausencia era todavía para mí un espejismo. Un silencio a gritos que no había aprendido a callar con palabras.

La llamaban loca porque transpiraba rebeldía, hablaba cuando era mejor callar. Decían que no encajaba porque se negaba a aceptar el mundo tal como es. Hablaban de ella como de un verso suelto que jamás encontraría poema, y sin embargo, fue una de las personas más lúcidas que he conocido, a pesar de que se pintara los labios justo antes de dormir: «quiero estar guapa para mis sueños», me decía. Me gustaba contarle las incidencias de la jornada, mis andanzas en el colegio, lo que había aprendido aquel día, en la penumbra de la noche antes de irme a dormir, mientras susurraba a media voz:

—No quiero que te duermas, mamá, así podrás estar más tiempo a mi lado.

—No te preocupes, mi vida. He aprendido a mirarte también cuando cierro los ojos.

Entonces, me abrazaba y no había lugar en el mundo donde pudiera sentirme más segura. Esos eran los pocos recuerdos que tenía de mi madre, muchos probablemente me los habré inventado, porque al fin y al cabo todos necesitamos tener una madre.

Ella me contagió el amor por los libros. Solía llevarme al «bazar encantado», que más tarde descubrí era tan solo una vieja librería, que ella había envuelto de magia para mí. Mi habitación estaba repleta de amigos invisibles en páginas llenas de polvo y cuyo olor aún conservo. ¿Qué historia me habría explicado mi madre en este momento? Sí, seguro que me hubiera contado la historia de la lavandera prodigiosa. Una de mis favoritas.

—✕—

Cuenta una vieja leyenda, que hubo un tiempo en el que una lavandera llamada Niku habitaba entre las altas montañas del Himalaya. Por aquel lugar pasaba un caudaloso río que emanaba agua fresca y cristalina, dando vida a un precioso valle, donde nuestra protagonista había construido su pequeña y modesta casa de madera. La anciana se sustentaba con las monedas de plata que los lugareños le pagaban por su afanoso trabajo. Cada amanecer, Niku iniciaba su camino a través de los rocosos senderos que llegaban hasta la aldea, con la única compañía de su yegua *Canela*, que cargaba las cestas de mimbre llenas de ropa. En la plaza Mayor tenía lugar el ritual. Sus clientes la esperaban ansiosos para recoger la colada ya limpia y bien doblada y entregarle de nuevo el ropaje sucio. Su fama había trascendido e incluso llegaban clientes de aldeas vecinas, a tal punto que la vieja mujer tenía que rechazar encargos.

—Mis sábanas desprenden olor a hierbabuena y romero, cuya fragancia relaja a mis niños de tal modo, que enseguida se quedan dormidos al atardecer, y nunca tienen pesadillas —comentaba la pastelera a una de sus vecinas.

La vecina asintió, añadiendo:

—Mi esposo dejó de quejarse de la rigidez de sus pantalones desde que entrego la ropa a la lavandera. Dice que puede notar la suavidad del tejido, y que las horas de trabajo en el campo se hacen mucho más amenas.

Una joven muchacha de largas trenzas doradas, que paseaba entretenida en su bicicleta, no pudo evitar escuchar los comentarios de las dos mujeres, que ensalzaban el buen hacer de la lavandera, y se unió a la conversación.

—Creo que el secreto está en el agua del río donde hace sus labores —dijo con determinación la joven—. Sin duda debe de tener algo muy especial. Desde que mis vestidos pasan por sus manos, no paran de salirme pretendientes. Los muchachos dicen que irradio una luz especial, que sin duda tiene que ver con el brillo de los colores que se tornan más intensos tras cada lavado.

La vieja anciana era, además, una mujer respetada por su sabiduría, a la que solían acudir a pedir consejo cada vez que alguien tenía un problema. El corazón de Niku era compasivo y generoso, y siempre dispuesto a ayudar a quien lo necesitara. No obstante, los años y el cansancio habían hecho mella en su salud, y pesar de lo mucho que amaba su profesión, tomó la determinación de retirarse a su montaña a meditar y a darse baños de sol a la orilla del caudaloso río.

A pesar de su decisión, y arrastrados por el egoísmo, no cesaban de llegar grupos de personas a su casa en busca de soluciones para sus problemas, creyéndola la única capaz de sosegar el corazón de los humanos.

—Si ya no puedes lavar nuestras ropas, al menos ayúdanos a ser más felices con tus consejos —exigió el cartero enfurruñado.

—Mi situación es terrible —prosiguió un hombre con sombrero marrón al fondo de la multitud, que también se había reunido frente al humilde hogar de Niku.

—Nada que ver con lo que yo estoy viviendo —siguió azorada una mujer con botas amarillas y delantal a cuadros, mientras mantenía sus brazos en jarras desafiante.

—¿Cómo puedes elegirte la más afectada? —replicó el alcalde autoritario—. No tienes ni idea de los problemas que tiene un cargo como el mío.

En pocos instantes la situación ya era caótica: multitud de voces gritando al mismo tiempo, gente llorando, hombres y mujeres desesperados, tratando de abrirse camino a codazos ante la imposibilidad de hacerse oír. Todos estaban seguros de que la lavandera sabía cómo superar las dificultades de la vida.

Niku no dijo nada; les pidió a todos que se sentaran y le concediesen un tiempo para meditar. Pasaron tres días y no paraba de llegar gente. Cuando ya no quedaba espacio para nadie más, se dirigió a la muchedumbre que esperaba frente a la puerta.

—Os voy a dar la respuesta que todos queréis, pero debéis prometerme que, a medida que vuestros problemas se solucionen, les diréis a todos que me fui de aquí, de manera que yo pueda vivir en la soledad que tanto anhelo, disfrutando de mis últimos días en paz.

Los hombres y las mujeres presentes hicieron un juramento sagrado: si la sabia lavandera cumplía lo prometido, ellos construirían una cerca a lo largo del río, evitando que nadie pudiera acceder a lo alto de la montaña y molestara a Niku nunca más.

—Contadme vuestros problemas —pidió entonces la anciana.

Alguien comenzó a hablar, pero fue inmediatamente interrumpido por otras personas, que sabían que aquella sería la última audiencia pública que la sabia anciana daría, y temían que no hubiese tiempo de escucharlos a todos.

La sabia que era paciente, pero de fuerte carácter, por fin gritó:

—¡Silencio!

La multitud enmudeció inmediatamente.

—Id a casa y tomad la pieza más blanca de ropa que tengáis, escribid vuestro problema sobre ella y tendedla en la plaza Mayor mañana al alba.

La repuesta dejó perplejos a los asistentes, que no comprendían muy bien cómo aquello podía poner fin a sus problemas. Pensativos y con la confianza puesta en la que nunca les había fallado, regresaron uno a uno a sus hogares para preparar lo que Niku les había pedido.

A la mañana siguiente, la plaza estaba inundada de prendas pintadas con frases que mostraban los problemas de cada uno. Expectantes, los habitantes de la aldea se habían congregado en el punto de encuentro, a la espera de que la sabia Niku diera respuesta a tanto sufrimiento. De repente, tras una de las grandes sabanas que colgaban empujadas por el fresco aire de aquella mañana, asomó la anciana diciendo:

—Muy bien, aquí están tendidos todos vuestros problemas. Id paseando por la plaza y que cada uno elija la pieza con el problema que considere más liviano e insignificante. Entonces, podréis cambiar vuestro problema por el que habéis escogido, o podéis recoger vuestra prenda con el problema que escribisteis originalmente.

Todos los presentes fueron recorriendo la plaza entusiasmados, pensando que por fin su vida quedaría libre de problemas. Sin embargo, a medida que iban leyendo los problemas de sus vecinos inscritos en las prendas, quedaron horrorizados. Sacaron como conclusión que aquello que habían escrito, por muy malo que fuese, no era tan serio como lo que afligía a sus vecinos. Aliviados, al saber que su aflicción no era tan dura como se imaginaban, descolgaron sus ropas y volvieron a casa con la seguridad de que eran más felices que los demás.

Agradecidos por la lección que la lavandera sabia les había regalado, cumplieron con el juramento dado y jamás permitieron que nadie perturbara la quietud de Niku, de la que jamás volvieron a saber nada. En su honor y para que futuras generaciones no olvidaran esta enseñanza, el alcalde, con el beneplácito de toda la aldea, mandó construir una gran placa de piedra con letras de bronce en el centro de la plaza que decía: «SACA TUS PROBLEMAS A LA PLAZA Y VERÁS QUÉ CONTENTO REGRESAS A CASA».

Podía sentir el sufrimiento de mi abuela escondido tras aquella sonrisa triste que la perseguía como una sombra. A pesar de las ráfagas de alegría y sus esfuerzos por simular normalidad, tampoco ella conseguía llenar el infinito vacío de mi madre. Su luz y su calor ardían en cada rincón de la casa.

—Belly, ¿por qué no tengo una mamá como los otros niños?

—Tu mamá es muy especial, Rafaela. Ella es un ángel —respondió, deslizando sus largos dedos por mis mejillas humedecidas.

—Pero, a veces, no puedo recordar su cara. ¿Podemos ir a visitarla al lugar donde viven los ángeles?

—Muy pronto, Rafaela, muy pronto.

Con la fe de aquellos que pueden contar sus años con los dedos de las manos, esperé encandilada ese acontecimiento que no tuvo lugar, aunque desde aquel día su retrato en blanco y negro descansó en el tocador, presidiendo nuestro salón. Su imagen me dolía a ratos, mientras iba forjando en mí un firme deseo: aprendería lo suficiente para penetrar en su mente y conocer su mundo interior. Entender la psique humana se convertiría en mi cruzada personal.

Todos tenemos un «ojalá» en nuestras vidas. Alguien que pudo ser y se quedó en la puerta sin entrar. Una chispa que no encontró donde hacerse llama. Alguien que cuelga de tus recuerdos, y que de vez en cuando provoca que se derrame un «y si». Amelia López Aguilar siempre fue el mío.

—∞—

En el box los asaltos son capítulos de libros publicados por entregas: cuatro, ocho, diez o doce asaltos. Aquella tarde definitiva se estaba escribiendo el último de mis capítulos, en la que Conan llamaba «la dulce ciencia del aporreamiento». Por primera vez, después de ciento noventa y siete combates de boxeo en mi haber, dos veces campeona *amateur*, y veinte victorias por *nocaut*, ya no quería ser más un discípulo de una ciencia donde sus habitantes exhiben orgullosos narices aplastadas, se saluda con ganchos que te llevan a las cuerdas, y cuyas fisionomías marcadas me recordaban las esculturas florentinas.

Es curioso lo rápido que se piensa cuando hay tanto en juego. Los boxeadores poseen una conciencia extraordinaria, responden ante el cambio de estrategia del contrario e incluso modelan, como creadores de textos, los ánimos del público. Mis pensamientos, bañados de sudor y de sangre, habían puesto rumbo a una dirección desconocida, tras el contundente y último gancho de mi adversario.

Conan me conocía bien, sabía que no era de las que tiraban la toalla, por lo que no le quedó más remedio que ser él quien concluyera mi agonía, pidiendo que se terminara el combate.

—Se acabó, Iris. Nos vamos —dijo apresurado, seguro de que no obtendría resistencia por mi parte—. ¿Puedes oírme? Rafaela, mírame. Sigue conmigo —insistió en su monólogo con toques de desesperación, al percatarse de mi estado moribundo.

—Una ambulancia rápido, no tiene pulso —intervino el médico en su afán de mantenerme con vida, despojando al héroe caído de todos los artefactos que lo regresan al mundo terrenal.

Conan siempre fue sensible a mis sentimientos, aunque se perdiera en ellos la mayoría de las veces. Un mentor entusiasta que disfrutaba genuinamente de mi crecimiento físico y emocional.

—No vivirás el día que comprometa tu seguridad y tu salud en post de una victoria, Rafaela. Mi éxito lo mediré por el respeto que me profeses. Mi función no es empujarte a lograr cosas que están por encima de tus límites, sino a que aprendas a pelear por tus sueños, independientemente del resultado final. Nunca olvides que mi interés sobre tu persona está por encima de la atleta.

Sus palabras resonaban con fuerza en algún lugar de mi cabeza despeinada, que yacía en una nevada y ceñida camilla voladora, atravesando como una bala el gentío que se resistía al cierre de la función. Se me apagó la luz. Mi vida era tan solo alumbrada por el bermellón de las escandalosas sirenas, que se abrían paso desesperadas en una noche cualquiera al encuentro del inevitable destino.

Capítulo 2

El despertar

M e desperté con un fuerte dolor en la cabeza. Intenté deslizarme, sin demasiado éxito, sobre aquel lugar blando que parecía ser un colchón. Los pinchazos se clavaban en mis sienes como cuchillos afilados; también el hombro me lanzó una estocada que me hizo cejar en el empeño. Abrí los ojos, dándome cuenta de que estaba inmovilizada y con los brazos cableados con vías que transportaban una especie de fluido amarillento a mi organismo. El silencio de la habitación era interrumpido por voces que se quejaban de forma lastimera, y el taconeo de algunas personas. Miré a mi alrededor, escaneando cada detalle, tratando de recordar qué me había llevado hasta aquel lugar que parecía ser un hospital. Sin embargo, mis recuerdos habían sido secuestrados por el olvido.

Mi radar detectó otra cama a pocos metros, donde una mujer de unos cincuenta años, y semblante envejecido, intentaba ocultar su sufrimiento bajo un camisón de franela estampado con margaritas minúsculas. Se entretenía contando pastillas de colores que iba introduciendo en una pequeña cajita transparente.

—Enfermera, la chica ha despertado —dijo, con una trabajosa voz agonizante, mientras apretaba un botón rojo que colgaba a su derecha.

En apenas unos segundos, una sanitaria solícita, ataviada con un uniforme celeste y zuecos blancos, se acercó. Me tomó el pulso y observó mis pupilas.

—¿Qué me ha pasado? —pregunté, con voz rota sin querer interrumpir su trabajo.

—Llegaste hace dos meses con una fuerte conmoción cerebral que te produjo un derrame. Tenías dos costillas rotas y una contusión hepática.

—¿Dos meses?

—Sí, has estado en coma todo este tiempo. Has tenido mucha suerte. El equipo médico siempre mantuvo la esperanza. Tienes muchos seguidores que creen en ti, Iris.

—¿Iris? ¿Es ese mi nombre? —pregunté, desde la más absoluta desorientación.

—Tu verdadero nombre es Rafaela López Aguilar. Iris es como te apodan en el mundo del boxeo.

Ante la mirada de extrañeza la enfermera me aclaró:

—Yo no soy muy aficionada a ese deporte, pero aquí todos hablan de ti, de tus éxitos como boxeadora, vamos parece que eres una estrella en Granada. En las últimas semanas, la prensa se ha volcado con tu caso y hay muchos artículos sobre tu historia.

—¿En serio? ¿Eso es lo que soy? ¿Una boxeadora?

—En realidad, eras una prestigiosa psicóloga.

—¿Era? ¿Quieres decir que ya no lo soy? —interrogué de nuevo, intentado descubrir alguna pista que me hiciese recordar mi propia identidad. Me percaté de su incomodidad con aquella pregunta y quise cambiar de tercio—. No puedo recordar nada. Solo imágenes y el rostro difuso de algunas personas. Recuerdo la cara de un hombre corpulento de piel oscura en medio de una música mística, pero no sé quién es.

La mujer sonrió.

—En ese caso no es preocupante, es debido al golpe en la cabeza. El resto de la información volverá y todo encajará de nuevo. El neurólogo te visitará muy pronto. Tranquila, este tipo de amnesia no es permanente.

Se apresuró a recoger el material médico y desapareció dejando un halo de misterio con un simple: ahora descansa.

Mi vecina de cama me miraba curiosa, sin saber cómo empezar a establecer una conversación con alguien que no tiene respuestas.

—No te esfuerces muchacha, tus familiares y amigos te ayudarán a que todas las piezas encajen. Especialmente la mujer que te visita a diario. Parece que te conoce muy bien.

Sus palabras no sé si me produjeron más tranquilad o desasosiego, pero quise saber más.

—¿Sabes quién es esa mujer? ¿Qué aspecto tiene? ¿Has hablado con ella? —la interrogué como si fuese un agente secreto de la Interpol.

—Acostumbra a llegar al atardecer, fuera del horario de visitas. Nunca habla con nadie, pero sonríe a todo el mundo. Suele sentarse a los pies de tu cama y leerte libros en una lengua que no puedo comprender. ¿Tienes algún familiar extranjero? —preguntó, como queriendo atar mis cabos.

Rebusqué en mis recuerdos, pero no puede encontrar nada que me diera una pista.

—No lo recuerdo —conteste, dirigiéndole una mirada indiferente.

Sin saber qué estaba ocurriendo, tenía la certeza de haber vivido esa sensación de sentirme perdida y sin saber quién era anteriormente.

—¿Puede haber algo más terrible que estar perdido? —susurré con una pregunta retórica, mientras retaba a mi cuerpo en un intento de incorporarme lentamente y sin esperar contestación.

—No estás perdida muchacha, solo tienes que recordar quién eres —respondió la cincuentona con aire resuelto.

Aquellas palabras resonaron en mis entrañas con una fuerza huracaniana. Por un segundo sentí que yo misma las había pronunciado, que eran mis propias palabras puestas en boca de aquella desconocida.

Debíamos de estar viviendo el otoño por el olor a tierra mojada, y el espectáculo visual de colores ocres, rojos y anaranjados del paisaje, que descubría la ventana entreabierta de la habitación tras unas cortinas lánguidas y descoloridas. Asocié aquella estación a la melancolía, a la madurez, a la quietud y a la reflexión. El otoño representa la época del cambio, cuando los árboles se despojan de lo superfluo para descansar en invierno y volver a renacer en un nuevo ciclo. Me gustaba ver el rostro otoñal como una segunda primavera, donde cada hoja caída daba paso a una flor. Me identifiqué con aquel ciclo anual, que corresponde al atardecer en el día y a la culminación de la madurez en la vida. Era tiempo de culminación y de declive. La luz de la primavera es joven y agitada, la del otoño, sabia y madura.

Aquella vivencia despertó en mis sentidos algunos recuerdos. Me visualicé a mí misma tomando notas en una escritura casi ilegible, con un bolígrafo plateado, mientras escuchaba activamente el testimonio de una mujer que me resultaba familiar, tumbada con apariencia relajada en una especie de diván confortable de piel blanco. Una minimalista mesa de trabajo de madera clara, perfectamente ordenada, y rodeada por estanterías llenas de libros y certificados, formaba parte del ambiente. Concluí que debía de ser mi despacho de psicóloga impartiendo terapia a una de mis pacientes.

—Cada vez que llega el otoño me deprimo, me engancho a la pena y me aferro a la soledad sin que nadie pueda entrar —relataba la paciente con los ojos cerrados, descansando los brazos abandonados sobre un pecho prominente.

—Lucía, esa melancolía que parece invadirte con la llegada de esta estación, y que al mismo tiempo perturba tu estado anímico y emocional, es atribuida en muchos casos a los ritmos diarios de luz y de oscuridad, que hacen bajar los niveles de serotonina, un neurotransmisor del sistema nervioso central, lo que puede afectar de un modo directo a nuestro estado de ánimo. Las emociones sintonizan con la naturaleza.

—Qué curioso. Nunca había reparado en esa coincidencia

—Dime, ¿cómo te sientes? —pregunté, con genuino interés.

—Realmente cansada. Apenas puedo dormir. No puedo concentrarme en nada de lo que hago, y lo peor es que está afectando mi productividad en el trabajo. ¿Puede ayudarme? —preguntó desde su horizontalidad física.

—En la filosofía china, el otoño es una estación yin, tendente a lo receptivo, a la intuición y a la interiorización. No en vano, la savia de los árboles se retira de las hojas y de las ramas y vuelve hacia las raíces. Los animales disminuyen su actividad. Anochece cada vez más temprano y poco a poco vuelve el frío. Es un tiempo de muerte y de renacimiento. Según Buda, «nuestra existencia es tan transitoria como las nubes del otoño». Practicar el desapego y liberarnos de lo que no es esencial, nos sincroniza con esta estación. Esta metamorfosis del otoño nos demanda también un cambio a nosotros. Es preciso retirarse del mundo físico y psicológico regresando al interior —le explicaba, mientras ella me escuchaba atenta.

Me percaté de que no era una psicóloga convencional por mi respuesta, y seguí esforzándome por prolongar el recuerdo.

—Creo que tiene mucho sentido lo que dices. Acabo de darme cuenta de que estoy arrastrando una relación tóxica que eclipsa mis días, y que ha llegado el momento de soltar. Es en otoño cuando de forma recurrente vuelve este sentimiento, recordándome que no soy feliz y desatando mi melancolía.

Permití que el silencio acomodara su reflexión antes de continuar.

—Hay momentos en que nos corresponde soltar lo que ya no necesitamos, despegarnos de formas de ser que ya no dan fruto, y encontrar
un lugar de calma interior que nos aleje de lo caduco, preparándonos
para empezar de nuevo transformados, abriendo paso a nuevos espacios
y posibilidades —apunté, mientras fijaba la mirada en un pequeño
reloj de arena, que derramaba el tiempo de la consulta discretamente.

El ruido chirriante de un carro que se aproximaba asustó mi memoria, devolviéndome súbitamente a la realidad de mi habitación
hospitalaria.

—¿Tienes apetito? —preguntó, una enfermera con entusiasmo.

Se dirigió a los pies de la cama y miró el informe adosado.

—Esta será tu primera cena desde hace algún tiempo. Por ahora,
solo una dieta blanda hasta que tu cuerpo se vaya habituando —me
informó, mientras descubría un tazón de cerámica humeante acompañado de un panecillo blando y una pequeña poción de mantequilla
bastante deshecha.

Lo cierto es que estaba hambrienta, aunque el aspecto del menú
no me seducía en absoluto. Debía de ser alguien muy educada, o con
una sensibilidad a prueba de bomba, porque no quise herirla con mi
respuesta.

—Sí, gracias —contesté, enmascarando mi decepción.

La seguí con la mirada mientras servía a mi compañera algo que
parecían ser unas verduras y un trozo de pescado bien aliñado. No
puede evitar envidiarla. Empecé a salivar inconscientemente. Aquella
señal me decía que ese era el tipo de dieta que me había mantenido con
vida hasta ahora. Intuí que era vegetariana. Ingerí un par de sorbos de
aquel caldo insípido y me dirigí a la sanitaria.

—Disculpe, ¿llegué con algunas de mis pertenencias personales?

—Sí, están en el pequeño armario blanco que hay en el baño,
¿quieres que te las acerque?

—Sí, por favor —dije agradecida.

La servicial enfermera parecía tener más curiosidad que yo misma
por conocer los secretos que albergaban allí. Se apresuró en el encargo,
regresando con una mochila Wayúu de estilo colombiano de vivos tonos
verde esmeralda y marrón. A simple vista parecía algo pesada. Con
sumo cuidado la dejó en mi mesilla, asegurándose de que era accesible
para mí. Aguardó unos instantes a la espera de mis movimientos. La
mujer de la cama contigua también proyectó su mirada fisgona hacia

el objetivo. Me sentí invadida y sin intimidad, conteniendo mi ímpetu hasta que ambas volvieron a sus rutinas.

Ya a salvo de miradas indiscretas, quise jugar a adivinar los objetos que había en el interior, introduciendo mi mano primero, y tratando de averiguar de qué se trataba antes de extraerlo de la mochila. Lo primero que encontré fue un pequeño neceser muy suave, sellado con una cremallera. Imaginé que contendría maquillaje y algún pequeño espejo. No me equivoqué. Efectivamente, una barra de labios rosa chicle, un rímel negro, una brocha gastada y una sombra de ojos color perla componían el kit, además de un pequeño espejo redondo con la tapa resquebrajada.

No pude contenerme y algo recelosa, acerqué el espejo a mi cara. Quería saber cómo era esa mujer atrapada en su propio laberinto. Me gustó lo que vi, a pesar de la apagada tez, la delgadez de una cara que había sobrevivido a base de fluidos durante ocho semanas, y una venda que cubría la mitad de la cabeza, dejando al descubierto una frente despejada donde colgaban algunos mechones enmarañados de pelo. Me horroricé al ver la urgencia de mis cejas superpobladas, pero me compensó el reconocerme en la profundidad de mi propia mirada, que sostuve por unos instantes.

Me repuse rápidamente del primer impacto y proseguí con el siguiente objeto. Tenía claro que era una prenda de lencería por el tacto de encaje y seda, tal vez un bodi. Pero ¿qué hacia un bodi en mi mochila? Lo saqué y observé que aun conservaba la etiqueta de unos lujosos almacenes. Estaba sin estrenar, ¿quizás a la espera de una noche romántica con alguien especial? Me animó pensar que tal vez tenía pareja, o alguien que despertara mis instintitos más básicos.

La tercera vez me topé con un papel, una hoja doblada dentro de un sobre. No me resultó difícil la deducción. La nota era tan pequeña como el sobre blanco que la contenía. Sin remitente, solo un sello desteñido y mi nombre en letras grandes, escrito con una especie de pluma. Al leer el contenido me quedé conmocionada:

> Mi hijo acaba de morir, tu padre. Es la primera vez que escribo tu nombre, aunque lo he pronunciado miles de veces. Nada le hubiese gustado más que verte pisar la tierra que tanto ha amado, bajo el cálido sol que forjó su piel dorada. La tierra, a la que tú también perteneces. Acorde a nuestras costumbres celebraremos su viaje el próximo martes al amanecer, cuando el polvo de sus huesos regrese al firmamento.

Canto a los espíritus que regresan:

Que los vientos cálidos del cielo soplen suavemente en tu casa.
Que el gran espíritu bendiga todos los que pasen por allí.
Que tus zapatos dejen huellas felices en muchas nevadas.
Y que el arcoíris siempre toque tus hombros.

Firmado:
Wakanda,
el del poder mágico interno

Asustada, me froté los ojos enlagañados y releí hasta en tres ocasiones el escrito. No daba crédito a aquellas pocas, pero inquietantes líneas.

«Mi padre, mi padre, mi padre ha muerto», repetí como un disco rayado para mis adentros.

La carta estaba fechada el día doce de agosto de ese mismo año.

—¿Que día es hoy? —pregunté en voz alta, sin darme cuenta de que había atropellado el sueño de mi vecina.

—Hoy es treinta y uno de octubre —gimió la mujer dolorida.

Rompí a llorar sin saber muy bien el motivo. Estaba perturbada. No recordaba a mi padre, pero sentía una tristeza desconsoladora. Ese ser que me dio la vida, ya no existía, y yo no había estado para despedirle. El tormento del alma era tan estremecedor, que el sufrimiento físico desapareció de mi cuerpo, dejando paso a la inexistencia. Ni siquiera tenía su recuerdo donde guarecerme.

Después de unos minutos de llantina, me sequé las lágrimas con la misma sábana que cubría mi cuerpo semidesnudo y tiritón.

—¿Malas noticias? —preguntó mi compañera con delicadeza, al percatarse de la escena.

Negué con la cabeza. No me apetecía hablar con una extraña acerca de mi hallazgo. ¿Qué podría haberle contestado? No habían palabras para describir aquello. Necesitaba respuestas y solo llegaban a mí ráfagas de preguntas.

¿Por qué tenía esa carta en el bolso? ¿Quién era mi padre? Y lo más importante: ¿quién era yo?

Abrí la mochila de nuevo, siguiendo con mis pesquisas. Encontré un teléfono móvil de última generación, protegido por una carcasa de mariposas muy alegre. Por supuesto estaba descargado. Rebusqué y localicé un cargador en uno de los pequeños bolsillos interiores. Aquel insignificante descubrimiento me inyectó una dosis de esperanza. Seguro que ese pequeño aparato tenía mucho que decir. Habría mensajes, contactos, correos. Un arsenal de información que era justo lo que yo necesitaba para dar luz a tanta oscuridad.

Mi memoria aleteaba incesante devolviéndome algunos recuerdos a su antojo.

Me hallaba sentada en un círculo con un grupo de personas. Mi indumentaria era informal, pero con toques extremados. Calzaba botas de ante marrones que ascendían hasta las rodillas. De impoluto blanco era la blusa vaporosa, que colgaba desaliñada sobre unos vaqueros ajustados con algunas rasgaduras, a los cuales solo separaba un sencillo cinturón *hippie*. Me resguardaba una bonita chaqueta azul, forrada de un rojo vivo. Ausencia total de joyas.

Descarté de inmediato la posibilidad de una reunión entre amigos o festejo, ya que el semblante de las personas allí presentes y el mío propio era serio y reflexivo. Pude contar hasta unas catorce personas entre hombres y mujeres.

—¿Qué diablos estoy haciendo aquí? El poco tiempo que me queda debería estar usándolo para algo más útil que escuchar a otros pobres mortecinos como yo —manifestó un hombre demacrado y sin pelo, arrojándome una mirada desafiante.

—Yo no me siento una pobre mortecina —le replicó una joven que lucía una espectacular peluca rubia estilo Bob, muy bien peinada—, todavía no estamos muertos.

Un joven de ojos achinados, sentado a mi derecha, también quiso intervenir.

—No es justo. En veinte días cumpliré veintitrés años. He conocido a una chica preciosa en la universidad. Se llama Amanda. La música de mi corazón suena más fuerte que el ruido de la mente, gritándome una y otra vez que la metástasis no solo matará mi cuerpo sino también la historia de un hombre.

El grupo acordó un mutismo tácito que fue breve, pero liberador. El silencio fue interrumpido por otra mujer mayor que rezaba balbuceando, mientras sostenía un rosario resbaladizo entre sus manos temblorosas.

Se puso en pie con un torpe movimiento y siguió con la oración en voz alta.

Dios, hoy llego a ti con toda mi esperanza y confianza,
necesito de tu ayuda Señor.
Dios Padre todopoderoso,
te agradezco por estar a mi lado,
por hacerme sentir protegida cuando me siento sola y sin salida,
te agradezco por estar siempre presente,
en los momentos difíciles donde no encuentro ninguna solución.

El joven enamorado, la detuvo con unas palabras cargadas de rabia.

—Basta. ¿Dónde está tu dios? ¿Acaso crees que tu cáncer va a desaparecer solo por repetir esas estúpidas oraciones todo el día?

La devota mujer rompió a llorar ante la mirada empática del resto.

Entonces recordé las terapias grupales que facilitaba todos los jueves con pacientes terminales en el centro de la ciudad. Vivir la muerte desde la vida me resultaba muy familiar.

El programa se llamaba «La muerte. Un amanecer», en honor a uno de los libros de la doctora Elisabeth Kubler-Ross. Posiblemente la mayor experta mundial en la muerte, personas moribundas y cuidados paliativos.

Acompañaba a personas a cruzar el puente hacia el inicio de otra existencia, sin embargo, no pude hacerlo con mi propio progenitor. Ironías de la vida.

—¿Qué le habría sucedido? ¿Cuáles serían sus creencias con respecto a este tema? Tenía la sensación de que estaba conociendo a un hombre por el final.

Era hija de Júpiter y ese hecho marcaba, sin duda, mi talante positivo y la extensa visión que mantenía con respeto al «más allá». Al igual que Elizabeth, la doctora y psiquiatra suiza, yo era de las que creían que morir significa trasladarse a una casa más bella. Leí que, en cierta ocasión, ella visitó uno de los laboratorios de Hitler en Polonia, donde los presos grababan mariposas en las paredes. Años después, encontró una explicación: abandonamos nuestro cuerpo, que aprisiona nuestra alma, al igual que el capullo de seda encierra la crisálida. Libres como una bellísima mariposa regresamos a nuestro hogar. Una experiencia casi idéntica a la del nacimiento, puesto que se trata del inicio de otra existencia, el paso a un nuevo estado de conciencia, en el que se continúa experimentando y creciendo espiritualmente. Nos sentimos llenos de un amor indescriptible e incondicional inimaginable. Nunca fui religiosa, pero sí profundamente espiritual, albergando pensamientos profundos.

Todos tenemos un propósito, una misión que llevar a cabo en este mundo loco. Mi máxima, siempre fue no abandonarlo, dejando una inscripción en mi lapida que diga «Aquí yace alguien que nació, vivió, murió, pero nunca supo para qué existió». La única realidad incontrovertible es la importancia de la vida.

Cuando doblamos los últimos recodos del camino, aproximándonos al otro lado de la orilla, aparece la pregunta que debemos contestar. Si has vivido acorde al plan que te trajo hasta aquí, entonces no hay nada que temerle a la muerte.

Las piezas de la existencia no siempre ensamblan muy bien, pero la experiencia me había enseñado que las casualidades no existen. Todo lo que nos sucede, si estamos atentos, nos lleva a descubrir nuestro propósito en la vida.

¿Realmente es así cómo quiero vivir mi vida? Todos nos hemos hecho esta pregunta en algún momento. El problema no es que la vida sea corta, sino que a veces tenemos una tardía percepción de lo que realmente importa.

Me pregunté, cuál sería el sentido de todo aquello que estaba aconteciendo. Todas las ideas estaban al revés. Si como yo pensaba había vida después de la muerte, tal vez podría reencontrarme con mi padre algún día, y resolver aquellos enigmas que hacían tambalear mis emociones.

Aquella noche dormí profundamente, con la última imagen de una gaviota aliabierta que se había posado en la ventana, y que me observaba con ojos vidriosos y un plumaje grisáceo recién estrenado. La fresca brisa ayudó a calmar mis pensamientos, entregándome a los brazos de Morfeo.

—Buenos días, Rafaela, ¿Cómo has amanecido hoy?

Aun soñolienta, abrí los ojos. El hombre sostenía un ramillete de margaritas azules sin envolver en una mano, y con la otra tomó la mía. Sentí su calor como una corriente eléctrica que me atravesó por la mitad.

—Te veo estupenda. Aun en tus peores momentos sigues siendo la chica más sexi que he conocido. El médico me ha dicho que en un par de días te darán el alta —se pronunció el extraño visitante.

Me sentía como si hubiese estado arrastrando cajas durante toda la noche, posiblemente fruto de una mala postura.

—Me siento mucho mejor —asentí, sin tener aún muy claro quién era mi interlocutor.

Su perfume a agua fresca invadió la estancia y mis sentidos. No había duda, era alguien con peso en mi vida.

—No sabes cuánto me alegro. Me has tenido muy preocupado. En este tiempo me he dado cuenta de lo mucho que significas para mí —continuó, con una sincera e interminable sonrisa.

Introdujo las flores en un estilizado jarrón de cristal pintado a mano, distribuyéndolas con delicadeza. Su comportamiento me hizo temer que hubiésemos tenido un idilio y que no lo recordara. El destello de sus ojos no me era ajeno. Provocaron un cosquilleo en mi estómago.

—El neurólogo espera que recobre la memoria en breve —expresé, sin atreverme a preguntar algo demasiado personal hasta tantear el terreno.

—Todo va a salir bien. ¿Sabes quién soy?

Se inclinó hacia mí y me acarició la cara con la palma de la mano. Ese momento abrió la veda.

—¿Tenemos alguna relación sentimental? ¿Cuál es tu nombre?

—Jared. Mi nombre es Jared.

—¿Jared?

—Sí, estuvimos casados hace algún tiempo. Regresaste a Granada tras el divorcio. El proyecto en el que trabajo en Israel me ha traído de vuelta hace unas semanas. Nuestro equipo está llevando a cabo un trabajo de investigación en tu ciudad. Casualmente, llegó a mis manos un periódico que hablaba acerca de tu accidente. Todo se removió dentro de mí. Han sido unas semanas muy duras.

Hablaba en un español bastante bueno, con una dulce pronunciación que le otorgaba un aire sofisticado. La camisa de lino negro remangada, dejaba ver unos antebrazos bien formados. Unas gafas de sol Ray-Ban colgaban del bolsillo de su pantalón mostaza. Sus facciones marcadas, y la barba a medio crecer, lo convertían en el estereotipo perfecto de hombre viril que me atraía.

Supongo que la deformación profesional me llevó a construir un perfil de su personalidad de forma inmediata. No podía evitarlo, aun fuera de mi trabajo como psicóloga, analizaba a todo ser viviente. No sé hasta qué punto eso me condicionaba, pero lo cierto es que no solía equivocarme.

Lo catalogué como un hombre seguro, de fuerte personalidad e inteligente. Seguramente independiente y exitoso.

—¿Por qué nos separamos? —quise saber, incrédula, pero curiosa.

—Es complejo. Las cosas a veces no surgen como planeas. Tu escribes la historia y la vida te cambia el guion.

Detecté una sombra de amargura en su voz, pero me sonó a la típica excusa de un hombre que ha tenido un *affair* y no sabe cómo salir del embrollo.

Hundió los dedos en su cabellera color petróleo, peinándola con un gesto firme, mientras clavaba su mirada carbón en la mía.

La conversación se vio interrumpida por la aparición de la misma enfermera autómata, que parecía una farmacia ambulante.

—Es la hora de la medicación.

Jared se apartó, abriendo paso a la sanitaria, que arrastraba los pies agotados como si se hubiera chupado las guardias de un mes.

—Es genial tenerte de vuelta, Rafaela. Ahora debo regresar al trabajo. Te dejo mi tarjeta con mi número en la mesilla. Llámame en cualquier momento.

Con aquella invitación volvió sobre sus pasos, abandonando la estancia y entregándome de nuevo a mis cavilaciones. Ya en la soledad de mi ignorancia, me pregunté a mí misma, cómo era posible que hubiera estado casada con un hombre y vivido en un país extranjero, y no quedara un ápice de recuerdo en mí. Pero no hubo respuesta. Solo la intuición dejó en mi cerebro una estela de luz.

«¡Qué desastre de vida tengo! En pocas horas descubro que mi padre ha muerto y mi matrimonio ha fracasado», reflexioné con tristeza. Sentía que estaba viviendo la vida de otra persona con la incapacidad de viajar mentalmente en el tiempo. Sin memoria autobiográfica.

Había esperado ansiosa a que mi móvil recobrara la vida. Lo encendí por fin. Noté que el corazón me latía más rápido. Me pidió la contraseña y mis dedos, raudos, teclearon el número mágico guiados por una certera intuición. ¡Eureka! Estaba dentro. Me impresionó la actividad que mostraba aquel pequeño dispositivo. Un mundo vivo y paralelo que había seguido su curso conmigo fuera de juego, sin reparar en mi ausencia durante todo este tiempo.

Sentí vértigo. Tenía aquella sensación que uno tiene cuando subes a una montaña rusa y vas cogiendo altura, la sensación de que puedes morir, pero quieres hacerlo de todas maneras. La luminosa pantalla mostraba noventa y tres mensajes, trescientos dos correos y otro puñado de mensajes de voz custodiados en el WhatsApp. Empecé por estos últimos. Advertí que había un gran número de ellos el doce de agosto, la mayoría acompañados de emoticonos con corazones, caras sonrientes y besos.

¡Hola, campeona. Pórtate mal para pasar un buen día! Que se cumplan todos tus sueños en esta nueva etapa que comienzas.

Buenos días, Rafaela. Dicen que entre los amigos debe primar la sinceridad. No te amargues, pero... te estás haciendo vieja. ¡Que cumplas muchos más, abuela!

Hola, soy Raquel de nuevo. ¿Dónde te has metido? Estamos todos esperándote en la cantina del trébol para celebrar tu cumpleaños. ¡Vamos, no te hagas la remolona, treinta y siete años aún se pueden celebrar!

—¡Que paren el mundo, que me quiero bajar! —exclamé.

Aquel treinta y siete se grabó a fuego en mi mente como un tatuaje. Era evidente que me había perdido mi propio cumpleaños, aunque la desilusión se redujo a un mero detalle, cuando caí en la cuenta de que era el mismo día en que mi padre había muerto. ¿Casualidad? Me acordé entonces que Jared también había recurrido a esa misma palabra para explicar nuestro reencuentro.

La sincronicidad para la mente racional se llama «casualidad». Uno de mis grandes maestros, el psicoanalista Carl Jung, define este término para referirse a dos hechos vinculados de manera simultánea y de forma casual. Sucesos relacionados entre sí sin motivo aparente, pero con un contenido sumamente significativo. Y es que el universo tiene su propio orden, un orden desconocido, pero apasionante.

Este fenómeno ocurre cuando algunos acontecimientos se unen en relación a nuestro estado interno. Todos tenemos un universo oculto y vivimos proyectando, atrayendo a partir del sentimiento. Es así como hacemos uso de la capacidad que tenemos los humanos de abrir campos nuevos.

Me gustaba tenerlo todo bajo control. Eso me daba seguridad, sin embargo, todo se había venido abajo como un castillo de naipes. Esas coincidencias insospechadas ¿no serían la confirmación de que era una marioneta en manos de un plan predefinido? Me había preocupado en conocer la mente humana hasta la obsesión desde muy pequeña. Sabía que como ser humano tendería a darle un significado, escapando de lo aleatorio y persiguiendo una explicación que latía detrás de la perturbadora realidad. Lo que nos parece ser un simple accidente emerge inequívocamente de la fuente más profunda del destino.

«Rafaela, no te engañes. No desvaríes. Estás viendo cosas donde no las hay. Utiliza tu capacidad de análisis y todo lo que has aprendido durante estos años.» Ese era el discurso de mi parte más racional, pero lo que yo sentía transcendía la razón. No tenía nada que ver con la magia ni con el azar. Eso que llamamos sabiduría interna, consciencia, intuición o «x» iba por delante, dejando atrás lo azaroso. Mi parte más espiritual me gritaba a voces que el «plan maestro» se había activado. Y es que ya lo decía Albert Einstein: «El intelecto no tiene nada que ver con el camino al descubrimiento. Siempre hay un salto en la consciencia, aquello que algunos llaman intuición, en el que la solución llega a ti sin saber cómo ni por qué».

Por mucho que los científicos se esfuercen en controlar todos los factores y responder a todas las preguntas, siempre existen variables desconocidas que se escapan a todo control. Utilizamos la razón para reducir el número de variables que no podemos controlar. Pero en ocasiones la improbabilidad puede jugar un papel importante. ¿Qué combinatoria? ¿Qué explicación matemática existía que sustentara aquel conjunto de coincidencias?

Dudaba sobre si mi lucidez se estaba abriendo paso como un rayo en medio de la tormenta, o por el contario era la necesidad de reconfortarme la que me abrazaba como un koala asustado, aprobando mi propio engaño.

Había conocido a cientos de pacientes alejados de su propia coherencia interna.

«Rafaela, ¿no estarás tú ahora caminando sobre el mismo alambre?», conversaba conmigo misma, en un ejercicio por mantener el equilibrio mental.

Había estudiado que las sincronías suceden más a menudo en periodos de transición, de cuestionamiento personal o de crisis vital, siendo más frecuentes cuando acaba de suceder una muerte o eventos que nos expulsan de nuestro centro hacia un viaje rico en descubrimientos. Es entonces cuando el mundo se convierte en un espacio de oportunidades y aperturas, hilos que esperan a que tiremos de ellos, hilándolos en lo que al final del principio se convertirá en un tapiz que mostrará nuestro propósito, y que únicamente se hacen visibles a los espíritus preparados.

Hay un orden cósmico que no nos han contado, y con el que podemos trazar un diálogo si hacemos caso a algunos signos o símbolos, corazonadas que no tienen ninguna conexión excepto para uno mismo. Por mi parte, yo me había propuesto ser fiel a las señales. Había que seguir esa ruta con toda el alma y responder al guiño del destino.

Tras el introspectivo momento, proseguí con las fotografías del móvil. Había una infinidad de ellas. Las pruebas revelaban que tenía una vida social un tanto activa. Encontré capturas mías con poses de boxeo, fotos en las que me encontraba rodeada de niños, preciosos países naturales inmortalizados con algunas personas, y muchos selfis. Me sobresalté cuando el iPhone empezó a vibrar sin permiso entre mis manos heladas. Al unísono sonaba una melodía ansiosa, junto a un mensaje «videollamada de Conan», que pude leer al tiempo que amortiguaba el impacto. El reloj marcaba las doce y ocho minutos exactos. «Qué casualidad», pensé al ver el juego de números.

Capítulo 3

Elsu

Q ue tu nombre signifique «halcón entre las nubes», no quiere decir que volar en un gigantesco pájaro de acero sea la mejor de las experiencias. Aunque me había preparado desde mi nacimiento para aquella transcendental aventura, el espacio reducido, la presión de la cabina y el aire seco, empezaban a hacer mella en un espíritu libre como yo.

—El halcón siempre despeja en contra del viento y nunca a favor de él, solía decirme mi padre con voz grave, cuando alguno de los caballos salvajes arrojaba al suelo mi pequeño, pero elástico cuerpo durante la doma. Yo, enfurruñado corría a tumbarme en lo alto de las pieles de los bisontes, que aguardaban los largos inviernos amontonadas en nuestro tipi. Entonces, mi padre se acercaba a mí, y me inyectaba en el alma una de esas lecciones de vida, que jamás habría aprendido sin aquella «derrota», permitiéndome remontar de nuevo el vuelo, más alto, más fuerte, más sabio.

»Elsu, la vida es una invitación para el logro, la conquista y la felicidad. Convoca luchadores o víctimas. No existe otra categoría. La existencia es un grito que llama al guerrero pacífico a la más gloriosa de las conquistas. La de uno mismo.

Aprendí desde mi más tierna infancia que las situaciones que vivimos, y que van apareciendo en nuestra vida de múltiples formas, suceden simplemente con el propósito de darnos la oportunidad de aprender de ello. No es un tropiezo en el camino, sino todo un avance de conocimiento hacia uno mismo, descubriendo capas que habitan en nuestro interior que creemos que no existen, o que simplemente están dormidas a la espera de ser despertadas. El aprendizaje es el comienzo de la riqueza y la espiritualidad.

Viajaba solo, pero en compañía de la fuerza de todos los que esperaban mi regreso con el corazón rebosante de esperanza. A pesar de las circunstancias, me sentía contento de viajar al extranjero por primera vez, y sentir la sensación de estar flotando en el espacio. Una ocasión perfecta para hacer honor a mi nombre. El avión estaba lleno de pasajeros. Imagino que yo les resultaba tan singular como ellos a mí, porque podía sentir sus miradas clavándose en mi nuca como fechas en un tierno venado. Esquivé las miradas, fingiendo indiferencia, y estiré el cuello para ver tras los pequeños ventanales redondos cómo el cielo violeta parecía engullirnos.

Un niño pecoso, de pelo color panocha y ojos color miel, me observaba jocoso desde el asiento que había a mi izquierda. Intentaba imitar el alarido indio, colocándose la palma de la mano enfrente de la boca de manera intermitente y muy rápida. A su lado, una mujer con el mismo color de cabello, recogido en una larga cola rizada que caía como una cascada de agua dorada sobre sus hombros, le reprimió avergonzada.

—No molestes al señor, Rayan. Vamos a poner una película de Disney en el monitor —dijo, tratando de disuadirle de su inocente comportamiento.

—Quiero ver una película de indios como él, mamá —replicó el pequeño, dirigiéndose a su madre, mientras esta le dedicaba una tierna sonrisa, ajustándole el cinturón de seguridad y sin prestar demasiada atención al requerimiento del pequeño.

En nuestra cultura ancestral, los niños son la música que nos alegra el espíritu, provocando nuestras danzas. Los amamos profundamente, llenándolos de afecto y cuidados. Cuando nace un bebé, guardamos el cordón umbilical. Una vez seco lo enrollamos, cubriéndolo con la saliva de los padres y unas hierbas aromáticas, para conservarlo después en una cajita de piel de ante con abalorios, que se coloca a un lado de la cuna como amuleto, y que formará parte en todas las ceremonias importantes de su vida. Veintiséis años después, mi madre aún conservaba el mío como uno de sus mayores tesoros.

Como marca nuestra tradición, a los pocos días de nacer mis abuelos me regalaron mi nombre. Un nombre que abandoné por el que hoy soy reconocido «Elsu». En nuestra tribu, los niños cambian su nombre cuando van creciendo por otro que tiene mayor significado, acorde a su personalidad y a sus logros. También es normal que varones y mujeres cambien su nombre después de trascender a nuevos niveles de inteligencia espiritual.

Hacía algo más de cinco horas que habíamos dejado atrás la estampa de los horizontes ilimitados, que se extienden durante kilómetros y kilómetros en el estado de Montana en Estados Unidos, y las infinitas vistas del firmamento. No me extraña que lo llamen Big Sky Country. Siempre escuché que nuestra tribu había permanecido secretamente oculta en aquellas montañas rocosas durante miles de años, protegidos por sierras que tocan el cielo cubiertas de nieve. Una tierra que por generaciones habíamos compartido con manadas de wapitíes pastando entre abundante hierba que alcanza hasta la cintura. Un lugar donde hay el tripe de cabezas de ganado que de personas.

Estaba ubicado en una de las primeras filas del pasillo y por supuesto viajaba en clase económica. Las horas transcurrían perezosamente, hasta que llegó la hora de la cena. Las luces se encendieron y una azafata perfectamente uniformada con un sombrero rojo, una blusa ajustada y una falda con pliegues a conjunto por debajo de la rodilla se acercó para preguntarme si quería carne o pescado. Observé con curiosidad aquella composición de alimentos, presentados en pequeñas cajitas, algo totalmente novedoso para mí.

—No, gracias. Solo un poco de agua, por favor —solicité, acompañando la respuesta con un gesto clarificador.

—Por supuesto —contestó la joven complaciente en un inglés americano.

Era consciente de que iba a permanecer inmóvil en aquel reducido habitáculo cerca de quince horas hasta llegar a mi destino, con las correspondientes escalas, así que empecé a distraerme examinando a los otros pasajeros, lo que me parecía todo un espectáculo. De repente, un sesentón muy bien trajeado, canoso y repeinado que se hallaba sentado a mi derecha cerca de la ventanilla, interrumpió mi entretenimiento.

—¿Te lo puedes creer? —preguntó socarronamente, dirigiéndose a mí.

—¿Perdón? —contesté, sin entender muy bien la pregunta.

—Es increíble. Yo no puedo viajar con mi perrita *Lua* en la cabina del avión, pero esos árabes cubiertos con túnicas blancas sí que pueden hacerlo con su halcón en el brazo como si nada —dijo con tono indignado, señalando con el dedo índice a tres pasajeros que se encontraban algunas filas más atrás.

Seguí la dirección que señalaba girando la cabeza, y por fin entendí a qué se refería. No había reparado hasta aquel momento, pero personalmente me resultó algo muy normal, e incluso me sentí un poco como en casa rodeado de aquellos animales con tanto significado para mí.

—Son inofensivos, no le harán daño —respondí, tratando de tranquilizarle.

—¿Acaso mi *Lua* no lo es? ¡Es inaudito! —protestó, elevando el tono de su voz.

Una azafata se acercó inmediatamente al oír los gritos histéricos del hombre, que no paraba de hacer aspavientos con los brazos, mientras movía la cabeza sin cesar con un gesto de negación.

—Señor, usted está viajando con una aerolínea árabe. Aquí permitimos que los pasajeros viajen con sus halcones, puesto que lo consideramos un animal sagrado —le explicó la azafata muy amablemente, tratando de calmarle.

—¿Y qué pasa con el resto de animales? Mi perrita también es sagrada para mí.

—Lo lamento, señor, pero los perros no están permitidos —declaró la auxiliar de vuelo respetuosamente.

—¡Qué barbaridad! Menuda discriminación. Es la última vez que viajo con esta compañía. Esto es surrealista —terminó diciendo.

Me capturaron las palabras de aquella muchacha que tenía rasgos similares a los de los hombres vestidos de blanco. El tema me tocó de lleno y quise indagar en él.

—Señorita, ¿podría explicarme más acerca de vuestros halcones y cuál es el lugar que ocupan en vuestra tribu?

—¿Tribu? —repitió con una sonrisa carmín—. En Medio Oriente, los halcones son el más elevado símbolo de estatus. La caza con halcones se remonta a cientos de siglos y se ha convertido en una parte muy importante de nuestra cultura. Tradicionalmente, estas aves se utilizaban con una vía para obtener alimentos, pero hoy en día se mantienen como mascotas y se utilizan para el deporte.

»Para viajar las aves deber tener sus propios pasaportes, emitidos por el Ministerio de Medio ambiente y Recursos Hidráulicos, para combatir el contrabando. Algunas familias incluso tienen cientos de ellos. Para nosotros representan valor, perseverancia, determinación y libertad —concluyó, recogiendo también al enojado hombre con su mirada, mientras este la escuchaba con un falso desinterés, frunciendo el ceño y acariciándose una abundante barba blanca.

Las luces del avión se apagaron bajo la mirada astral y el suave torbellino de la noche. Me propuse descansar para estar fresco al día siguiente, en el que comenzaría la misión más importante de mi vida. Liberé los pies de mis mocasines abotinados, tomando una de las revistas que asomaban en el bolsillo del asiento delantero. Mientras la hojeaba con curiosidad, reconocí la imagen de la Alhambra de Granada, aquella fortaleza y palacio, obra cumbre del arte musulmán en Europa, de la que tanto me habían hablado, primero mi abuelo y luego mi padre. Me vi en aquella ciudad, recorriendo sus calles. Debo admitir que estaba bastante ansioso por vivir todo lo que me esperaba, no podía creer que el momento hubiera llegado.

Unas horas más tarde, una voz infiltrada en los altavoces confirmaba que estábamos aterrizando en la ciudad de destino. Sin pensarlo dos veces, me levanté del asiento, tomando el ligero equipaje que había permanecido en el compartimento del avión, una mochila de piel marrón que me acompañaba en todas mis expediciones, solo con lo necesario. Me despedí de algunos pasajeros y ofrecí una sonrisa a las azafatas que me desearon una feliz estancia.

Sin apenas darme cuenta, me encontré en medio de una masa de gente que corría apresurada en todas las direcciones, como una manada de antílopes en estampida. Se respiraba una mezcla de estrés con adrenalina, nervios y velocidad en el ambiente que me abrumaba. En el mundo de donde provenía, la paz y el equilibrio nos mantienen con vida. El entrenamiento especial que había recibido por mis maestros, me otorgaba el poder para sobrevivir en un mundo caótico como aquel, donde el ruido de la mente humana superaba infinitamente el de la contaminación acústica que producía aquella civilización. Una civilización que se hacía llamar «avanzada», pero que en realidad aún no había traspasado el primer «Arco de Luz». Uno de los siete Arcos del Templo de la Luz, y que por millones de años los guardianes de la galaxia Elove habían protegido.

Estaba escrito que un niño, cuyo nombre recaería en el Tótem del Halcón, guiaría a la humanidad a través de los siete Arcos de Luz, cumpliendo así la profecía que cerraría el círculo sagrado del universo. Los guardianes de la galaxia Elove, entre los que se encontraba mi padre, serían mis grandes aliados.

Estaba agachada atándose las cuerdas de unas botas rojas de ante de tacón fino con cierta torpeza. Una melena cobre alborotada con algunas mechas rojas a discreción cubría la mitad de su rostro. La miré de refilón sin imaginarme que aquella chica espigada y vestida con los colores del arcoíris sería la guía que había contratado. Levantó entonces su mirada, dejando al descubierto unos ojos grises felinos mientras sujetaba a la altura del pecho un cartel impreso con mi nombre, precedido de la palabra «Señor». Me resultó divertido, especialmente porque por primera vez desde que me mezclé con aquella civilización, no me sentía el único «bicho raro». Me quedé parado frente a la veinteañera. El cruce de nuestras miradas lo dijo todo. Ella estaba tan sorprendida al verme como yo, pero se armó de profesionalidad y se dirigió a mí con determinación, mientras se colocaba un bolso bandolero lleno de estrellas amarillas.

—¿El señor Elsu? —preguntó con soltura.

—Sí, soy yo, gracias por venir.

—Bienvenido a Granada. Mi nombre es Amelia y voy a ser su guía turística durante su estancia en esta bellísima ciudad. Seguro que no le decepciona. He preparado un listado con lugares de interés, monumentos y actividades para los próximos días. ¿Habla usted español? ¿Por dónde quiere que empecemos? ¿Le apetece ir primero al hotel para descansar y refrescarse? Es casi la hora del almuerzo y conozco uno de los mejores restaurantes de tapas de toda la ciudad.

—Lo siento, pero no estoy aquí de vacaciones. Necesito su ayuda para una misión en concreto. Y sí, hablo su idioma.

—¿Misión? No entiendo —preguntó, con un aire de desencanto tras un largo segundo de inexpresión.

Le mostré la palma de mi mano, donde llevaba grabado un mapa con una pequeña estrella marcada cerca de la palabra «La Laguna Púrpura».

—¿Conoce este lugar?

Leyó sorprendida, repitiendo en forma de pregunta:

—¿La Laguna Púrpura? He nacido y crecido en esta ciudad, trabajo como guía turística desde hace más de cuatro años y jamás he oído hablar de ningún lugar con ese nombre, o alguno que se le parezca por aquí.

—Tal vez ahora tenga otro nombre, es un mapa bastante antiguo. ¿Reconoce al menos la zona?

Amelia, pensativa, detuvo la mirada por unos instantes en lo que le resultaba un jeroglífico sin sentido, mientras sostenía la barbilla con los dedos.

—Según su mapa, ese punto estaría situado al norte de la ciudad, a unos cien kilómetros de aquí aproximadamente. Si quiere puedo hacer algunas averiguaciones esta noche. Preguntaré a uno de los historiadores más viejos de la ciudad, y mañana le paso a recoger a primera hora por el hotel para inspeccionar la zona. ¿Busca algo en concreto?

—Sí, un lugar extraordinario —resumí, sin querer adentrarme en los detalles.

Noté que empezaba a despertar el gusanillo de la curiosidad de Amelia, vestida con una capa de inseguridad y recelo. Por el momento no quería revelarle más información. Sabía que la tendencia de aquella civilización era la de asustarse ante lo desconocido, llegando en ocasiones a rechazar el conocimiento. Lo familiar les generaba tranquilidad, mientras que lo exótico y lo que veían como incompresible les producía miedo. Lo que alimentaba el temor de aquellas mentes débiles era la imposibilidad de comprender, hasta el punto de anular su autonomía, siendo prisioneros de sus propias emociones. En Elove habíamos aprendido que el temor se nutre de la ignorancia, mientras que el conocimiento nos libera, volviéndonos más capaces, más sabios.

—Vamos, tengo el «mira bragas» justo frente al aeropuerto —dijo mientras caminaba, invitándome a seguirla ladeando la cabeza con un gesto.

No tardó en percatarse de que no había pillado aquella palabra y enseguida utilizó una sonrisa pícara para acompañar la explicación.

—Llamamos «mira braga» a todos los coches con apertura de tipo suicida en las puertas. A veces, también le llamo «cacharro» porque es un poco viejo, pero no tiene por qué preocuparse, todavía tira.

La seguí hasta su coche, un pequeño y destartalado vehículo color verde manzana lleno de mapas y libros, que nos llevaría hasta el hotel. Me costó ubicar mis casi uno ochenta centímetros en aquel minúsculo espacio, que finalmente encajé con una pose de contorsionista. Era invierno y lloviznaba. Una ráfaga de viento levantó su falda de volantes antes de que pudiera sentarse en el asiento, descubriendo una de sus apretadas nalgas.

—¡Mierda, maldito viento! —exclamó, mientras trataba de recomponerse tras el contratiempo.

—Bueno, supongo que ahora que el nombre del coche ha hecho honor al momento ya podemos tutearnos —bromeó entre carcajadas y siguiendo con un estilo rompedor que empezaba a gustarme.

—Claro —contesté, devolviendo unas risas.

El viento, que normalmente vuestra civilización odia, es parte esencial del equilibrio de la naturaleza. De niño me gustaba observar la vegetación bailando de un lado a otro alrededor de nuestro tipi, bajo una nube de paja, polvo y miles de partículas diminutas que sobrevolaban las montañas mezclándose entre sí. Nosotros reconocemos y sentimos a nuestro hermano el viento, que extiende las semillas y el polen haciendo crecer las plantas. El viento lleva la vida de un lugar a otro y permite que las aves surfeen moviéndose con libertad.

Amelia cambió su semblante. Sus ojos metálicos naufragaron lagrimosos sin dejar de conducir.

—Hace algunos años teníamos un huerto donde mi padre cultivaba fruta estacional, algunas verduras y tubérculos. Mamá siempre se quejaba porque entraba en casa con los zapatos llenos de tierra y dejaba sus huellas por todas partes. Cuando le preguntaba «¿dónde está papa?», me decía: «el topo está por ahí escarbando». Siempre fueron dos seres antagónicos. El ardiente amante convertido en marido, un hombre de campo que gozaba gastando la vida sin prisas, pelando habas y observando cómo las gallinas arañaban la tierra. Ella una refinada mujer sin estudios, pero de espíritu cultivado, apasionada por la moda y la belleza. Dos almas que vivieron en mundos irreconciliables. Creo que para él mamá siempre fue una presencia etérea que se conformó sin poseer por completo, pero feliz de vivir bajo el mismo techo.

»No tendría más de seis años cuando mi padre me llevó a una zona del lateral de la casa y me dijo: "ya no serás más mi ayudante, a partir de ahora vas a tener tu propia huerta". Plantaba y regaba imitando el huerto gigante de mi padre. Recuerdo enfadarme cuando los caracoles se comían los brotes nuevos y siempre trataba de escabullirme a la hora de arrancar las malas hierbas.

»Cuando él murió de un fulminante infarto al corazón, dejó una maceta con los plantones de tomates listos para trasplantar y el corazón roto de mi madre, como si le hubieran robado la felicidad a cucharadas. Desde entonces no me llevo bien con la madre naturaleza.

»La verdad, no sé por qué le cuento todo esto a un perfecto desconocido. No suelo hablar de mis sentimientos con nadie, pero algo me ha impulsado a hacerlo. Lo siento —se disculpó, luchando con una lágrima noble.

Los hijos de Elove podemos sentir las emociones de los seres involucionados, y vivirlas simultáneamente. Sentí el corazón ardiente y aun dolido de Amelia, trotando como un joven potro con la crin al viento sin dirección, sin reglas ni medidas. Comprendí entonces una de las primeras enseñanzas de las doctrinas secretas, que los guardianes de nuestra galaxia nos transmiten a los iniciados. Una de las verdades arcanas, que únicamente aquellos que han traspasado los siete arcos de luz pueden comprender, abriendo así las puertas internas que conducen al Templo de la Luz.

Aquella civilización a la que Amelia pertenecía sufría ante la muerte porque la oscuridad les cegaba. Enfrentaban este trance con pavoroso temor y rechazo, e incluso preferían ignorarla declarándola enemiga de la vida. Algunos se refugiaban en creencias para paliar el dolor, huérfanos del saber. Aferrados a sus pequeños egos, miedos y razonamientos que les inhabilitaban para exponerse, aceptar y abrirse al misterio de lo maravilloso que es el viaje infinito.

El vehículo se detuvo frente a un edificio blanco y modernista, adornado con unos banderines morados y rojos. En el centro una puerta giraba constantemente siguiendo a los clientes, como los girasoles siguen al sol durante el día.

—Bueno, este es el hotel. Mañana te recogeré a las nueve. Para entonces ya habré realizado algunas indagaciones sobre tu lugar misterioso.

Amelia se despidió a cámara lenta como si no tuviera interés en dejarme marchar.

—De acuerdo. Nos vemos mañana —asentí, sin dejar de observar atónito la agitada vida que albergaba aquel lugar tan distinto a lo que yo conocía.

Amanecí con el alba, vi la luz del amanecer colarse tras las mirillas de la persiana. Salía de tan adentro de la noche que no puede evitar extrañar las estrellas. No necesité mirar la hora en el reloj que colgaba sobre la pared azul turquesa de la habitación, para saber que faltaban veinte minutos exactos para nuestro encuentro. Me había duchado la noche anterior e ingerido algunos alimentos del copioso bufé nocturno que ofrecía el hotel, a modo de experimento. Me enfundé un pantalón de algodón a juego con una camisa de ante color camel, decorada con púas de puercoespín y flecos. Usé los dedos para peinar mi lacia y oscura cabellera que reposaba sobre los hombros como un sauce llorón, para ajustarme después la vincha granate que recorría mi cabeza desde la frente hasta la nuca. Era la primera vez que veía mi rostro atezado y el dorado de mis ojos reflejados en un espejo. En Elove hemos aprendido a reconocernos a través de la mirada de nuestros hermanos. Ellos nos hablan de quiénes somos y nosotros se lo agradecemos devolviéndoles la mirada para que también ellos puedan descubrirse. No necesitamos cristales que chocan estrepitosamente contra la superficialidad, sin penetrar en la verdadera esencia del alma desnuda, nuestro lugar favorito.

Amelia ya me esperaba apoyada en el capó del coche con los brazos cruzados. Me sorprendió ver que un perro gris plateado, de denso pelaje y orejas puntiagudas, asomaba la cabeza por una de las ventanillas traseras del auto. Reconocí su temperamento valiente, curioso y activo de inmediato. Era un perro lobo checoslovaco alto y fuerte.

—Espero que no te importe —dijo confiada, mientras ondeaba la mano sobre la cabeza simétrica y musculosa del animal—. Siempre lo llevo conmigo cuando voy a pasar el día fuera. Ni siquiera te darás cuenta de que existe —insistió, tratando de quitarle importancia.

—Amo a los animales —respondí, apoyando la iniciativa. Desde niño ya hablaba el lenguaje de la naturaleza, de los animales y de los árboles.

—¡Qué bien! ¿En serio? Vaya, pues a ver si convences a *Vodka* para que deje de comerse mi desayuno por las mañanas —contestó divertida, sin dar ninguna credibilidad a mi declaración—. Vamos sube, te iré contando por el camino lo que he averiguado. Tenemos algunas horas por delante.

Tuve que apartar algunos folletos sobre viajes que se amontonaban en el asiento del copiloto antes de poder sentarme. Sentí un subidón de adrenalina, cómo el ritmo de mi respiración aumentaba y las pupilas se dilataban. Entendí entonces el estado de excitación que estaba experimentando Amelia.

—Parece que disfrutas mucho con tu trabajo. ¿Adónde te llevan tus viajes? —pregunté, en una reacción curiosa.

—¿Adónde me llevan? A cualquier parte. Tengo la necesidad de moverme, de saber qué hay más allá. Creo que sufro el síndrome de «la nostalgia de afuera». Añoranza por los lugares en los que nunca he estado. Cuando la nieve se derrite, las cigüeñas llegan y los primeros barcos de vapor zarpan, me asalta la punzante comezón de partir, como escribía Hans Christian Andersen. Arreglo mis maletas maltratadas, que aguardan junto a la puerta con impaciencia contenida ese impulso de ponerme en marcha, que me sobreviene y al que no me resisto —contestó, mientras íbamos dejando la ciudad a nuestras espaldas.

—El viaje es fuga y búsqueda a partes iguales. Una experiencia interior y existencial, al reencuentro de lo que ansiamos, el anhelo de lo que nos falta. El camino es vida. Uno nunca completa el camino de vuelta —apunté, abriendo un espacio de reflexión.

—Probablemente tengas razón. Siguiendo el dicho de Buda: «No puedes transitar el camino hasta haberte convertido tu mismo en la senda». Cada vez que me marcho por una larga temporada, retorno siendo otra persona. Lo más impactante y emotivo para mí es reconocer a la misma gente que sigue con sus vidas ordinarias, atendiendo a sus trabajos como robots biológicos programados para progresar. Actuando en piloto automático, pagando facturas, comprando comida, repitiendo las mismas conversaciones y preocupados por las mismas banalidades. Me pirra sentarme en un paraje desconocido y recordar episodios en los que no había pensado en años y que, de no haber sido por el intenso aroma de las violetas o lo pintoresco de algunas calles, tal vez habría olvidado. Soñar en camas ajenas, con la sensación de que estás abriendo mundos sin fronteras, me hace sentir que todo sucede por primera vez, pero de un modo eterno. Mi madre está convencida de que uso mis viajes como un truco de desaparición desde que papá nos dejó. No te lo tomes a mal, pero prefiero viajar sola. Este tipo de encargos los hago solo para ganarme la vida.

Sus palabras eran sinceras, pero al mismo tiempo había una conexión más allá de lo profesional que la atraía hacia mí como una polilla hacia la luz. Disfrutaba con mi presencia en una paz inquieta. Quise regalarle lo que necesitaba en aquel preciso instante, dándole sentido a su ánimo viajero y solitario.

—Agradezco la verdad en tus palabras. No me ofenden en absoluto, por el contrario, lo comprendo perfectamente. Todo viaje alcanza su máxima expresión en soledad. No hay manera de ver lo invisible en compañía. Lo vital de los viajes no es el destino, sino en la persona en quien te vas convirtiendo durante el trayecto. Ese ejercicio de introspección puede verse confundido y solapado por las impresiones peregrinas de otros. La paradoja está servida. Una buena compañía te obstruirá la vista y si esta no es interesante, corromperá el silencio con asuntos baladíes. La lucidez que proporciona la soledad es un requisito indispensable para capturarte en tu propia esencia. Por el mismo motivo, los seres humanos viajan solos cuando dejan su cuerpo físico para transcender.

Vodka yacía en el asiento trasero, con la cabeza entre las patas delanteras, siguiendo con la mirada cada uno de los movimientos que acontecían dentro y fuera del vehículo, y sin parar de husmearme, en un intento de reconocer quién era aquel individuo que estaba sentado junto al centro de sus afectos. Un inesperado ladrido quebró la conversación e introdujo unos segundos de silencio, que Amelia aprovechó para cambiar de tema.

—He estado consultando los mapas más antiguos disponibles y preguntado a todos los que pensé que podrían ayudarnos en tu búsqueda. Un viejo arqueólogo y astrólogo me habló de una leyenda olvidada, en la que los seres de las estrellas fundaron una civilización en la Ciudad Púrpura hace miles de años. Al parecer estaba formada por una enorme red de comunidades organizadas como las constelaciones. A ella únicamente se podía acceder siguiendo un mapa estelar, que se hacía visible cada milenio. La puerta de esa metrópoli estaría a unas tres horas al sur desde nuestra posición actual. ¡Menuda locura!, ¿no te parece? A los viejos les encanta hablar sobre esas leyendas, que solo algunos tontos se creen.

Contaba con la reacción descreída y hermética de Amelia desde el primer instante. Me había embarcado en aquella misión advertido y consciente de que no me resultaría fácil explicarle a aquella chisposa y soñadora criatura que la riqueza de la realidad no está en lo que vemos, sino en lo que no vemos. Cuando te topas con aquello que desconoces, tu yo superficial se sorprende, pero el misterio de la verdad está más dentro de nosotros de lo que imaginamos. Es necesario tener amplitud de miras y no cemento que nos tapie la percepción y la luz.

—¿Y si fuese cierto? —pregunté, provocándole una estrepitosa y espontánea carcajada.

—Vamos, Elsu, ¿no serás uno de esos inocentes que se creen esos cuentos acerca de profecías y seres intergalácticos?

—En realidad soy uno de ellos —declaré.

Amelia me dirigió un fugaz vistazo, asomando la mirada por encima de sus enormes gafas de sol estilo retro de «ojos de gato».

—Naturalmente. ¿Y qué pretendes encontrar en esa misteriosa Ciudad Púrpura? —añadió con tono condescendiente.

—Busco los escritos de las verdades arcanas que impulsaron la raza humana antes de que esta fuese corrompida.

—Vamos, confiesa. Eres un escritor de ciencia ficción consumido por la monotonía y el aburrimiento en busca de inspiración. Incluso tu extraña forma de vestir y de actuar hace que parezcas un personaje salido de una de tus novelas.

—Eso crees, ¿eh?

—Claro, la función del escritor consiste en transformar los hechos en ficción y la ficción en hechos. Tiene que hacer que la primera parezca una historia interesante, y que la segunda parezca creíble para que los lectores aplaudan.

Reímos entonces, cómplices, contagiados el uno por el otro.

Nos deslizábamos sobre el asfalto de una serpenteante carretera que seguía el curso de un caudaloso río, nutrido por las lluvias propias de la estación. A un lado se extendía una franja de tierra poblada de árboles y arbustos achaparrados. Al otro, un lienzo de vegetación boscosa, quebrada por algún que otro prado. Una tribuna ideal para entrar en contacto con los animales autóctonos. Los montes que se elevaban en los cuatro puntos cardinales se abrían a un paisaje de nubes dispersas, que se acercaban por el oeste, mientras el sol poniente les teñía las enormes panzas de un tinte rosado. Sentí el nerviosismo de nuestro acompañante canino, que comenzó a revolverse ansioso, emitiendo unos gruñidos y manteniendo la mirada fija en el parabrisas. Entendí de inmediato que algo no iba bien.

—Tranquilo *Vodka*, ya estamos llegando, amigo. Siéntate —le ordenó Amelia, sin que el animal atendiera a su petición. Este, por el contrario, empezó a saltar descontrolado, agitando la cola y transformando su expresión—. Algún día voy a tener que hacer realmente algo para adiestrarte. No sé qué le pasa, normalmente nunca se comporta así cuando viajamos —se disculpó.

Me giré hacia él, tendiéndole mi mano abierta y emitiendo unos aullidos ante el asombro de Amelia, que observaba la escena incrédula desde el pequeño retrovisor interior. *Vodka* respondió destensando su cuerpo y ofreciéndome la información que necesitaba, en un lenguaje fluido e innato que ambos compartíamos.

—Detén el coche, por favor. Alguien necesita nuestra ayuda.

—¿Dónde? ¿Ahora? ¿Aquí? —se aturulló sobresaltada, arrancándonos de la carretera con un brusco frenazo y una fe en mis palabras casi suicida.

Capítulo 4

Cerrada por reconstrucción

Probablemente esta experiencia esté en la lista de las cosas que les ocurren a los demás, pero nunca a nosotros mismos. También hay recuerdos que, aunque nos esforcemos en sepultar y enterrar con la arena de otros tiempos mejores, permanecen frescos, hostiles y desafiantes, aflorando en la memoria una y otra vez, como cajas de sorpresas. Uno cree en la música, en el cine, en el sexo y por supuesto en el amor para toda la vida, porque en el fondo somos unos románticos que necesitamos soñar.

La escena no podía ser más deprimente. El timbre del microondas volvió a sonar por enésima vez aquella mañana. El té o lo que quiera que fuese que había puesto dentro de la taza estaba listo. La coloqué sobre el mármol de la cocina, junto a las otras nueve tazas de infusiones frías que permanecían intactas. Volvía de nuevo a pasar el paño por la mesa de formica y a encajar con cuidado la silla en su sitio. Era tiempo de boleros, rancheras y baladas de desamor. Sonaba la canción «Esta tarde vi llover» de Armando Manzanero. Me quité las lágrimas de un manotazo mientras un suspiro salía de mi alma hecha un ovillo. En la nevera un post-it azul fluorescente sostenía un mensaje caducado: «Estamos a casi nada de serlo todo», junto a la firma de Jared en hebreo. Un poco más de alimento para mi atracón de pena.

Recordé entonces la historia de la gorila *Gana* que vive en el zoológico de la ciudad alemana de Münster y que fue noticia hace algún tiempo. *Gana* se negaba a deshacerse del cuerpo de *Claudio,* su cría de tres meses muerta por causas desconocidas. Los expertos no podían realizar la autopsia por la resistencia de la madre a abandonar a su bebé, al que intentó reanimar incesantemente con tiernas sacudidas y suaves caricias. *Gana* estaba de luto por la pérdida de su hijo, y cargar con su cadáver en las espaldas durante días formaba parte del rito fúnebre que estos primates realizan para llorar a los miembros del clan cuando mueren. Los seres humanos solemos también cargar con cadáveres de relaciones rotas, de los que nos resulta muy difícil desprendernos. Nos empeñamos en mantener el vínculo, aunque sea a costa de recuerdos que nos hacen sufrir.

Esther es esa hermana con diferente ADN, que adopté cuando descubrí que era uno de esos raros especímenes que se transforman en una verdadera amiga de forma vitalicia cuando le das amor del bueno. Siempre tiene un boleto preparado para llevarme directo a mis sueños. Sin duda, una de mis personas favoritas, además de una loca del Feng Shui, una disciplina china milenaria que se basa en la creencia de que de la misma forma que el aire fresco y el agua limpia alimenta nuestros cuerpos, también lo hace el Chi o energía vital. Los chinos reconocen que el paisaje y el ambiente influyen sobre el organismo humano. Ambos son parte de un mismo sistema de energía que impulsa la vida, provista por el Chi que vincula el espíritu con la materia.

—Mira, Rafaela, en serio, ahora lo que tienes que hacer es seguir este consejo del manual Feng Shui que dice textualmente: «La limpieza y el orden son imprescindibles, pues permiten que la energía Chi fluya con libertad. Ordena los trasteros y evita acumular objetos inservibles que ocupan el espacio destinado a los objetos nuevos útiles».

No hay nada mejor para pasar el duelo de una ruptura sentimental que limpiar los armarios y desprenderte de las tonterías viejas que acumulan polvo y que no utilizas, incluyendo todo lo que tenga que ver con él, para que todo fluya mucho mejor —me aleccionó Esther, tirándome del brazo en dirección a la habitación.

—No me apetece, de verdad. Ahora solo quiero regodearme en mi agonía, comer helado y ver películas que me hagan llorar. Hay días como este en que todo se encuentra desordenado, el pelo, la cama, el corazón, la vida, y está bien así.

—¿Recuerdas cuando me hablaste de Jared por primera vez? Me dijiste que habías encontrado al hombre perfecto para jugar al estropajo. Yo puse cara de póquer y te pregunté a qué juego te referías. Tú empezaste a reírte hasta que te faltó el oxígeno. «Sí, mujer el juego del estropajo —me dijiste—, tú me besas y yo te froto de la cintura para abajo.» Nunca dejes que te coloquen ese tornillo que te falta Rafaela —dijo, rodeándome con un abrazo que sabía a hogar, a fuego y a miel.

Dibujé en mi cara ojerosa una sonrisa forzada, en un intento de premiar los esfuerzos de mi amiga por rescatarme de la desgana.

Vivimos en la sociedad de la felicidad, donde no se nos permite estar tristes. Este es un valor a la baja, carente de glamur. Huimos de aquellos que huelen a pena o están afectados del virus del luto, no sea que se nos desequilibren los chacras y se esfume la buena vibra.

Marcela, una de mis pacientes en terapia, manifestaba que una de las cosas que detestaba cuando su pareja de más de quince años la abandonó, por una de las jugadoras del equipo de básquet que entrenaba, era el bombardeo de mensajes, probablemente cargados de buenas intenciones del tipo: «Venga tampoco es el fin del mundo. Tú eres joven, encontrarás a alguien pronto». «Ponte las pilas que la vida continua.» «No llores, que no vale la pena…» Negamos el duelo, creyendo que evitándolo va a desaparecer como el conejo en la chistera del mago. Por el contrario, los duelos son tozudos y nos esperan pacientemente para cumplir con su misión a la vuelta de la esquina, antes de que podamos volver a la casilla de salida. Hay personas y situaciones que merecen nuestras lágrimas. Dolores que necesitan ser gritados. El sueño desaparece durmiendo, el hambre se palia comiendo y el dolor sana llorando. Todas las emociones son buenas en su justa medida.

Belly nunca estuvo a favor de nuestro fugaz noviazgo y mucho menos de nuestra boda. Antes de eso siempre me decía: «Rafaela si te enamoras de un gato, un gato entra en esta casa». Pero se le olvidó mencionar que el gato no podía llamarse Jared. Opinaba que era demasiado joven para comprometerme. Entre dientes solía murmurar: «Ese hombre tiene escrito en la frente una palabra muy grande "problema"». Que su única nieta se lanzara a los brazos de un extranjero, y además judío, no formaba parte del prometedor futuro que ella había imaginado para mí. Como mujer liberal, presumía de atea y de no arrimar la ascua a ninguna religión, sin embargo, se delataba cuando las cosas se ponían feas encomendándose a Jesucristo por lo bajini. Cuando se ponía muy pesada con el tema, la abrazaba por la cintura como un oso, y ella bromeaba diciéndome que, si no dejaba de apretarla con tanta fuerza, haría una peluda alfombra para decorar el salón con aquel oso pegajoso. A pesar de haberse reducido por la edad, todavía llenaba aquella casa con su enorme presencia.

Veinticuatro meses, tres semanas y dos días. Este podría ser el título de una superproducción de Hollywood, en la que yo era la protagonista de un drama romántico, donde tras una intensa y apasionada historia de amor, la chica descubre que él no es ese exótico galán que interpretó en el *casting*.

Estaba decidida a convertirme en la directora de la peli. Como dice Virginia Woolf, y con lo que estoy totalmente de acuerdo: «No hay barrera, cerradura, ni cerrojo que pueda imponer a la libertar de la mente». Había que cambiar la banda sonora, el guion y hasta el escenario. Mi dieta iba a estar compuesta única y exclusivamente de aquello que me hiciera sentir bien, que me diera fuerza y ganas, incluyendo la mejor tienda de campaña para el optimismo.

La consigna era navegar todo el recorrido, pasando por el duelo tan necesario en estos casos, hasta volver a pisar tierra firme, y que el mal amor pasara a ser un recuerdo que pudiera archivar en mi corazón como algo positivo e indoloro.

Mi aventura en Jerusalén comenzó cuando me comunicaron que me habían concedido la beca para realizar mi tesis de Psicología en la Universidad Hebrea de la Ciudad Santa. De hebreo todo lo que sabía era *ani lo mideberet ivrit* o lo que es lo mismo «no hablo hebreo», pero los bolsillos los llevaba a rebosar de ilusión y ganas de descubrir el mundo. Belly siempre me decía que tenía el espíritu viajero de mi madre.

Quedarán en mi retina por siempre aquellos paseos de la mano con Jared por el alegre y bullicioso zoco árabe de la ciudad vieja, con todo su caos organizado, las tiendas de artesanía de madera y de tejidos, los cafés con narguiles, los puestos de especias, frutas y hortalizas, y los talleres de orfebres que dibujaban unas coloridas piezas a las que es imposible resistirse. Por la tarde nos sentábamos en un café que ofrecía pastelillos y dulces en platos de cobre como el *kenafeh*, sin olvidar por supuesto, el pan de pita con humus, el falafel, y los zumos de zanahorias acabados de exprimir, mientras se colaban en el menú promesas de amor y de sueños eternos. Toda una postal viva. Jared estaba convencido que el cambio de la humanidad comenzaría en Jerusalén.

Había perdido la noción del tiempo, que es lo que sucede cuando desaparecen los hábitos y las rutinas. El calendario de amapolas ensangrentadas dio una patada a mi realidad. Hacía una semana que Esther habitaba el lado de la cama de Jared. Se había atrincherado en mi casa ejerciendo de la perfecta amiga, un papel, que por cierto no debía de ser nada fácil. El reparto de amigos tras la muerte de una relación sentimental, no suele asignarse en el testamento. Por otro lado, ¿qué ocurre si uno de ellos cierra filas en torno a una de las partes, poniendo verde al otro protagonista, y luego hay una reconciliación inesperada?

Esther siempre fue más que una aliada incondicional. Hacía las veces de mi madre ausente y del padre que no conocí. La red que no me dejaba caer al vacío, transformándose en un mullido colchón cada vez que me lanzaba en caída libre.

—Rafaela, francamente no sé qué decirte. Cuando alguien muere, sabes que hay que dar el pésame. Cuando hay una boda, un nacimiento o la consecución de un éxito, damos la enhorabuena a la persona. Pero cuando una historia de amor se trunca, no sabes si sentirte triste porque la persona aún está enamorada, o alegrarte porque al fin queda liberada —confesó Esther, recogiéndome el pelo en una cola de corte bajo, mientras yo desayunaba mirando abducida la chaqueta de pana marrón que había regalado a Jared en el Rosh Hashaná, el año nuevo judío, y que había olvidado sobre el sofá.

Las lágrimas me abrasaban la garganta, aunque no cedí y me armé de valor. Ser la más fuerte ya no me consolaba, pero me puse a prueba, segura de que, en algún rincón oculto, existía una Rafaela libre, capaz de escupir la rabia que me había comido a bocados.

—Amiga, creo que ha llegado el momento de nuestro baile, saca la caja de auxilio y dale al *play*.

—¡*Wouuu*, estaba loca por oír eso! —exclamó Esther, que conocía a la perfección cuáles eran las instrucciones: un par de chocolates, unas velas aromáticas, una mascarilla facial y el karaoke con nuestra canción «I will survive» de Gloria Gaynor, que despertaba esa amazona que llevábamos dentro. Nos convertíamos en feroces guerreras de la mitología griega, descendientes del mismísimo Ares. Hipólita y Pentesilea. Así se llamaba nuestro dúo musical.

A todas las personas que aterrizan en mi consulta, heridas de muerte por alguna estocada de amor o pérdida, les hacía la misma promesa antes de empezar con la terapia. Una promesa que no solía quebrantar: «Te prometo que habrá días en que la rabia, la duda, o la tristeza, te asediarán tanto que estar viva te resultará insoportable. Te hablarán de una luz al final del túnel, pero no te aferres a ella, siempre llega demasiado tarde para salvarte del fondo de las tinieblas. Te prometo que habrá días en que la realidad no tendrá nada que ofrecerte, pero la dejarás entrar porque no te quedarán fuerzas para oponerte. Te prometo que el desconsuelo será una constante por algún tiempo, y que no habrá trucos mágicos ni recetas milagrosas que acallen la banda sonora de la pena. Te prometo que no hay atajos ni anestesia que te liberen del dolor del duelo, y que vivirás batallas encarnizadas entre tu corazón estrujado y tu mente racional sin victoria alguna. También te prometo que los recuerdos se pegarán como una sanguijuela a tu memoria, arrebatándote el sueño y el presente por una temporada. Te prometo que no habrá escondite donde refugiarse de la artillería de preguntas sangrantes y excusas que te dispararás a ti misma en tu propia contienda. Pero del mismo modo, te prometo que un día cualquiera todo empezará por primera vez. Te reconciliarás con tu sonrisa, en una vida redecorada, para no sentarte nunca más a una mesa donde el amor ya no se sirve. Te prometo que aprenderás una manera distinta de convivir con aquellos a quien amaste y que ya no están. Te prometo que el reloj reanudará su marcha, y lo más importante: resurgirás con paso firme sobre la alfombra roja de la vida, más sabia, más fuerte y más valiente. Yo estaré a tu lado para poner aceite en tu lámpara cuando la luz se desvanezca, para recordarte quién eres cuando se te olvide, para abrir la ventana cuando te falte el aire, pero tendrán que ser tus dedos los que pasen la página y escriban el próximo capítulo».

Íbamos a casarnos en el mes de marzo, en una boda para trescientos invitados en el hotel Sheraton. Música en vivo, *catering kosher* bajo las estrellas y fiesta hasta el amanecer. Por cierto, para aquellos que no estéis familiarizados con el término *kosher* como me ocurrió a mí en un principio, los alimentos *kosher* son aquellos que se preparan de acuerdo a las normas dietéticas judías.

Como hijo de una familia tradicional de la comunidad judía ortodoxa, eso era lo que se espera de Jared. Eso, y que su futura esposa también fuese judía, o estuviese dispuesta a pasar por el largo proceso de la conversión.

Yo estaba inmersa en esa locura transitoria que te produce el enamoramiento, y me parecía de lo más romántico el significado que mi «filósofo chiflado» como lo llamaba cuando me ponía cariñosa, le daba a la ceremonia.

—Cuéntame acerca de tus costumbres, ¿cómo es una boda judía?

—Para nosotros, la ceremonia es el reencuentro de dos almas gemelas que fueron separadas al nacer —contestó Jared, dibujando unos pequeños círculos con los pulgares sobre mi hombro desnudo.

La *kala* (novia) luce un vestido blanco y el *jatán* (novio) rompe una copa bajo la *jupá*, el palacio nupcial, mientras los familiares gritan ¡Mazel Tov!, una expresión hebrea que significa literalmente «buena suerte».

—¡Qué divertido!, ¿no? Vosotros rompéis copas y los griegos platos. Recuerdo cuando Adonis me invitó a su enlace con Adrienne, ambos griegos, y cómo todos los invitados empezaron a estrellar platos contra el suelo al ritmo de la danza de Zorba, como augurio de felicidad para los desposados.

—Sí, supongo que hay que liberar la adrenalina del momento de alguna manera. Siempre es mejor romper los platos antes que tirárselos a la cabeza después de la boda, ¿no crees? —dijo él, haciéndose el graciosillo—. Los judíos más devotos o radicales practican rituales y costumbres diferentes.

—¿En serio? Pensaba que todos los judíos erais judíos.

Jared empezó a reírse, dejando al aire su fila de dientes perlados.

—Nosotros decimos que donde hay dos judíos hay tres opiniones. Piensa que nuestro pueblo tiene más de tres mil años de historia, tiempo suficiente para que se desarrollen diferentes corrientes. Hay algunos que no leen los diarios generalistas, no ven la televisión y escapan de Internet. Tienen familias numerosas, con tantos hijos como les envíe Dios, rezan en congregaciones tres veces al día, y en algunos lugares viven hacinados en barrios regidos por las leyes de la Torá y la palabra de los rabinos.

—¿La Torá? ¿Te refieres a lo que sería la Biblia para los cristianos?

—Sí, algo así. En la Torá están escritas todas las enseñanzas y leyes del judaísmo.

—¿Y qué dice tu ley acerca de contraer matrimonio con un espíritu libre y rebelde como yo?

—Estoy seguro de que tú también crees en algo.

—Por supuesto. Yo creo en la espiritualidad.

—¿Y no es lo mismo?

—Claro que no. Te daré algunos ejemplos: la religión no es solo una, sino cientos, la espiritualidad es una. La religión es para los que quieren seguir los rituales y la formalidad de la masa, la espiritualidad es para los que quieren alcanzar la ascensión espiritual sin dogmas. La religión es para los dormidos, la espiritualidad para los despiertos. La religión es para aquellos que necesitan a alguien que les diga qué hacer, que necesitan ser guiados, la espiritualidad es para los que escuchan su voz interior. La religión amenaza y amedrenta, la espiritualidad te da libertad y paz interior. La religión habla del pecado y de la culpa, la espiritualidad te dice ya pasó, no te remuerdas, levántate y aprende de la experiencia. La religión se te inculca desde niño, como la sopa que no quieres tomar, la espiritualidad es el alimento que tú mismo buscas, que te sacia y satisface todos tus sentidos. La religión no indaga ni cuestiona, la espiritualidad es una pregunta eterna. La religión sigue los preceptos de un libro sagrado, la espiritualidad busca lo sagrado en todos los libros. La religión sueña con la gloria y el paraíso, la espiritualidad te invita a vivirlo aquí y ahora. La religión es causa de división y de guerras, la espiritualidad se basa en la unidad.

—Bueno, creo que es mejor que dejemos el tema. No puedes entender lo que significa ser judío.

—Sí que lo sé. Judío es aquel que ha nacido de madre judía o ha realizado la conversión al judaísmo.

—Eso es. Y tú no eres ni lo uno ni lo otro.

En aquel momento, mis escasos veintitrés años no podían calcular la dimensión de lo que se me venía encima. Cupido, hijo de Marte y de Venus, del amor y de la guerra, me había dado por sorpresa y de lleno; ese niño travieso que lanza flechas a diestra y siniestra con los ojos vendados, con mala puntería y peor criterio en la mayoría de las ocasiones. Eufórica, llena de energía, e invadida por el cóctel químico de dopamina y serotonina, que el cerebro enamorado libera cuando estás bajo el estado de «imbecilidad transitoria», me había convertido en una adicta del «universo Jared», el peor de los estados para tomar decisiones inteligentes sin daños colaterales. Sientes que ningún tsunami podría contigo, cuando en realidad eres tan vulnerable, que la más suave de las brisas no tardaría un segundo en derribarte.

«No hay más ciego que el que no quiere ver», «amor no correspondido, tiempo perdido», «corazón apasionado, no quiere ser aconsejado». Este último, sería con total seguridad, uno de esos refranes típicos que nos transmite el saber popular y que Belly habría utilizado para describir mi situación, en caso claro está, de que le hubiese hecho partícipe de ella, algo impensable cuando vives en una nube, desbrujulada y creyéndote omnipotente. ¿Qué consejo u opinión iba yo a aceptar que no estuviese alineado con lo que yo vivía en mi cuento? Mis oídos solo se activaban para aquellos comentarios que reafirmaban mi realidad; «sois la pareja perfecta», «qué suerte has tenido al encontrar a Jared», «no hay más que veros para saber que estáis hechos el uno para el otro». Más tarde, demasiado tarde, el norte deslumbra de nuevo, mientras tú intentas dilucidar cómo es posible que hayas llegado tan lejos.

Hoy, y a toro pasado, veo mi historia reflejada en uno de mis pacientes. Julio, cincuenta y siete años, un exitoso cirujano que llegó a mi consulta aquejado del mal amor que Sabrina le procuraba. Su relación parecía más bien una carrera de obstáculos que una forma de compartir la vida. A Julio no le faltaban pretendientas, pero cayó preso del hechizo de Sabrina, una joven de veinticinco años que parecía haber salido de un catálogo, con aspiraciones de modelo y amiga de su hija. Al parecer, a la joven le gustaba vivir deprisa, coquetear con sustancias que la transportaran a dimensiones donde el sexo con Julio parecía no llegar, la noche y todo aquello que asociaríamos a una chica de su edad. Julio le proporcionaba la plataforma económica, la seguridad y un espacio en el olimpo que había creado para ella. Bajo una ceguera que desde fuera parecía inexplicable, Julio era capaz de hacer cosas insospechadas con tal de complacer a su diosa, ese ser que había inventado a su medida. Sus amigos, su familia y hasta su propia hija podían ver lo que no se escapaba ni al más común de los mortales. Eran dos seres condenados a no entenderse, donde el amor no era suficiente para acercar dos mundos tan dispares, pero Julio se empeñaba en ver otra película muy distinta. «La envidia es el deporte nacional, tienen demasiados perjuicios, el amor no tiene edad, yo la cambiaré, voy a despertar el ser maravilloso que hay en ella.» Esta era la retahíla con la que se convencía a sí mismo, hasta que tres años después, la realidad le cayó en la cabeza desde el séptimo piso. La infelicidad hizo mella, afectando a su trabajo, a su salud mental y hasta a su círculo más próximo. Está claro que lo que no puede ser, no puede ser, y además es imposible. Sin embargo, a menos que estés vacunado contra las pasiones, o hayas renunciado a tu condición humana, resulta fácil caer en la trampa de esa promesa improbable, y aunque ladre como un perro, actúe como un perro, mueva la cola como un perro y huela como un perro, nosotros seguiremos diciendo que es nuestro gatito, manteniendo la vana ilusión de ser el artífice de un milagro.

En medio de una novela de amor y aventura, resistía los embates de los choques culturales y religiosos, especialmente con mi futura suegra. Conocí a la madre de Jared, una auténtica *idishe mame* en un *shabat*, el séptimo día de la semana judía, que es considerado sagrado. La celebración del *shabat* se inicia en la tarde del viernes, culminando con el anochecer del sábado, y simboliza el día de descanso. Yo me quedo con la curiosidad de que incluso los animales no pueden realizar tareas para el beneficio de los humanos ese día, algo que, para una animalista como yo, es de agradecer.

Admito que, aunque era más española que la tortilla de patatas, no me costó aficionarme a los exquisitos manjares y al mágico ritual de aquellos viernes nocturnos, que todavía hoy añoro. La imagen de una mujer encendiendo dos velas, mientras se recitaba la bendición para el recibir el *shabat*, es un icono judío que siempre me fascinó.

Jared me había enseñado el «Shalom Alejem», la canción con la que comienza la cena tradicionalmente. Habíamos estado practicando durante tres semanas sin descanso. Él había invertido mucho esfuerzo e interés para que mi presentación oficial a su familia fuese todo un éxito.

—Vamos, Rafaela, una vez más. Tienes que esforzarte para aprender. Todos estarán pendientes de ti.

—Estoy agotada. Hemos practicado durante horas. Ya sabes lo que me cuesta el hebreo. Tampoco pasa nada porque sea la única que no cante. Mira, yo moveré la boca sin emitir ningún sonido y seguro que entre tanta gente nadie se dará cuenta de mi pésimo acento.

—No muestras ningún respeto por mí ni por mi familia con esa actitud. ¿Cómo quieres que te acepten si no pones de tu parte? —me reprimió, herido y con tono autoritario.

—Tengo hambre. Vamos a comer algo y luego continuamos. Nos servirá para despejarnos.

—Ni hablar, no hay comida hasta que no terminemos.

Serían más de las dos de madrugada cuando por fin obtuve el permiso para irme a dormir, exhausta y hambrienta. Aquí otro de los refranes de mi abuela que bordarían la escena: «Contigo pan y cebolla». Aunque ni el pan ni la cebolla alimentaron aquella noche mi estómago, que rugía como un león reclamando a gritos la falta de alimentos y mi desatención hacia él. El amor por Jared eran todos los nutrientes que necesitaba. ¿Cómo podía ser tan egoísta? Yo había actuado como una desagradecida, que no valoraba todo lo que Jared estaba haciendo para que fuésemos felices juntos. Así que con ese pensamiento, y el pijama de la culpabilidad puesto, me acosté aquella noche.

Una joven de mi misma quinta, con una peluca castaña muy bien arreglada y vestida de forma recatada y pulcra, pero sin gracia alguna, me miraba como si estuviese hipnotizada. Sus ojos eran dos gotas de plata azuladas, como dos diamantes únicos. Sentada frente a mí, y una de las trece mujeres y nueve hombres que rodeaban aquella mesa bellamente servida, seguía mis movimientos con discreta curiosidad. Claramente, el escote pronunciado de mi jersey de angora naranja y mis vaqueros ajustados eran motivo de escándalo para la mayoría de los presentes, aunque intuía que la mirada de la joven era más de admiración secreta por alguien que no escondía su cuerpo ni sus pensamientos bajo la decencia y la imagen que debe proyectar una mujer digna ante su esposo y ante la comunidad judía. Aquel fue mi primer encuentro con Esther, una desconocida, que se convertiría en una pieza fundamental de mi historia.

Esther era la esposa del hermano mayor de Jared. A su temprana edad ya cargaba con tres niños y una panza saliente que anunciaba un cuarto en camino.

El estallido de color del menú compuesto por el *jalá*, un pan con semillas trenzado, ensalada de salmón y col oriental, y pescado *guefilte*, acompañado de patatas asadas y judías verdes, competían sobre el blanco del mantel, con la vajilla de porcelana, los vasos de cristal y los brillantes cubiertos de plata.

No habíamos alcanzado el tradicional postre *leicaj* de miel, cuando la madre de Jared se abrió paso, entre el murmullo de los comensales, con una pregunta tan inesperada como desafortunada para un primer encuentro.

—Jared, ¿ya habéis empezado con los preparativos para la conversión de Rafaela?

—Mamá, Rafaela se convertirá si ella quiere —contestó su hijo, con cierta sequedad y sin emoción.

Por la noche ya en la privacidad de nuestro pequeño apartamento, Jared me dijo:

—Para mí es importante que te conviertas. Me gustaría que lo hicieras, pero no quiero que lo hagas si para ti es un problema.

—No quiero hacerlo. No entiendo por qué tengo que renunciar a mis creencias y a mi forma de vivir por amar a una persona. Además, para ello tendría poco menos que nacer de nuevo, y no estoy por la labor de repetir la experiencia traumática del parto. Seguiré siendo la *goy*, como vosotros llamáis a los extranjeros.

—Casémonos en secreto, entonces. Una vez termine mis estudios de filosofía, nos vamos a vivir a Granada. ¿Qué te parece? Un año es todo lo que te pido.

Sellamos el pacto con un abrazo infinito, mientras mi filósofo chiflado me decía al oído con su voz cálida y penetrante.

—Rafaela, ¿sabías que un abrazo son dos corazones que se besan a escondidas?

—¿Por qué tendrían que esconderse? —interrogué, como una niña que se cuestiona e interesa por todo lo que le circunda, con inagotables preguntas y confrontando toda explicación que no satisface su curiosidad.

—Me enseñaron a no dar expresión a los sentimientos, a reprimir las emociones. Cuando tenía ocho años, inventé un nuevo lenguaje para comunicarme con aquellos a quien amaba.

Aquella fugaz victoria, que me hizo sentir en control, se tiñó de tristeza con el relato de Jared. Entonces no fui consciente de que había aceptado de buen grado el papel de madre de un niño tan indefenso como tirano. Este es un clásico de muchos hombres y mujeres que se quedan orbitando alrededor de ese infante que, a pesar de lucir bigote o usar una talla noventa de sujetador, buscan parejas dispuestas a inmolarse para seguir amamantando sus necesidades. Ese era un rol que me encajaba como el zapato de cristal a Cenicienta. Me había colgado una capa al cuello que me identificaba como la «súper Rafaela». Al fin y al cabo, ¿no era la profesión de salvadora la que había elegido?

La historia de Amanda y Ricardo es el ejemplo más claro que se me ocurre para explicar este modelo de relación insana. En la primera sesión en que trabajé con ella como terapeuta, me puso en alerta su comentario: «No puedo abandonar a Ricardo porque él me necesita. ¿Qué va a ser de él si yo no estoy a su lado?». Quise saber más acerca de Ricardo para comprender el grado de indefensión al que se refería. Ricardo paseaba sus cuarenta y seis años en el último modelo de coche que salía al mercado. Era hijo de una familia adinerada, que vivía prácticamente de rentas en un barrio exclusivo de la ciudad. Conoció a Amanda cuando ella trabajaba en una de las cafeterías de su familia, en horario nocturno para poder pagarse los estudios de enfermería. Él la reclamaba llamándola a cualquier hora del día, diciéndole que no había comido nada porque le gustaba como ella le preparaba las tortillas. Le montaba broncas descomunales cuando Amanda estaba hablando con sus amigas, y no le prestaba atención a sus bromas infantiles. Ricardo nunca quiso tener hijos, alegando que eso les quitaría tiempo para su relación, a pesar de la llamada de la maternidad que el reloj biológico había despertado en Amanda tres años atrás. Ella se había hecho cargo de su agenda, lo llevaba literalmente al dentista cuando tenía la revisión, le consolaba como si fuese una mascota desvalida en todos y cada uno de sus injustificados arrebatos, y le daba el pecho a demanda, solo preocupada por la satisfacción sexual de Ricardo, que se daba la vuelta y se dormía como un bebé que ha sido alimentado por una madre orgullosa y sacrificada. Ella siempre tenía una lógica desconcertante para explicarlo: «Nadie lo conoce como yo, si lo dejo se muere». Amanda se había perdido en esa madre que nunca parió y que le había hurtado el papel que le correspondía. La terapia fue toda una aventura de reencuentro que duró casi diez meses.

La Navidad pasada coincidí con Amanda en unos grandes almacenes. Ella empujaba un carrito con una preciosa niña de ojos verdes. Se había casado con un ingeniero divorciado y al parecer era muy feliz. Me contó que Ricardo seguía bajo el síndrome de Peter Pan, ese síndrome descrito por primera vez por el doctor Dan Kiley en su libro *El Síndrome de Peter Pan. El hombre que nunca creció*, incapaz de asumir su ciclo vital y anclado en el pasado, negándose a tomar la responsabilidad de sus actos y de su vida.

Capítulo 5

Caricias de un sueño

«Creo que nos ponen esos camisones con el culo al descubierto para que no nos escapemos de los hospitales», fue mi respuesta cuando contesté la llamada de Conan diciéndome: «¡Por fin ha despertado la bella durmiente! ¿Cuándo vas a escaparte de ese lugar? Te echo de menos».

Reconocí la voz de mi amigo y entrenador de inmediato, y con ella todos los recuerdos, o al menos eso creía, vinculados a nuestra relación.

—Mañana me darán el alta si los resultados del TAC son positivos. Estoy deseando regresar a casa.

—¡Genial! Entonces te paso a recoger mañana. Tienes mucho que contarme de tu viaje al otro lado —repuso con su característico sentido del humor, y sellando la conversación con una carcajada que permaneció en mis oídos como un eco por unos instantes.

Ahora que escribo sobre esta experiencia, y que me enfrento al ejercicio diario de excavar en los recuerdos, las conversaciones, los detalles y tantas sensaciones vividas, me doy cuenta de que gracias a Conan el sentido del humor ha sido uno de los compañeros más fieles a lo largo de mi viaje. Por extraño que resulte, reírse de uno mismo, de lo absurdo y complejo de algunas de las situaciones que nos plantea la vida, me parece uno de los entrenamientos más saludables y sanadores que Conan me enseñó. Un ejercicio necesario, y un verdadero catalizador emocional, ante la incertidumbre y la «terribilitis» que genera mentes fuertes contra viento y marea.

Hace más de cuatro mil años, había en el antiguo Imperio chino templos donde las personas se reunían para reírse con la finalidad de equilibrar la salud. En la India existen templos sagrados donde se practica la risa. En otras culturas antiguas existía la figura del «payaso sagrado» o «doctor payaso», un hechicero vestido y maquillado que ejecutaba el poder terapéutico de la risa para curar a los guerreros enfermos. La Biblia, en el Antiguo Testamento, dice: «Cuando el corazón está alegre, la vida es más larga, pues un corazón lleno de alegría cura como una medicina, por el contrario, un espíritu triste seca los huesos».

También Freud atribuyó a las carcajadas el poder de liberar el organismo de energía negativa.

Uno de los doctores principales que se encargaba de dirigir cada una de las pruebas irrumpió en la sala donde mi cuerpo permanecía tumbado en la máquina del TAC, una especie de túnel o tubo que tiene una camilla central y que gracias a su diagnóstico se obtienen imágenes muy precisas del interior del cuerpo y de sus diferentes órganos.

Sentí su aliento sobre mis hombros. Sin duda se estaba acercando a mí. El perfume de loción de afeitado con fragancia de limón, mezclado con su propio olor masculino, y el de apósitos con alcohol activaron mis sentidos olfativos, como a la espera de algo imprevisto. Su figura menuda se movía con una asombrosa coordinación. Sus cabellos tendían a precipitarse sobre su frente, y comenzaban a tornarse grisáceos en algún que otro mechón. Detuve mi atención en sus pequeños ojos castaños, y su rostro, repleto de serenidad e inteligencia. Me transmitió confianza desde el primer contacto. Irradiaba profesionalidad en cada uno de sus gestos.

—Rafaela, ahora debes permanecer completamente quieta, igual que una estatua. No tengas miedo, es una prueba totalmente indolora.

Estoy convencida que ya era claustrofóbica en el vientre de mi madre, y por ese mismo motivo había nacido antes de tiempo. Los espacios pequeños o angostos me provocaban fobia y un intenso miedo irracional a quedarme atrapada en cualquier lugar cerrado o limitado. Solía entrar en un recinto y comprobar el lugar donde estaban las salidas para situarme cerca de ellas, o evitar conducir en hora punta para no quedar atrapada en un atasco.

El cuadro mostraba todos los síntomas. Tensa y alerta empecé a hiperventilar. Los latidos de mi corazón se aceleraban por momentos. Los pensamientos de muerte inminente me bombardeaban el cerebro.

Incluso fracasé en el intento de controlar los temblores de mis extremidades.

—Entiendo. Queréis cotillear los secretos más íntimos de mi cuerpo, a falta de una buena película esta noche ¿verdad? —dije al personal médico, agarrándome a mi sentido del humor como a un clavo ardiendo.

Antes de meterme en el escáner, había hecho el amago de quitarme el camisón impersonal que llevaba mal atado a la espalda, cuando uno de los enfermeros con cara de asombro me gritó:

—¡No te quites la bata! ¡No es necesario!

Yo terminé la frase, que imaginé él no se había atrevido: «¡No hace falta que me des el día!», pensando para mis adentros en lo poco apetecible que debía de estar mi cuerpo, flácido y blanquecino, tras aquel tiempo hibernando.

El doctor Alex, como así se llamaba, quiso tranquilizarme.

—Todo habrá terminado en una hora.

—Ah, entonces, ¿solo son sesenta minutos tomando un café frente al monstruo y lidiando con mi amiga, la neura claustrofóbica que me pone al límite? —añadí, irónicamente, con una sonrisa creada para vestir la situación, bajo la mirada atenta de Alex, que hizo un gesto de victoria con su pulgar y compartió unas risas con su equipo, metido en su bata blanca, transmitiéndome vida.

Si algo he aprendido a lo largo y ancho de mi existencia, es el poder del sentido del humor y su impacto en nuestra mente cada vez que «terribilizamos» situaciones. Si existen tantas realidades como puedan inventarse, también podemos afirmar, que existen tantos miedos como podamos inventarnos. Durante aquel interminable espacio de tiempo, recordé el caso de Miguel.

Miguel llegó a mi consulta recomendado por una de mis pacientes, una tarde del mes de mayo. Con semblante adusto, desaliñado y arrastrando los pies como si cargara con una tonelada de huesos parecía que jamás hubiese sido iluminado por una sonrisa, frío a pesar de la tibia temperatura de la primavera. Parco, reservado en la conversación y melancólico, a pesar de todo ello no podía evitar despertar afecto. Hacía dos años que la empresa donde trabajaba se había ido a pique, y a consecuencia de los impagos de la hipoteca le habían embargado la casa donde vivía con Ana, su mujer, y sus dos hijos de cuatro y siete años. Se había trasladado a casa de sus suegros, quienes les ayudaban económicamente hasta que él encontrara trabajo. El escaso dinero que entraba en casa provenía de las pocas horas que Ana trabajaba, como limpiadora, en una fábrica de papel y la pequeña pensión del padre de esta.

Miguel me contó que siempre había sido un hombre positivo, alegre y animoso, que siempre fue el alma de todas las fiestas y el amigo al que todos acudían cuando necesitaban remontar el vuelo; incluso su antiguo jefe solía convocarle a todas las reuniones tensas para que rompiese el hielo con alguno de sus ingeniosos chistes, pero que desde el fatídico evento no tenía ganas de vivir, y que incluso había pensado en quitarse la vida. Cada vez que intentaba gastar una broma en casa, su suegro le reprimía con comentarios del tipo: «¿cómo puedes reírte con la que está cayendo?», «no le veo la gracia a tanta desgracia», «cuidadito con las bromas, que no está el horno para bollos». Por su parte, parecía que Ana había heredado el pesimismo y la actitud gris de su padre. Si Miguel proponía una actividad para salir con los niños o pasar un tiempo a solas con Ana, ella abortaba todo plan con la excusa de: «¿cómo puedes pensar en eso en este momento?, parece que vives en los mundos de Yupi, no sé cómo puedes disfrutar con esta situación…». Toda broma era ofensiva y toda semilla que portara el gen de la alegría rechazada. Miguel se había entregado al malestar y renunciado a una felicidad que no creía merecerse. Necesitó siete meses de intensa terapia hasta darse cuenta que el recurso natural más importante del que disponía para salir a flote era precisamente su sentido del humor y el enfoque positivo. Tuvo que desactivar el mecanismo implicado en el masoquismo emocional que le estaba hundiendo en el ocaso.

La felicidad puede ser hiriente para quienes no la tienen. Sin embargo, hay que entender que el humor no banaliza una situación trágica, no niega la realidad, tan solo nos ayuda a digerirla. La comedia no tiene un carácter curativo, sino paliativo. Nos ayuda a pasar una situación y, aunque no se resuelve, nos motiva y estimula para sobrellevar mejor algo que sabemos que va a ser largo o de difícil gestión. En toda broma hay una parte de verdad, por eso nos hace reír. Porque ridiculiza una realidad conocida y a la vez nos hace sentir fuertes frente aquello que tememos. El sentido del humor nos empodera momentáneamente, y eso facilita que podamos sacar, en general, lo mejor de nosotros mismos.

Ya de regreso a mi habitación, y a la espera de las noticias que me darían la carta de libertad para continuar con mi vida, me detuve frente al único ventanal que rompía la pared del largo pasillo de la tercera planta, donde era huésped a la fuerza de aquel hotel de los dormidos. Fuera, un camión de la basura rugía, empachado por desechos que un día fueron nuevos, útiles y deseados, como todos los que residíamos en aquel lugar. Una furgoneta rotulada con las palabras «NOTICIAS FRESCAS» permanecía aparcada junto a la acera, a la espera de recibir el pistoletazo de salida que suministraría la dosis diaria de información y datos necesarios para continuar con la contaminación mental. Personas como hormigas coloridas se cruzaban sin mirarse, no fuera a ser que descubrieran la presencia de alguien más en su diminuto mundo particular. Solo algunas miradas lascivas que dedicaban los obreros de un edificio en construcción a unas pocas chicas de «buen ver», se escapaban de esa órbita.

El televisor de pantalla plana, situado en una de las esquinas, destapaba las noticias del día surgidas a borbotones de los labios rosa quisquilla de la reportera, perfectamente maquillada como una Barbie recién salida de su cajita. Se presentaba ante la cámara con un vestido de punto de Kate Spade azul pálido y zapatos grises de tacón bajo. Con una mano sostenía un micrófono gigante, que no les quitaba protagonismo a sus largas uñas, pintadas con manicura francesa, en la otra sostenía un portapapeles plateado.

Observé cómo mi vecina de cama se dirigía a la habitación después de comprar un capuchino en la máquina expendedora que había cerca de una de las salas para las visitas. Parecía alegrarse de verme en pie y me saludó desde la corta distancia que nos separaba.

—¿Ya tienes los resultados? —se interesó, en un tono exageradamente elevado.

—No, aún no.

—*No news, good news* —contestó, con un pie ya dentro de la habitación.

Nunca entendí por qué damos por supuesto que la ausencia de noticias tiene que ver con buenas nuevas. Tal vez simplemente siguen en su camino, luchando contra el tiempo para llegar a su destino. Es posible también que ni siquiera la noticia haya visto la luz por primera vez, o que nosotros estemos en el lugar equivocado. Belly diría que las malas noticias tienen alas, y las buenas andan despacio. Lo cierto es que la velocidad de las noticias no tiene nada que ver con lo buenas o malas que estas puedan ser, como también es falso que el saber no ocupa lugar. De hecho, el saber es lo que más ocupa. ¿Si el saber no ocupa lugar, por qué olvidamos tantos conceptos, fechas, doctrinas y batallas, que a lo largo de tantas tardes de estudio fuimos atesorando en la memoria?

Por descorazonador que parezca, nuestro cerebro tiene unas gigas limitadas. El noventa por ciento de las cosas que aprendemos acabamos olvidándolas y solo aquel conocimiento necesario para la vida, o el que causa un fuerte impacto emocional, permanece. Podemos actuar de forma inteligente y trazar una estrategia para que todo conocimiento e información que entre en nuestro cerebro sea útil y provechoso para nuestra vida, o convertirnos en «obsesos de la información», ese que se considera más culto, más informado y con mejor conversación que el resto, reforzándole a seguir con su locura consumista, sin darse cuenta de que en muchos casos la información que recibe no es de calidad, está sesgada, incompleta o politizada.

De nuevo un recuerdo me iluminó. Fue hace un par de años, cuando viajé a Japón por primera vez, durante un mes, en representación de la organización benéfica donde colaboro en Granada y por la que boxeo. Estuve a punto de rechazar la invitación, pues me sentía agobiada en medio de la preparación de mi examen final, que me permitiría acceder al puesto de jefa de departamento, donde ejercía como psicóloga. Sentía que no podía negarme ya que era una de sus principales embajadoras. Por otro lado, me apetecía muchísimo conocer a aquel hombre sabio del que tanto me habían hablado, y comprobar de primera mano si ameritaba la fama que tenía.

A pesar de haber estado hincando los codos durante semanas, me aterraba la idea de quedarme en blanco, bloqueada, como si estuviese congelada, e incapaz de responder esas preguntas que me sabía al dedillo la noche anterior. Estaba bajo el efecto del «síndrome del eterno aprendiz». No importaba cuánto supiese, nada era suficiente, siempre me faltaba un curso para estar preparada, un libro más para completar mis conocimientos, otro seminario para reciclarme con los últimos datos y descubrimientos. Lo que viene siendo una obsesa de información y famélica por falta de sabiduría. Asusta pensar que cada año generamos aproximadamente la misma cantidad de información que la producida por toda la especie humana desde el principio de los tiempos, y hasta el momento ¡menuda infoxicación!

Acabé conviviendo un par de semanas con aquel monje budista en las montañas de Kumano. Gracias a esa experiencia, tuve el placer de conocer a personas y visitar lugares que jamás hubiera descubierto, de haber realizado un viaje como una turista cualquiera.

De manos de una, entonces, voluntaria europea que llevaba casi una década viviendo en aquel lugar de belleza y encanto inigualables, y que se conocía el lugar como la palma de la mano, pude visitar los rincones más ocultos y pintorescos de la histórica zona de Kumano, donde recorrimos parte de la famosa ruta sagrada de peregrinación Kumano Kodo.

El célebre monje, vestía una *kasaya* rústica con tinte azafrán, que dejaba el hombro derecho al descubierto, cinturón ocre y unas sandalias que dejaban los dedos al aire. Practicaba el *shugendo*, una disciplina del budismo que busca el contacto directo con la naturaleza y la superación de los límites físicos, mediante un duro entrenamiento diario en busca de la paz y el bienestar mental. Mi anfitrión me esperaba al final del camino, donde la voluntaria y yo nos separamos. El joven monje colocó sus manos sobre el corazón para recibirme, bajando la cabeza a modo de saludo. Yo le correspondí imitando sus movimientos.

—Bienvenida, Rafaela. Puedes llamarme Jien. Por favor, respeta el silencio y sígueme —solicitó, con voz serena, poniendo a mis pies camino.

Esas fueron todas sus palabras mientras caminábamos inmersos en medio de una naturaleza desbordante. Cruzamos sendas y montañas boscosas hasta que el sol se rindió, supongo que tan cansado como yo misma. A pesar del largo viaje, no me atreví a abrir la boca, ni siquiera para pedirle que nos detuviésemos en uno de los salvajes arroyos y saltos de agua que nos iban sorprendiendo a lo largo del recorrido, donde hubiera agradecido regar mi seca garganta.

A lo largo del camino nos encontramos decenas de *ojis*, pequeños santuarios que guían a los peregrinos. Finalmente llegamos al templo, el que sería mi único cobijo durante los próximos días, y que según supe después contaba con dos mil años de antigüedad. Un majestuoso arco indicaba la entrada a un área sagrada. Había figuras de dragones por todas partes. En la entrada unas diez personas más, casi todas coreanas, ataviadas con sendas túnicas blancas de lino, celebraban una especie de ritual. Algunos tocaban instrumentos que no sabría identificar, otros encendían cientos de velas que iban depositando por todo el lugar. Un ambiente onírico, como sacado de una película de David Lynch, envolvía toda la puesta en escena.

—Descansa, Rafaela. Te veré mañana en la meditación, después del desayuno.

Jien se despidió aquella noche con una expresión de humildad y sencillez, que me hizo sentir como en casa.

No pude pegar ojo en las horas siguientes, por lo que me levanté temprano, abandonando mi habitación. Un habitáculo de unos tres por tres metros cuadrados, que incluía una pequeña ducha abierta, austera y minimalista, pero muy acogedora. Entusiasmada con la idea de poder charlar con los mojes y beber de su sabiduría, me sorprendió no ver a nadie en el comedor, así que me convencí de que había madrugado en exceso. Después de unos minutos deambulando y curioseando por las instancias, un moje se acercó a mí con una calma exasperante.

—¿Has disfrutado del desayuno?

—Bueno, en realidad estaba esperando a que el resto se despierte —contesté, orgullosa de haber sido la primera en acudir al encuentro.

El endeble monje me recordaba al mismísimo Gandhi. Su piel sin arrugas reflejaba a una persona joven, aunque su barba blanca y su espalda curvada podrían ser las de un hombre de avanzada edad. Sonrió tímidamente bajando la mirada. Juntó las manos y con un delicado gesto me saludó.

—Hace más de dos horas que terminamos de desayunar. Justo después del primer rezo del día. Ahora todos están meditando.

—Pero ¡si son las siete de la mañana! —exclamé con asombro.

—Así es. Debes de ser una recién llegada, porque no conoces nuestras costumbres. Te serviré el desayuno.

—Muchas gracias —respondí, complacida por su hospitalidad.

No tardó en regresar con una bandeja de mimbre que contenía cinco pequeños cuencos coloridos, y que colocó en una pequeña mesa junto a un cojín, por cierto, bastante incómodo para quienes no estamos acostumbrados a comer en el suelo. El doble de Gandhi iba señalando cada uno de los alimentos, mientras me explicaba que, de acuerdo a las enseñanzas budistas, el *shojin ryori* debe ser completamente vegetariano, y se basa en los conceptos de cinco sabores, cinco métodos de cocción y cinco colores. Toda comida debe incluir un plato a la parrilla, un plato frito, un plato en vinagre, un plato de tofu y un plato de sopa.

La verdad es que, habituada a mis cereales con leche de coco y arándanos, se me hizo raro empezar el día con aquel menú, compuesto de ensalada de algas y vinagre, arroz blanco, sopa de miso, tortilla y té.

El mismo monje me acompañó después hasta el lugar donde se realizaba la meditación. Un cementerio decorado con cientos de tumbas y monumentos conmemorativos, donde el musgo y las sombras se pegaban a la textura de las piedras, y donde los altísimos cedros y los árboles centenarios custodiaban el silencio. Lo cierto es que empezaba a enamorarme de aquellos colores y olores tan salvajes.

Me costó distinguir a Jien entre todos aquellos mojes vestidos de forma idéntica, con relucientes cabezas rapadas, y en la misma postura inmóvil del loto. Él hizo el trabajo por mí, invitándome a entrar en aquel territorio espiritual, con un suave gesto prácticamente imperceptible. Solo puedo decir que hice lo que pude por mimetizarme con el ambiente, como un camaleón que se funde con los colores del entorno hasta desaparecer.

Cerré los ojos y apreté el botón de «desconectar», pero no funcionó. Una vocecilla me recordaba insistentemente: «estás perdiendo el tiempo, deberías estar estudiando para preparar tu examen, aquí nada vas a aprender, si dejo mi mente en blanco, se me va a olvidar toda la información, si al menos hubiese algún periódico o televisión para poder ver las noticias...». Me empezó a inundar una sensación de vacío. Aquel silencio ensordecedor me abrumaba, me ahogaba. Decidí respirar profundamente y tomar todo el aire limpio que me permitían mis pulmones, como si fuese un dromedario que no sabía cuándo tendría la oportunidad de beber nuevamente.

Tras más de dos horas resistiendo el silencio, Jien se pronunció dirigiéndose a mí, y entregándome una pequeña piedra que había tomado del suelo. Objeto que acepté sin preguntas.

—Rafaela, paseemos un poco, me gustaría mostrarte un lugar muy especial para nosotros.

—Claro —asentí, feliz de que por fin pudiéramos conversar.

—Percibo tu inquietud revoloteando sobre tu cabeza como un pajarillo desorientado. Parece que no has viajado ligera.

Aunque no tenía una estrecha amistad con aquel «ser despierto», me sentía muy inspirada, cómoda y segura a su lado. Me sinceré compartiendo mis preocupaciones y los pensamientos que me habían abordado.

—Entiendo. La humanidad se ha dejado llevar por el continuo parloteo. El ruido que todo lo enmascara, y ha permitido que el poderoso ejército de las palabras amordace su mundo interior y lo aprisione de tal forma entre sus garras que no deja respirar a la sabiduría. Y no solo están atrapados, sino que no saben que lo están.

—¿Es por eso que practicáis el silencio y la meditación?

—Eso es, Rafaela. El silencio y la meditación son nuestras armas para sabotear el «cuartel general» que dirige el convulso universo de las palabras vacías.

—Entonces, ¿no consideras la información y la lectura necesarias para el desarrollo de la humanidad?

—Entendemos que el conocimiento es el lado de la orilla antes de cruzar el puente que nos lleva a la sabiduría. Sin embargo, una humanidad ignorante y perdida en sus preguntas y respuestas es aquella que consume indiscriminadamente más de lo que necesita el alma. Antes que el alma sea capaz de comprender y recordar debe estar unida con el hablante silencio, de igual modo que la forma en la cual es modelada la arcilla está al principio unida a la mente del alfarero.

—Pero ¿cómo podemos acallar ese ruido?

—El gran sonido apenas se oye, Rafaela. Por ello es tan importante permitir que emerja el silencio. Este sobreviene cuando callan todas las voces, y contiene a su vez cada uno de los susurros y estruendos. Nosotros decimos que el silencio es una luz que brilla en la cima de la montaña y desde allí ilumina las tinieblas que cubren los espacios que la rodean.

—Creo que lo he entendido. Quieres decir que el silencio es iluminador y clarificador, ¿verdad?, ¿y este estado nos ayuda a encontrar todo aquello que no aparece en los libros, ni los periódicos?

—Así es. El silencio es conocimiento desnudo de palabras y pensamientos. Para aflorar necesita que mantengamos la mente en un estado natural, sin imaginaciones, pensamientos, análisis o reflexión alguna.

—¿Por qué tenemos tanto miedo de vaciar nuestra mente?

—Mucha gente tiene miedo de vaciar su mente por temor a arrojarse al vacío. No comprenden que su propia mente es el vacío. El silencio nos enseña a aprender a estar en la vida y no huir de ella. Nosotros practicamos el silencio del cuerpo, de la voz y del pensamiento.

—¿Silencio del cuerpo? ¿Cómo es?

—En general, la gente común tiene miedo a quedarse quieta porque sienten que pierden la sensación de existir, siempre tienen que hacer algo en lugar de permanecer en la quietud.

Sin apenas darme cuenta y envuelta en aquella trascendental conversación, nos topamos con un pequeño puente de madera curvado y decorado con unas barandillas rojas. A escasos doscientos metros, atisbé una minúscula casa rodeada por un colorido jardín japonés. Jien me explicó que era una casa de té, y que todos los extranjeros se sorprendían de su reducido tamaño. Mi acompañante argumentó que una casa de té debía tener solo dos metros cuadrados, estar recluida en jardines apartados y provista de una puerta muy pequeña, con la finalidad de que todos los que entren, hasta los más poderosos, se inclinen y se sientan igual que los otros. Jien me invitó a pasar con un gesto solemne. Aquel día experimenté mi primera ceremonia del té, un ritual de más de cuatro horas, que debía suscitar las emociones de tranquilidad, pureza y respeto, los frutos de compartir con otros un espacio confiado y liberado de las ansiedades del mundo. Mientras Jien llenaba mi cuenco de té, quise que supiera más acerca de mí, y comencé a explicarle con orgullo todos los títulos y logros que había cosechado en los últimos años en relación al desarrollo personal. Este siguió vertiendo la infusión hasta que rebosó el cuenco, manchando la mesa.

—Gracias, ya está suficientemente lleno —dije, sin querer avergonzarle por su torpeza.

—Exactamente igual que tu mente, Rafaela. Vienes tan cargada de ti, que no puedo enseñarte nada. Para llenar un cuenco primero hay que vaciarlo, y eso solo se puede hacer a través del silencio —dijo, emanando una paz y una serenidad que impregnaba el lugar.

Enmudecí con el «jaque mate» de Jien, bajando la mirada avergonzada. Aun no me había repuesto, cuando el monje me preguntó:

—¿Rafaela por qué conservas la piedra que te di en el cementerio?

Me había olvidado por completo de aquella piedra uniforme y azulada que había llevado en mi mano desde entonces.

—Bueno, tú me la entregaste —respondí, esperando otra de sus lecciones.

—¿Y aceptas todo aquello que te dan, sin cuestionarte la utilidad y la intención de ello? Las palabras que van cargadas de información y conocimiento son mitad de quienes las pronuncian y mitad de quienes las escuchan.

Con aquella experiencia en mi corazón, regresé a la «civilización» de nuevo, agradecida y fascinada por la devoción que aquel hombre lleno de bondad tenía por entender la profundidad de la verdad que se esconde más allá de nuestras vidas. Como regalo de despedida, me obsequió con un sencillo cuenco de té con una frase grabada en japonés que decía: «Cuando quieras hablar quédate mudo, que un silencio sin fin sea tu escudo y tu perfecta espada».

Si eres una persona obesa, que carga con cien kilos, los demás lo ven como un problema grave. Sin embargo, si pasas tus días consumiendo sin parar todo tipo de información, nadie te mirará raro ni te dirá que tienes un problema.

Aquel viaje fue mucho más que un viaje físico, se convirtió en un viaje espiritual. Hoy me siento satisfecha con mi dieta hipoinformativa, retirada de los periódicos, los telediarios y la sobreexposición a las redes sociales, librando una batalla sin tregua para evitar ser comida por la nada.

En la hora más tranquila de la noche, pude ver, en un duermevela apacible, una sombra delgada aproximándose a mi cama con sigilo. Su silueta alta y fina se proyectaba con nitidez sobre la pared. Se detuvo unos instantes frente a mí, para finalmente sentarse con un movimiento suave y elegante en la silla que había junto a mi cuerpo ralentizado. Los días anteriores no fueron ricos en sueño. Me costada terriblemente desconectar, sentía un intenso centrifugado en mi cabeza. Dormía de forma intermitente y la falta de descanso se iba acusando en el cuerpo, que mis ojeras discretas se ocupaban de pregonar. Parar la máquina consciente era una prioridad que iba de la mano del desafío. Era el vivo espíritu de la contrariedad. Por un lado, el silencio y la meditación, por el otro, la lucha de la razón por comprender y dar sentido a todo aquello que estaba aconteciendo en mi vida. Tenía claro que los tentadores comprimidos rojos, que la enfermera me dejaba cada noche sobre la mesilla, me tumbarían, pero no quería depender de ellos y persistía en mi empeño por visitar la casa de la bendita relajación, la mejor amante de nuestro sistema nervioso. En ella todo verbo empieza por A: abandonar, aflojar, aliviar, ablandar… alejarnos de cualquier tensión física o mental.

La entidad oscura me observaba mientras yo, lejos de sentir temor por la presencia de aquel ser amorfo, me esforzaba por seguir perdida en lo que pensaba era uno de esos sueños que hacía tanto tiempo que no recordaba.

Era una de las noches más frías en aquel hotel de los dormidos; sentía que se me había helado hasta el tuétano. De forma instintiva me acurruqué bajo el edredón, girando mi cabeza en la misma dirección donde la sombra permanecía irradiándome un calor suave y penetrante. Un sonido rompió de aquella flexible columna de humo negro, que parecía estar hecho solo para mis oídos. Un elemento se integró en la figura, y podría asegurar por su forma que era un libro. Su voz era una bella melodía, melosa, que producía un efecto estremecedor y balsámico a partes iguales. Aquellas palabras que no entendía estaban cargadas de significado. Sonidos de tambores que, uno tras otro, se iban uniendo llevándome a lomos de un sabio loco. Por primera vez en mucho tiempo, me sentí en conexión. Solo quería llenarme de aquellas letras que surgían como el caudal de un gran río, y que traían a mi memoria momentos de verdadera alegría y paz.

Siempre he tenido en cuenta los sueños, nunca pasé de puntillas por ellos. Los recibo como una intuitiva información repleta de señales. Los sueños son puertas amplias, que nos arrojan mensajes y nos invitan a interpretar su significado. ¿Sería este un sueño lúcido? ¿Estaría experimentando ese fenómeno que ocurre cuando, a pesar de estar durmiendo, somos conscientes de que estamos soñando? En ese caso podría controlar y guiar su contenido y desarrollo a mi conveniencia. Había leído que el cincuenta por ciento de las personas han experimentado un sueño lúcido alguna vez en su vida. Algunos tienen incluso la habilidad de controlar sus sueños de forma habitual. Los sueños siempre han sido una fuente de misterio continuo para científicos y psicólogos. En mi caso, puedo decir que he tenido un gran respeto por el señor subconsciente. Lo tengo muy presente y lo escucho con atención.

La voz era indiscutiblemente de una mujer de mediana edad. Me resultaba sumamente familiar, sin embargo, aquella lengua en la que se pronunciaba me tenía completamente despistada. Parecía estar leyendo algún relato. De repente, comenzó a susurrar una canción que se fue colando en mi cerebro hasta abrir alguna carpeta oculta, que me animó a unirme al estribillo, zambulléndome en aquella melodía encantada como si fuese uno de los ratones del cuento *El flautista de Hamelín*. Era evidente que no era la primera vez que aquellos sonidos surgían de mi garganta, pero por alguna razón habían permanecido callados hasta la llegada de la misteriosa visitante. Tenía claro que aquella no era una de las canciones que yo me bajaría de iTunes, a pesar de que mis gustos musicales abarcan los palos más dispares. Me sonaba a una canción infantil, que asociaba a sensaciones muy profundas y especiales, enraizadas y enredadas como hiedra en todo mi ser. ¿De dónde había salido aquel tema musical? No era únicamente el estribillo, ¡era toda la canción! ¿Dónde la había escuchado antes? ¿Cómo había llegado a registrarse y grabarse en mi memoria? ¿Se trataba de una señal?

Allí estaba yo, absolutamente intrigada y concentrada en mis sonidos internos, inmersa en aquel sueño que parecía tan real, cuando la voz se apagó y la silueta negra empezó a crecer a medida que se aproximaba a mí, despacio, pero sin pausa. Me tomó la mano y me sonrió. Ahí lo supe. Me va a doler demasiado cuando me suelte. Ni siquiera mi memoria a la deriva consiguió arrancarme aquel recuerdo: el de las manos de seda de mi madre, que parecían pájaros en el aire cuando me trenzaba el pelo, cuando me arrullaban sus suaves caricias con su toque mágico, cuando no quería ir al colegio por miedo a que se me escapase el tiempo a su lado y me tomaba la carita diciéndome: «Rafaela, tienes que aprender que el lápiz pesa menos que la pala». Las manos de mi madre tenían corazón y olían a frescas azucenas.

Quise evocar todos y cada uno de esos pocos y fugaces momentos que me dejaron el alma llena de dudas escondidas. No estaba dispuesta a que nadie ni nada me salvara de aquel delicioso dolor, así que decidí mover ficha y manejar los hilos de aquella historia, aunque solo fuese en un sueño y por un rato, con una sombra y al margen de mi consciencia. Me dirigí a lo único que me quedaba de mi madre: su sombra. Sin soltar su mano volqué todo aquello que siempre quise haberle dicho. Se hizo un espacio sin tiempo donde ambas nos habíamos encontrado.

—Mamá, quiero que sepas que pienso en ti todo el tiempo. Todos los días me pregunto qué pasaría si no hubieras desaparecido. A menudo sonrío porque es más fácil que explicar por qué me siento tan triste. He encontrado mi pasión: la ayuda a los demás. Si estuvieras conmigo, estoy segura de que te sentirías muy orgullosa de mí. Iríamos juntas a exposiciones fotográficas, museos, conciertos, presentaciones de libros y viajaríamos por todo el mundo. Seguro que sería genial. La abuela me dio un mundo de amor, pero se quedó sin fuerzas para darme respuestas. Todavía dueles. Mi trabajo me ha ayudado a descubrir muchas cosas, a observar a las personas y a conocerme mejor a mí misma, pero me quedé sin conocer a la persona más importante de mi vida: tú. A veces echo a volar mi imaginación para adivinar cómo serías hoy. También sueño que camino contigo del brazo por la calle, mientras reposo mi cabeza en tu hombro. Quizás en otra vida tengamos una nueva oportunidad. Solo te pediré que no me olvides mientras tanto, por más que el destino te prohíba mi camino. Te va a sonar muy raro lo que digo, pero extraño lo que pude ser contigo, aunque no pudiste estar. Aún recuerdo el último día que estuvimos juntas. Me hubiera gustado saber entonces que no te volvería a ver jamás, para poder abrazarte más fuerte y decirte que siempre te estaré esperando.

La sombra me abrazó comprimiendo todos mis huesos. Era la fuerza del cariño. La humedad de sus ojos caló en mi piel como lluvia de mayo, y unas entrecortadas palabras plantaron la semilla de la esperanza en mi corazón.

—Mi pequeña Rafaela, ya eres toda una mujer. Te quiero tanto. Ayúdame a encontrar mi historia.

El día abrió sus puertas al público de nuevo. Puse los pies en el suelo, algo confundida, con el propósito de llegar al baño y darme una ducha. A pesar de haber dormido durante nueve horas, me sentía fatigada, como una coctelera que hubiera sido agitada durante toda la noche. Ya bajo la alcachofa de la ducha, regulé la temperatura del agua, dejando que limpiara todos mis sentidos.

Mi mente se puso en estado de alerta cuando escuché, tras la puerta entreabierta, a mi vecina de cama canturreando la canción con la que había soñado la noche anterior. Salí de la ducha de inmediato, semidesnuda e incrédula, dudando si aquello era una continuación del sueño o una broma de mal gusto.

—¿Por qué estás cantando esa canción? —pregunté, directamente y sin miramientos.

—No he podido evitarlo, después de oíros cantarla durante toda la noche. El estribillo es muy pegadizo. ¿Cuál es el título?

—¿Oírnos? ¿A quiénes?

—A tu madre y a ti, claro. ¿A quién va a ser?

—Un momento. ¿De qué estás hablando?

—Rafaela, probablemente sigas con tus lagunas de memoria. Verás, ayer a media noche la mujer de la que te hablé hace unos días, y que suele visitarte a menudo, regresó. Estuvo leyéndote como de costumbre. En esta ocasión, incluso cantasteis una canción preciosa que no pude evitar escuchar, hasta que me quedé dormida como un bebé cuando le cantan una canción de cuna.

—¿Qué aspecto tenía? ¿Escuchaste algo más?

—Rafaela, me haces unas preguntas muy extrañas. ¿No sabes cómo es tu propia madre? Creo que no vas a abandonar el hospital por algún tiempo.

—Por favor es muy importante —supliqué, como si en ello me fuera la misma vida.

—Bueno, estaba bastante oscuro, pero su belleza es sobresaliente. Tendrá unos cincuenta años largos, con una buena figura y vestía muy juvenil para su edad. Se le nota que te tiene un gran cariño por la forma en que se comporta contigo.

Mis sentimientos estaban un tanto revueltos. Me sentía en el centro del cráter de mi propio volcán dormido, el mismo que había entrado en erupción, arrojando una nube de ceniza volcánica que me cegaba unas veces, pasando por la lucidez otras, y haciendo una parada en la perplejidad.

La misteriosa carta que me notificaba la muerte del padre que nunca conocí y la reaparición de mi madre como un fantasma nocturno se habían convertido en explosiones intermitentes de fuego y lava durante las últimas horas.

Me fascinan los volcanes activos porque me recuerdan siempre que existen fuerzas en la naturaleza que los humanos no podemos controlar. De nuevo el espíritu de la contradicción se hizo latente. Mis redes neuronales se habían dado prisa en crear un muro de contención. Misión: aislarme de las altísimas temperaturas y protegerme de los gases tóxicos, si no quería que las rocas fundidas acabaran sepultándome bajo la ardiente lava. Sin embargo, mi corazón me decía que confiara, que fluyera y cediera las riendas a mi intuición, esa gran olvidada. Estaba cansada de las cadenas que me amarraban a la razón y al sin sentido de tenerlo todo perfectamente definido y estructurado, de tener todas las respuestas. Una fuerza superior me gritaba «siéntete libre, Rafaela». Dejé caer mis párpados y me visualicé nadando desnuda en el océano marino, permitiendo que las olas rizadas me acunaran, cubriéndome con su suave espuma blanca. Aquella era, sin duda, la sensación más cercana a la libertad que recordaba. Mi cuerpo sin peso flotando en el agua. Un momento, para, para… ordené a mi mente a la par que me preguntaba ¿por qué estaba nadando desnuda con Conan? ¿Cómo es que mis pensamientos habían traído a ese hombre en este momento de placer y liberación? ¿Por qué mi cuerpo se había estremecido con aquella imagen? Inspiré profundamente y me dije: «Rafaela tranquila, estas viviendo "un momento túnel"». Sí, uno de esos momentos de la vida en el que pasas de una realidad a otra. Ese momento de oscuridad que acompaña muchos altibajos emocionales y decisiones importantes que debes tomar. Una oscuridad similar a la que por un cierto tiempo inunda los vagones de un tren que entra en un túnel, pero que finalmente acaba abriéndose a la luz.

La aparición del doctor Alex en la habitación me salvó de tanto vaivén de pensamientos. Leí en su rostro una expresión de alegría, o al menos eso me pareció a mí. Aquel héroe, con su inseparable estetoscopio colgado al cuello y la investidura de la ciencia como escudo, afloraba en mí un infinito sentimiento de gratitud. Sentía que le debía más que mi vida, le debía la oportunidad de renacer.

—Doctor, tengo una cita con un chico muy guapo, así que espero que traiga buenas noticias porque no puedo quedarme más tiempo en este hotel, por mucho que disfrute del bufé a la carta y de los guateques diarios —bromeé, irónicamente, vacunándome a mí misma contra cualquier noticia negativa.

—Veo que el sentido del humor no te ha abandonado, Rafaela. Eso es muy importante. Te vamos a echar de menos.

—¿Eso quiere decir que su maquinita nos da luz verde?

—Los resultados del escáner son limpios. Es posible que las lagunas de memoria aún persistan por algún tiempo, pero a medida que retomes tu rutina, las piezas irán encajando.

—Eso es justo lo que quería escuchar, doctor.

—Hay algo más que debes saber, Rafaela. No vas a poder volver a boxear nunca más. No resistirías otra lesión en la cabeza. Subir al *ring* significaría poner tu vida en riesgo. Lo siento.

Aquellas palabras me calaron como un jarro de agua fría. Otro golpe más. Enmudecí por unos instantes, sin saber cómo encajar aquella noticia. Recuerdo haber pensado en dejarlo muchas veces, sin embargo, ahora ya no era mi elección, y eso era lo que más me dolía. El carrusel de pensamientos se puso en marcha a una velocidad vertiginosa. ¿Qué va a pasar con mis niños en la fundación? ¿Y los entrenamientos con Conan que tanto disfrutaba? Podía imaginar la cara de decepción de mis seguidores al enterarse. Una parte de mí se había muerto. Iris era mucho más que un personaje, era ese vínculo con mi querido amigo de la infancia Sebastián, el héroe que salvaba a los necesitados con sus victorias, la mujer fuerte que le devolvía a la vida todos los golpes que mis pacientes no podían, la chica sexi que aparecía en los calendarios cada año; pero también era esa mujer frágil, oculta tras unos guantes de colores. Iris se quedaría por siempre en aquel hotel de los dormidos.

—Necesitarás algún tiempo para asimilar todos estos cambios, Rafaela. Es muy normal que experimentes una catarsis. La vida te ha dado una nueva oportunidad y hay todo un mundo esperándote fuera —me animó Alex, esta vez con un tono que me sonaba más al de un amigo que al de un médico.

¿Todo un mundo esperándome fuera? Eso era precisamente lo que más me aterrorizaba, enfrentarme a ese mundo que estaba patas arriba, con aquella sensación de vacío y bancarrota.

—He firmado tu alta y podrás abandonar el hospital esta tarde a las cinco. Te veré en seis meses si todo va bien para una revisión rutinaria. ¡Mucha suerte con tu cita y ese chico tan guapo!

Me despedí con un simple «muchas gracias doctor por todo». Jamás volví a ver al doctor Alex, ni acudí a la revisión médica.

Saqué el móvil de mi mochila y envié un mensaje a Conan: «libre a las cinco». Me pareció un mensaje muy soso, así que a los pocos segundos envié otro con una de esas caritas con un ojo cerrado, para lubricar la sequedad del primero. Me vestí con la única muda que encontré en mi compartimento. Me sobraba tela por todas partes. En un primer momento incluso dudé que esa ropa fuese mía. El sujetador de una talla ochenta y cinco no tenía nada que sujetar, ya que mis pechos se habían reabsorbido. Los pantalones vaqueros bailaban alrededor de mi cintura al ritmo de la lambada, y la blusa de estampado cebra tostado parecía de mi hermana mayor. Solo las botas negras se ajustaban a mis pies.

Di un rápido y último vistazo a la que había sido mi morada en los últimos meses con una sensación agridulce. Me despedí con un abrazo de mi compañera de cama, que había sido testigo de primera mano de episodios claves para la historia de la nueva Rafaela.

Capítulo 6

Hubo un tiempo

Tres niños descansaban en las rocas situadas junto al borde del agua. La chiquilla, tumbada a todo lo largo sobre la cálida piedra, dejaba caer su melena morena, barriendo con suavidad las hojas doradas de un suelo alfombrado de pura vida. Los dos niños eran algo mayores. La pequeña observaba cómo el agua formaba ondas cuando acariciaba con los dedos la superficie brillante de la Laguna Púrpura. Detrás de ellos, una brisa sacudía las ramas de aquel bosque de árboles de roca, que parecían columnas elevándose al cielo. Este siempre fue uno de los lugares favoritos de los niños para perderse en medio de sus juegos.

—No te arrimes tanto, Narin —dijo uno de ellos—. Te puedes caer.

Pero haciendo oídos sordos, la niña alargó el brazo hasta las misteriosas profundidades.

—Se va a caer, ¿verdad? —intervino el segundo muchacho, en la línea del primero.

Narin desapareció bajo las aguas de un intenso púrpura mientras los muchachos gritaban su nombre, desconsolados. *Vodka* fue el primero en llegar al escenario. Inquieto, empezó a rodear la laguna sin parar de ladrar y asegurándose de que Amelia y yo le seguíamos.

A media luz sobre el agua, dos cisnes acompasados se deslizaban como una pareja de patinadores profesionales sobre una pista de hielo, ajenos a la desesperación de los muchachos que trataban de rescatar, sin fortuna, a la niña.

Amelia observaba perpleja aquel lugar, secuestrada por la incredulidad. Podía sentir sus emociones a flor de piel. Habíamos entrado de forma abrupta y por sorpresa en la Laguna Púrpura, donde otro espacio-tiempo acontecía, sin que yo hubiera tenido la oportunidad de preparar su mente y su alma para semejante aventura. Una aventura que distaba años luz de cualquier otra que hubiera vivido en sus tantos viajes.

Uno de los muchachos, de cara alunada y con un toque angelado, se dirigió a nosotros de inmediato en una lengua milenaria, mientras el otro parecía darle indicaciones a *Vodka* para que siguiera el rastro de la niña desaparecida.

—Mi hermana se ha caído en la laguna. Ayúdennos, por favor —suplicó entre sollozos y con un hilo de voz que apenas le salía de la garganta.

Me desprendí de los mocasines y dejé caer mi chaqueta de flecos sobre una colonia de pequeñas flores de cuco rosa salvajes, que compartían su reino con otras en forma de estrella, de un delicado color verde pálido, y hojas que parecían plumas grises. Me lancé al agua sin pensarlo dos veces. Utilicé la capacidad que tenemos los seres de Elove para percibir y conectar con las emociones, y me sumergí siguiendo el miedo que flotaba y descendía en el fondo de aquel mágico bosque subacuático, habitado por viejos lobos marinos y pulpos bailarines a rayas. El oxígeno no era un problema para mí. Nuestros pulmones están preparados para prescindir del preciado aire que los humanos necesitan para su supervivencia, sin embargo, sabía que la intrépida niña no sobreviviría mucho más tiempo sin él. Me deslicé con rapidez a través de las corrientes y el festival de algas, que insistían en retenerme en medio de sus suaves e incansables danzas. Encontré el cuerpecito adormecido de Narin atrapado en unos ramajes. Lo tomé con cuidado, y lo más rápido que pude, emergiéndolo hasta la superficie. Allí, los dos muchachos y Amelia permanecían expectantes y esperanzados. Incluso *Vodka* seguía inmóvil, con las orejas levantadas y la mirada clavada en el mismo punto en que había desaparecido unos minutos antes. Todos parecían esperar el milagro que no se dio. Acomodé el cuerpo sin vida de Narin sobre mi chaqueta. Los chiquillos se acercaron y empezaron a gritar su nombre entre lágrimas, zarandeando su cuerpo en un intento desesperado por devolverle a la vida. *Vodka* lamía su carita aún húmeda, emitiendo una mezcla de ladrido y aullido, que manifestaba claramente tristeza. A Amelia se la había tragado el silencio. La situación la había sobrepasado y contemplaba la escena como una estatua de mármol. La abracé. Sabía que era lo que más necesitaba. Ella me correspondió temblorosa, hundiendo su cabeza en mi pecho. Siempre pensé que aquel trágico momento unió nuestros corazones y nuestro destino para siempre. No hubo presentaciones, ni despedidas. Los muchachos sin nombre desaparecieron con Narin, mezclándose entre los dominios infinitos del bosque y el oscuro manto de una noche estrellada. Amelia, desgarrada, quiso ir tras ellos, ofrecerles consuelo, acompañarlos en su pérdida, explicar a sus padres cuánto sentíamos lo sucedido y que hicimos todo cuanto pudimos para salvarla. Yo la persuadí para que no lo hiciera. Sin duda, ella pensaba como un adulto del planeta Tierra, pero en la Laguna Púrpura, las cosas funcionaban de forma distinta, estaban regidos por otras leyes, difíciles de comprender si no eras uno de ellos.

—¿Qué significa todo esto, Elsu? ¿Este lugar es real? —preguntó Amelia, que se había sentado frente al agua púrpura, apoyando su espalda en un frondoso árbol y dejando sus pies descalzos. Estaba convencida de que yo la iluminaría. Siempre decía que yo tenía todas las respuestas para un mundo lleno de preguntas. Yo le contestaba que ella era la única pregunta para la que no tenía respuesta. Eso le hacía sentir la mujer más excepcional del universo. No importaba las veces que lo repitiera, siempre me ofrecía una sonrisa nueva y fresca.

—Parece que hemos cruzado la puerta que abre paso a la Laguna Púrpura, el lugar que estábamos buscando. Esperaba encontrar tan solo unas ruinas, pero nunca imaginé que existiese vida todavía, y mucho menos que su belleza perdurara intacta después de miles de años. Los guardianes de la galaxia Elove perdieron la conexión hace mucho tiempo con los seres que la habitaban.

—Un momento. ¿Me estás diciendo que la Laguna Púrpura es un lugar fuera de nuestro planeta, de nuestros mapas y nuestro conocimiento? —preguntó Amelia, sujetando la cabeza con sus manos, como si el peso de aquella idea no pudiera ser soportado por su pequeño cerebro.

—Tú lo has dicho. Las fronteras de la Laguna Púrpura no están delimitadas en ningún mapa. Existe en otra dimensión paralela.

—¿Quieres decir que esos, a quienes llamamos locos por creer en la existencia de seres extraterrestres y ovnis, están en lo cierto? ¿Y que los científicos están todos equivocados?

—Amelia, lo que llamáis ciencia no es más que una pequeña isla de sabiduría en un vasto océano de ignorancia. Vuestra especie en la Tierra trata de aumentar su conocimiento, pero permanece ignorante a la mayoría de las preguntas transcendentales. La arrogancia con que deambuláis se debe a que no habéis encontrado vida parecida a la vuestra. Aún hoy, seguís empeñados en el hallazgo de ese encuentro, mientras permanecéis perdidos en vosotros mismos.

»Ese tipo de vida, que permanece oculta a vuestros ojos y a vuestro corazón, es sin duda mucho más avanzada que la vuestra, después de todo, puede que no seáis tan inteligentes como creéis. Si algún día eso ocurre, sin duda aprenderíais mucho de ellos, pero lo que es más importante, tendríais la oportunidad de desarrollar un sentido más maduro de vuestro lugar en el universo, y no pensaríais que sois tan únicos y especiales, borrando la absurda y egocéntrica idea de que sois el ombligo del cosmos.

—¿A qué te refieres con que no somos tan inteligentes? —inquirió Amelia, un tanto molesta y ofendida.

—No sois particularmente inteligentes, solo hay que ver cómo os comportáis. Os peleáis entre vosotros y no os ocupáis del medio ambiente tanto como deberíais. Vuestra especie sigue provocando grandes desastres en el planeta, en ocasiones por accidente o falta de consciencia, y en otras con intencionalidad. Contaminación atmosférica, desertificación, mareas de plásticos en la mar, montes arrasados por el fuego, vertidos de petróleo en el océano, deshielo en los polos, o contaminación de ríos, son solo algunos ejemplos. ¿Te parece eso un síntoma de inteligencia?

Amelia reflexionó unos instantes, como buscando dentro de sí algo con lo que debatir y defender su orgullo humano.

—¿Y qué me dices de nuestra capacidad de sentir solidaridad, afecto, bondad y compasión hacia las demás personas? También el ser humano es todo eso y estamos evolucionando.

Sonreí y la miré con la ternura que me inspiraba aquella criatura. Mi intención no era herirla con mis palabras, pero era necesario que comprendiera.

—Os erigís como seres humanos cuando todavía os queda un largo recorrido para graduaros en humanidad. Apenas sois personas, individuos que seguís sembrando sufrimiento, ondeando la bandera del egoísmo en nombre de la supervivencia, alimentando la violencia como respuesta a la falta de empatía y la sobra de intolerancia, seguidores fieles de las leyes escritas por la peor cara de la condición humana, y firmadas por la mano firme del ego. Os habéis convertido en soldados a medio hacer, librando guerras visibles e invisibles sin causa, cargados de munición que termina explotándoos en el alma. El proyecto de la humanidad está en jaque, y vuestra especie como inquilinos del planeta Tierra llamados a despertar.

—Claro que hemos evolucionado —replicó, siguiendo con sus argumentos—. La era tecnológica en la que vivimos es uno de los ejemplos más claros.

—Amelia, reconoce que después de siglos de historia permanecéis enrocados en vuestra involución. Que la tecnología os haya puesto la mano encima no es prueba alguna de evolución humana, sino fruto del desarrollo del conocimiento. Mientras los osos polares han desarrollado una piel peluda, y capas de grasa para resistir los embates del frío del Ártico, vosotros, los humanos, continuáis desollando a los osos y usando la piel para pavonearos.

Me percaté que aquello había sido un «tocado y hundido» para alguien que amaba tanto a los animales como lo hacía Amelia. Agachó la mirada y acarició a su fiel amigo *Vodka* de una manera especial, con sentimiento profundo. El animal recibió aquel gesto con agradecimiento, obsequiándole con un cariñoso beso húmedo cerca de los labios. Por un instante lo envidié. Experimenté una emoción nueva no registrada en mi escalera emocional. No le quise poner nombre.

—Tal vez tengas razón —contestó con cierta decepción, rindiéndose a la evidencia.

Me vienen a la mente los mártires del circo romano y la persecución intermitente durante más de dos siglos que los cristianos sufrieron. En las arenas del Coliseo no solo los gladiadores se mataban para entrenar al pueblo romano, también se lanzaba a los cristianos perseguidos por el Imperio para que fueran devorados por las fieras. Se arrojaban incluso familias con niños. Los exponían públicamente para que lucharan sin armas contra los leones, pero lo que querían, en realidad, era ver cómo los devoraban. Incluso a los niños los disfrazaban de ovejas para que los leones los atacaran. Se convirtieron en espectáculos de entretenimiento popular, donde nació la famosa expresión latina, *panem et circenses* que significa «pan y circo» al pueblo, que aún hoy profesan políticos de nuestra época. Actualmente, eso nos parecería una barbaridad, sin embargo, ¿qué diferencia hay con los combates de boxeo, donde muchos deportistas mueren fruto de los brutales golpes?, ¿dónde está la evolución humana en las peleas de gallos, perros y otros animales, incluyendo las corridas de toros, donde, a día de hoy, todavía las personas pagan por contemplar el dolor, el sufrimiento e incluso la muerte de seres vivos? Espectáculos de ocio legales e ilegales, a los que les otorgamos las maravillosas palabras de «deporte», «tradición» o «cultura», para dormir libres de culpa por las noches.

La dejé hablar. Estaba despertando y la necesitaba en ese estado.

—Recuerdo cómo me impactó la primera vez que fui a ver un partido de fútbol con mi padre, que era un adepto a este deporte. Yo no quería ir, pero papá podía ser muy convincente cuando se lo proponía. Me prometió que dejaría de fumar si lo acompañaba; era un fumador empedernido. Mamá siempre le regañaba, advirtiéndole que un día le daría un infarto si no lo dejaba. Me pareció un trato justo y por una buena causa. Qué lástima que muriera tan solo una semana después de nuestro pacto, tal como mamá predijo. Papá siempre jugaba con ventaja, estoy segura de que sabía que su muerte estaba cerca. Me dejó perpleja ver como algunos aficionados propinaban insultos constantemente a los jugadores, al árbitro, e incluso a otros aficionados del equipo contrario. Niños acompañados por sus padres repetían los mismos insultos y se llenaban de violencia en sus gestos y en sus palabras, alentados por sus progenitores. No entendía la violencia extrema que desplegaban algunos de los seguidores, discapacitados emocionales para gestionar la frustración, el enfado y la agresividad que acumulaban, probablemente, en sus vidas cotidianas, y que expresaban en las gradas, ya que en ningún otro espacio público se les permitiría, expandiendo el germen del odio y la agresividad que no tiene otro fin que defender unos colores, un club, o simplemente insultar en el peor de los casos. Vi claramente el reflejo de una parte de la sociedad que me dolió profundamente en el corazón, más todavía, que la botella de agua que se estrelló como un platillo volante descontrolado en uno de mis ojos, produciéndome un pequeño derrame, y como consecuencia de una reyerta entre dos aficionados cuatro filas atrás.

Amelia seguía sentada, meditando profundamente en contacto con las silenciosas voces que flotaban a su alrededor. Eran espíritus del recuerdo y la verdad, aleteando alrededor de ella en un hirviente torbellino.

—Recientemente, y sobre todo cuando me paro a reflexionar sobre el panorama mundial, tengo la sensación de vivir un *déjà vu*. Parece que la historia se repite una y otra vez, confirmando que el ser humano es el único animal que tropieza dos veces, y tres y cuatro con la misma piedra. La dura piedra de la involución. Dicen que la historia se repite, lo cierto es que sus lecciones no se aprovechan. El aprendizaje es la primera señal de la evolución, y a pesar de que conocemos la historia de nuestro pueblo, seguimos condenados a repetir los mismos errores. Pese a que conocemos lo dañina que puede ser una guerra, desde el comienzo de los tiempos recordamos pueblos en lucha permanente sin capacidad aparente para solucionarlo. ¿Qué hay en la psique humana que nos lleva a ignorar el aprendizaje y repetir los mismos errores, pese a conocer su fatalidad?

—Tal vez la más grande de las lecciones de la historia es que nadie aprendió sus lecciones. Por eso subsistís en medio de los mismos dilemas humanos, entre lo mejor y lo peor del comportamiento de las personas.

—Elsu, ¿hay esperanza para nuestra especie? ¿Qué podemos hacer? —preguntó, con un tono de angustia.

—El curso de vuestra evolución futura va a ser decidida por vosotros mismos. Dependerá de la habilidad de vuestra especie para cambiar el mundo. Yo estoy aquí para ayudaros, aún no es tarde. Debes saber que hubo un tiempo en que nada de esto fue así. Los guardianes de la galaxia Elove crearon este lugar, la Laguna Púrpura, donde los seres humanos plantaron sus semillas por primera vez, regidos por las doctrinas secretas que albergaban las siete verdades arcanas. Una civilización donde el dolor moría de placer, el amor era la droga más dura, y todo funcionaba en perfecta sintonía. Más tarde, cuando la población fue creciendo, algunos fueron asignados al planeta Tierra, donde la pureza de la raza humana se fue corrompiendo.

Supongo que aquella respuesta la tranquilizó momentáneamente, aunque podía sentir docenas de preguntas curiosas revoloteando por su cabecita inquieta, como mariposas recién estrenadas en una eterna primavera.

—Tenemos que encontrar la escalera de los mil escalones, que lleva al Templo de la Luz. No tenemos mucho tiempo —dije, encabezando la marcha.

Mi única guía eran las constelaciones estelares, aquellos puntitos brillantes en el oscuro cielo nocturno, que me abrían camino a través de la noche. Concretamente buscaba la constelación de Cáncer, el cangrejo.

Una de las doce constelaciones del zodiaco. Ella nos llevaría hasta el centro de la Laguna Púrpura. La madre, el origen de la vida, la tierra fértil y fecunda. Allí encontraríamos lo más parecido a un hogar. La zona regida por Cáncer albergaría sin duda agua potable y comida, también un lugar seguro donde descansar, protegidos y alumbrados por la gigante lámpara lunar. Mi padre me había enseñado que Cáncer era la puerta de entrada al mundo de los sentimientos, y aquellos que nacían bajo su influjo poseían una gran sensibilidad emocional y una profunda fe. Si llegáramos a encontrar seres con vida en aquel territorio, seguro que nos recibirían de forma hospitalaria.

Caminábamos en fila por un sendero bordeado por una especie de setas azules. El sonido de nuestros pasos sobre las frágiles hojas de sicomoro asustaban a algunos animales parecidos a conejos grises, que corrían a ocultarse sin ruido, mientras *Vodka* los perseguía, fracasando en cada intento. Un pájaro de tres alas se remontó trabajosamente en el aire y aleteó aguas abajo. Por un momento el lugar permaneció inanimado. Tras varias horas de marcha, Amelia caminaba arrastrando los pies a pocos metros de mí, desorientada y desfallecida, acusando el cansancio del viaje hasta aquel lugar apartado de todo lo que conocía. Sus ojos curiosos rastreaban cada pequeño detalle como un radar de última generación. Emergimos del sendero para entrar en un espacio abierto, situado al otro lado de la laguna. Levanté la mirada para confirmar que estábamos en territorio de los cangrejos.

Unas voces cantarinas nos alertaron. Las seguimos hasta encontrarnos frente a unas cuevas bañadas por el agua de un acantilado y rodeadas por una vegetación salvaje. Una mujer de formas redondeadas, frente alta y piernas ligeramente curvadas, compartía juegos con cuatro niños de edades muy parejas y apariencia similar. La piel rojiza de los niños tenía un color mucho más intenso que el de la que parecía ser la madre. Se movían a través de las pequeñas galerías marinas de forma extraña, con movimientos laterales y algunos giros. Los pequeños chapoteaban entre risas, mientras la protectora progenitora, de rasgos dulces y misteriosos, les prodigaba muestras de cariño y afecto constante.

Los ladridos de nuestro peludo acompañante asustaron al más pequeño de la familia, que corrió a resguardarse bajo los fuertes y grandes brazos de su madre. Sus caras redondas y sus ojos negros y brillantes se proyectaron hacia nosotros. Al acercarnos advertí que la mujer cargaba un bebé a sus espaldas.

—Es inofensivo, solo quiere jugar como vosotros. No tengáis miedo —se apresuró a decir Amelia, acariciando a *Vodka* y tratando de transmitir confianza a aquellos peculiares seres, que nos observaban entre vacilantes y encandilados.

Dos de los pequeños se acercaron tímidamente para acariciar el suave lomo del animal, después de que su madre les diera el beneplácito con la mirada.

—¿De qué tierra constelar venís? —preguntó la mujer.

—Nuestro hogar no pertenece a vuestro mundo. Estamos de paso en busca de la escalera de los mil escalones. ¿Has odio hablar de ella? —indagué, esperanzado de obtener alguna pista que nos hiciese avanzar.

—No puedo ayudaros con eso, pero parece que necesitáis comida y descanso antes de continuar con vuestro viaje. Está amaneciendo y es hora de regresar a casa. Por favor, acompañadme y disfrutad de nuestra hospitalidad.

No ofrecimos resistencia y aceptamos encantados la invitación. A pocos metros se encontraba su casa, una caverna natural en medio de una comunidad de cangrejos que se concentraba como un hervidero. La mujer, que se presentó con el nombre de Ninan, nos explicó que al amanecer se retiraban para descansar, empezando su frenética actividad nuevamente al atardecer. Era una comunidad que se caracterizaba por su trabajo lento y constante. No confiaban en los resultados rápidos y fáciles. La fortaleza de aquel pueblo la presidía la inteligencia que desarrollaban hasta límites insospechados y su prodigiosa imaginación. Dentro de la cueva, el compañero de Ninan esperaba ansioso a su familia, removiendo con tesón la fértil tierra que abrigaba las plantas en flor de un jardín multicolor. Las habilidades culinarias de nuestra anfitriona y la confortabilidad de su hogar fueron, sin duda, un regalo en aquella travesía. Se respiraba paz y harmonía en cada rincón de aquella cueva. La cocina era un volcán de sabores y aromas que te atrapaba. El influjo de la luna nos estaba envolviendo.

—Elsu, ¿te has enamorado alguna vez? —preguntó Amelia melancólica.

Permanecí en silencio. Aquella pregunta inesperada me descolocó.

—No lo sé —contesté—. Puedo sentir amor y conectar con tus sentimientos.

—No te hablo de romanticismo, sino de llorar porque quieres demasiado. Planear futuros inciertos, pero que ansías que ocurran al lado de esa persona. De dejar de ser cobarde para convertirte en el más valiente, y seguir apostando, aunque haya acabado la partida.

—Tal vez no de esa manera —dudé, con un tono a medio gas.

—Si te preguntas si has estado enamorado, entonces es que nunca lo has estado, porque eso se sabe sin necesidad de ecuaciones. Desde el instante que ocurre, porque miras a esa persona con otros ojos, con ganas de comértela a besos.

—Intuyo que tú si te has enamorado, ¿verdad?

—Sí. Y sé que no se comparten las camisas con cualquiera, ni tampoco los sueños por cumplir. Cuerpos en camas puede haber muchos, pero almas que lleguen al orgasmo muy pocas. No buscas sus besos para un rato, quieres los mismos para siempre. A cambio, ofreces miradas que no necesitan rellenarse con palabras.

—Parece que el otro lado del enamoramiento es el sufrimiento.

—A veces sin querer se abren viejas heridas, por golpes nuevos, y vuelves a sangrar donde un día dolió, y entonces te das cuenta de que no eres tan fuertes como pensabas. Un día cualquiera, te descubres de nuevo frente a alguien que te hace vulnerable. El sufrimiento siempre es un precio que estás dispuesto a pagar por correr el riesgo de vibrar, de sentir que vale la pena volver a amar.

Sus ojos conmovidos entre abanicos de rímel, me parecían el invierno más hermoso que recordaba en Montana. Eran, sin duda, el laberinto perfecto para perderse en lo más profundo del alma.

Estábamos en tierras de Cáncer. Conocía las implicaciones emocionales que eso significaba. Yo mismo tuve que hacer un esfuerzo para frenar mis impulsos, y no ser arrollado por aquel dominio afectivo, convirtiéndome en uno más de aquellos seres ciclotímicos. Amelia navegaba en medio del océano de sus emociones, mostrándome un mundo de profundidad infinita completamente nuevo para mí. Sabía que no decía la verdad cuando se declaraba experta en enamoramiento y que estrenaba aquel sentimiento por primera vez, sin embargo, no quise descubrirla.

Tras unas horas de sueño profundo y descanso reparador, despertamos en medio del crepúsculo vespertino. El ocaso había revitalizado de nuevo a los cangrejos.

Ninan amamantaba a su pequeño retoño, mientras el resto de la familia devoraba una especie de desayuno nocturno, rico en brotes de plantas y una variada colección de coloridas flores y frutas. *Vodka*, husmeaba cada rincón de la cocina como si quisiera encontrar un menú que se adaptara a sus gustos caninos, para terminar aceptando las frescas frutas que Amelia le había preparado en un pequeño cuenco, hecho de cáscara de coco.

Me asomé por uno de los pequeños agujeros rocosos de la cocina, para ver como se reunían ensimismados en círculo y entorno a alguien que se dirigía a ellos con una apasionada e inagotable verborrea.

—¿Qué sucede ahí fuera? Parece que se está celebrando una reunión importante —pregunté, uniéndome a la mesa y tomando una especie de uvas blancas.

—Sin duda lo es —respondió la madre cangreja sin apartar la mirada de su bebé, que atendía como si fuese el centro del mundo—. Uno de nuestros vecinos de la zona estelar de Géminis nos trae las noticias del mundo.

—¿De qué mundo? —intervino Amelia, que se recreaba con un trozo de pan de algas caliente entre las manos.

—Sí, recorre las doce zonas estelares durante trescientos sesenta y cinco días, para compartir los acontecimientos más importantes que ocurren en la Laguna Púrpura. Él es nuestro mayor nexo de unión con todo lo que acontece en nuestro mundo. Mi esposo se levantó temprano para no perderse nada. Deberíais ir a conocerlo. Estoy segura de que él os podrá dar información acerca de la escalera de los mil escalones que estáis buscando. Lo sabe todo, sobre todo —nos aconsejó con una profética intuición y noble naturaleza.

Como el equipo mejor sincronizado, mi compañera de aventura y yo nos miramos cómplices, levantándonos de la mesa y poniéndonos en marcha al unísono. En pocos minutos nos abrimos paso entre la rojiza masa para posicionarnos frente aquel ser hipnótico. Llamaban la atención sus ojos claros como el cristal, que destellaban continuamente, moviéndose de un lado a otro. Parecía tener una incapacidad para descansar aquella mirada cautivadora en el mismo punto durante más de un segundo. Sostenía un cuerpo delgado y extremidades exageradamente largas para el tamaño de su tronco. Su flexibilidad era asombrosa, adoptando posturas imposibles y moviéndose de forma vertiginosa, como si habitaran dos personas en el mismo cuerpo, desplazándose en direcciones opuestas. Parecía mentira que de su diminuta boca pudieran salir tantas palabras en tan poco tiempo. Su vestimenta era de lo más ambigua, el príncipe y el mendigo sería el estilo que mejor lo definiría. Cubría su cabeza con un elegante sombrero de copa verde de ante, que lucía una banda negra y una hebilla dorada en la base. Un fular rodeaba su esbelto cuello, dejando caer docenas de finas cintas en tonos pastel, que apenas dejaban ver la chaqueta de pana gris, perfectamente abotonada, con hombreras y grandes bolsillos. Completaban su indumentaria unos pantalones pitillo negros de ejecutivo, llenos de parches con frases, y unas desgastadas bambas rosa fucsia con cordones de plástico transparente. El personaje leía con una rapidez impresionante, sin perder el contacto visual con su audiencia, como si las palabras resbalaran por el tobogán de su lengua.

—Y esta es una lamentable noticia que ha ocurrido recientemente. Una pequeña cangrejita perdió la vida mientras retozaba con dos de sus hermanos en los alrededores del bosque, próximo a los límites de la zona estelar de Géminis. La niña de ocho años se ahogó en la laguna, sin que nadie pudiera hacer nada por salvarla —relataba, con una expresión entristecida.

No tardó en advertir nuestra presencia. Detuvo el noticiero y se aproximó balanceándose alegremente. Dejó los viejos periódicos y la lupa que sostenía para leerlos sobre un grueso tronco repleto de anillos que reflejaba su longevidad y que hacía las veces de atril, y nos preguntó con simpatía:

—¿Quiénes sois? ¿De dónde venís? ¿Qué estáis haciendo aquí? ¿Cómo habéis llegado?

El compañero de Ninan se desplazó unos pasos hacia la derecha para acercar distancias con aquel ser de curiosidad insaciable, adelantándose a nuestra respuesta.

—Ellos son mis huéspedes. Visitantes que vienen en son de paz para llevar a cabo una misión —informó, con tono protector y sereno.

—¿Qué misión? ¿Cómo es que nadie me ha informado? Contadme, necesito saber —interrogó ansioso, moviendo las manos como un ventilador descontrolado.

—Yo soy Elsu, descendiente de los guardianes de la galaxia Elove. Mi pueblo vive desde tiempos inmemoriales en las montañas de Montana, en un espacio-tiempo diferente al vuestro y al del resto de los planetas en el cosmos. Fundamos este lugar que conocéis como la Laguna Púrpura con el propósito de crear una civilización pura de corazón y alma, avanzada e inteligente, que siguiera las siete verdades arcanas que rigen nuestra galaxia. Los guardianes de Elove habilitaron doce zonas iguales en dimensión, influenciadas por las doce áreas de la esfera celeste y que vosotros llamáis zonas estelares. La idea era que los habitantes de cada zona estelar aprendiesen del resto, evolucionando juntos, desde su propia esencia, y mejorando la especie a través de las generaciones venideras.

Todos escuchaban en silencio y con atención mis palabras. El inquieto geminiano me interrumpió.

—Claro, por eso cada uno de los doce seres que habitan la Laguna Púrpura somos tan diferentes y a la vez complementarios. Eso es algo que he aprendido tras más de doce décadas viajando, y llevando noticias a lo largo y ancho de todas las áreas estelares. Sin embargo, me pregunto ¿por qué aún seguimos viviendo aislados y sin mezclarnos entre nosotros, después de tanto tiempo de convivencia? —reflexionó el ingenioso y enigmático ser, que a primera vista parecía saberlo todo.

Amelia, me susurró algo al oído:

—Me parece sorprendente que este elocuente ser con cara infantil lleve a sus espaldas doce décadas de vida, sin que el tiempo haya dejado su huella.

—Amelia, tienes que dejar de comparar todo con lo que conoces, porque entonces te harás diminuta en tu propio mundo. Las comparaciones tan comunes entre vosotros desgastan y vacían la mente, distorsionan la perspectiva del todo y empañan las gafas de lo posible.

Ella asintió con la cabeza y luego esbozó una sonrisa. Había comprendido mi mensaje.

—La mujer y ese extraño animal no parecen venir del mismo lugar que tú. ¿Cómo es eso? ¿Acaso hay alguna otra zona estelar que no he descubierto? —continúo, señalando a Amelia y a *Vodka* con sus largos dedos.

Sin esperar contestación, tomó un pequeño libro con las cubiertas de piel marrón y las puntas dobladas que guardaba en uno de los enormes bolsillos de la chaqueta.

—Déjame tomar unas notas. No quiero que se me olvide ningún detalle para poder redactar esta apasionante noticia con la mayor veracidad —dijo, mientras nos observaba y escribía, moviéndose alrededor nuestro.

—Estás en lo cierto. Yo soy Amelia y él es mi perro. Ambos venimos de un planeta llamado Tierra —quiso apuntar Amelia.

—Tierra… Galaxia Elove… Misión… Perro.

—Vale, vale, de acuerdo, he entendido. ¡Esta es la noticia más interesante y divertida que jamás he escuchado! Pero ¿qué estáis haciendo aquí? —insistió, atropellando la presentación de Amelia.

A medida que la información iba aumentando, los cangrejos empezaban a mostrar un humor cambiante. La sensación de inseguridad y la falta de control les ponía muy nerviosos e irritables. Uno de ellos se expresó con timidez:

—Entonces, ¿qué va a pasar ahora?

—Lo cierto es que los guardianes de la galaxia Elove estaban convencidos que vuestra civilización se extinguió hace miles de años, cuando por alguna razón perdieron todo contacto. La única esperanza para la Tierra y la supervivencia de la raza humana, donde pertenece Amelia, es encontrar la escalera de los mil escalones alumbradas por los siete arcos de luz. Cada arco alberga una de las siete verdades arcanas que deben ser comprendidas e integradas por un ser humano. Solo de esta manera podrán acceder al Templo de la Luz.

—Elsu, ¿por qué es tan importante acceder a ese templo? ¿Y qué te hace pensar que esa escalera la vas a encontrar en la Laguna Púrpura? —preguntó el Geminiano, acariciándose la perilla—. Bueno, tal vez sí que esté aquí —dijo contradiciéndose—. Recuerdo una noticia… pero necesito más detalles. Tengo que poner mi cabeza en orden.

—Cuando los guardianes de la galaxia Elove fundaron la Laguna Púrpura, eligieron este lugar para proteger el Templo de La Luz, ya que entonces la galaxia estaba bajo la amenaza de fuerzas oscuras que conspiraban para destruirla. El mapa estelar que conduce hasta aquí solo podía ser interpretado por uno de los nuestros, y por tanto el lugar más seguro para protegerlo. Solo hay una oportunidad de acceder a este lugar cuando las configuraciones planetarias lo permiten, y este momento ha llegado. Por eso estamos aquí.

Aquel ser de dualidad mental destapó su cajita analítica, en un esfuerzo por desempolvar todas sus remembranzas, mientras conectaba ideas a la velocidad de la luz. Como un niño entusiasmado que acababa de completar un difícil puzle, enseguida se pronunció.

—Recuerdo haber escuchado una historia acerca de unos escalones infinitos hace ya una eternidad —declaró, con la mirada perdida y un gesto de concentración—. A pesar del tiempo que ha transcurrido, permanece fresco en mi memoria el encuentro con aquella bella mujer. Entonaba una preciosa canción mientras hojeaba las páginas de un cuaderno de música bastante antiguo, cubierto de polvo y roído por los ratones. ¿Cómo la llamaba? Eso es, «La escalera al cielo», ese era el nombre de la canción. Consecuente con mi curiosidad y deslumbrado por la luz de su profunda mirada, me acerqué a la joven para preguntarle acerca de su procedencia.

—Yo soy música, ese lugar en el que todos coincidimos alguna vez. El destino que nunca te defraudará. Nadie sabe de dónde vengo, porque nací en el latido más profundo del corazón, sin embargo, guardo su secreto, porque ella misma me lo contó. Desato horizontes y desnudo atardeceres —contestó, sin dejar de mirar los grupos de notas apiñadas, las rayas, los semicírculos, los triángulos y las especies de etcéteras, que hablaban su lenguaje.

Naturalmente su respuesta enigmática me alentó a seguir indagando. La canción parecía más bien un mensaje cifrado que se te metía dentro, y que te echaban a volar sin alas.

—¿Has escrito tú misma esa canción? ¿Qué te ha inspirado?

—Soñaba con escribir una balada en la luna. Una noche en la claridad lunar descubrí la escalera hacia el cielo y, entonces, ese fue el momento en que más cerca estuve de cumplir mi sueño. Las estrellas, desde las doce casas del zodiaco, se asomaban a las puertas abiertas sobre la Laguna Púrpura. Sentí estar suspendida en las notas del concierto estelar. Desde allí se oye toda la música del mundo.

En aquel momento no le di ninguna relevancia a la historia de la escalera infinita. Estaba imantado por la apasionante química y el misterio irresistible de la fémina, que desapareció sobre sus pies descalzos, moviendo seductoramente sus caderas al ritmo de su propia melodía y deshojando versos a su paso. Era evidente que quería proteger su intimidad y se reservó despidiéndose a la francesa, totalmente segura de sí.

Uno de los cangrejos quiso saber:

—¿De qué hablaba la canción? Por las características de la mujer, podría ser una hija de la zona estelar de Escorpio, ¿no te parece?

El interpelado reflexionó unos instantes antes de contestar.

—Creo recordar vagamente que la letra decía algo así como:

La música es como miles de estrellas que iluminan tu camino.
Bajo un manto en flor de jacarandás y abrazada por arcos de luz,
los Eucaliptus Arco Iris junto al arroyo se inclinan a los pies de los peldaños que te llevan al cielo…

—Doy tantas vueltas y hace tanto tiempo de aquello, que no podría asegurar la zona estelar exacta donde ocurrió aquel acontecimiento, aunque apostaría a que efectivamente era una Escorpio. No solo era preciosa por el marco de su cuerpo, sino por la arquitectura de su alma.

—¿Podrías identificar algún escenario como el que se describe en la canción? Tú eres quien mejor conoce todo el territorio. Tal vez ese podría ser el eje de la pista que nos conduzca al lugar —intervino Amelia, que ya se sentía totalmente involucrada.

—No tengo ni idea, nunca he visto un lugar parecido en todo este tiempo de andanzas por la Laguna Púrpura. Puede que simplemente fuese una fantasía de aquella mujer, una canción fruto de su imaginación y sus anhelos. No creo que exista en realidad. En fin, debería reanudar mi viaje. Os deseo mucha suerte en vuestra misión —se despidió, plegando sus viejos periódicos y guardándolos con premura en los descomunales bolsillos de la chaqueta, con un giro inesperado y repentino.

El multifacético geminiano estaba mintiendo. Podía sentir el embuste que su otro lado ocultaba. Mi instinto de cazador de emociones se había disparado ante el engaño. Mis sensores internos detectaron una gran ausencia de verdad. Empezó a tragar saliva más a menudo, respiraba agitadamente y el sudor humedecía las palmas de sus manos. El nerviosismo se le había tatuado en cada una de sus células como las rayas a una cebra. Se tornó opaco, callado y algo pesimista. No es que pudiera leer sus pensamientos, simplemente me armonizaba con sus ondas cerebrales, comprendiendo sus contradictorias emociones mucho mejor que él mismo. ¿Por qué ese cambio súbito de actitud? ¿Qué ocultaba?

Capítulo 7

Cartas

¿D ónde la llevo, señorita? Tengo el día libre solo para usted. ¿Unas copas mirando el mar? ¿Una cena romántica a la luz de las velas mientras nos acariciamos las manos? ¿O directamente vamos a casa y hacemos el amor hasta quedar exhaustos?

No reaccioné. El silencio se apoderó del instante. Bajé la ventanilla del coche, no sé si para respirar el aire que me faltaba o para mantenerme ocupada, fingiendo que aquellas palabras no iban dirigidas a mi persona. Quise esfumarme entre el ruido producido por el tráfico y el bullicio de la muchedumbre de abejas humanas que transitaba la ciudad, mientras circulábamos por aquella carretera que había tomado cientos de veces de camino a mi casa. Me miré, de hito en hito, en el espejo del retrovisor del copiloto, y luego lo miré a él de soslayo. Era como comparar una lozana manzana con una flor mustia. Me vi horrorosa y me sentí aún peor. Se me desplomó la mirada, posiblemente por el peso de mi baja autoestima. Afortunadamente mi orgullo de mujer apareció al rescate, cuando recordé una de las míticas frases que Belly utilizaba en momentos como estos: «Rafaela solo mira hacia abajo para admirar los preciosos zapatos que llevas puestos. El valor de una mujer no se haya en la apariencia, sino en su esencia. No tiene que ver con la ropa, sino con la clase. No está en la belleza sino en la educación».

Todo pasó en unos segundos, pero a mí me pareció una eternidad. Erguí mi cuerpo aún débil, con la intención de poseer el espacio, y dar seguridad a la respuesta que había improvisado de forma precipitada para salir del paso. Conan me ahorró el mal trago con una de sus clásicas salidas.

—¿He oído una infusión caliente y una conversación en buena compañía? Creo que puedo aceptar esa propuesta también —dijo, liberando una cariñosa carcajada.

—Sí, eso he dicho —contesté, siguiéndole la broma.

—He cuidado de las plantas en tu ausencia y he recogido el correo. También he limpiado la casa y llenado la nevera con tu comida favorita. Así podrás dedicarte a descansar estos primeros días.

—Muchas gracias, Conan. No sabes cómo te lo agradezco.

—No he hecho nada que tú no hubieras hecho por mí. ¿Se supone que eso hacen las personas que se quieren no?

—Claro —afirmé, con una sonrisa enlatada y sin querer profundizar en aquel sentimiento.

Estaba loca por llegar a mi hogar y tomar contacto con mi entorno, recuperar mi vida o, mejor dicho, el trozo de vida que me había quedado. Necesitaba pensar, recordar e hilar toda aquella maraña de filamentos desconexos. Tenía la sensación de que el universo entero me estaba gastando una broma pesada, que nada tenía sentido, y aunque para mí no tenía ninguna gracia, alguien debía estar pasándoselo en grande moviendo todas las piezas a mi alrededor. Volver a casa simbolizaba mucho más que un retorno, era despertar, coger aliento y reencontrarme con todo aquello que fue mi mundo antes de ser arrancada de raíz. En aquella casa había crecido, era el refugio donde habitaban todos mis recuerdos, donde permanecían impregnados los olores de Belly y de mi madre. Era mi cable a tierra y al mismo tiempo la pista de despegue que me elevaba ligera como un globo de cantoya.* Mi traje de adulto no evitaba que la niña que llevaba dentro siguiera más viva que nunca.

Conan aparcó frente a las rejas que daban paso al porche de la casa. Salí del vehículo y me acerqué despacio, reconociendo con detalle todos y cada uno de los elementos que componían el escenario, como si fueran descubiertos por mis ojos por primera vez. El jardín estaba muy bien cuidado. Conan había hecho, sin duda, un trabajo extraordinario. Los porticones de madera azul mediterráneo de las ventanas descansaban abiertos como yo solía dejarlos.

* Los globos de cantoya son unos globos especiales que se han diseñado con un papel especial, normalmente «papel de china». Son aerostáticos, función que logran gracias a que cuentan con una llama en el interior. *(N. de la A.)*

Crucé el umbral de la entrada y ascendí directamente por la escalera que conducía a la segunda planta. Pasé frente a la puerta de la que había sido la habitación de Belly durante años hasta que murió. Al ver la mariposa multicolor pintarrajeada, con la inicial de su nombre colgando del pomo de madera, no puede evitar deslizar mis dedos sobre ella y acariciar aquella B gigante que conformaba los bordes de sus alas. Recordé aquel día cercano a la Navidad en que la hice con mis propias manos y se la regalé. Sentí el impulso de entrar. Al abrir la puerta me inundó un sentimiento de melancolía; podía respirar el olor de mi infancia mezclado con el suyo, como si alguien lo hubiera conservado hermético en una pequeña botella de cristal, a la espera de que yo lo destapara y me embriagara con su aroma. Había leído que el sentido del olfato es el más sensible y el que está más conectado con la memoria, pudiendo llegar a percibir más de diez mil olores diferentes, pero aquel era realmente único. El sombrero trenzado de ala ondulada, uno de sus preferidos, aguardaba fielmente sobre la silla del tocador, ajeno al paso del tiempo. Me descalcé y me subí a sus zapatillas como hacía cuando aún no levantaba unos pocos palmos del suelo. Eran tan suaves como sus abrazos. Belly me decía que eran nubes voladoras, porque tropezaba constantemente con ellas puestas. Recordé cómo se enfadaba cuando yo entraba en su habitación y le revolvía sus cosas. Siempre fue una mujer con carácter de toro de lidia. Entonces me derramaba en lágrimas como ese ser supersintiente que siempre fui, y a continuación ella invariablemente repetía el mismo ritual.

—Rafaela, ¿has perdido todas las sonrisas? Tengo una en mi mano cerrada, si quieres te la regalo. ¿La quieres? Abro la mano y tú la atrapas al vuelo.

Yo sonreía tímidamente primero, y después asentía con la cabeza, aún llorosa. Belly abría el puño y yo dibujaba una fugaz sonrisa, hasta que la sal de las lágrimas se fundía con mi saliva y volvía a disgustarme. Ella volvía a la carga.

—Tengo otra mano, y en ella hay otra sonrisa de oreja a oreja. ¿La quieres?

Era su truco más infalible. Por un segundo pude sentir cómo vibraba el eco de su voz. Jamás le faltaron las sonrisas. Era la persona más vital y alegre que he conocido. A su lado todos los días eran festivos.

Me senté en la cama, junto a las almohadas de satén bordado. En ese espacio donde su cuerpo amable y su corazón valiente habían descansado durante tantas noches. Inspiré una profunda bocanada de aquel aire tan mágico y personal, mientras observaba el pequeño retrato en sepia de Belly y su marido el día de su boda. Me resultaba difícil llamarle abuelo, tal vez porque nunca lo conocí, o quizá porque Belly extravió sus recuerdos en los vericuetos del olvido, y nunca hacía mención a él. Había tantos secretos en mi familia, que es posible que no me alcance la vida para despejarlos todos. Pertenecía a un linaje tan corto que ni siquiera los chismes familiares podían arrojar luz.

Sentí una sensación agridulce al recordar la fecha en que Belly murió. Se fue un martes siete de noviembre, discretamente, con sencillez y elegancia, como era ella. Nadie se dio cuenta de los preparativos para su viaje hasta última hora, cuando ya era demasiado tarde para intervenir, consciente del coraje que se requiere para despedirse de la vida en soledad. ¿Cómo sonaría un corazón anciano al romperse? Es posible que casi no sonara y desde luego sería un ruido pequeño, leve. Me preguntaba si una radiografía mostraría el dolor de una vieja lancha de los siete mares de la vida, cuyo casco, mil veces calafateado, se despedía para siempre de la orilla.

Los vecinos me dijeron que fue el día más frío del año, pero a pesar de ello, la encontraron tendida en la cama sin arropar, con un mechón de cabello de mi madre atado a un cordón blanco sobre su pecho hundido. Mi teoría particular es que Belly se llevó con ella, aquel épico día, el calor con que iluminaba todo y a todos. Nunca me perdoné no haber estado a su lado el día que emprendió su viaje. Recordar aquel detalle significaba que tal como el doctor Alex había adelantado, la memoria vendría a mí según fuera integrándome en mi entorno, sin embargo, revivir aquel recuerdo me dejó de nuevo entre las ruinas de mi alma demolida. Belly llevó su generosidad hasta la muerte. Enfermó el mismo año que me marché a Jerusalén. Nunca me retuvo, por el contrario, me animaba a experimentar, a vivir. Hoy sé que empezó a morir el mismo día que hice mis maletas. Parece que era una gran aficionada a los secretos, jamás me habló de su enfermedad, a pesar de que nos comunicábamos a diario. Claro que yo tampoco la hacía partícipe de mis idas y venidas con Jared en aquel entonces. Solo notaba un largo silencio al otro lado del teléfono cuando le decía cuánto la echaba de menos. En ese momento no podía imaginar que ella aún me necesitaba mucho más a mí, ni que quien me dio armas y municiones para la larga batalla de la vida acabara naufragando en las rocas de la existencia, lejos de mí.

Protegía los pies de la cama un enorme baúl antiguo de madera de roble azul, con refuerzos metálicos y herrajes de plata, que acompañó a Belly en todos sus viajes porque ella decía que era su vida. Siempre fue reacia a abrir aquella pieza que decoraba la estancia. Intenté abrirlo, pero estaba cerrado con llave. ¿Qué secretos guardaría aquel estiloso baúl, que había acompañado a mi abuela por más de medio siglo? Registré los cajones de la mesilla y dentro del armario. También rebusqué sin éxito dentro de la cajita con motivos marineros, donde guardaba algunas joyas de poco valor. Entonces me acordé de una de sus frases: «Lo más obvio es lo más difícil de ver». Me metí en el papel del detective de ficción Sherlock Holmes para tratar de descifrar aquel enigma, y tras una breve reflexión, allí estaba la pequeña llave dorada, justo en la esquina bajo aquel pesado dinosaurio que permanecía intacto. El triunfo no me duró mucho. Al girar la llave en la cerradura, la doblé y la mitad de ella se quedó dentro.

—¡Mierda, mierda, mierda! —vociferé en un ataque de frustración.

A los pocos segundos ya tenía a Conan mirándome desde el quicio de la puerta. Había subido la escalera, alertado por mi grito, como un caballo de carreras.

—¿Qué ocurre? ¿Va todo bien?

—Sí, bueno, no sé —contesté, mostrándole la porción de metal partido que sostenía mi mano—. Estaba intentado abrir el baúl y se ha quedado la mitad de la llave incrustada en la cerradura.

—Acabas de llegar y ya la estás armando, eh. No te puedo dejar un momento sola, chiquilla. ¿No deberías estar descansando, en lugar de embarcarte en descubrir tesoros de un baúl olvidado como si fueras un corsario? —dijo, tomando mi mano por la muñeca con suavidad y acortando distancias hasta rozar mis pechos.

Para ser totalmente sincera, tengo que confesar que clamaba por un abrazo de aquel hombretón alegre, apasionado y descarado. Unos brazos capaces de dejarte fuera de combate, aunque jamás los usó para eso. Ansiaba oír de nuevo las palabras desnudas de vergüenza que él me susurraba en aquellos tiempos en que nos revolcábamos en cualquier lugar, y habría dado cualquier cosa por dormir una vez más con la cabeza apoyada sobre su tatuaje con tinta indeleble en el brazo. Me venían flashes de memoria, y por un momento me encontré de regreso en ese mundo distinto al que llaman pasado. Era evidente que esa necesidad de intimidad era correspondida. La tentación de abandonarme iba invadiendo todo mi cuerpo; las piernas apenas me sostenían. Sin duda, lo mejor de irse siempre es volver y estrenarlo todo como si fuera la primera vez.

—¿Quieres ponerte el bodi que te regalé para tu cumpleaños? —susurró, insinuante, dejando caer sus dedos a cámara lenta sobre mi huesudo hombro.

No sabía cómo debía comportarme, cómo era con Conan antes del accidente. Tal vez solo debía fluir y dejarme llevar por mis instintos más básicos. Saltar sobre él como una leona y devorar todo su cuerpo fibroso, pero ¿y si esperaba una faceta erótica y más sensual de mí?, o ¿una sumisa y tímida amante? ¿Quién era yo? ¿Cómo había vivido mi sexualidad hasta ahora? No quería decepcionarle. Me sentí insegura, hasta ridícula, como una boba que conoce a un chico por primera vez y no sabe por dónde empezar a seducirle.

Al menos una pieza había encajado. La lencería de encaje negro que había en mi mochila tenía que ver con Conan, luego no quedaba duda que había tomate entre nosotros, ¿o tal vez los recuerdos nublados los rellenaba yo con aquella salsa rojiza?

—No te presionaré. Tenemos todo el tiempo del mundo —dijo, al darse cuenta de mi fragilidad emocional. Deseaba que diera un paso más, pero no lo hizo.

—Creo que puedo ayudarte con el baúl. En la marina siempre me tocaba reparar las cerraduras de los camarotes, que se atascaban debido al óxido de la humedad. Adquirí cierta destreza como cerrajero. Déjame ver.

Se arrodilló frente al misterioso mueble, forcejeó unos minutos con la cerradura usando unos clips, que al parecer siempre llevaba en el bolsillo para emergencias, o al menos eso dijo cuando vio mi cara de extrañeza. Cuatro grapas en los costados algo oxidadas le dificultaron aún más la apertura. Finalmente cedió y levantó la pesada tapa arqueada. Disipé la nostalgia para dar paso a la curiosidad. Conan se apartó, otorgándome el honor de ser yo quien descubriera su interior. El olor a sándalo con matices de pino y tierra húmeda, como el despertar del bosque, se liberó de su encierro envolviéndonos. Los objetos estaban perfectamente ordenados aprovechando cada milímetro. Reconocí inmediatamente su traje nupcial, el mismo que lucía en el pequeño retrato de su mesilla. Un bonito vestido con escote barco, mangas de farolillo, voluminosa falda de jaretas y un velo a juego, que había pasado de un tono blanco a vainilla y que olía a antiguo. Un álbum de fotos lleno de polvo con una palabra brillante y centelleante grabada en la tapa que decía «DESCÚBREME». Algunos viejos libros de moda y discos de cantantes que nunca había escuchado. El corazón me dio un vuelco cuando encontré a Lesly, mi muñeca preferida, mi compañera de juegos y de tantas aventuras que me regaló mi madre en mi sexto cumpleaños. Me deshice de ella cuando nuestra gata *Ágata* la destrozó en una de sus travesuras. Al parecer Belly la rescató de la basura y la cosió, conservándola durante todo este tiempo. Una camisa de seda color melón, con botones en los puños, envolvía una cajita de tamaño no muy grande en el fondo del baúl. La saqué y la abrí; en su interior había un puñado de cartas amarillentas muy bien colocadas para que no se arrugaran, atadas con una cinta de seda escarlata. Para mi sorpresa, la primera que vi estaba dirigida a mí.

Conan me observaba desde su mutismo. Al ver que me había quedado petrificada como la momia de Tutankamón ante aquel hallazgo inesperado, rompió el instante lanzando la obvia pregunta.

—¿Y bien, no las vas a leer? —dijo, señalando las cartas con un gesto de cabeza.

—¿Por qué? Belly nunca me habló de estas cartas Si quiso mantenerlas en secreto, ¿quién soy yo para no respetar su voluntad? Supongo que tendría sus razones —reflexioné, entre emocionada y nerviosa.

—Rafaela, todos tenemos secretos guardados bajo llave en el ático del alma, capítulos de nuestra vida que no leemos en voz alta. A veces, las palabras se maduran en medio del silencio.

—Supongo que sí, pero nos teníamos la una a la otra. Sabía que podía confiar en mí. Quise saber tantas veces…, y siempre esquivaba mis preguntas.

—Bien, tal vez ahora tengas la oportunidad de saber todo aquello que siempre quisiste conocer acerca de tu familia. Ha sido un día muy intenso para ti. No tienes por qué decidirlo ahora. Te prepararé un chocolate caliente. Descansa, ya verás como mañana todo estará mucho más claro.

Desde la ventana podía ver el reloj del campanario de la iglesia señalando las once menos diez minutos de la noche. Miré por última vez las estrellas titilando en un cielo de terciopelo negro y seguí el consejo de Conan.

—∞—

Amanecí hambrienta, pero con una sensación muy agradable al abrir los ojos y verme de nuevo en mi habitación, rodeada de mis cosas, de todo lo que me resultaba familiar y cercano. Permanecí tumbada en la cama durante un buen rato, agudizando mis sentidos. El sonido de un avión suspendido en el aire, el diminuto ladrido de *Troy*, el caniche de la vecina, hasta una pareja de pájaros que cantaban desde un árbol esperanzados, como si el débil resplandor del sol les hubiera engañado, haciéndoles creer que había llegado la primavera. Fijé la mirada en el par de guantes de boxeo que colgaban en la pared de ladrillo blanco. Me sentí contrariada, e inmediatamente la desvié hacia las cartas de Belly. Nunca imaginé que en aquella casa aparecerían como en un naufragio los restos de un pasado, que un día fue el presente de una de las mujeres más importantes de mi vida.

Cuando debas tomar una decisión importante que cambiará tu existencia, respira lentamente muchas veces, disfrutando de ese aire que te transformará por siempre, y deja que tu corazón tome las riendas. Ese era el consejo que solía regalar a mis pacientes en la consulta, justo antes de decantarse por una u otra opción. Eso mismo hice yo. Llené los pulmones de aquel entorno dejándome sentir, permitiendo a ese músculo sabio, motor de la pasión en todos los sentidos, que descodificara el mensaje cifrado que me mostraría el camino correcto. Y es que ya lo decía el gran filósofo Aristóteles hace dos mil quinientos años, antes de que la ciencia hoy apoyara su teoría: «Todos pensamos con el corazón, el cerebro únicamente se encarga de enfriar la sangre caliente que el corazón manda después de haber pensado». Innumerables estudios científicos demuestran el vínculo entre el cerebro y el corazón, y cómo ambos funcionan como instrumentos de una misma orquesta.

Una fuerza interior me empujaba sin remedio a leer aquellas cartas y desvelar lo que había permanecido oculto durante demasiado tiempo. La decisión estaba tomada, ya no había duda. Antes de comenzar con la lectura necesitaba un buen desayuno. Bajé a la cocina y de inmediato me llamó la atención uno de los plátanos que había en el frutero sobre la mesa. Tenía escrito un mensaje con letras mayúsculas y alguna que otra falta de ortografía: «Buenos días, chiquilla, eres la manera que tiene el mundo de decirme lo bonita que es la vida. Estaré en el gimnasio hasta las siete. Conan».

Las faltas de ortografía no me sorprendieron, todavía le costaba escribir algunas palabras en español, sobre todo las que llevaban la letra «r».

Su ingenio y el sentido del humor eran su sello de identidad, pero lo que me rechinaba era el mensaje romántico. Conan no era ese tipo de hombre zalamero y dulzón, de eso me acordaba perfectamente. Sus afectos los demostraba con hechos. Se encargaba de que en cada una de sus acciones supieras cuánto le importabas. Era un incondicional de las personas a quien apreciaba, siempre atento y dispuesto a hacerles la vida fácil. Como ejemplo, recuerdo que en uno de mis cumpleaños me regaló una lata de aceite para el coche, alegando que me iba a matar si continuaba conduciendo con los niveles de aceite bajo mínimos, ya que este era crucial para circular con total seguridad. Lo cierto es que no le faltaba razón, siempre he sido un poco desastre con el mantenimiento de mi vehículo, pero tengo que reconocer que en aquel momento no entendí el gesto y su forma tan especial de cuidarme.

Tras uno de los mejores desayunos de mi vida, o eso me pareció en aquella mañana clara, me senté en la terraza y desaté la cinta que rodeaba el puñado de cartas misteriosas. Abrí la primera de ellas despacio y con extremo cuidado, como si las letras pudieran desprenderse de aquel viejo papel y caerse.

Querida Rafaela, mi niña linda:

Si estás leyendo esto es porque seguramente ya habré muerto. No sé cuándo lo leerás, pero espero que te ayude. Al principio, iba a contarte lo del baúl, pero pensé que sería mejor para ti averiguarlo todo por ti misma. Estas cartas explican todo aquello que siempre quisiste saber. Espero que no lleguen demasiado tarde, y confío en que tú sabrás qué hacer con todo esto. Siempre has sido una mujer con determinación y sabiduría, igual que todas las mujeres de esta familia. Disculpa mi mala caligrafía, con medio cuerpo paralizado por el ictus, me tiemblan las manos y escribo a tientas y con dificultad, pero lo importante es el mensaje.

Cuando yo era joven las cosas estaban mucho peor para las mujeres. Vivíamos con el techo a dos palmos de altura. No podíamos estudiar lo que quisiéramos. Yo, por ejemplo, aprendí a leer y a escribir a duras penas, gracias a mi afición por la moda y a todas las revistas que conseguía a escondidas, cuando decidí que quería ser una mujer independiente e iniciar mi propia revolución personal. Siempre soñé con viajar por todo el mundo, aprender idiomas y enamorarme cientos de veces como las actrices en las películas de Hollywood, pero la sociedad entonces no estaba hecha a mi medida. Apareció un hombre, me casé y tuve a tu madre. Te hablaré de ellos más adelante.

Ahora que estoy enfrentando la mortalidad no me arrepiento de haber tomado las decisiones que tomé, pero me habría gustado hacer muchas más cosas de las que hice. Te confieso que se quedaron demasiadas frustraciones escondidas en las profundidades de este, ahora ya, un navío oxidado, como tristes reliquias que duele al mirar hacia dentro. Descubrí mi enfermedad el mismo día que me notificaste que te habían concedido la beca para estudiar en Jerusalén. Reconocí en tus ojos el brillo de la ilusión, estabas tan contenta que corría por tus venas un torrente de energía contagioso. Habías abierto la puerta a esa criatura hermosa que, como un lobo hambriento, emerge libre en busca de su propio territorio. No me sentí con fuerzas ni con derecho para privarte de vivir sin medida y descubrir nuevos horizontes. Mi enfermedad no podía ser tu freno, nunca me lo hubiera perdonado. Rafaela, la vida es un regalo con fecha de caducidad, demasiado corta a veces para detenernos a pensar si lo que nos hace felices es lo bueno y lo correcto. Todos llegamos siendo libres a este mundo, sin embargo, la vida, nuestras familias y el propio contexto social que nos envuelve, va moldeándonos poco a poco con sus múltiples manos. Despertar de este triste ensueño requiere valentía. Yo te eduqué para que te convirtieras en tu propia artesana, y por eso no quería que vivieras anclada al vínculo de una moribunda, renunciando a tus anhelos. Avanza siempre por el sendero de tu vida con el corazón encendido y asegúrate de que cada instante valga la pena.

Te quiero,
Belly

Recorrí aquellas líneas una y otra vez, deteniéndome en cada palabra, imaginando sus manos avejentadas deslizándose por aquel papel de cuaderno. Eso me hizo sentir más cerca de ella. Apreté aquella cuartilla contra mi pecho mientras un inesperado llanto contenido regaba aquel instante.

—Belly, siempre serás la más hermosa marca emocional que llevaré en mi alma, cada una de tus caricias y tus consejos permanecen tatuados en mi piel —me dirigí a ella segura de que podría oírme. Dicen que uno no está donde el cuerpo, sino donde más se le extraña, y ella no logró partir con el recuerdo, nuestra unión iba más allá del amor y de la sangre. Me quise consolar abrazando una de sus frases: «nadie se va un minuto antes ni después del que le corresponde».

Ahora, con el paso del tiempo, sé que había rehusado durante todo este tiempo a aceptar que Belly ya no estaba en mi vida. Nunca pensé que cuando me despedí con aquel beso de gnomo, frotándole la nariz contra la mía, sería el último. Y aunque desde luego si algo no tenía eran certezas, me invadió un miedo insondable cuando caí en la cuenta de que sus ojos cristalizados se escondían bajo sus palabras de ánimo. Ese día sentí, como si ella supiera de forma anticipada, que sería la última vez que estaríamos juntas. Una de mis canciones favoritas dice: «Hubo cosas que no haría de nuevo, pero que en su momento siempre parecieron correctas». Creo que esta frase se acopla perfectamente a lo que hoy siento. Cuando eres joven, el ímpetu hace que te broten alas y te pierdas en el abismo de los sueños, enredándote en la madeja de tus propios sentimientos. Sucede más tarde, a veces demasiado tarde, cuando tienes los pies plantados en suelo firme y te adentras en las oscuras cavernas de la consciencia, que descubres que hay más tiempo que vida.

Apenas había terminado la primera carta y ya tenía claro que aquel viaje a través de tiempo iba a remover todos mis cimientos. La cortina de humo que había envuelto a nuestra familia empezaba a disiparse. Por primera vez, el elefante en la habitación, de cuya presencia nadie parecía percatarse, estaba frente a mí. Me sentía con la suficiente fuerza como para enfrentar su mirada y, deshacerme de las cadenas que me habían mantenido alejada de la verdad. Necesitaba saber cuáles eran mis orígenes y por qué Belly había mantenido el secreto en silencio durante tanto tiempo.

Como terapeuta era testigo con frecuencia de la complejidad de estas zonas grises de las vidas familiares. Trataba con casos en los que algunos pacientes me contaban que había temas familiares que estaban prohibidos tocar y ni siquiera sabían por qué. Otros actuaban como centinelas, manteniendo ocultos eventos que les producían vergüenza, dolor o culpa, y que no habían sido capaces de procesar psicológicamente. A menudo, trauma y secretos familiares iban unidos. Cuando se toca la cuerda íntima de una familia es muy posible que suene el acorde de algún secreto. Pero ¿cuál sería el motivo de Belly? Tal vez el mutismo fue el escudo para defenderse de su propio sufrimiento, esgrimiendo información para protegerme y evitar el daño que esta podría producirme. Pensé en el tremendo desgaste emocional que conlleva para quienes soportan semejante carga, y cómo este influye negativamente en la salud mental y emocional, tanto de los que conocen la verdad, como de los que la ignoran. Yo no era la única víctima. Es increíble como el ser humano puede vivir con aparente normalidad dentro de una olla a presión, cuando bajo la piel se esconden capas de sufrimiento reprimido. Ahora más que nunca cobraba sentido una de las míticas frases de Belly: «Rafaela, la vida siempre pasa por encima de todo».

Pretendemos seguir adelante como si por ocultar la basura debajo de la alfombra y no hablar de ello fuera a desaparecer. Pero la realidad es que lo evitado siempre encuentra un canal para volver. Contar un secreto es en sí mismo sanador y puede reescribir la historia. Decidí que no iba a leer más aquel día, necesitaba digerir y reacomodar todo aquello, beberlo a sorbos pequeños y dejar que mi cerebro tomara aire. Guardé la carta en el sobre y la coloqué bajo el resto. Me vestí con un insulso vestido blanco de lino y me planté un sombrero de panamá celeste en la cabeza de la colección de Belly, en homenaje a ella. Bajé la escalera, dispuesta a aprovechar el tiempo, que había cobrado un significado especial en mi vida desde que volví a este mundo por segunda vez. Mi estado de ánimo era romántico/misterioso. El cielo estaba despejado. La luz del sol proveía una agradable sensación de calidez sobre la piel. Caminé midiendo cada paso, con los ojos bien abiertos, apreciando lo maravillosamente, sencillo y milagroso que es ir a pie, dispuesta a disolverme en mi propia percepción de la realidad, alejándome del apresuramiento y las obligaciones, con una infinita sensación de plenitud y gratitud por seguir viva. Anduve por la ancha avenida donde tuve la oportunidad de saludar a algunos de mis vecinos, que expresaron su alegría al verme de nuevo y se interesaron por mi salud. Incluso un par de adolescentes me pidieron un autógrafo y se retrataron conmigo. Me sentí desubicada, al tiempo que sorprendida, por el hecho de que me hubieran reconocido con aquellas pintas y fuera del *ring*. Estuve a punto de firmar con mi nombre, pero uno de los muchachos se dirigió a mí llamándome Iris, y aquel golpe de realidad me recordó que no era a Rafaela a quien los muchachos reclamaban. Terminé mi paseo al borde del agua del lago que refrescaba un espacioso parque. Era un disfrute indescriptible el poder contemplar imágenes vivas, bellezas naturales y hechizos de los que me había olvidado. Es curiosa la manera en que cambian las cosas cuando cambias la forma en que las miras, o simplemente cuando las has perdido por un tiempo. Las pequeñas cosas que pasan de puntillas, desapercibidas, se convierten en las más grandes. El aire rozando mi cara, una sonrisa espontánea, unas palabras sinceras que te sacan una lágrima, esa flor que te adorna el pelo, la mirada de esas pocas personas mágicas que deambulan por el mundo disfrazas de normales, pero que, si te tocan una vez, te atrapan para siempre. Cosas diminutas que causan emociones gigantescas. ¿A qué hemos venido aquí sino a experimentar esas pequeñas victorias? Como la satisfacción que siente un oso en todas sus terminaciones nerviosas cuando saca un salmón del agua con la pezuña. Poderosa, profundamente balsámica. La vida está llena de simples acontecimientos que muchas veces por su cotidianeidad, o tal vez, por el solo hecho de tenerlos, creemos que estarán ahí para siempre sin percatarnos de su valía. No debemos olvidarnos que es frágil y vulnerable, puede dar un giro inesperado en cualquier momento y sin previo aviso, arrebatándonos todo lo que nos había prestado. Decía Stephen Covey: «Lo más importante en la vida es que lo más importante sea lo más importante». Ya no podría volver a boxear nunca más, pero ¿era eso lo más importante?

Las inspiradoras palabras de Bryan Dyson, al dejar el cargo como presidente de Coca Cola, son absolutamente reveladoras y una invitación a la reflexión:

«Imagina la vida como un juego de malabares en la que tienes cinco bolas. Estas son trabajo, familia, salud, amigos y espiritualidad. Tienes que mantenerlas todas en el aire. Más temprano que tarde vas a entender que la bola del trabajo es de goma, si se te cae, va a rebotar de vuelta. Pero las otras cuatro pelotas: familia, salud, amigos y espiritualidad están hechas de cristal. Si dejas caer cualquiera de ellas, van a ser irrevocablemente afectadas, incluso rotas. Nunca volverán a ser lo mismo que antes. Tienes que entender esto y aprender a jugar el juego cuidando cada una con la dedicación que merece».

Me senté en uno de los bancos recién pintados, a la sombra de un viejo y robusto roble, mientras contemplaba un grupo de cuatro hombres ancianos jugando una de esas interminables partidas de cartas, amenizada por las molestas toses que sufrían alguno de ellos, quizá motivadas por el consumo excesivo de tabaco, que tanto les costaba abandonar. Apenas llamaban la atención de las personas que por allí pasaban, tal vez pensando que eran unos de esos tantos viejos que ya nada esperan, viviendo en una rutina forzosa y aburriéndose resignados. La imagen de aquellos venerables ancianos, cuajados de recuerdos y días memorables, ratificaba de alguna manera la urgencia de sacarle a la vida todo el jugo posible mientras juegas tu partida.

Sí, la vida es un juego fascinante, único y emocionante, al nacer se mezcla la baraja y el azar reparte caprichosamente las cartas, a cada quien las suyas en función de tu lugar de nacimiento, tu entorno cultural, tu genética, tu personalidad, tu color de piel, tu familia, tu signo zodiacal, tu ascendente y una luna que estuvo donde estuvo en el momento en que naciste. Los guiños de la vida no nos favorecen a todos por igual en cada jugada. Imposible elegir nuestras cartas, que nos vienen de serie, pero lo que sí podemos es decidir cómo jugarlas. Al buen jugador no se le reconoce porque siempre reciba cartas privilegiadas, sino por ser capaz de jugar la mejor partida posible con las cartas que la vida le ha dado. Lo que sí es seguro es que tendremos nuestro momento de gloria, siempre y cuando mantengamos la atención en nuestra estrategia.

A medida que avanza el juego, vamos recibiendo nuevas cartas, que podrán mejorar o empeorar nuestra jugada, pero nunca dejarán de llegarnos más en cada baza. Solo los perdedores y los aficionados se quejan de las cartas.

En aquel momento confieso que me ahogaba un poco vivir entre cartas, especialmente porque no acababa de entender la dinámica del juego que la vida me estaba planteando. Las opciones siempre están ahí, solo tenemos que ser atrevidos y creativos. No hay que temer enfrentar nuevos riesgos, porque es corriendo riesgos cuando aprendemos a ser valientes, y nada termina hasta el momento que uno deja de intentarlo. De todas formas, no es necesario participar en el juego, la verdad es que siempre podemos sentarnos a observar cómo los demás se divierten o podemos hacerlo nosotros mismos. En la vida, como en el póquer, nunca se sabe si tienes la mano ganadora hasta que el último jugador levanta su carta. Yo estaba dispuesta a no dejar que sonara la campana que finaliza la partida sin antes haber jugado todas mis cartas, llegaría hasta el final para dar sentido al puzle de mi existencia.

Las palabras de Conan la noche anterior se posaron en mi memoria como gotas de rocío en una madrugada de mayo. Él me dijo:

«Durante todo este tiempo me he preguntado cómo serías cuando despertaras. Si serías la misma mujer o deberíamos aprender a conocernos como dos extraños. Tal vez regresarías sin memoria y tendría que contarte, pacientemente, los años y las vivencias que hemos compartido juntos. Acudía al hospital a diario para cogerte la mano y ofrecerte esperanza. La misma que yo necesitaba para sobrevivir sin ti. Los médicos me decían que el estado de coma era como dormir sin sueño, un misterioso paréntesis y que no sentías nada. Solía recorrer los pasillos de la segunda planta a la caza de los especialistas para indagar nuevos detalles. El hecho de que tu vida estuviera en otras manos fuera del alcance de mi protección me aterrorizaba. Nunca aprendí a rezar, pero me repetía a mí mismo una y otra vez: chiquilla, si tú resistes, yo también. Deliraba con la idea de que tendríamos meses, tal vez años para pegar los trozos rotos de tu pasado o mejor aún que podríamos inventar tus recuerdos a medida de tus fantasías, para que nuestra historia de amor fuese esa que siempre quisiste vivir».

Me preguntaba qué clase de jugador sería Conan en las relaciones de pareja. Cuál sería su estrategia cuando las cartas que se ponen en juego son todas del mismo palo, las de corazones, o lo que es lo mismo las cartas del amor.

No sé por qué motivo mi cerebro aún no conseguía traer el recuerdo de todas mis experiencias amorosas, sin embargo, sí que tenía muy frescas las historias que algunas de mis pacientes compartían conmigo en la consulta, en relación a sus experiencias sentimentales. Gracias a todos esos maestros y maestras había aprendido a reconocer muchos perfiles de jugadores diferentes.

Estaban aquellos que apostaban a ciegas, dispuestos a perderlo todo en nombre del amor, tramposos, personas tóxicas que juegan con las cartas marcadas, perfiles que defraudan, engañan y que se aprovechan de la buena fe y el amor incondicional de los otros jugadores de su mesa. Aquellos jugadores que insisten en estrategias fallidas una y otra vez, aferrándose a cartas perdedoras por el brillo del dibujo o la textura. Sin olvidarnos de quienes miran hacia otro lado cuando saben que el otro jugador les hace trampas, incapaces de tomar el control de sus vidas, kamikazes emocionales que se lo juegan todo a cara o cruz, los que se mantienen tercamente en la partida aun sabiendo que está perdida desde la primera mano, los fríos y calculadores que piensan muy bien la jugada antes de comprometer la partida, los que aprenden de las derrotas e incluso quienes se lamentan de su pobre suerte y demandan al crupier si la jugada les sale rana. ¿Sería Conan uno de esos jugadores que juegan limpio y sus palabras son sinceras?, ¿se guardaba alguna carta bajo la manga o jugaba con las cartas boca arriba?

Capítulo 8

Cosas de locos

Todavía no he escuchado a ningún especialista llamar por su nombre a lo que me ocurre en realidad, como si el hecho de no mencionarlo les mantuviera a salvo. He podido leer algún informe en el que lo diagnostican como «trastorno depresivo y de despersonalización». Es como si fueras un observador externo de la vida y estuvieras totalmente desconectado del entorno que te rodea. Claro que ninguno de esos eruditos y entendidos habían estudiado acerca de los «ataques de realidad». Tampoco mi madre pronunció jamás en mi presencia la palabra «psiquiátrico», como si eso lo convirtiera en un lugar más habitable. Pero empecemos por el principio de esta historia. Algo sucedió en mi último viaje que sacudió mi vida, transformando todo lo que había sido hasta entonces. En un primer momento no podía explicarlo. ¿Quién iba a creer semejante historia? Acabé creándome una coraza para sobrevivir, comencé a identificar síntomas de ansiedad, sobre todo social. Me costaba relacionarme con personas desconocidas y estar rodeada de más de tres me consumía mucha energía.

Recuerdo el día en que se desencadenó todo. La alborada marcaba el momento «mágico» del amanecer. Comencé a oír ese sonido ominoso que parecía el grito de una ballena histérica. Me asomé al balcón y descubrí a un leñador municipal, equipado con su casco, sus gafas protectoras y su uniforme verde. Montado en una grúa y armado con una motosierra iba podando todos los árboles que adornaban la avenida, dejándolos esqueléticos. Desde que regresé de mi viaje yo ya no era la misma, había empezado a hablar con los árboles y a establecer una conexión especial con ellos, especialmente con el gigantesco olmo con las raíces al aire que estaba plantado en nuestro jardín, a quien le explicaba todo lo que me sucedía. Dejé de ser ajena a la atribulada existencia de los gorriones y las lagartijas, que a veces se colaban en la casa. Sentí desde mi interior cómo me gritaba la naturaleza al ver la imagen de la motosierra diezmando el inofensivo olmo. Tenía ganas de correr, de gritar, de protegerlo. Salí de casa en camisón, desesperada, y empecé a abrazar los árboles uno a uno, mientras les hablaba. Sentí una libertad enorme, entrando en una profunda relación espiritual. Los leñadores llamaron a la policía al ver que yo no respondía a sus advertencias de abandonar el área. A partir de entonces, me acompañaron las miradas inquisitivas y los comentarios despectivos del tipo «menuda zumbada», «pero ¿de dónde te has escapado?», «a esta se le han aflojado todos los tornillos». Incluso me pusieron el mote de «la koala desquiciada».

Al principio, sí encontré apoyo en mi madre. «Amelia ¡claro que no es justo lo que te hacen! —me decía. Y continuaba—. Pero ¿qué vas a hacer? ¿Quieres dejar de ser tú o seguir siendo tú misma?». «¡Yo quiero ser yo, por supuesto!», contestaba llorando a moco tendido.

Pero, de algún modo, ser yo ya se había convertido en algo malo. El estigma me había ganado la batalla.

Actualmente, sabemos que abrazar un árbol es una terapia natural reconocida oficialmente y que se engloba dentro de la balneoterapia, y que cura y previene enfermedades a través de elementos naturales como el agua o los fangos, utilizados durante siglos. Sin embargo, en el contexto de una ciudad y en camisón es considerado un trastorno mental. Mi madre me animó a visitar al médico. Pero claro, nadie creyó mi relato cuando les hablé de la Laguna Púrpura y de lo que había vivido en mi viaje. Después de tres días en la unidad de hospitalización del Instituto Nacional de Neurología y Neurocirugía, determinaron que había tenido un brote psicótico y le recomendaron a mi madre que me ingresara unos días en un centro especializado hasta estabilizarme. Entonces escuché la famosa frase trampa: «¿qué te parecería pasar tres días ingresada?». A un lugar como aquel no entras si la situación no es realmente cruda, y a menos que te encuentres bajo estas tres razones fundamentales: has perdido la noción de la realidad, supones un riesgo para los demás o supones un riesgo para ti misma. Yo sabía que jamás había estado más cuerda en toda mi vida. Me lo vendieron como unas vacaciones en uno de los mejores resorts con pulserita incluida, donde terminé recluida durante más de tres décadas. De repente me encontré caminando entre pasillos laberínticos y ascensores secundarios. Los gritos y el sonido de llaves que abrían y cerraban puertas eran aterradores. «Por favor, danos tu bolso y quítate los pendientes, el cinturón, los accesorios de todo tipo... Vas demasiado moderna para el lugar en el que te encuentras», me recibió una enfermera, que parecía una de esas malvadas institutrices inglesas carentes de empatía y lista para convertirse en tu verdugo. Si hasta ese momento no estabas loca, aquí es donde cualquier persona en su sano juicio puede empezar a perderlo. En el camino hacia «la celda de tortura» me crucé con dos pacientes que llevaban sendos pijamas, dos tallas más grandes, que me preguntaron: «¿Eres nueva?». Les dije que sí y ellos respondieron: «Nos vamos a Japón a comer pipas a un templo budista ¿te apuntas?».

La asfixia blanca lo cubría todo, las impolutas paredes, las mesas del comedor, el ajuar de las habitaciones, las batas de los psicólogos y los psiquiatras, e incluso las camisas de fuerza con las que en alguna ocasión vi desfilar por los pasillos a alguno de los «locos», con los que habitaba en aquel enorme y frío edificio, al que llamaban «centro de salud mental». A los consumidores de este servicio nos denominaban de muchas formas distintas: enfermos, desequilibrados, incapaces, dementes, individuos con discapacidad intelectual, y algunos más sofisticados como distintos. Al final no importaba cuál fuera tu categoría, todos éramos tratados como personas peligrosas que habíamos perdido la cordura, y el encierro era la respuesta natural para aquellos que, como yo, estábamos desprovistos de lógica. Una gran variedad de mundos mentales y emocionales cohabitaban bajo el mismo techo, mundos que según los otros representaban una amenaza para sí mismos o para los demás.

Era la segunda vez aquella semana que Daniela se desnudaba durante la hora de la televisión que teníamos después de la cena en la sala común, y frente a una audiencia aturdida por las drogas que estrellaba su mirada frente una pantalla de color rosa. A pesar del espectáculo de estriptis, permanecían como estatuas de mármol, impasibles, sin despegar la mirada de la «caja tonta». Con dieciocho años era la más joven del rebaño y pertenecía al llamado movimiento «Hearing Voices», personas que escuchan voces y que manifiestan alucinaciones auditivas.

—Amelia, después de aguantar los ataques de mis propias voces y vivir preocupada porque me controlaban, he decidido asumirlas y ridiculizarlas. Hoy he logrado interrumpir ese patrón de negatividad con mucho esfuerzo. —Eso fue lo que ella misma me dijo el día anterior, mientras paseábamos por el descuidado jardín de los alrededores. Sin embargo, parecía que la llamada a mostrarse libre y natural, la había convencido de nuevo.

Si vemos a una persona desnuda por la calle, es posible que la gente piense que está trastornada, pero tal vez la opinión sería distinta si supieran que la razón es porque va a participar en una de las fotos masivas de desnudo del conocido fotógrafo norteamericano Spencer Tunick. A Daniela le habían adjudicado la etiqueta de la esquizofrenia, aunque a mi parecer esa supuesta enfermedad mental siempre fue un mito. Un intento de explicar y controlar comportamientos extraños o anormales, en un contexto en el que una oveja camina en dirección opuesta a la del resto del rebaño. La locura es un término tan relativo que en ocasiones es mal utilizado o abusado para el provecho de ciertas entidades farmacéuticas, contextos sociales y religiosos que abren la puerta a la exclusión social, incomprensión, injusticia y mucho sufrimiento. Si hablo con Dios, soy religioso, si Dios me habla, soy esquizofrénico. Y sí, me permito utilizar un tinte de descaro, tal vez porque he conocido y convivido con más «locos» que los que se autodenominan «cuerdos». A mí me gustaba llamarles «genios despiertos», ¡algunos de aquellos extraordinarios seres eran realmente ingeniosos!, y es que hay una estrecha línea entre la locura y la genialidad. Personalmente no tuve el placer de conocer a algunos de ellos que cambiaron la historia para siempre, pero me pregunto cuánto de locura había en su genialidad para llevar a cabo sus obras.

Empecemos por John Forbes Nash. El matemático estadounidense que recibió el Premio Nobel de Economía en 1994, y que ha inspirado la película *Una mente maravillosa*. A los veintinueve años se le diagnosticó una esquizofrenia paranoica que lo dejó prácticamente marginado de la sociedad e inútil para el trabajo científico durante dos décadas. Comenzó a tener delirios de grandeza y aducía que las cifras más importantes del mundo habían ido a buscarlo. Después de pasar unos treinta años luchando contra el desorden y «perdiendo el tiempo» entrando y saliendo de los hospitales tuvo una importante recuperación en el decenio de 1980.

¿Y qué me decís de Vincent Willem van Gogh? Pintor neerlandés y figura destacada del posimpresionismo. Pintó novecientos cuadros y mil seiscientos dibujos, a pesar de su tortuosa vida. Es conocido por todo el mundo como el pintor que se cortó parte de su oreja, e incluso, supuestamente, trató de comer pintura. Acabó suicidándose. Algunos autores de libros biográficos sobre Van Gogh, así como especialistas en psiquiatría, aseguran que el pintor sufría un trastorno bipolar. Otros apuntan que sufría de esquizofrenia. Otro grande fue Ludwig van Beethoven, compositor y pianista alemán. Su contribución a la música fue monumental, sin embargo, el famoso compositor tuvo una vida muy dura. Era hijo de un padre abusador y alcohólico. Uno de los aspectos más trágicos de su vida fue su sordera. Sorprendentemente fue capaz de componer algunos de sus más apreciados y valiosos trabajos después de perder el oído. Su lucha interna está documentada en cartas a sus hermanos, donde hablaba de su coqueteo con el suicidio. Varios autores han escrito que Beethoven, muy probablemente, sufrió un trastorno bipolar. Otro magnífico ejemplo fue Isaac Newton, científico, físico, filósofo, inventor, alquimista y matemático inglés. Descubridor de la ley de la gravitación universal. Entre sus otros descubrimientos científicos destacan los trabajos sobre la naturaleza de la luz y la óptica. Fue un brillante pensador con más influencia que el mismísimo Einstein. A pesar de sus muchos logros, Newton sufría de tendencias psicóticas y cambios de humor, y también se le atribuye que padecía de trastorno bipolar. Además, sus cartas delirantes dan credibilidad a la teoría de que era esquizofrénico. Para terminar Edgar Allan Poe, escritor, poeta, crítico y periodista romántico estadounidense, reconocido como uno de los maestros universales del relato corto y considerado el inventor del relato detectivesco. Sus cartas revelaron que luchó contra pensamientos suicidas. Edgar Allan Poe pudo llegar a haber visto una relación entre creatividad y enfermedad mental en sí mismo. En cierta ocasión escribió:

> Los hombres me han llamado loco; pero aún no está determinada la cuestión de si la locura es o no la más excelsa inteligencia, si mucho de lo que es gloria, si todo aquello que es profundo, no brota de la enfermedad del pensamiento, de modos de pensar exaltados respecto del intelecto general. Aquellos que sueñan de día son conocedores de muchas cosas que se les escapan a los que únicamente sueñan de noche.

Yo tenía veinte años recién cumplidos, y una vida creciendo dentro de mí. Enseguida conecté con Daniela e hicimos buenas migas. Compartíamos todo lo que se puede compartir en un manicomio. Recuerdo con mucho cariño los ratos que pasábamos juntas. Le hacía peinados superestrafalarios, venía a escondidas a mi cuarto para que le dejara mi ropa, la maquillaba y la dejaba como una verdadera modelo de pasarela. Siempre decía que yo era la revolución del psiquiátrico, que lo invadía todo de color y fantasía con mi originalidad, y que admiraba mi fuerza y la actitud positiva con que lo veía todo, incluso en aquel entorno tan negativo. Pero las perlas de aquel lugar eran bien pocas. No llegué a presenciar chorros de agua para tranquilizar a los pacientes, terapias de choque con insulina o las terroríficas lobotomías, pero sí estaban muy presentes la angustia, el terror y el sufrimiento en aquel lugar correctivo y lleno de maltrato. Si el infierno existe, seguro que se encontraba allí. Después de más de treinta años de encierro en aquella institución entre terapias individuales y de grupo, viendo a especialistas que me cambiaban las medicinas constantemente, ajustando las dosis sin criterio, me consideraba una privilegiada, ya que podía disfrutar de actividades recreativas, e incluso me permitían salir a pasear durante algunas horas al día fuera del centro, por los alrededores del predio verde y abierto, pensado para transmitir la ilusión de libertad. Lo cierto es que tenía tanto miedo de salir como lo tuve al entrar. Comprendí, demasiado tarde para mi vida futura, que no me dejarían espacio para resucitar entre mis escombros, y que no descansarían hasta que no les dijera lo que ellos querían escuchar.

Me levantaba a las ocho en punto. En la dieta, las pastillas de colores eran el ingrediente principal del menú, que engullíamos sin rechistar. Al principio me resistía a tomarlas. Recuerdo el sabor a látex del guante del auxiliar que me metía el dedo en la boca para controlar que me las había tragado y las náuseas que eso me provocaba. Más tarde desarrollé algunas sofisticadas técnicas que aprendí de los veteranos para librarme de ellas. Había visto cómo los psicofármacos paralizaban las funciones nerviosas de muchos, que no conseguían encontrar el punto de apoyo en ellos mismos. Hacíamos mándalas y jugábamos al dominó. Era un aburrimiento absoluto. Propuse que creáramos un grupo de rap para poder expresarnos mientras nos divertíamos en aquel campo de concentración, donde se aniquilaban personas de la forma más legal posible. Un matadero físico y emocional que permitía entender la violencia de nuestra época. A Daniela se le ocurrió llamarlo «El orgullo loco», y cada uno de nosotros aportó sus ideas. El rap se titulaba «Cuidado con los de afuera» y empezaba: «me llaman loco, demente, chalado, chiflado, lunático, majareta, tarumba, tocado, tronado, perturbado, solo porque vivo al otro lado...».

—Amelia, lo primero que debes hacer es aceptar que tienes una enfermedad mental —dijo el último psiquiatra que me habían asignado. Le miré con rebeldía. Para mí no era más que otra bata blanca por donde asomaban un par de manos y unos pies. No estaba dispuesta a que otro «alguien» caminara por mi mente con los pies sucios.

—¿Cómo te sentís hoy? —prosiguió.

—Me siento invisible, vivo oculta, escondida, silenciada, negada, guardada, encerrada, tapada, no existo porque soy invisible.

—¿Por qué crees que estás aquí?

—¿Acaso no se ha leído mi historial clínico?

—No lo he hecho. No confío demasiado en lo que otros cuentan de uno. Prefiero las versiones originales.

Por primera vez me pareció vislumbrar un ápice de genuino interés en aquella respuesta que capturó mi atención. Se había salido del protocolo y eso me enganchó a la conversación. Normalmente, las sesiones terapéuticas de cada jueves se convertían en un corolario de silencios y miradas de póquer. Esperaba a otro desconocido mirándome por encima de unas gafas, resbalando sobre la punta de la nariz, y que de forma sistemática toma apuntes y hurga en los traumas infantiles.

—¡Vaya, qué torpe! —exclamó, después de dejar caer al unísono un motón de desordenados informes, y una pluma dorada sobre el suelo en un descuido. Dudé si aquello sería una de esas tácticas infalibles para mostrarse cercano y conseguir que los pacientes se relajen, dejando de lado sus ansiedades y temores, y se animen a contar sus problemas. Mostrarse vulnerable siempre acerca y ayuda a generar confianza.

—Sé que no está aquí para ser mi amigo, así que no se esfuerce en parecer normal. Él se rio y a continuación dijo: «¿normal? Ser normal es muy aburrido. ¿No te gustaría salir de aquí?».

De nuevo me pareció una pregunta trampa, pero estaba dispuesta a seguirle el juego

—Sí, claro. ¿Podría usted firmar mi alta hoy mismo? —respondí irónicamente.

—Primero necesito que me cuentes tu historia. No me gustaría perderme algo apasionante.

—¿De verdad quiere escuchar algo apasionante? Está bien. ¿Cuándo es su cumpleaños?

—¿Cómo? —preguntó con sorpresa.

—Sí, que ¿cuál es la fecha de su nacimiento?

—El diecinueve de marzo.

—Entonces usted podría pertenecer a la zona estelar de Piscis. ¿Cree usted en la astrología y en cómo las alineaciones planetarias afectan a la personalidad de cada uno de nosotros?

—Bueno, yo soy más científico. Creo en aquello que está comprobado empíricamente.

—Naturalmente —contesté de inmediato sin dejarle terminar—. La ciencia está dominada por el imperio de la razón. ¿Y quién dice que algo debe ser científico para ser verdad? ¿Podría ser la astrología una ciencia oculta solo para los ojos y el conocimiento de aquellos que no quieren conocer? ¿Ha oído hablar alguna vez de la sabiduría hermética?

—¿De qué se trata? —preguntó el psiquiatra intrigado, acomodándose en su sillón de piel negro.

—Tanto el universo como el ser humano están gobernados por siete leyes herméticas. Principios que permanecen secretos para la mayoría. Solo unos pocos están preparados para la verdad o para reconocerla si les fuese presentada. Para muchos algo oculto es algo negativo, pero no es cierto, es únicamente una perspectiva de ver las cosas. Una de ellas, la ley de la correspondencia dice: «Lo que está abajo es como lo que está arriba, y lo que está arriba es como lo que está abajo, para que se consuma el milagro de la Unidad». En otras palabras: todo en el macrocosmos se repite en el microcosmos. Tal vez si es usted religioso le sonará la oración del padrenuestro que reza: «así en la tierra como en el cielo». La ley de correspondencia actúa como un espejo en el universo, y es el fundamento de la astrología, ya que explica por qué el ordenamiento de los planetas en el momento del nacimiento representa simbólicamente su energía vital: como es arriba, es abajo. Así mismo, los tránsitos planetarios en un momento dado, y su relación con nuestra carta natal, simbolizan los cambios internos que experimentamos en ese momento específico del tiempo.

El «bata blanca» dio un par de golpecitos con el bolígrafo sobre el block de notas y sin distraer su mirada de la mía preguntó:

—¿De manera que todos venimos a este mundo ya predestinados según tu teoría?

—Lo cierto es que hay una sincronicidad o coincidencia «causa» entre los planetas y nosotros, y existe también un lenguaje sagrado, esotérico y de gran complejidad y simplicidad esencial a la vez, que es la astrología, y que actúa como «traductor» entre lo que es y lo que podemos comprender.

—Que yo sepa nunca hemos encerrado a los astrólogos o a sus seguidores por sus ideologías. No tendríamos espacio para todos ellos —continuó en clave de humor, y con una sonrisa amistosa.

—Los científicos sois intelectuales, pero no sois realmente inteligentes, porque vivís en un estado de escepticismo rígido. Habéis perdido el aspecto creativo y defendéis el ateísmo que apaga totalmente la mentalidad espiritual. Pensáis que el universo es un puro accidente. Sumisos, ingenuos y ciegos para ver más allá de lo que se puede comprobar con las limitadas herramientas con las que contáis. ¿Acaso no es científico que las fases lunares influyen en la producción y la calidad de los cultivos, y que pueden estimular o retrasar la germinación? Está científicamente demostrado que las distintas fases de la luna influyen sobre la savia de las plantas, la migración de las aves e incluso en la sanación de algunas enfermedades que afectan a los seres humanos. El poder de atracción que ejerce sobre el agua y las mareas hace que sea fácil entender que este hecho también afecte de igual manera al ser humano, teniendo en cuenta que nuestro cuerpo está compuesto en un setenta por ciento de agua.

»En su posición debería saber de las prolíficas anécdotas acerca del incremento de las incidencias de crímenes violentos, suicidios, admisiones en salas de emergencias, casos de ansiedad y depresión durante la luna llena, sin hacer mención a los estudios sobre cómo la luna interfería sobre las personas con trastornos psiquiátricos, antes de la aparición de la luz eléctrica.

—Amelia, decime, ¿qué tiene que ver la astrología con tu presencia en este centro psiquiátrico durante más de tres décadas?

—La creación se rige por un plan infinito y nada sucede por azar. Los seres humanos no estamos fuera de ese plan. Los astros son parte fundamental de ese proyecto que fue dispuesto hace miles de años por los guardianes de la luz, maestros que protegen la suprema sabiduría del cosmos.

—Continúa por favor, me gustaría comprenderte.

—¿En serio? ¿Y si no llegas a comprenderme?

A estas alturas, fui consciente que ya le estaba tuteando. Sin darme cuenta el «bata blanca» había conseguido acercar distancias. Al fin y al cabo, por su edad bien podría ser mi hijo.

—Dame una oportunidad y dátela también a ti misma —me desafió, mirándome desde sus ojos color espinaca con pestañas de jirafa.

—Está bien, pero en ese intento de tratar de comprender lo que voy a contarte, es fundamental que hagas un esfuerzo consciente por abrir la mente. Todos deberíamos tener un escepticismo saludable, pero al mismo tiempo, la voluntad de querer retener una proposición en la mente sin aceptarla o rechazarla automáticamente. No busco que creas a ciegas mi relato, pero sí que mantengas un balance entre ambos estados, de lo contrario te sentirás muy decepcionado de lo que vas a escuchar. He aprendido que la mayoría de las personas tienen cajas limitadoras de consciencias por cabezas. Yo misma fui una de ellas por algún tiempo.

—De acuerdo, Amelia, contame.

Aquel «contame» hilado a su pronunciación tan única que se asomaba tímidamente de vez en cuando, sumado al placer que parecía experimentar con cada uno de los incontrolados buches de mate cebado que sorbía, me llevaron a resolver sus orígenes argentinos. La aromática infusión de verde y amarga hierba reposaba en un recipiente color mango con forma de calabaza, que parecía estar pegado a sus manos. Recordé entonces a nuestro vecino Marcelo, con quien mi padre solía enzarzarse en conversaciones infinitas que llegaban a culminar en riñas sin sentido. Un argentino viudo que trabajaba, según mi padre, como vendedor de humo ambulante, y a quien bautizó con el mote de «el maestro liendre» que de nada sabe y de todo entiende.

—Amelia, nunca te fíes de un argentino. A pesar de lo divertidos que puedan ser, son los más mentirosos, tramposos y los más canallas que te puedas echar a la cara —me advertía mi padre, después de cada uno de sus encuentros con Marcelo, y donde siempre terminaba perdiendo desde el punto de vista de la dialéctica. Le reprochaba que hablaba mucho y se daba aires de sabiondo. Siempre tenía respuesta para todo, incluso si no entendía la pregunta. En muchas ocasiones, mi padre abandonaba el palique y él continuaba hablando solo sin que nadie le escuchara, como un predicador en el desierto. Sin embargo, el «bata blanca» no daba la sensación de ser enemigo del silencio, ni de ser uno de esos charlatanes mitómanos que tienen una opinión para todo lo divino y lo humano. Por el contrario, más bien diría que se sentía cómodo en el verbo de la reflexión.

Reclinó el asiento, como preparándose para escuchar una de esas historias de fantasmas, que los abuelos cuentan a sus nietos antes de irse a dormir.

Me levanté, acercándome hasta el gran ventanal que daba al jardín. Contemplar las tonalidades de la madre naturaleza me relajaba. Me senté en el alféizar, proyectando mi mirada hacia el exterior, y emprendí el viaje de vuelta a mi pasado una vez más. Una travesía a ciegas guiada por el instinto.

Siempre me fascinó viajar. Desde niña ya sabía casi todas las capitales y las banderas del mundo, me encantaba jugar con atlas mundiales y leer sobre distintos países. Supongo que corría por mis venas la sangre aventurera. Mi madre solía viajar mucho por su trabajo y yo le hacía miles de preguntas cuando regresaba. Me alucinaba escuchar sus anécdotas y ver las fotografías de sus viajes. Sentía curiosidad por estar en contacto con otras culturas diferentes, gentes distintas. Pero quién me iba a decir a mí que un día viajaría a un lugar que no existía en ningún mapa y conocería a criaturas que no podría ni imaginar.

—¿A qué lugar te refieres, Amelia? —interrumpió discreto el psiquiatra, cuyo nombre, doctor Fred Martínez, lucía impecablemente inscrito en el bolsillo superior izquierdo de la bata, aunque para mí siempre fue el «bata blanca».

—Su nombre es la Laguna Púrpura, un lugar tan lejano de todo lo que conocemos y a su vez tan cercano, que una vez pones los pies en su tierra, nunca más puedes volver a ver con los mismos ojos. Primero te deja sin palabras, luego te transforma en un contador de historias increíbles.

—¡*Wouuu!* Parece realmente un sitio muy especial. ¿Te refieres a las historias que te trajeron hasta esta institución y que te han mantenido aquí a lo largo de tanto tiempo?

—Al parecer es tal como lo has descrito —afirmé con contundencia, abandonando la imagen del jardín para sostener su mirada.

La raíz de mi problema siempre ha sido la misma: la incapacidad para aceptar lo que a otros les parece natural y la tendencia irresistible a emitir opiniones que nadie desea oír, lo que ha culminado con un carpetazo y una nueva dosis en los últimos tiempos. Las preguntas indiscretas y la divulgación de la verdad siempre han sido tremendamente impopulares, un arma peligrosa y desestabilizante para una sociedad tan ignorante como la nuestra. Nos educan, pero no nos entregan sabiduría.

—Entiendo. ¿Y cómo llegaste hasta allí?

—Simplemente ocurrió. Lo último que recuerdo fue atravesar un árbol caído. De repente sentí como si una fuerza me absorbiera a través de un túnel a gran velocidad. En cuestión de unos segundos, o al menos esa fue mi percepción, sentí como si hubiera viajado a miles de millones de kilómetros a la velocidad de la luz. Me descubrí a mí misma en medio de uno de esos escenarios que solo puedes relacionar con películas de fantasía como Avatar. Lo primero que vimos fue una interminable laguna rodeada de una naturaleza exultante. La luz, los olores, los sonidos, los colores… No tengo palabras para describirlo. Yo podía sentirlo tan intensamente como si formara parte de todo aquello. Estaba tan alucinada de todo lo que estaba viviendo que no podía pararme a pensar.

—Espera un segundo, ¿has dicho lo primero que vimos? ¿Había alguien más contigo? —indagó el «bata blanca» con cara de iluminado, como si hubiera encontrado la quinta pata del gato.

—Ah, sí, sí, claro, *Vodka*, mi perro, me acompañaba.

No pude evitar emocionarme al recordar a mi fiel compañero a quien no me permitieron traer a este lugar. Solicité que lo dejaran vivir conmigo en calidad de mascota terapéutica, pero el director general se negó cruelmente, alegando que le horrorizaba el olor a perro en su hospital. Murió diez meses después de mi ingreso. El argentino empatizó con mi emoción, y me ofreció la cajita de pañuelos de papel que nunca faltaba en la consulta para los momentos «catarata».

—Te parecerá extraño, pero desde que regresamos de aquel lugar noté un cambio en él. Su mirada se volvió tan dulce, limpia y penetrante que me transmitía una sensación de paz indescriptible. Me sentía como si *Vodka* me traspasara de amor con su mirada. Estoy segura que su alma también se transformó, fruto de aquel encuentro. Quiero pensar que se encuentra con Elsu en este momento, y que sus espíritus como halcones surcan el infinito cielo azul.

—¿Quién es Elsu?, ¿algún familiar a quien también has perdido?

—No, sonreí con ternura, Elsu jamás morirá. Él es mi amor, el padre de mi hija, un ser de luz y guardián de la galaxia Elove.

Aunque intentó disimularlo, en aquel momento alzó las cejas, bien dibujadas, con una expresión confundida que cambió su rostro. Supongo que el relato ya le había sobrepasado, y que su mente lógica y juiciosa estaba tomando el control.

A pesar de ello, formuló una nueva andanada de preguntas, inferí que con la intención de cerciorarse del grado de mi locura. No supe si alegrarme o preocuparme.

—¿Qué pensarías si alguien te contara lo que tú me has explicado a mí?

—Por supuesto le creería, yo también he estado allí —bromeé con rotundidad.

—Dices que tienes una hija. ¿Cómo es que no te visita? ¿Sabe ella acerca de tu situación?

—¿Cómo sabes que no me visita?

—Me he permitido mirar el libro de registro de visitas, y desde que llegaste solo aparece el nombre de tu madre. También hay un par de nombres inscritos en el libro. Dos personas han venido regularmente para interesarse por ti.

—¿Un par de nombres dices? No recuerdo a nadie además de mi madre que haya puesto los pies en el inframundo para saber de mí. Te aseguro que lo recordaría.

—Bueno, las anotaciones reflejan claramente la recepción de visitas a la habitación doce de la planta ocho. He comprobado personalmente que nunca se te ha trasladado, por lo que no hay duda.

—Pues te aseguro que es un error garrafal.

Ni siquiera la contundencia de mi respuesta sembró la más mínima duda en él. El testimonio de una descerebrada contra la diligencia y profesionalidad de un equipo administrativo experto, esa batalla estaba perdida antes de ni siquiera declarar la guerra. No negaré que fue una sorpresa predecible.

Entre aquellos muros con paredes descascaradas por la humedad, el martilleo constante de las mismas preguntas traspasaba las finas paredes del edificio. No importaba cuál fuera tu respuesta, antes de su alumbramiento ya había sido bautizada con el agua bendita de la locura.

El director general, quien había dirigido aquel asilo para dementes durante los últimos treinta y cinco años, más conocido por los residentes y hasta por los propios trabajadores como «El Padre Impío», por la carencia de la virtud de la piedad, se vanagloriaba de haber sido elegido por Dios, a quien siempre tenía pegado en la punta de la lengua como un sello a una carta. Disfrazado con un blanco alzacuellos, y el negro cerrado de la sotana que arrastraba con paso simétrico imitando los saltitos de un gorrión, se aseguraba de que nada se moviera en el centro psiquiátrico de San Patricio sin que antes pasara por sus manos. Manos que en la mayoría de los casos se lavaba como Poncio Pilato. Todos le temían como a una vara verde y no le temblaba la voz al expulsar de su reino del horror a todo aquel que osara contradecirle. Si alguna de sus ovejas descarriadas se quejaba del trato vejatorio y clamaba misericordia, su respuesta siempre era la misma: «hijo, volverse loco no está al alcance de cualquiera, así que disfruta de este privilegio». Sí, también repartía hostias como panes, pero de las que te dejan un sabor amargo y los dedos marcados en la cara. En verdad el hábito no hace al monje, y no todo el mundo es digno de la investidura que ostenta, pero le otorga el poder de jugar con la vida de los otros y condenar sus almas a la más profunda oscuridad impunemente. Al principio intenté descolgar el «teléfono rojo de Dios», pero Dios nunca contestó.

San Patricio estaba gobernado por una congregación religiosa católica que tenía fama de socorrer en secreto a un ejército de necesitados. Era lo mejor que mi madre se podía permitir en aquella época, en la que enfrentaba penurias económicas. Viuda y con una nieta que sacar adelante, tuvo que dejar de viajar para promover sus colecciones de sombreros y complementos, lo que mermó el peso de sus bolsillos, pero ella siempre se mantuvo con la cabeza alta a pesar de las habladurías y los desaires de algunos, que en el pasado sustentaron el título de amigos y vecinos abnegados, defendiéndome con un fervor leonino. No le gustaba que nadie supiera de sus faltas o de sus sobras, como ella decía: «Amelia, aunque la casa arda por dentro, que nunca se vea el humo». En más de una ocasión me confesó que prefería que estuviera cerca de Dios, aunque ella nunca atravesó esa infinita distancia que los separaba. A decir verdad, no fue aquel Dios, del que estuve siempre huérfana, el que me mantuvo en pie durante tanto tiempo, sino la verdad y el amor que había germinado en mi corazón tras mi aventura en la Laguna Púrpura, y la ilusión de recuperar a mi hija.

Me sentía como una sobreviviente de un naufragio colectivo, pero despierta y agradecida ante lo frágil que significa estar viva. Tal vez fue la madurez, los años o incluso la resignación, pero un día cualquiera me di cuenta que había conversaciones que ya no valían la pena. Entonces opté por el silencio que calla y sonríe, pero que nunca otorga. Ese que entiende, por fin, que no sirve de nada dar explicaciones a quien no comprende una mirada.

La puerta de la confianza, que se había cerrado de un portazo, volvió a entornarse con la inesperada pregunta del «bata blanca argentino», que me devolvió de nuevo al tablero de juego.

—¿Y cuál es tu destino, Amelia?

Aquella respuesta podía dar para toda una vida o ser simplemente contestada con la frase de Jorge Luis Borges: «Cualquier destino, por largo y complicado que sea, consta en realidad de un solo momento: el momento en que el hombre sabe para siempre quién es».

—¿Sabrías decirme quién eres tú? —pregunté, moviendo una de mis fichas.

—Bueno, podría contestar que soy un psiquiatra que trabaja en San Patricio, padre soltero de un niño autista, amante de la novela negra y forofo del críquet. Sí, eso me definiría a la perfección —contestó, asintiendo con la cabeza como esos muñecos de los coches con cuello de resorte.

Sabía que la autorrevelación de información y sentimientos del psicoanalista al paciente no estaba permitida dentro del código de buenas prácticas. Este debe ser un lienzo en blanco, una figura neutral en la que el paciente pueda proyectar sus conflictos inconscientes, libre de toda contratransferencia. Pero desde el punto de partida de nuestra conversación, el «bata blanca» me había dejado claro que él no era un psiquiatra al uso. Y es que allí estábamos tan hambrientos de figuras más humana y cercanas, que respirar aquel clima perfumado por la empatía se asemejaba al placer de un orgasmo o al de un aplauso interminable.

Supongo que vio reflejada en mi mirada la huella de la decepción cuando preguntó:

—¿Esperabas una respuesta distinta?

—Esperaba algo así. «¿Quién soy yo?», es la única pregunta cuya respuesta puede sanar al ser humano. En esa búsqueda por encontrarnos, a menudo calibramos mal nuestra brújula. La mayoría de las personas se identifican con el trabajo que realizan, con el rol que ocupan en la familia o con las aficiones que practican, alejándose de la verdadera esencia de su existencia. Conocerse a uno mismo no solo es la cosa más difícil, sino también la más incómoda. Ese desafío puede durar toda una vida, por eso la mayoría permanece flotando en la espuma de la mar, en lugar de sumergirse en la inmensidad del océano que olea dentro de nosotros mismos.

—Lo que dices me parece muy coherente, Amelia. Siento que mi simplicidad te haya desencantado. ¿Cómo has llegado a ese nivel de consciencia? ¿Has estudiado filosofía o te inculcaron esos pensamientos en casa cuando eras niña?

—Nada de eso. Yo también vivía anestesiada y enganchada al gigantesco péndulo de lo superfluo durante mucho tiempo, hasta que las extraordinarias criaturas de la Laguna Púrpura me desataron la venda de los ojos.

Me observó entre perplejo y curioso, apuntándome con su alto mentón.

—¿Qué fue lo que te enseñaron esas criaturas?

—Todas y cada una ellas conocen cuál es su lugar en el cosmos. Nadie se cuestiona ¿quién soy yo?, porque cada una de ellas se ha preocupado desde su nacimiento en conocer su mapa interior, de forma que no hay posibilidad de perderse o dudar. De igual manera que un tigre sabe que es un tigre y un caballo sabe que es un caballo y por tanto actúan como tal. El tigre no se plantea ¿seré rata?, ni la rata se plantea ¿seré murciélago? Los seres que habitan ese lugar pasan tiempo consigo mismos, orgullosos de quienes son y honrados con su misión. De repente el aire se cortó al mismo tiempo que mi respiración cuando el Padre Impío apareció en la habitación como salido de la nada. Sentí el latido de su corazón endurecido y el olor putrefacto de su tiranía acaparando todo el espacio. El paso de los años había ido abonando la semilla de maldad que albergaba en su alma. Deslizó con bulla sus huesudos y blanquecinos dedos, pegados a unas uñas descuidadas, desde la frente al pecho y desde el hombro derecho al izquierdo, santiguándose frente al Cristo crucificado de madera que colgaba en la pared principal de la sala.

—Doctor Fred, creo que ha habido un mal entendido. El caso de Amelia López Aguilar no va a ser una de sus responsabilidades en San Patricio.

—Perdón. No entiendo. Amelia está en la lista de pacientes que trataba el psiquiatra a quien estoy reemplazando —replicó el «bata blanca» desconcertado.

—Le repito, doctor Fred, que este caso está asignado a otro psiquiatra. Lamento la confusión y que haya perdido su tiempo escuchando los delirios de Amelia. Por favor entrégueme sus informes y prosiga con el resto de los pacientes —exigió, extendiendo la mano a la espera de que sus órdenes fueran ejecutadas.

—Padre, si no le importa, me gustaría seguir trabajando con Amelia —insistió sin darse por vencido, y desconocedor de la negra personalidad de su interlocutor.

El sacerdote apretó los puños inconscientemente, tratando de templar su indignación ante la falta de sumisión.

—Doctor Fred, le reitero de nuevo que Amelia ya está en buenas manos. Muchas gracias por su interés.

—Amelia puedes volver a tu rutina —ordenó, dirigiéndose a mí con tono autoritario, mientras señalaba la salida hacia la puerta con una mirada abrasadora, que bien podría derretir un témpano de hielo en el polo norte.

Aquellas palabras fueron un misil directo a la línea de flotación del recién llegado, que destapó para siempre la caja de Pandora.

Capítulo 9

Amor sin vértigo

A veces vivimos «historias cebolla», esas que cuantas más capas se pelan, más lloran los ojos.

Aquella mañana me desperté con la sensación, intensa y real, de haber conocido a mi príncipe azul, a mi alma gemela, la perfecta mitad de mi naranja. Estaba embadurnada de una gruesa capa de felicidad, espesa y empalagosa, como el jarabe que me hacían tragar de niña para la tos, y que no dejaba lugar a duda. No existía en la faz de la Tierra nadie más amada que yo. Ese maravilloso hombre no paraba de repetirme lo mucho que me amaba, incluso que estaba dispuesto a dejar su país y a su familia para pasar el resto de su vida conmigo. Jared satisfacía todos los criterios de mi lista de verificación del «hombre perfecto». Vamos que encajaba conmigo mejor que mi camiseta preferida.

Vivía uno de esos momentos en los que añoraba profundamente formar una gran familia, convencida de que eso me haría sentir plena. Una falsa suposición, que el espejismo que proyectaba mi pareja de ensueño no me permitía ver.

Incluso recuerdo haber escrito esa lista junto a Helena, mi mejor amiga de instituto, cuando abrazaba mis casi quince años. Mi compañera de aventuras tenía los ojos más bonitos que jamás he visto. Sé que eran claros, pero parecían dos gotas plateadas de cristal. Ni siquiera sé si tenían color o solo era un reflejo. Su pelo rubio castaño siempre estaba alborotado sobre su cabeza como un nido de cigüeñas.

—¿Cómo será él? —me preguntaba, mientras nos balanceábamos en los columpios escondidos en lo alto del viñedo que solíamos visitar al terminar las clases. Aquella puerta al cielo pendía de unas cuerdas bajo las ramas de una encina centenaria. Apuntábamos al horizonte infinito con nuestros calcetines de dibujos inocentes, largos hasta el muslo. Yo lamía un cornete de fresa y pistacho, dejando volar no solo mi cuerpo cambiante de adolescente sobre aquella tabla de madera colgante, sino también mi cándida imaginación.

—Tiene que ser muy especial, un hombre espiritual, que aunque viva en la Tierra no sea de este mundo —contesté segura, cerrando los ojos en cada vaivén, y recogiendo con mi lengua caliente los restos de helado derretido convertido en agua dulce, que resbalan por mis labios vírgenes de besos apasionados.

—¿Y cómo vas a reconocerlo, Rafaela? —interrogó mi confidente, alzando la voz a la misma velocidad que se autopropulsaba, como si quisiera tocar la puesta del sol con la punta de sus dedos.

—Será un hombre sabio más que un intelectual. Sensible y romántico. Con un gran sentido del humor, y se reirá como un niño con mis chistes malos y mis meteduras de pata. Sabrá escuchar en silencio y admirar la divinidad de la naturaleza. Un hombre que más que recorrerse todos los museos se sorprenda con la aparición de cada estrella, y se detenga ante un amanecer como si fuese el primero. No necesitará multitudes porque entre su cuerpo y el mío se hallará todo el universo escondido.

—¡Tendrás que ir a buscar a ese espécimen al Tíbet o a Marte, ya que no es fácil reunir todas esas cualidades en un solo hombre! —exclamó burlona.

—Como suele decir Belly, «lo que es para ti no te lo quita nadie». Yo estoy convencida de que él me está buscando también a mí.

—Pues yo quiero que el amor de mi vida sea exactamente igual que mi padre —apuntó Helena orgullosa.

—Cuéntame cómo es tu padre, Helena. ¿Es muy guapo?

—Ya lo creo, aseguró. Ojalá que mis hijos tengan algún día su carga genética. Mi padre siempre ha sido el Adonis de la familia, ese dios de la mitología griega que resultó extraordinariamente atractivo, hasta el punto que la diosa Afrodita cayó rendida a sus pies.

—Vaya, en ese caso no me sorprende lo que dices. ¿Y cómo es con tu madre?

Aquella pregunta tenía una carga de significado muy especial para mí, ya que yo carecía de ese referente. Desconocía la historia de mis progenitores y jamás disfruté del espectáculo vivo que significa compartir la complicidad y el amor de tus padres en el mismo hogar. Ni siquiera pude asistir a la relación de amor de mis abuelos. A veces fantaseaba con la idea de que fueron relaciones idílicas. Compañeros y amigos de viaje. Aunque soy muy consciente de que una relación perfecta no es cuando dos personas perfectas se encuentran, sino cuando un par de personas imperfectas aprenden a amar sus diferencias.

Helena prosiguió endulzando su relato con una miel descriptiva.

—Mi madre dice que besa mejor que nadie. Cuando se siente estresada o va a descarrilar, es capaz de parar todos los trenes de su mente. Sabe perfectamente sus gustos y cuál es su comida preferida. En ocasiones, la sorprende con ella en la mesa cuando regresa del trabajo cansada y sin ganas de mover un dedo. Si en algo son idénticos es en que ambos matarían por un dulce. Mi madre suele robarle cada día uno de los bombones de licor, que papá guarda como oro en paño en uno de los botes de cristal de su despacho. Aun así, él sigue dejándolo en el mismo sitio para que ella los coja, y se hace el despistado para no dejarla al descubierto. Él la mira con ternura cuando la ve salir con la boca manchada de chocolate hacia la cocina, mientras ella solo atina a balbucear algunos piropos acerca de lo bien que le sienta la corbata.

Encontrar aquel «hombre perfecto» formaba parte también de nuestra «Bucket List», la lista de cosas que uno quiere hacer antes de morir y que fuimos forjando, balanceo tras balanceo, helado tras helado, durante dos años, hasta que Helena se mudó a vivir con su familia a México y perdimos el contacto. Me pregunto cuántas cosas de su lista habrá tachado a estas alturas, y si pasea de la mano con pequeños Adonis con acento mexicano.

Entonces no sentíamos vértigo ni miedo en nuestros vuelos exagerados y temerarios. Aquellos columpios representaban un símbolo de libertad y felicidad. Nosotras lo llamábamos el momento de *love is in the air* porque el aire de nuestros vuelos se mezclaba con los sueños de amor de dos quinceañeras.

Tampoco yo sentía en aquel momento vértigo, todo me parecían vistas extraordinarias y diversión. Jared se convirtió en esa agua pura que saciaba mi sed de aventura en un país exótico a mis ojos, que era Jerusalén. Un amor sobrenatural, que iba más allá de lo físico y de lo espiritual. Me hubiera encantado poder decirle a Helena que yo encontré a ese ser tan maravilloso que tantas veces le había dibujado, sin embargo, Belly me enseñó que no debemos perder con pequeñas mentiras a grandes personas.

Pero no perdamos el hilo de esta historia. Al principio yo estaba sumida en una ilusión permanente, naturalmente creada por mi mente como un verdadero trabajo de ingeniería psicológica, que se había impuesto al corazón, ese pobre ignorado que está constantemente susurrándonos la verdad, y al que la mayoría de las veces no escuchamos. Ojalá que algún día escuchar al corazón se convierta en una asignatura obligatoria en el colegio, habría menos desdichados en el mundo.

Jared se había encargado de construir una burbuja de amor, un auténtico «País de las Maravillas», burbuja que acabó explotándome en la cara, y un país de las maravillas que resultó ser el de los horrores. Los primeros meses vivíamos como una pareja normal de universitarios enamorados. Yo trabajaba en mi tesis por las mañanas hasta las dos de la tarde, luego llegaba a nuestro pequeño apartamento, comía algo ligero y organizaba la casa, aprovechaba para realizar recados, o procuraba estar entretenida con alguna actividad hasta que Jared terminaba sus clases en la universidad y su trabajo como camarero en la cafetería de la misma. Luego aun nos quedaban un par de horas para salir juntos, hacer el amor o lo que el cuerpo nos pidiera.

Las manillas del reloj rozaban las seis y cuarenta de la tarde, cuando recibí una llamada de Jared invitándome a cenar a un restaurante que habían inaugurado en el centro, y que al parecer se había convertido en un lugar de moda con mucho éxito. Popular tanto entre los turistas como entre los locales. Ofrecían cocina de fusión, buenos cócteles, música y ambiente animado al caer la noche. Un proyecto que tenía como socios a famosos y *celebrities* internacionales. El sitio era tan «instagrameable» que nadie se resistía a hacerle la fotito de rigor. Algunos *posts* también se habían colado en mi Instagram unas semanas atrás con publicidad del Polisón, como así se llamaba el archiconocido lugar. Lo describían como uno de esos sitios a los que hay que acudir cuando quieres pasar una noche inolvidable. ¡Y sí, fue realmente inolvidable!

La verdad es que no entraba para nada en mis planes el salir aquella noche. Estaba en pleno proceso de mi menstruación. Yo era una de esas tantas mujeres en el planeta que sufría la tiranía de las hormonas y que vivía sometida a su ciclo cada veinteocho días. Las mismas hormonas que te dominan, te esclavizan y te llevan a tu límite físico y emocional. Me sentía como un trapo, baja de energía y sin ánimo, golpeada por la apatía y el cansancio. Hubiese pagado por ser una de las agraciadas que pasan este periodo sin pena ni gloria, pero en mi caso el dolor llegaba vestido de rojo verdugo. A todo esto, había que sumarle la deformación de mi cuerpo. Las hormonas ya habían iniciado sus fechorías y mi abdomen inflamado parecía el de un sapo, tenía dos melones por pechos, y mis ojos estaban más hundidos que el *Titanic*. En esos momentos te preguntas ¿por qué no me habrá invitado la semana pasada, cuando me sentía estupenda, sexi y dispuesta a comerme el mundo? No, claro, tenía que ser hoy cuando el mundo amenaza con comerme a mí. Me miré en el espejo antiguo dorado con penacho calado y moldura tallada del recibidor, que me devolvió la imagen de un esperpento, fea, mal peinada e incapaz de poner un pie en la calle.

—¡Vamos, Rafaela, lo pasaremos genial! —me dijo la voz entusiasta de Jared al otro lado del teléfono, avisándome de que el Polisón solía estar completo y que no me retrasara.

Hice de tripas corazón y puse en marcha mi plan para éxitos inevitables, en esos días en los que tu cuerpo se proyecta sin luz y en los que tu fortaleza mental es llamada a tomar el control de la situación, buscando herramientas que te hagan sentir mejor, te levanten el ánimo, e incentiven los sentidos. Yo mejor que nadie sabía lo importante que era la parte psicológica y limpiar la mente de pensamientos pesimistas, de manera que evoqué días pasados en los que me sentí exultante, la «Reina del Mambo», dejando que me envolvieran. ¿Por qué no podía ser yo mi mejor regalo, si al final de cuentas ser guapa es una cuestión de actitud? Eso ya era un buen comienzo.

Nunca he podido soportar las fastidiosas preguntas fisgonas del tipo: tienes mala cara, ¿qué te pasa?, ¿te encuentras mal?, ¿has tenido una mala noche?, ¿has estado llorando?

No podía acudir al duchazo tradicional y rápido de todos los días, se trataba de consentir mi piel, así que el ritual empezó con un baño perfumado de agua caliente y lleno de espuma, seguido de un automasaje con aceite herbal que me devolvió la vitalidad. Me despedí del rostro de cadáver con un maquillaje de noche en tonos intensos, que resaltaba mis labios voluminosos y sensuales, dando paso al momento clóset. Después de cubrir la cama con una montaña de ropa, que ni siquiera sabía que tenía, decidí apostar a caballo ganador, eligiendo mi *look* estrella, un vestido corto asimétrico con tejido satinado y aires orientales de color azul eléctrico, tirante espagueti y espalda al descubierto, que parecía haber sido diseñado para mí, y con el que siempre tenía asegurado el «efecto *wouw*». En estos casos improvisar nunca es buena idea.

Mientras me transformaba, subí el volumen de una de mis canciones favoritas, «Cry to Me» de Solomon Bruke, a la que mi cuerpo nunca podía resistirse. Escoba en mano, me retorcía cual lagartija con las poses más sexis y descaradas que alguien puede hacer en la intimidad y frente al espejo, ya convertido en mi mejor aliado. Me subí en unos botines negros que generaron una reacción inmediata en mi autoestima, realzando mis largas piernas, uno de mis mejores atributos. Sellé la ceremonia con un irreverente perfume que conjugaba las bondades del melocotón, el sándalo, el azahar de naranjo, el café, la madera de cachemira y una nota de regaliz. Una exquisita fragancia que solo utilizaba para eventos especiales y que elevaba la actitud de cualquiera que estuviese bajo su influjo, exaltando el olfato, incluso en los ambientes más saturados. Lo compré en unos grandes y exclusivos almacenes cuando me capturó la publicidad con que lo promocionaban «para mujeres enigmáticas y decididas, que no siguen ningún tipo de reglas». De inmediato me vi identificada. Desde entonces ha ido dejando una estela embriagadora tras mis pasos, anunciando mi llegada y alargando mi marcha, fijando mi presencia en el tiempo. El plus se lo dio una chaqueta blanca con un toque de plumas, que le hizo ganar estilo y nocturnidad a mi atrevido estilismo. ¡Ya estaba lista para romper la pista de baile!

No me costó encontrar el restaurante, solo tuve que seguir a la multitud de jóvenes que iban confluyendo desde todas las estrechas callejuelas en una misma procesión, derrochando ganas de divertirse, y que acababan concentrándose frente a un jardín con vida propia que daba la bienvenida a sus clientes, acariciándolos con una infinidad de velos colgantes y cristales. Un local colapsado y agonizante de éxito. Sentí como mi móvil vibraba dentro de mi diminuto bolso «estamos dentro, sentados justo detrás de la barra y frente a la pista de baile», decía el mensaje bajo el nombre de «filósofo chiflado», que era el nick por el que tenía registrado a Jared en mi lista de contactos. «¡Fantástico!», pensé. Me he librado de la infinita cola, ahora solo tengo que abrirme paso entre el gentío y disfrutar de la velada. En aquel instante no reparé en la pluralidad del mensaje «estamos dentro». Únicamente cuando mi radar localizó la inconfundible silueta de Jared, reparé que en la mesa había tres personas más. Pensé que aquella iba a ser una noche romántica solo para nosotros dos, pero mi gozo se fue al fondo del pozo. Caminé con paso firme, segura de mí, bañada por una lluvia de halagos y piropos de algunos chicos con aspecto europeo. Me sentía realmente glamurosa a medida que me iba aproximando al encuentro de mi amor. Jared estaba tan enfrascado en la conversación con sus tres acompañantes que apenas me vio llegar. Identifiqué a su hermano, el marido de Esther, pero nunca antes había visto a los otros dos chicos, que sin duda también eran judíos, a pesar de la piel tizón de uno de ellos y su pelo algodonado.

—¡Por fin estoy aquí! ¡Parecía casi una misión imposible! —saludé, metida en una amplia sonrisa, mientras me desprendía resuelta de la chaqueta y el bolso, colocándolos en el reposaespaldas de la única silla vacía. Tuve la sensación de que la escena se había congelado cuando me incliné cariñosa con la intención de besar a Jared. El implicado retiró los labios con un gesto nervioso y me ofreció la mejilla a cambio, mirándome como si fuera la aparición de un fantasma. Aclaró la voz e introdujo a sus acompañantes.

—Rafaela, me gustaría presentarte a David y a Leiz, dos amigos de mi hermano que han venido a pasar unos días de vacaciones a Jerusalén. He pensado que sería buena idea invitarlos esta noche a cenar con nosotros.

—Sí, claro —contesté mientras los miraba, tratando de disimular mi incomodidad.

Su hermano me clavaba la mirada como si quisiera fulminarme.

—¿Cómo están Esther y los niños? —le pregunté, masajeando la situación que se percibía más tirante que la cuerda de una guitarra. Él se limitó a contestar con un seco «en casa donde tienen que estar». Aunque sus palabras eran claramente intencionadas, opté por no tomármelo como algo personal para no bajar más los grados de la temperatura que empezaba a helarme la sangre, a pesar del calor de las luces, las velas y los platos calientes que levitaban sobre los brazos de los estresados camareros, saciando decenas de comensales como pollos en una granja. Jared no pronunció ninguna palabra agradable ni procuró ningún gesto cariñoso para conmigo durante toda la noche, y no es que yo fuera una mujer que necesitara los cumplidos constantes de mi pareja para reafirmarme, pero su radical cambio de actitud me hizo sentir como una maceta fuera del tiesto. Lo sentía un completo extraño. Yo trataba de participar en la aburrida y mundana conversación que mantenían acerca del poder de los banqueros y su implicación en la política, pero no me dejaban meter baza. Leiz era el único que me daba cancha de vez en cuando, incluso creo que empatizaba conmigo y que le resultaba simpática. Me atrevería a decir que estaba tan adormecido como yo, y por esa razón me invitó a bailar en cuanto sonó la primera canción.

Hay personas que tienen el don de ponerte de subidón donde sea y cuando sea. Que desprenden buen rollo y energía por un tubo, y por eso mismo se convierten oficialmente en el alma de todas las fiestas. Cualquier motivo les basta para venirse arriba, marcarse un bailoteo improvisado y empezar una conga sin pensárselo dos veces. Y es que su poderío y salero se contagian tan rápido, o incluso más, que su magnífica risa. Pues una de esas resultó ser Leiz, así que no dudé en aceptar la invitación ante la perplejidad de mi media naranja, que aquella noche parecía haber venido exprimida, sin zumo alguno.

El joven judío, de padre cubano, resultó ser un chico bastante agradable y divertido, además de un fuera de serie en la pista. Imagino que el hecho de que hubiera crecido y cursado sus estudios como bailarín profesional en París, le había dado un sentido del mundo y del sexo opuesto más amplio. Entre pasos de baile me confesó que había gente en grupos religiosos de su propia comunidad que atacaban este tipo de arte y que no le permitían que bailara en público más allá de los bailes tradicionales típicos judíos. Pese a ello, siempre se enfrentó a las presiones para que dejara la danza, porque lo único que ansiaba era volar en brazos de la música y vivir la vida al máximo. Siempre quiso romper con la idea de que los bailarines de *ballet* tenían que ser príncipes blancos y rubios. Ahora recorría el mundo como figura principal en el Houston Ballet, protagonizando el papel de Romeo en *Romeo y Julieta*, un papel normalmente reservado para bailarines blancos. Su historia me impresionó, y me emocionó poder compartir ese momento con alguien tan especial, y con el coraje suficiente para romper moldes. Jared apareció de sopetón, me tomó con fuerza del brazo, y me llevó a un lugar apartado donde me dijo:

—Estás agitando el avispero, Rafaela, y eso puede tener consecuencias.

—¿Qué pretendes decir? ¿Me has ignorado desde que llegué y ahora me arrastras de la pista para decirme que estoy agitando el avispero?

—Te comportas como una cualquiera, con esa ropa de buscona, tonteando y provocando a mis amigos. ¿En qué lugar me estás dejando? ¿Quieres que sea el hazmerreír de todos? No tienes vergüenza.

Me gritó como si estuviera poseído por otra persona. Su gesto desproporcionado consiguió que yo saliera zumbando del avispero. Una abeja ocupada en libar néctar raramente pica, salvo cuando se la asusta o la pisan. Me sentí humillada y pisoteada por una de las personas que se supone que más me amaban y me revelé. Si una abeja presiente una amenaza o es alertada por el olor de las feromonas de ataque, reacciona agresivamente y pica.

—Quizá tu sentimiento de inferioridad no te deja ver a la mujer que tienes delante y has de seguir en tu rebaño retrógrado, rodeado de mujeres monjiles para sentirte más hombre.

Lleno de ira me propinó un empujón y resbalé cerca de la puerta del baño, golpeándome en la frente con una de las columnas de mármol que decoraban el restaurante, ante el asombro de las personas que envueltas en risas y vapores etílicos presenciaron el incidente. Jared se asustó y reaccionó queriéndome ayudar en mi intento de ponerme en pie. No se lo permití. Me dirigí a la mesa, recogí mis pertenencias sin mediar palabra alguna y regresé al apartamento petrificada, y sin poder creerme lo que acababa de suceder, girando en un auténtico carrusel de emociones.

El aguijón de la abeja obrera está revestido de púas, y cuando se hunde en la piel de su víctima, se desprende de su abdomen, provocándole la muerte al cabo de unos instantes. Sin embargo, el aguijón de la abeja reina no posee púas. La reina puede picar una y otra vez sin morir. Mis días de monarca sin corona habían comenzado.

Treinta minutos después llegó Jared, supongo que fue el tiempo suficiente para dar algunas explicaciones a sus invitados y preparar su discurso. Yo estaba en el baño, tratando de borrar las negras y húmedas autopistas que el rímel había trazado con la ayuda de mis lágrimas. Se aproximó por la espalda, rodeándome la cintura, y descansó su cabeza sobre mi hombro. Me besó con ternura sobre el chichón que había aflorado en mi frente, y derramó su voz en mi odio musitando:

—Me he comportado como un idiota. Lo siento tanto. Perdóname, mi vida.

Mi cuerpo frío aún temblaba dentro del búnker emocional que me había construido para protegerme. Su mirada y su cuerpo ardiente me arrollaron como una apisonadora. Enmudecí y me quedé sin capacidad de reacción. Jared encontró la complicidad en mi silencio.

—Sé que ha sido horrible lo que ha sucedido hoy, pero es solo porque te quiero tanto que deseo protegerte para que nada malo te pase. Me has puesto en una situación muy delicada y no he sabido reaccionar.

Paseó su lengua por mi nuca, descendiendo por la fina musculatura de mi espalda, mientras yo luchaba por no perder el control sobre mí misma. Deseaba tanto creer sus palabras como borrar de nuestra historia aquel doloroso capítulo.

Sus manos escalaron sobre la cumbre de mis pechos, que yo trataba de defender con murallas de falsa indiferencia.

—Voy a cuidar de ti, Rafaela. Sé que solo me tienes a mí.

Aquellas palabras me hicieron sentir frágil y tierna como una recién nacida. Hasta ese momento nunca me había sentido tan sola. ¿Sería verdad que él era la única persona que tenía? En el aire flotaban sus intenciones y mi otra mitad que se negaba a razonar. De pronto se desató una tormenta de verano y una brisa díscola se coló por la ventana cargada de promesas de lluvia. Sentí como si el primer rayo me atravesara dejando mi cuerpo en llamas, a la espera de ser sofocado por Jared. En un intento por alejarme de los pensamientos eróticos me centré en lo que estaba haciendo, agarrando con fuerza el disco desmaquillador.

—Eres la persona más especial que he conocido. Las cosas que más me gustan de mí, las he aprendido de ti —susurró, desatando mi ser.

Yo le respondí con un «te quiero» sin voz. Sentí como me tensaba y la excitación se abrió paso a través de nuestros cuerpos, como la crepitación del metal que se ha calentado demasiado rápido.

—No vuelvas a hacerme algo así nunca más, por favor —repetía, llenándome de culpa y haciéndome dudar sobre la realidad de lo sucedido, hasta el punto que acabé pidiéndole perdón.

Yo lo amaba con todas mis fuerzas. Me convertí en bandera blanca y accedí a caer en su trampa mortífera. Él, ya dinamita a punto de estallar, yo la pólvora lista para disparar. Más húmeda que en el trópico, mi fantasía se volvía sublime y explosiva. Mis deseos contenidos se desataron con la banda sonora de su respiración entrecortada. Sentí una descarga dentro de mí que me puso al borde del éxtasis. El sexo de reconciliación es un clásico que a nosotros siempre nos funcionaba, tal vez porque ambos éramos amantes entregados, sin límites, despojados de miedos y complejos entre sabanas desgastadas por la lujuria. Con el tiempo entendí que el amor es alma y luego carne.

La gente cree que el abuso emocional no es tan malo como el abuso físico, pero déjame decirte: deja cicatrices. Quién iba a decirme que años después estaría ayudando a otras mujeres como yo.

Sandra nació en Suiza y se trasladó muy joven a España. Se presentó en mi consulta con un ataque de ansiedad una mañana de Halloween. Lo recuerdo con claridad porque utilicé el disfraz de Wonder Women que había alquilado para una fiesta después del trabajo, como herramienta terapéutica aquel día con ella. Sí, mi praxis psicológica no siempre se ajustaba al protocolo, por lo que había tenido algún que otro problema, pero me permitían hacerlo porque era la psicóloga con más casos de éxito en España, incluso me habían invitado a desarrollar un manual basado en mis técnicas, que nunca llegué a materializar. Pero volvamos a Sandra, que por aquel entonces tenía treinta y dos años. Me contó que desde hacía dos años tenía problemas con su pareja, y que la ansiedad le había hecho engordar veinte kilos. No verbalizó la palabra «maltrato». Las víctimas no suelen ser conscientes de que están siendo maltratadas en la mayoría de los casos.

—Ya no puedo más —me contó, rota entre sollozos y avergonzada. Todo lo pone en tela de juicio, hasta las cosas más insignificantes que no tienen discusión, como mi estado de ánimo o mis sentimientos. Dice que estoy paranoica, que soy una exagerada y que todo está dentro de mi cabeza. He terminado por creérmelo. Pienso que no estoy a su altura y por no seguir decepcionándole me callo. Al principio intentaba hacer valer mi punto de vista, pero nunca lo conseguía, segura de que no valía nada. Ya no recuerdo cuándo fue la última vez que dejé de contestar o de expresar mi opinión.

Sandra estaba completamente anulada como persona, y él tenía el control total sobre ella. Se reconocía agotada, sin fuerzas ni energía. Preocupada y pendiente todo el día de no enfadarlo, de no decepcionarle. Caminaba de puntillas para no molestarlo el día que él se quedaba a trabajar en casa.

—Si le llevo la contraria, me insulta y me desprecia. No puedo vivir así. Esto no es normal —repetía una y otra vez, fijando la mirada en el suelo.

Ganadora del Premio «mujer de la década» del Women Economic Forum, era la directora y fundadora de una de las empresas de tecnología más potentes del mundo. La primera mujer de Europa en liderar una empresa unicornio, aquellos negocios emergentes que han conseguido una valoración de más de mil millones de dólares antes de salir a la bolsa de valores. Vamos, una fémina reconocida y triunfadora que se había hecho a sí misma, pero que dormía cada noche con su peor enemigo. Abierta en canal, revivía todas y cada una de las situaciones que la mantenían oprimida

—Utiliza mi nacionalidad para reducirme con comentarios como «lo que dices no tiene sentido, no sabes de qué hablas, eres de fuera y no tienes ni idea, deberías estar agradecida». Últimamente se ha vuelto más violento en la forma de dirigirse a mí. Me exige que le trate de usted y me ha prohibido conducir.

Estábamos ante un claro caso de violencia de luz de gas. Un retrato de violencia machista psicológica, donde su pareja la estaba manipulando con sutileza hasta convencerla de que ella se imaginaba cosas, recordaba mal las discusiones y la hacía dudar de su cordura. El abusador altera la percepción de la realidad de la víctima, provocando que no sea consciente de que padece un maltrato. La luz de gas es una forma de violencia muy perversa porque es continua, y se consigue mediante el ejercicio de un acoso constante, pero sutil, indirecto y repetitivo, que va generando duda y confusión en la víctima que lo sufre, hasta el punto en que se llega a sentir culpable de las conductas de violencia emitidas por el maltratador, dudando de todo lo que ocurre a su alrededor.

No podía parar de llorar y, cuando recuperó el aliento reaccionó incrédula: «¿yo?, ¿maltratada?», dijo, cuando le expuse la situación.

Su pareja ejercía una manipulación constante. Si ella le recordaba algo del tipo «es que me prometiste tal cosa», él respondía «yo no te prometí nada, ¿por qué te inventas cosas? ¿Estás loca?». Me dio ejemplos también de cómo invalidaba su punto de vista cuando expresaba sentimientos o se quejaba de algo: «Yo no vi eso, eres una exagerada, que películas te montas ¿cómo puedes decir eso?».

Su pareja era un maestro en la utilización de la táctica del afecto intermitente. Muestras de amor y cariño, arrepentimiento, condescendencia y promesas de felicidad futura, haciéndola creer que si ella cambiaba, él también lo haría, y que solamente podría encontrar la felicidad a su lado, porque solo lo tenía a él.

Mi técnica para superar los temores que Sandra necesitaba la empoderó en su proceso. En primer lugar, tenía que escoger a un superhéroe capaz de resolver sus problemas. Dijo que le apasionaba Wonder Women como símbolo de lucha por la justicia, el amor, la paz y la igualdad, así que mi disfraz vino al pelo. Después tenía que meterse en el personaje e identificarse con sus habilidades, mirar el mundo a través de sus ojos. Se trataba de «fingir» que ese personaje se encontraba en ella, y que podía terminar con su calvario. Lo que en inglés llaman *Fake it till you make it*, o lo que es lo mismo, fingir hasta conseguir. Cerró los ojos para meterse dentro de aquella mitad amazona mitad diosa e integrar su fuerza y sus fantásticos superpoderes en cada una de sus células. Sandra se visualizaba en el momento de la transformación, volviéndose fuerte, con una agilidad inagotable y la capacidad para teletransportarse cada vez que necesitara salir rápidamente de un apuro. Se convirtió en una guerrera, con una resistencia y durabilidad sobrehumana para combatir humillaciones y amenazas en cualquier campo de batalla frente a su pareja. Se iba imaginando y transmutando en La Mujer Maravilla, ahora ya con pleno control sobre ella misma, combatiendo cualquier tipo de magia negra que amenazara su mundo fantástico. Utilizó el poder del conocimiento supremo, que le había sido otorgado gracias a la diosa de la sabiduría Athena, para tomar consciencia de la situación y planificar su estrategia de salida. Finalmente, el poder de la supersanación completó el círculo. Definitivamente tener un factor de curación la hizo ser una heroína del mundo patriarcal, invulnerable ante su enemigo. Se metió tanto en el papel, que observé como se acariciaba la larga y morena melena que la hija de Isla Paraíso luce, aunque ella llevaba un refrescante y moderno corte a lo *garçon* de color rubio platino.

No fue un camino de rosas, sino más bien un desierto largo y lleno de dificultades, pero me quedo con lo que ella misma me dijo en su último correo, con la certeza que cuando la determinación supera al miedo, se empieza a hacer historia.

Gracias a los dones obtenidos por los dioses de mis ancestros y al duro entrenamiento, he vuelto a ser quien siempre fui. Te gustará saber que conservo mis armas especiales de superhéroe que me dan valor cada día. Siento mi tiara sobre la cabeza ofreciéndome protección, y he aprendido que las piedras que no matan fortalecen. Ha merecido la pena, Rafaela.

Sandra,
la Wonder Women suiza

Fue más tarde cuando descubrí, por casualidad, que este personaje había sido creado por un psicólogo en 1941. William Moulton Marston, un estadounidense que fue también el inventor del polígrafo, la máquina de la verdad, que sin duda le inspiró a la hora de crear el lazo mágico de la verdad que cuelga de las caderas de esta princesa guerrera de las Amazonas. Un arma invencible hecha de hilo de oro, y que es además su arma más importante. Porque tanto en la ficción como en la vida real, no hay nada más poderoso que la verdad.

Tras la escena en el Polisón, Jared volvió a ser ese hombre extraordinario del que me había enamorado, llenándome de atenciones. Solía inundar nuestra habitación con margaritas azules, mis flores preferidas, y me sorprendía a menudo con regalos que yo nunca le pedía, aunque agradecía. Volvimos a nuestra luna de miel.

A las pocas semanas y como si se tratara de un milagro, apareció un anuncio en el fórum de la universidad donde solicitaban estudiantes de psicología con español nativo. Los interesados debían presentarse al día siguiente a las nueve de la mañana, currículum en mano, en una de las majestuosas oficinas de recursos humanos ubicada en Tel Aviv. No me lo pensé dos veces. Sería una oportunidad fantástica para iniciar mi carrera profesional, y un ingreso extra para engordar nuestra raquítica cuenta bancaria, que se sostenía gracias a mi beca y al trabajo parcial de Jared.

Belly me enseñó algo muy importante. Decía que podía ser lo que quisiera, pero que si quería ser una princesa, tenía que construir mis propios castillos. Me lanzaba a la aventura de mi primer trabajo serio. Cerré los ojos, vencí el miedo y volé con la sensación de que viajaba con mi cuerpo un corazón despegado del suelo. Tomé el tren rápido que une Jerusalén y Tel Aviv, y llegué diez minutos antes, creyendo que sería la única candidata, pero no fue así, otras siete personas compartían mi mismo objetivo, todas de sexo masculino por cierto. Yo fui la última en entrar. Como el primer beso, la primera entrevista laboral no se olvida y mucho menos si te toca enfrentar una como la mía. Cuando llegó mi turno, entré en una oficina bien iluminada de estilo industrial con toques futuristas. Una gama de grises y rojos bien combinada se reflejaba en el suelo de madera. Le aportaba una sensación de bienestar que me gustó. Me atendió un sujeto alto y desgarbado que lucía una americana de rayas grises con pajarita a juego. Tendría unos cincuenta años, aunque quizá fuera más viejo. Tenía una gran nariz y profundas arrugas que marcaban su rostro, mientras unos cuantos pelos sobrevivían en su cabeza. Me recordó a un buitre. Me preguntó mi signo zodiacal y cuando le dije que era acuario, sonrió porque él también era acuario, y afirmó que éramos los mejores para puestos como aquel. Aquello pareció darme algún punto. Empezó a calentar motores con preguntas de manual para romper el hielo: ¿cómo llevas la carrera? ¿Por qué quieres ser psicóloga? Lo más interesante llegó cuando me preguntó cuál era mi barrio favorito de Jerusalén. Empecé a hablar de uno en concreto, el barrio cristiano, pero añadiendo que ya no me gustaba porque se había degradado bastante. El hombre empezó a poner caras raras. Por su reacción, di por hecho que vivía en ese barrio, así que cambié de argumentos, me lie y me pasé cinco minutos diciendo que me parecía una maravilla, no como el barrio judío.

—Pues yo vivo en el barrio judío —manifestó, dándome la puntilla.

Yo no sabía dónde meterme, pero mantuve el tipo estoicamente a la espera de la siguiente pregunta.

—¿Qué tal se te da el hebreo?

—No me defiendo mal —contesté, aunque era mentira. No juntaba cuatro palabras con sentido. Entonces el entrevistador cambió a un idioma desconocido. Quizá para él era hebreo y me soltó una parrafada. Hasta entonces yo me había comunicado con un idioma emparentado con el inglés. Le miré con cara de lela. Iba a contestar, pero entonces hice como que me estaban llamando. Me levanté, pero con los nervios el móvil cayó justo encima de su mesa. Él se dio cuenta que no me estaban llamando, aun así, continúo dándome bola.

—¿Cómo te definirías?

—No sé, pues tonta quizá —respondí, como un muñeco ventrílocuo manejado por una mano negra. Me arrepentí antes de terminar la frase.

Se quedó callado y yo no sabía qué decir, pensé que la había cagado. Era el típico momento en el que se te cae el mundo encima, y él no ponía de su parte, porque insistía metiendo el dedo en la llaga.

—¿A qué te refieres?

Intentaba explicarlo, diciendo que era tonta por haber hecho una tontería, no tonta de tonta. Para rematar, aquel día tenía un resfriado de narices, nunca mejor dicho. Me vino uno de esos estornudos incontrolables que no hay manera de parar, y sin tiempo para taparme la boca, una nube de miles de diminutas gotitas cargadas de microbios se fue directamente a su cara. Me disculpé y le ofrecí un pañuelo manchado de chocolate. Creo que acabe dándole pena, porque me dijo que no me preocupase, que si iba en esas condiciones a la entrevista, es que debía de tener muchas ganas de trabajar. La guinda del pastel fue cuando me preguntó cómo me llevaba con los espíritus.

—¿Perdón? —pregunté, como si no hubiese entendido la pregunta.

Puso cara de asustado. Yo pensé que el hombre estaba cargado por el proceso de las entrevistas. Finalmente me explicó que el edificio se encontraba detrás del tanatorio principal de Tel Aviv, y que acababa de ver dos espíritus en el vestíbulo de la oficina donde yo había estado esperando anteriormente. Me acompañó hasta la puerta con un halo de misterio y se despidió dándome la mano, que sentí como un pez muerto y resbaladizo. Me marché con la impresión que aquello había salido fatal. Digno guion para una obra de teatro de comedia. No me sentí orgullosa, así que decidí mantenerlo en secreto y no contarle a Jared lo de mi entrevista. A la mañana siguiente, me encontraba cociendo un poco de pasta, en ese momento en el que el agua empieza a hervir y hay que echarle la sal, pues después ya es demasiado tarde, cuando la música del teléfono móvil sonó sobre la mesa preñado de alegría. Era el buitre. Me dijo que había sido seleccionada. El puesto era para apoyar al equipo de psicólogos del consumidor de una agencia de publicidad multinacional. Tendría que determinar y analizar las tendencias de consumo del público y diseñar las estrategias de promoción y de comercialización. Uno de mis sueños. ¡Aquella noticia era demasiado buena para ser verdad! Me confesó que mi naturalidad y mi determinación le habían convencido, ya que las entrevistas solían ser aburridas y conmigo se lo había pasado en grande.

Semejante noticia, que debería haber sido celebrada con una fiesta de cohetes artificiales, acabo convirtiéndose en una tragedia griega.

Capítulo 10

Con uñas y dientes

n el mundo de afuera muchos me juzgarán, quizás esos tan in-
sensibles como locos por haber creído que algo de esto pudiera
existir. Pero en este mundo de adentro es donde todos los seres venimos a transitar, mientras nos vamos para el otro lado flechados,
inmemoriados, y convencidos de que es el único y real. Hay un círculo
vivo y transparente que nos rodea, y que linda con la fuente de donde
venimos y hacia donde nos dirigimos. Del borde de ese mundo hacia
fuera siguiendo hasta el infinito no sabemos nada de lo que existe. Es la
última frontera para todos los seres vivientes, y ni siquiera tenemos
la capacidad para imaginarlo.

Una sensación extraña que nacía en el centro del estómago me
empezó a inundar todo el cuerpo. Tal vez estaba cercano el momento
de descubrir el sentido último de aquella aventura. Las gotas de sudor
competían en una carrera frenética por mis sienes. Comencé a abani-
carme con una gigantesca y lustrosa hoja de pigmentación azul brillante, y venas amoratadas, que hubiera hecho las delicias de cualquier
coleccionista o botánico. Increíblemente, de la yema de aquella especie
rastrera creció rápidamente otra hoja idéntica en tamaño y belleza a la
que había arrancado. En aquel mundo de adentro todo se regeneraba en
un visto y no visto. Elsu me animó a que las probara, aludiendo a su
alto contenido en proteínas y nutrientes. Aseguraba que me ayudarían
a mantener la energía y que además servirían como medicina, ya que

eran el mejor antibiótico natural para los seres humanos como yo. Le hice caso, aunque me sentí como una babosa mordisqueando aquel tejido vegetal de sabor algo picante y amargo.

—¿Elsu, has visto eso? —pregunté, señalando el horizonte como una chiquilla que descubre su personaje favorito caminado con naturalidad en Disneyland.

—Sí, es realmente único, ¿verdad? Debe de ser una imagen impactante para ti.

—Es mucho más que eso —balbuceé, sin poder apartar la mirada de aquel fenómeno.

Ocho soles brillando con intensidad teñían el cielo completamente de un vivo naranja. En fila india, uno tras otro, iban traspasando la redonda luna, que parecía tragárselos llenándose de fuego, abandonándola después para unirse al círculo de los soles de nuevo, que giraban suspendidos como un enorme anillo de luz.

—Estás presenciando el ritual de caza de los ocho hermanos, que tendrá lugar durante las próximas tres horas. Debemos de estar cercanos a la tierra estelar de Leo. Busquemos un lugar a la sombra donde resguardarnos hasta que culmine. Tú y *Vodka* no sobreviviríais a las altas temperaturas que se avecinan. Esta maravilla podría convertirse en la puerta al infierno para otros que no sean hijos de esta zona estelar.

A medida que corríamos hacia no sabíamos dónde, el paisaje se iba transformando en un árido desierto. Yo respiraba bocanadas como un pez en tierra seca, la lengua arenosa de *Vodka* iba rozando el suelo. Elsu era el único que se mantenía invulnerable como una pirámide en Egipto. Mientras mi fina piel acartonada empezaba a sufrir los estragos de las quemaduras de aquel despiadado calor tórrido y abrasante, la suya se tornaba más fría a medida que los grados iban aumentando. Aparecieron sobre su piel una especie de termorreceptores en forma de diminutas trompetillas que cubrían su cuerpo por completo, transformando su epidermis en un perfecto traje de aspecto viscoso y resbaladizo, suficientemente grueso como para protegerle de la intensa radiación solar. Su capacidad de adaptación al cambio climático era asombrosa.

Tenía la sensación de que avanzamos como una tortuga coja, cuesta arriba y sin muletas. Nos encontrábamos en medio de ninguna parte, rodeados de piedras calcinadas, kilómetros y kilómetros de espectral soledad, que conformaban aquel inclemente desierto.

Elsu tomó a *Vodka* en sus brazos cuando lo vio desplomarse sin voluntad sobre el camino peñascoso. Se dirigió a él con un lenguaje que pareció inyectarle algo de vida, y como un padre que protege a su retoño lo cubrió con su chaqueta mientras nos abríamos paso con alguna dificultad, a través de una ladera arrugada que dominaba la cúspide de una montaña.

—Esperaremos aquí —dijo, guiándonos a través de un húmedo agujero que había al otro lado de la colina, y que parecía la madriguera de algún animal.

Nos arrastramos por su estrecho útero hasta caer en una balsa de agua púrpura que se convirtió en nuestro oasis por unas horas. Millones de insectos fluorescentes iluminaban el oscuro espacio. Al principio pensé que eran mariposas, pero enseguida me di cuenta que carecían de cuerpo. Eran simples alas transparentes que revoloteaban a pocos centímetros de las paredes rocosas y que desprendían gotas de rocío casi heladas, gotas de vida, que nos rescataron de una sequía mortal.

—¿Crees que puede haber vida en este lugar? —pregunté, consumiendo el poco aliento que me quedaba.

—La hay, Amelia, y no creo que tarden mucho en encontrarnos.

—¿Qué quieres decir?

—Está a punto de concluir el ritual de caza de los ocho hermanos.

—¿Cómo estás tan seguro?

Me veía como una tostada chamuscada, pero él me miró con una ternura que podría empaquetarse y venderse como regalo de Navidad.

—El sol número siete está entrando en la luna. Eso significa que el día y la noche, que son como las agujas continuamente en movimiento del fantástico reloj del universo, darán paso de nuevo al atardecer. Los hijos del sol, los leones, saldrán a la caza.

Elsu, no se equivocaba, la claridad empezaba a debilitarse, invitando al crepúsculo a contemplar el espectáculo. El abanico de rayos deslumbrantes se plegaba a través del espacio infinito. Abandonamos el refugio tras la tregua de aquella ola calorífica, envueltos en un paisaje velado por la calina que se levantaba del suelo haciendo que todo se viera confuso y borroso, ofreciéndonos una estampa de colores sin brillo. Nos detuvo un lejano coro de rugidos graves y largos, que se transformaban en bramidos explosivos más cortos y profundos a medida que se iban acercando. *Vodka* levantó las orejas mientras orientaba sus pabellones auditivos, tratando de identificar el lugar de donde provenía aquel sonido que parecía rodearnos. Adelantó la cabeza y mostró sus dientes con agresividad como si se preparase para un posible ataque inminente, ladrando compulsivamente. El alivio térmico daba paso al estrés de la incertidumbre.

Como si de una aparición se tratase, una docena de criaturas cerraron filas en torno a nosotros. Esperaba encontrarme seres agresivos, cazadores expertos con instinto depredador, para los que nosotros seríamos presas fáciles. Uno de ellos, yo diría que era el líder, se aproximó proyectando dos láseres desde sus redondos ojos café intenso, que barrían el suelo a millones de pulsos por segundo, empleando ecos que mapeaban nuestras formas, creando un atractivo mapa tridimensional. Prácticamente podía sentir el movimiento rítmico de los omoplatos de aquella criatura y sus pisadas sigilosas, como si acechara a una incauta impala. Conté hasta cinco felinos de sexo masculino y siete féminas.

No sabría si llamarles tribu, manada o criaturas fantásticas porque eran una mezcla de todo a la vez. Me parecía estar viviendo una ensoñación, una irrealidad, que no por serlo resultaba menos agonizante.

Elsu debió adivinar mis pensamientos porque en un tono susurrante dijo:

—Son seres de la zona estelar de Leo. No tengas miedo.

Me preocupaba que algo me ocurriese y nadie llegara a saber nunca lo que en realidad me pasó. Pensé en mi madre y en lo mucho que sufriría con la misteriosa desaparición de su única hija. La idea de que todo aquello pudiera ser verdad, ser mentira, o las dos cosas a la vez, me inquietaba. Fuera cual fuese la realidad, estaba viviendo la más fantástica de las aventuras. Me prometí a mí misma que si sobrevivía, me encargaría de que esta historia se publicara. Lo más probable es que la mitad de los lectores no creyeran ni una solo palabra y, la otra mitad me tomaran directamente por una loca.

Durante el tiempo que duró el escaneo, *Vodka* y yo permanecimos inmóviles. Instintivamente nos convertimos en espejos de Elsu, repitiendo cada uno de sus movimientos y su comportamiento, que era prácticamente inexistente. Si había alguien que sabía cómo actuar era él, eso lo teníamos muy claro.

¿Por qué Elsu no reaccionaba? ¿Estaría calculando su próximo paso? Ese pensamiento me producía una extraña sensación de seguridad.

Sus majestuosos cuerpos eran de una talla muy superior a la nuestra. Musculosos, mantenían alta una cabeza ligeramente más grande que el resto de su estructura. En el centro de la frente aplanada se distinguía un sol en forma de tatuaje, de dimensiones algo más reducidas en el caso de las felinas. Un hocico corto y ancho de donde sobresalían dos dientes caninos superiores brillaban como el oro. En alguno de ellos todavía se apreciaban los restos de sangre fresca resbalando por los colmillos cónicos y afilados como los de un cocodrilo. La matriarca, con actitud dominante, sacudió una revuelta y espesa melena canosa que cubría sus hombros, mientras acunaba la cola que estaba coronada con un mechón de pelo también blanco. No había duda que su figura robusta e imponente inspiraba la de una leona. Su físico no ocultaba su condición femenina, pues los machos tenían la melena más corta.

Procuraba escuchar atentamente hasta el menor ruido, pero solo percibía mis propios latidos creciendo en proporción geométrica. Cuanto más trataba de racionalizar y vencer mis temores, menos conseguía tranquilizarme. Mi mente humana hizo de inmediato su pronóstico. Me decía a mí misma: «Tranquila, Amelia, estás a salvo. Si ya se han saciado, vendrán sin hambre y eso es buena señal». Pero cabían también otras posibilidades, mucho más angustiosas e inciertas, que no podía concretar ni razonar siquiera y, tal vez por eso, irracionalmente aterradoras. Cada segundo transcurría como un siglo.

Desfilaron por mi cabeza las imágenes del león de La Metro-Goldwyn-Mayer, el príncipe león de la *Bella y la Bestia*, el león cobarde de *El Mago de Oz*, y otros muchos melenudos que han rugido a lo largo de los tiempos y que conquistaron Hollywood protagonizando innumerables películas, pero sin duda el león más importante de mi vida lo conocí a los ocho años.

De niña sufría nictofobia, miedo irracional y extremo a la oscuridad. Todas las cosas y sombras me parecían los más terribles monstruos, y yo no sabía por qué. En el colegio se burlaban de mí y eso me molestaba muchísimo. Me resistía a ir al baño porque solían apagar la luz cuando estaba dentro, solo para verme salir medio desnuda y aterrada, huyendo de aquel oscuro espacio. Mi padre, con mucha paciencia, me explicaba cada día que aquello no eran monstruos, pero yo no dejaba de sentir un miedo atroz y desmedido cada vez que la luz desaparecía. No podía quedarme a oscuras ni un momento porque me invadía la sensación de pánico, imaginando los peligros que se escondían en la negritud. Una noche antes de irme a dormir me senté en su regazo y me pintó la cara de un león. Una de sus aficiones siempre fue la pintura, por lo que no le resultó difícil. Dibujó dos orejas en mi frente, aplicando sombras de tonos naranjas rojizos en los pómulos, dándole la sensación de vida. Unos pequeños toques de color marrón en mi diminuta cara sirvieron para simular el pelaje, culminando su obra de arte con unos largos bigotes negros con rayas muy finas, y una capa de vaselina en la nariz, para fijar la purpurina de color dorado.

—Amelia —dijo, tomándome de la mano y situándome frente al inevitable reflejo de un espejo empoderado.

—¿Lo ves ahí? Esa eres tú. Ahora eres el rey de la selva y por tanto el emblema del coraje y la fortaleza. Él vive en ti. Todos tenemos un león en nuestro interior. Eres más valiente de lo que crees, más fuerte de lo que pareces y más inteligente de lo que piensas. Nunca te olvides de quién eres en realidad.

—Entonces, ¿ahora podré luchar y ganarles a todos? —pregunté ingenua, como si en verdad me hubiese tragado aquel felino.

—Amelia, ser león significa que debes hacer frente, con la cabeza alta, a los conflictos y situaciones que lleguen a tu vida. Sin embargo, la palabra «valentía» no es sinónimo de luchar todas las guerras, sino de elegir sabiamente cuál vale la pena.

Papá nunca pisó la escuela. La vida fue su gran maestra y él un excelente discípulo. Mientras pasaba horas y horas sentado en su tractor arando, no solo abría la tierra con los surcos, también su alma se iba abriendo a las verdades de la vida. Aquello que yo vi como un divertido juego entonces, se convirtió en el repelente de mis temores nocturnos. Me sentía tan segura de mí misma que podía asustar al mismísimo Fobos, personalización del terror y el horror en la mitología griega. Aprendí que al despertar nuestro león interior cambia la percepción de las cosas. Como bien dice Steven Covey: «No vemos el mundo como es, sino tal como somos nosotros». Aquella pintura cubriendo mi inocente rostro, lejos de exhibir el susto en mis ojos, me reconectó con mi fuerza y mi poder interno, acabando con mis pesadillas para siempre.

Entonces pensé que si todos llevamos un león dentro, ¿por qué temerles? ¿Qué podía yo recriminar a un ser que no hacía nada malo excepto vivir según su ADN, su propósito? Inevitablemente hacían honor a su nombre.

Aunque lo más cerca que había estado yo de un león de verdad, había sido en el zoológico de Granada, y desde luego ninguno de esos individuos se asemejaba a aquellos seres albinos ni por asomo.

Salí del ensimismamiento por un instante al ver como uno de los más jóvenes expulsaba una bola de pelo, huesos, cuernos y dientes, posiblemente como restos de su último manjar, seguido de un rugido fiero que atravesó el aire. No pude evitar una indisimulada mueca de asco, gesto que pareció ofenderle, ya que reaccionó con un ademán de ataque. Observé como el sol tatuado en la frente se iluminaba con su reacción. Más tarde, supe que eso ocurría cuando el enfado y la ira se manifestaban en sus cuerpos. Enseguida la líder lo detuvo, dirigiéndole una mirada firme, no para intimidar, sino para reclamar autoridad.

—Soy Kalu. ¿Qué podemos ofreceros, viajeros de otros mundos? —preguntó con determinación y con una voz grave y ronca.

Un líder es un líder porque piensa en qué puede dar antes de pensar en lo que puede tomar. Aquella pregunta confirmaba su temperamento natural de liderazgo.

En la Laguna Púrpura existían tantas lenguas como zonas estelares. Aun con esa diversidad dialéctica, tenían la capacidad de comunicarse entre ellos de forma fluida. Era asombroso cómo Elsu dominaba todas y cada una de ellas, y realizaba una especie de traducción telepática instantánea para que yo pudiera también entenderla.

El escaneo ya le había dado gran parte de la información que necesitaba. No éramos enemigos en busca de la conquista de su territorio ni teníamos intención de competir por la caza. No suponíamos amenaza alguna. Sabía perfectamente para qué estábamos allí. La mirada de un león sabe qué hay más allá de lo que alguien puede mostrar.

—¿Qué distancia hay hasta la próxima zona estelar? ¿Crees que podríamos llegar allí antes del amanecer? Ya sabes lo que buscamos —intervino Elsu, con voz amigable.

—Podríais llegar a la zona estelar de Virgo en cuatro lunas. Viajar durante el día acabaría con la vida de la mujer y del animal, y si os movéis durante la noche, os convertiréis en blanco perfecto para otros seres nocturnos.

Algunos de los componentes de la tribu empezaban a mirar a *Vodka* como un niño mira un bombón de nata con una cereza roja encima. En un irracional e instintivo acto de supervivencia, *Vodka* empezó a correr, y tras él tres de ellos salieron a la carrera. A mí no se me hubiera ocurrido bajo ninguna circunstancia. No creo que nadie pueda correr más rápido que un león.

Practicaban una estrategia de equipo perfectamente sincronizada. Lo rodearon enseguida desde diferentes ángulos. Uno de ellos lo paralizó, sujetándolo por el cuello con las fuertes y grandes manos que cubrían la mitad de su cuerpo.

Yo grité:

—¡No, *Vodka*! ¡Soltadle! —mientras corría hacia el lugar donde mi fiel amigo se revolvía desafiando a la muerte entre débiles gemidos.

Kalu llegó mucho antes que yo. El sol de su frente irradiaba una luz intensa que hizo desistir a las criaturas semisalvajes. *Vodka*, ya liberado, corrió a esconderse detrás de unos matorrales en el terreno vacío. Elsu se dirigió de nuevo a Kalu.

—Sé del imprescindible, hermoso y complejo ciclo de la vida. El ecosistema se sostiene gracias a ese ciclo y nadie debe subestimar cada una de esas piezas, sin embargo, te pido que respetéis nuestra existencia ya que nuestros elementos no forman parte del ciclo vital de vuestro mundo.

Ella lo miró como solo un líder mira a otro líder, y tras un expansivo bostezo, asintió de una manera generosa y noble.

—Así es Elsu, un ciclo infinito de principios y finales, por ello nosotros, los leones, no tenemos miedo a una corta vida porque no se puede equiparar a una larga existencia. Todos tenemos algo que aportar, eso nos sitúa en el mismo nivel. Ningún ser debe considerarse mejor que otro.

De nuestro paso por la zona estelar de Leo me llevé grandes lecciones de vida de la mano de Kalu. Una de primero de biología: cómo funciona el ecosistema y el papel de todas las redes tróficas, es decir, el ciclo de la vida. El león caza al suka, lo que vendría a ser una especie de antílope en la tierra, el suka se alimenta de hierba, y cuando el león muere, pasa a formar parte de la hierba. Por lo tanto, el carbono, el nitrógeno, el fósforo y los demás componentes que forman los diferentes organismos son parte del ciclo biológico. Cada uno de nosotros tenemos una función, y aunque esto es algo más simple que la realidad, aún en mi mundo terrestre debatíamos sobre si hay especies más importantes ecológicamente que otras. El equilibrio ecosistémico se debe al rol que realiza cada especie; depredadores, presas, plantas, hongos, insectos y lombrices son imprescindibles. Este es como un rompecabezas, si quitas una pieza, ya no funciona. De igual modo, tú eres parte de este mundo y nadie puede ocupar tu lugar, pero recuerda respetar a quien tienes al lado, reconociendo que nadie es mejor o peor en este ciclo. El político, envuelto en el zurrón del poder, no es mejor que quien limpia nuestras calles. El cirujano, en su estrato social, no es superior a quien le sirve la comida después de su trabajo. La directora de una empresa exitosa no está por encima de la madre que cuida a sus pequeños en casa. El dinero, la cultura, la belleza, la inteligencia, no te distingue del resto. Solo si aprendes esta lección, serás digno de tu existencia, porque es a través de los demás que nos convertimos en nosotros mismos.

Nos quedamos con Kalu y los suyos aquella noche. Tras valorar las opciones, se ofrecieron a guiarnos y protegernos al día siguiente al atardecer, hasta que cruzáramos las fronteras de la zona estelar de Virgo. Incluso nos llevó a conocer el lugar donde criaba a sus pequeños, reconociendo que en ocasiones los más jóvenes podían ser implacables, especialmente los machos, pero que la lealtad, el amor y los lazos familiares estaban siempre por encima como valores fundamentales. Durante el día descansábamos y nos protegíamos del calor sofocante y extremo, reanudando la marcha a la luz de la luna, acompañados siempre de los más leales escoltas que podíamos tener. Fueron muchos kilómetros anudados a horas de conversación y observación, en los que pude comprender su mundo, y la personalidad de aquellos seres con forma humana.

—Elsu, ¿te has dado cuenta de lo fascinantes que son estos seres y cómo deslumbran?

—Claro. No es por casualidad que son hijos del Sol. Viven en ellos las características del gran astro. Como él, se hacen notar en cualquier escenario. El Sol es la fuerza central que sostiene unida a todos los planetas, porque tiene una gran masa y por tanto los atrae, manteniéndolos rotando a su alrededor. Ese es el motivo por el que estos seres se convierten en el centro, ejerciendo una atracción sobre el resto. Reflexiona sobre esto, Amelia: el Sol no realiza esa acción por la fuerza, no tiene atados a los planetas con una cuerda para que no se vayan por el espacio, simplemente la atracción que existe entre el Sol y los planetas es suficiente para que estos se mantengan ahí. Como tampoco un verdadero líder ejerce el poder con sus seguidores. Los auténticos leones tienen la suficiente fuerza, energía y motivación para que otros deseen estar a su alrededor.

Me costaba relacionar la cantidad de tiempo que permanecían inactivos, descansando y haciendo largas siestas con el rol de un líder, tal y como yo lo entendía. Elsu me dio la clave.

—Amelia, no te confundas, el liderazgo no tiene que ver con asumir un gran número de tareas. Un buen líder no se pierde en los detalles, queriendo estar en todas partes. Saben qué es lo importante y cuál es la tecla que hay que tocar para que las cosas sucedan. Solo entran en acción para manejar lo esencial. Se concentran en sacar adelante lo que es crucial para el éxito de aquellos con quienes están comprometidos.

Disfrutaba inmensamente aquellas jornadas en la oscuridad de la naturaleza salvaje, cuando las sombras se alargaban y cobraban vida propia, las nubes tomaban caprichosas formas, y todos los rincones parecían esconder algo mágico. Recuerdo esos momentos cuando mi imaginación se llenaba de ideas y la consciencia de luz. Mis ojos, como cámaras precisas, convertían esos instantes en escenas desbordantes de misterio y de emoción.

Kalu era una extraordinaria conversadora y Elsu tenía la capacidad para escuchar y entender a los demás como nadie. Ella conocía a todos y de todos. Se notaba que se interesaba de verdad por los demás, y posiblemente por ello, había sido la elegida. Nunca la vi imponer sus ideas, las reunía, las aglutinaba haciéndolas suyas para representarlas después. Una de sus frases quedó colgada para siempre en las pestañas de mis ojos recién nacidos «Un líder lleva a otros adonde nunca habrían llegado solos».

Apenas conseguía dormir lo suficiente como para gestar un sueño fugaz. Parecía estar habituándome a nuestro destino, sin embargo, la nostalgia de mi hogar y todo lo que había dejado atrás merodeaba incesante como un beso prometido.

Elsu se pasaba horas contemplando las estrellas. Decía que interpretaba el mapa estelar, pero yo estaba segura que también sentía en sus espaldas el peso de la ausencia de los suyos abrazada a la responsabilidad. Podía adivinar que estábamos muy cerca de llegar a la próxima zona estelar. El sol suspendido en lo alto, como una moneda de oro que alguien había dejado caer, iba gradualmente perdiendo intensidad durante el día, y el paisaje nos iba regalando trozos de vida. El último día descansamos al lado de una poza que tenía el suelo de piedras finas, verdes y azules, y que terminaba en una cascada espumante.

—Elsu, podríamos bañarnos —sugerí.

¡Estábamos tan sucios! Nuestra ropa olía fatal. No esperé su aprobación. Me lancé directa sobre aquellas aguas refrescantes que me supieron a caricia de la Madre Tierra. Un caos de saltos y cascadas, cuevas laterales y pequeñas piscinas naturales de aguas cristalinas conformaban aquel oasis púrpura. Finalmente se animó al verme chapoteando y disfrutando como una rana en un estanque, o tal vez por la insistencia con que lo retaba a alcanzarme mientras zambullía mi cuerpo juguetón.

—¡Vamos! ¿Acaso a los halcones no les gusta el agua?, o ¿es que son demasiado lentos para alcanzar a una terrestre fuera del horizonte infinito?

—Deberías saber que el halcón es el animal más rápido de tu mundo, Amelia. Pueden alcanzar hasta trescientos sesenta kilómetros por hora —dijo, contestando a mi provocación mientras nadaba hasta mí.

Me arrojé a su cuello, olvidando que éramos dos extraños, ahogando vergüenzas y perjuicios en el fondo de aquel lugar que nos había unido. Éramos dos caminos que separan una misma dirección. Había cambiado la suciedad y el polvo acumulado por un coraje inspirado en aquellos habitantes leoninos. Él me tomó por la cintura, lanzándome por los aires mientras inundaba mis oídos de risas.

—¡Ahora tú también vas a volar!

Sentía que me llevaba su corriente y me ahoga su mirada. Me daba miedo su poder para desnudarme sin quitarme la ropa, dejando mi corazón al aire. No pretendía que entendiera aquello que había nacido en mí, cuando yo misma no entendía nada de nada. Aun así, no podía evitar quererle a ratos sin querer.

Por un momento el tiempo se detuvo, convirtiéndose en un cómplice oportuno. Unos minutos de gracia en que volví a tener quince años. Desconocía cómo serían los quince años de un hombre como Elsu en un mundo como el suyo, pero yo lo sentía igual. Nos abrazamos durante un rato en silencio, sabiendo que las palabras no podían significar más que aquella porción de tiempo.

Kalu y los suyos descansaban tendidos como poderosas esfinges guardianas en los alrededores, ajenos a nuestros juegos. Probablemente los egipcios las veían como una manera de fundir la belleza y la ferocidad del león con la sabiduría del rey.

—Elsu me preocupa el tiempo. ¿Qué será de mí, de mi mundo y todo lo que conozco si no conseguimos encontrar la escalera de los mil escalones pronto? —inquirí, en un salto de consciencia.

—Amelia tú eres tiempo, el eterno, el infinito, el inmortal, el inconmensurable. El alma del hombre es inmortal e imperecedera. El tiempo nunca muere solo se consume. Imagínate que existe un banco, que cada mañana ingresa en tu cuenta la cantidad de ochenta y seis mil cuatrocientos euros. Este extraño banco, sin embargo, no suma tu saldo de un día para otro, y cada noche borra de tu cuenta el saldo que no hayas gastado durante ese día. ¿Qué harías?

—Bueno… —Bajé la mirada pensativa, buscando la respuesta más lógica—. Imagino que retirar todos los días la cantidad y gastarla ¿no?

—Tú eres un cliente de ese banco que se llama vida, y la cuenta de inversión se llama tiempo. En el primer instante de cada día ese banco te ingresa en tu cuenta personal ochenta y seis mil cuatrocientos segundos que puedes gastar solo en ese día, y todas las noches, cualquier cantidad que no hayas invertido en algo provechoso, lo da como pérdida y la borra de tu cuenta. No es posible acumular este saldo para el día siguiente. Todas las mañanas tu cuenta es reiniciada y todas las noches pierdes el saldo no aprovechado, y no puedes dar marcha atrás. Debes vivir el presente con el saldo de hoy. No utilices tu riqueza pensando en que no tienes tiempo, porque eso te empobrece. Atesora cada momento que vivas, y ese momento tendrá mucho más valor si lo compartes con alguien especial, lo suficientemente especial como para dedicarle tu tiempo. Más importante que el tiempo, es lo que haces con él.

El recuerdo del olor a la deliciosa mermelada que mi madre confitaba con las frutas que crecían en el patio de la casa, me transportó hasta la cocina donde preparaba todos los domingos el desayuno. Ella odiaba cocinar, y en la mayoría de las ocasiones, el fondo del cazo acababa chamuscado por una leche ansiosa por hervir, antes de que mi madre distraída pudiera evitarlo. Aun así, se levantaba temprano solo para pasar algún tiempo conmigo.

—Amelia no te comas las tostadas en el baño de pie mientras te maquillas —me regañaba mientras esperaba paciente frente a mi silla vacía— este no es lugar para desayunar. Siéntate junto a mí y charlemos un poco.

—¡Llego tarde mamá!, ¡no tengo tiempo!, ¡el tiempo vuela!, ¡tengo el tiempo justo!

—¡Por dios! Parece que vivamos en la ciudad «Máxima velocidad». El tiempo es un caníbal que te come para luego vomitarte como un deshecho, ¿no te das cuenta? Anda siéntate a mi lado y cuéntame acerca del libro que estás leyendo y de ese nuevo amigo que has conocido.

Yo me veía recorriendo la casa, subiendo y bajando la escalera como alma perseguida por el diablo, mirando todos los relojes, como si formara parte de una competición en la que me fuera la vida, ignorando aquella voz que me reclamaba. Con algunas personas tenemos la sensación de que perdemos el tiempo, con otras muy especiales, es la noción del tiempo lo que perdemos y, muy pocas tienen el poder de hacer que recuperemos el tiempo perdido.

¿Qué no daría yo ahora por ocupar esa silla y regalarle los oídos a mi madre con mis pequeñeces?, esas que siempre fueron para ella la mejor recompensa a sus madrugones. Ojalá pudiéramos enlatar esos sabores, esos aromas, esos momentos. Qué bueno sería si pudiéramos envasarlos al vacío, conservando su frescura para abrirlos después en cualquier momento y vivirlos de nuevo, añadiendo lo que nos faltó para completar una vivencia perfecta. En mi caso, yo añadiría grandes dosis de tiempo de la mejor calidad para mis personas favoritas. Lo cierto es que no pensamos en el tiempo que nos queda, de manera que tenemos la sensación de que siempre tendremos la oportunidad de hacer las cosas que nos hacen felices, y de compartirlo con aquellos a quienes amamos. ¿Y tú? Si supieras el tiempo exacto que te queda para disfrutar de esas personas, ¿qué harías?

Como una película cuya segunda parte esperamos con ilusión, y que culmina con la palabra «continuará», así me despedí de aquellas criaturas con corazón de fuego, sabiendo mucho más de lo que sabía, pero sospechando que menos de lo que descubriría. La vida estaba resultando más misteriosa de lo que imaginaba, y un nuevo capítulo con otros seres vivientes nos esperaba. Seguramente con los que conspiraríamos para resolver este rompecabezas llamado vida, porque todos los viajes tienen destinos secretos sobre los que el viajero nada sabe.

Capítulo 11

Tu abuelo Esteban

Hay personas que ven lo que sucede en la vida, otras predicen lo que va a pasar, y otras se aseguran de que las cosas ocurran. Hay un cuarto grupo que es el de los que se preguntan acerca de lo que pasó, y cómo pudo suceder. En este último grupo me encontraba yo. Era un caos atormentado que necesitaba saber que tenía su hueco en algún rincón del mundo.

Con estas líneas se abría paso la segunda carta escrita de puño y letra por Belly. Sus palabras rompían los espacios en blanco de una página temblorosa, con la misma fuerza que las olas se estrellaban en las rocas de un océano abierto y bravo, que me acogía aquella tarde donde el viento dormía, y las llamas de una pequeña hoguera ardían sin prisa, pero sin pausa, templando las heridas por las que respiraba. Había escogido aquella cala recóndita y secreta, mi lugar favorito, donde permanecían enterrados en la arena como tesoros, unos pocos y huidizos recuerdos vividos con mi madre. Un espacio sagrado, donde las algas mansas se enredaban en nuestros pies para desaparecer luego en las profundidades. Protegido de las medusas por una enorme red, que nos permitía bañarnos desnudas, libres de las miradas de los turistas. Hasta los peces parecían enamorados del lugar. La brisa cálida acariciaba mis manos, que sostenían un futuro enraizado por el pasado. Lo sentía como el lugar más libre del mundo. ¡Qué lejos quedaban mis recuerdos y mi niñez! Allí no había otra preocupación que la de ser feliz en color azul. A pesar de los años, vivía sujeta a aquel lugar donde fui golondrina, y donde mi inocencia dejó una luz encendida en la verdad. Un punto de partida, donde tres generaciones de mujeres se daban cita, unidas por una misma voz.

Mi querida Rafaela, mi niña linda:

Siento no haberte hablado nunca de tu abuelo Esteban, y haberte privado de los recuerdos que toda niña debería tener sobre sus ascendientes. Lo cierto es que todavía me duele, pero creo que ha llegado el momento de que sepas quién fue el hombre a quien más amé y con quien más sufrí. Yo era la séptima de ocho hermanos y trabajaba como camarera en uno de los restaurantes más finos de Granada. Por aquel entonces yo tenía unos dieciséis años. Mis padres eran campesinos y no se podían permitir el lujo de llevarnos a la escuela a todos. Jamás consiguieron llenarnos la barriga un solo mes sin vaciar la cartera, a duras penas nos mantenían con gachas. Los trabajos agrícolas no me gustaban, me fatigaba enormemente, sobre todo cuando llovía y hacía viento. Me dolían la cabeza y los pies. Hasta durante el sueño, me atormentaba la visión de los campos labrados. No, no me gustaba el campo en absoluto. La sola idea de ver un pobre labrador cubierto de barro, harapiento, más desgraciado aún que su flaco caballo recorriendo la tierra anegada y lodosa, me parecía la encarnación de la fuerza primitiva brutal, y yo había nacido para rodearme de belleza y elegancia. Quién me iba a decir a mí entonces que acabaría casándome con un hombre que amaba la tierra como a su propia vida. Y es que como dice la famosa frase de Jean de La Fontaine: «A menudo encontramos nuestro destino en los caminos que tomamos para evitarlo».

Para escapar de un destino inevitable recolectando melones como el resto de mis hermanos, me coloqué en aquel restaurante donde servía a los más ricos y famosos de la ciudad. Allí descubrí mi pasión por la moda, al ver embobada cómo desfilaban las elegantes señoras por el salón del comedor. Yo era la encargada de guardar sus abrigos, sus bolsos y sus sombreros en el guardarropa, y tomar los pedidos del menú. Me alucinaba la manera que tenían de hablar y cómo pronunciaban el nombre de algunos platos en francés. No había día que no saliera de aquel lugar prometiéndome a mí misma, que algún día esas blancas, suaves y sofisticadas damas, pasearían mis diseños por toda la ciudad.

En mi época, si a los dieciocho años no tenías novio o no pensabas en casarte, ibas encaminada a ser poco menos que una «solterona»; menuda palabrita fulminante y cruel. Inocente, sí, pero con connotaciones infelices, desdeñosas e irrespetuosas. Hablando en plata, lo que todos ven como una madura amargada a quien se le ha pasado el arroz. Es curioso como un morfema de apenas tres letras como «soltera», te puede convertir en una mujer sola, joven, independiente y deseada hoy día. ¡En mis tiempos no teníamos tanta suerte! Ahora ser soltera está de moda. Cuando alguien te habla de su vecina soltera, automáticamente aparece la imagen mental de una mujer joven, trabajadora, emancipada, que practica yoga, come comida macrobiótica y se pasea en lencería por su apartamento estilo *loft* con decoración minimalista. Si embargo, cincuenta años atrás la imagen de la misma mujer se tornaba bien distinta. Eran consideradas solteronas cotillas que espiaban a sus vecinos, vivían con cinco gatos y un loro como única compañía, hacían solitarios en la mesa camilla con tapete de ganchillo, y consumían horas interminables de televisión, los días que no tenían a quien criticar.

Lo siento, pero puede que los solteros sean demasiado dueños de sí mismos y eso molestaba a la sociedad de entonces, obsesionada con las relaciones, cuando se había sembrado la idea de que en un punto de la vida era imprescindible tener pareja estable e hijos. Yo tenía mi cabeza llena con demasiados pajaritos como para dejar un hueco al matrimonio. No me sentía suficientemente madura para convertirme en esposa de nadie y unir mi destino con otro para los restos, por mucho que todos insistieran, y que mi madre me encomendara cada trece de junio a san Antonio de Padua, el santo que por tradición ayuda a las mujeres casaderas a conseguir novio o esposo, y no se queden para «vestir santos». Incluso la sororidad brillaba por su ausencia entre nosotras. Medio siglo atrás, las mujeres vivíamos sometidas a altas expectativas y forzadas a vivir bajo la esperanza de algún día alcanzar el ideal patriarcal de la «mujer perfecta», una mujer pasiva y bella, entregada al hogar y a la crianza. ¡Ni hablar, eso no era para mí! Se me rompía el corazón ver a mi madre como durante años iba preparando mi ajuar: juegos de cama y mesa de algodón e hilo, mantelerías y toallas exquisitamente bordados, que eran consideradas auténticas joyas, especialmente para una familia tan humilde como la nuestra.

A pesar de mi juventud, había jurado que nunca dependería de nadie económicamente, y en realidad, de ningún otro modo. Contrariamente a mi madre, yo no me enamoraría ni me casaría con la esperanza de que alguien llenase el vacío de mi vida, convirtiéndome en una fábrica de niños hambrientos de mis sueños y de mi energía. Había decretado triunfalmente que no necesitaba un marido a mi lado para culminar una vida feliz.

Rafaela, no sabes cuánto me alegra que tú no hayas tenido que cargar con el lastre de los estereotipos de una sociedad machista y conservadora, y que puedas decidir con libertad si quieres o no involucrarte con otra persona, sin el estigma del «yo incompleto sin el tú».

Me parece estar viendo aquel muchacho que se parecía al actor James Dean, entrando con su enorme carro de frutas y verduras por la puerta de la cocina del restaurante. Su cara de niño bueno y su personalidad rebelde hacía que todas las mujeres se derritieran, y hasta algunos hombres diría yo. Su olor a tierra húmeda se perdía bajo su apariencia inocente y un cuerpo patrimonio de la humanidad. Alto, de movimientos ágiles, con aspecto saludable y atlético. Como el mismo James siempre sostenía un cigarrillo entre los labios, y llevaba una camiseta blanca manchada por el verde de las hojas de los rábanos, que rozaban su pecho en el trasiego de la descarga.

Hasta aquella mañana de marzo no habíamos intercambiado palabra. Yo lo ignoraba a propósito porque no me gustaba que pensara que yo era otra de sus admiradoras, que caían rendidas a sus pies. Siempre fui un poco orgullosa.

—El cocinero vendrá hoy más tarde. Me ha pedido que te liquide la cuenta yo —le dije, dirigiéndome a él con tono indiferente.

—¡Que milagro! —dijo sin mirarme siquiera, limitándose a descargar las cajas de calabazas y tomates que traía.

—¿Milagro? ¿A qué te refieres? —pregunté con semblante serio y sin alterarme.

—Creía que eras muda. No me has dirigido la palabra en los dos años que llevo viniendo aquí —respondió, dándole una calada al pitillo casi consumido.

—¡Menudo milagro! ¿Ese es el mayor milagro que has presenciado en toda tu vida?

—No, cada día presencio miles de ellos. ¡Todo es un milagro! ¿Te parece poco milagro que la Tierra sea una bola suspendida en este infinito universo? ¿Que tu corazón lata cien mil veces a día, treinta y cinco millones de veces al año y dos mil quinientos millones de veces a lo largo de una vida sin descanso? Dime, ¿serías capaz de dejarme escuchar los tuyos cada noche hasta que los míos dejen de latir?

Aquella noche mis párpados se cerraban y se abrían en una lucha sin tregua entre el sueño y la energía vital que había despertado la pregunta de aquel joven rudo, a quien había descubierto. Después de aquella lucha a muerte, mis ojos decidieron rendirse y transcurrir por las arenas mágicas de los sentimientos. Aprendí que tu abuelo era un hombre lleno de sabiduría y sencillez. La boca de ese hombre era puro pecado. Sus labios, como esculpidos por una mano experta, tenían el tamaño perfecto, ni muy gruesos ni muy finos, y eran vergonzosamente sensuales. Estaban enmarcados por un mentón firme, una mandíbula angulosa y una piel morena. Impresionaba a cualquier mujer. Sin embargo, lo que me intrigaba se encontraba más allá de su físico. Sus andares eran decididos. Sabía lo que quería y carecía de la paciencia necesaria para fingir lo contrario. Conocía los secretos del campo y de la vida como la palma de su mano. Las semanas posteriores y después de haber roto el iceberg que nos separaba, tu abuelo Esteban me buscaba con su mirada enorme y desesperada, dejando sobre la repisa del guardarropa un ramillete con las primeras flores silvestres, que daban la bienvenida a la madrugada. Mi mente se batía en duelo con el poder de mi uno y la idea de dos.

Dentro de cada ser humano está el profundo deseo y tal vez la necesidad de saber que su vida importa, que tiene valor propio. Me agarraba con uñas y dientes a mis sueños de independencia. Quería recorrer el mundo y convertirme en una reconocida diseñadora de moda de alta costura, pero accesible para todas las personas, incluso para las chicas más humildes como yo. Crear mi propia marca con estilo y a precios económicos era todo lo que ansiaba. Sería la primera diseñadora femenina que rompería con el clasismo, valiéndome de la fuerza de las telas y el ejército de los colores. No podía permitir que nadie ni nada me cortara las alas de ese vuelo llamado libertad. Las mismas alas, que se extendían surcando el firmamento, y que parecían acariciar una estrella tan brillante y al mismo tiempo tan lejana.

Una tarde al salir del restaurante, lo vi frente a la puerta subido en su maltrecha bicicleta verde limón, cubierta por el óxido de años a la intemperie, y envuelto en una nube de humo de tabaco.

—Han abierto una *boutique* en uno de los pueblos de la costa, cerca de la mejor heladería del mundo. En un par de horas la inauguran presentando un desfile de firmas italianas. ¿Te apetece un helado?

Para añadir un poco de emoción a mi aburrida existencia, opté por aceptar aquella inesperada y original invitación, asintiendo con la cabeza. Así pues, enfilamos la carretera que desfilaba por la costa, y comenzó a pedalear de pie, dejándome a mí el sillín disponible, y con el viento de cara más potente que había visto en mucho tiempo. En esas situaciones, la resistencia física era tan importante como la mental. Al fin y al cabo, las piernas tenían que cumplir una tarea pesada, pero simple; en cambio por la cabeza de Esteban, tal vez estaban pasando ideas tan disparatadas como las mías, y si no mantenía la sangre fría, era fácil perder el equilibrio sobre la bicicleta.

Pedalada a pedalada, metro a metro, cada vez me sentía más cómoda abrazándolo por la cintura y apretando su cuerpo contra el mío. Un mechón de pelo me hacía cosquillas en los labios, pero yo no quería despegar mis manos de su cuerpo. Él se mantuvo en silencio, imagino que no quería degastar el poco aliento que le quedaba. Su mirada se dividía entre la desafiante carretera, y el enmohecido espejo retrovisor que proyectaba mi imagen. Tras muchos kilómetros tragando polvo, un murmullo distante parecía venir del lugar al que nos dirigíamos. Esteban puso un pie en el suelo, frenando con suavidad el chirriante vehículo.

—¿En qué piensas todo el día sobre la bicicleta? —quise saber, mientras me peinaba el cabello que el viento había enmarañado.

—Sobre el sentido del viaje —contestó, apoyando su velocípedo en la farola que alumbraba el gran letrero de la *boutique*.

Di por hecho que se refería al viaje que recorría a diario en su largo periplo, repartiendo la mercancía a todos sus clientes en su deteriorada bicicleta, que arrastraba un pesado carro lleno de vegetales y frutas recién recolectados.

Evidentemente, me había quedado en la nata de la leche ante la profundidad de su respuesta.

—Medito acerca del sentido de este viaje, sobre el sentido de la vida y de la humanidad. Te aseguro que pocas personas cuentan con tanto tiempo para estar a solas como yo, y simplemente pensar mientras el cuerpo hace una función automática como pedalear por una recta de veinticinco kilómetros —añadió sonriendo.

Alcé la vista al cielo. Una delgadísima «C» flotaba plácidamente sobre los tejados. Aquella tarde hasta la luna era distinta.

—La luna es tan sincera como yo —dijo, acompañando mi mirada—. Cuando tiene forma de letra «C» es que está creciendo, igual que me agrando yo cuando te veo soñar. Sabes que eres única, ¿verdad? Te he observado. Tienes creatividad, imaginación y una visión distinta de las cosas.

—Sí soy única, pero aun así soy solamente una. Yo no puedo cambiar el mundo —le dije, observando aquella glamurosa atmosfera del evento que me elevaba y me volvía a dejar a ras del suelo en un constante «sí, pero… ».

Apenas logré sobrevivir al contacto inicial con los precios de aquellas prendas protegidas tras el cristal del escaparate. Por unos instantes me sentí diminuta.

—Tal vez no puedas cambiar el mundo, pero no dejes que el mundo te cambie a ti —dijo Esteban mientras atusó mi pelo.

Doy por seguro que mi respuesta estaba contaminada por uno de mis recuerdos más recientes, cuando mi padre me preguntó en el porche mientras contemplaba el melonar: «¿Amelia, si no tuvieras que recoger melones o trabajar en el restaurante, a que te gustaría dedicarte?». Yo no tuve que pensarlo. Respondí de inmediato convencida: «Voy a ser alguien importante. Seré diseñadora de moda de alta costura, incluso mamá podrá pasear mis colecciones los domingos para ir al mercado». Mi padre me miró fijamente durante unos segundos, y entonces dejó ir una sonora carcajada. Mis hermanos y mi madre que vieron vía libre lo imitaron.

Esteban insistió:

—Cierto, pero puedes hacer algo, y solo porque no puedes hacerlo todo, no vas a negarte la posibilidad de hacer ese algo que sí puedes. Tú, puedes ser solo una persona, pero tienes todo dentro de ti para hacer grandes cosas en el mundo. Es el poder del uno. Tu vida puede hacer una diferencia —replicó con firmeza—. Te diré algo más, cuando pedaleo no solo elevo mi espíritu, viajar en bicicleta también requiere hacer algunos sacrificios. No solo el esfuerzo físico, sino también aceptar que existen lugares a los que no podré llegar con ella, paisajes que nunca podré presenciar sobre mi sillín de cuero marrón, pero eso nunca me sacará de la carretera. He aprendido que siempre se abren nuevos caminos, que existen incontables rutas por descubrir. La recompensa siempre está ahí para aquellos que no dejan de pedalear, siempre que nunca faltes a los principios de tu viaje, y reconozcas el poder de tu uno. La vida acepta algunas paradas para poner la bicicleta a punto, y también que invoques algunos mantras personales, que te ayuden a conservar la voluntad en cada pedalada, ayudándote a superar la tentación de hacer el camino a la inversa o abandonar. No puedes viajar con la cabeza gacha porque te perderías la sobrecogedora belleza del paisaje, que te recuerda que vale la pena tirar para adelante.

Aquel muchacho de vivacidad infinita no iba tras un cuerpo para transformarlo en esposa, ambicionaba la mayor de las conquistas: mi alma.

Con él aprendí que el viaje más largo comienza con un paso, y que los mayores logros comienzan con un sueño. Las mayores fortunas se construyeron con el primer euro, y los mejores libros se escriben con una palabra a la vez. Cuando creemos que no podemos cambiar las cosas, nos abandonamos y dejamos que otros decidan por nosotros. Abandonarnos y dejar de pedalear es solo una de las alternativas posibles, pero no es la única ni la más digna. Esta, Rafaela, es la más rica herencia que tu abuelo me dejó, y que yo también me he esforzado en transmitirte.

Te quiero,
Belly

Busqué ansiosa más palabras tras la despedida de Belly en aquella carta. ¿Qué estúpido, verdad? Una despedida es una despedida y punto, pero si al menos la hubiese alargado con una posdata… En realidad, nunca hubiera tenido suficiente. Era como volver a perderla cada vez que se despedía en una de sus cartas, y mi desespero la buscaba en la próxima. Sabía que un millón de palabras no podían hacer que volviera, pero no podía evitar con cada adiós esperar la bienvenida. Belly me había abierto en canal su corazón, y yo escuchaba por vez primera sus latidos a un ritmo muy distinto.

Pensé que mi abuelo Esteban tuvo que haber sido un gran tipo. Me había caído bien desde el minuto cero, y estaba aprendido a quererle a través de la historia de Belly. ¡Cuánto me hubiera gustado mantener conversaciones filosóficas con él! Lo sentía como una de esas personas especiales que, en este mundo de grises y claroscuros, consiguen que su presencia sea un punto de color que atrae, te alegra y te reconcilia con la vida. Y aunque una facción de mis raíces enterradas bajo tierra empezaba a latir, quedaban todavía muchas piezas sueltas del rompecabezas, y otros tantos interrogantes sin respuesta. ¿Por qué nunca Belly me habló de él, visitamos su tumba o recordamos su cumpleaños? Ese hombre, que infiero, formó una familia con amor y fue tan amado, estaba perdiendo su invisibilidad y llenando su ausencia con el recuerdo.

La historia de amor de Belly me despertó una curiosidad morbosa, aunque sin lugar a dudas el mensaje «eres capaz de más, conecta con "el poder del uno"», dejó mi cabeza en órbita durante mucho tiempo.

Una vez más, las historias que más me inspiran no surgen de la ficción, sino de la realidad: nada me mueve tanto como las personas ordinarias o cercanas a mí, que dedican su vida a mejorar el *statu quo* del entorno que las rodea.

Me vino a la memoria Hernán, un profesor de yoga que soñaba con cambiar el mundo. La primera vez que lo vi en mi consulta, me impresionó su pasión, su gran corazón y el idealismo con que trataba de convencerme, acerca de la necesidad de que su sueño cobrara vida. Quería revolucionar por completo el mundo de la educación, e introducir técnicas de yoga en las escuelas. Decía que ayudaría a crear mejores personas y por ende una sociedad más justa y comprometida. ¿Y cuál era el problema? ¿Por qué le explicaba todo esto a una psicóloga como yo?

No se veía capaz de semejante hazaña. Un fuego le ardía en el pecho que le consumía. Yo solo soy uno, me decía. Un humilde profesor de yoga ¿Cómo voy a poder liderar semejante movimiento? Para esto la psicología tiene una interminable lista de palabras: falta de autoestima, creencias limitantes, autoindefensión aprendida, etc. Qué fácil hubiese sido llamarle por su nombre la desconexión con «el poder del uno». Todos deberíamos aprender que lo pequeño puede ganarse a lo grande. Que seres considerados por la sociedad y muchas veces por nosotros mismos, como insignificantes, realizan hazañas muy por encima de sus fuerzas y sus recursos.

Aquel joven que irrumpió por mi puerta con la fuerza de un búfalo, pero con el miedo de un fracaso sobre la espalda, se fue a Tailandia a meditar y a practicar su disciplina por algunos años, para regresar luego a Granada y revolucionar por completo un colegio. Invitó a un equipo de profesores internacionales que puso al cargo de un programa de ecología innovadora. Hernán conectó con «el poder del uno», adivinando más de lo que sus ojos podían ver y permitiendo que aflorara el éxito. Más de treinta colegios están imitando hoy día sus practicas.

Abraham Lincoln y Mahatma Gandhi son ejemplos clásicos en la categoría de hazañas sociales-políticas atribuidas mayormente a una sola persona. El fantástico «poder del uno» anima a no subestimarse a sí mismo, sino a que cada uno de nosotros se haga valer al máximo de su capacidad, ensanchando regularmente los límites que generan luz, igual que la parturienta ensancha el cuello del útero en un acto de amor para dar vida. Todo cambio empieza por una persona. Cuando esa persona decide desencadenar su poder, acontecen transformaciones extraordinarias. Uno es mucho más que un simple número, es el número que puede marcar una gran diferencia. Un árbol puede despertar el bosque, un pájaro puede anunciar la primavera, un voto puede cambiar una nación, un rayo de sol puede iluminar una habitación, una estrella puede guiar un barco en la mar, un apretón de manos puede levantar un alma, un paso puede empezar un viaje, una palabra puede salvar una vida, y una vida puede llevar a cabo una revolución.

Con tan solo diecisiete años, Jadav Molai Payeng inició su cruzada personal que marcaría gran parte de su vida: plantar un árbol al día durante más de cuarenta años. Desde los años setenta, Jadav Payeng ha estado plantando árboles para salvar su isla en Majuli en la India. Hasta la fecha ha plantado él solo un bosque, transformando lo que una vez fue una tierra baldía estéril en un exuberante oasis de vegetación y vida. Conocido como Forest Man, es una persona humilde, pero apasionada y filosófica sobre su obra. Todo empezó cuando en 1979, el joven indio encontró a decenas de reptiles muertos en la ciudad de Jorhat, en el banco de arena del río Brahmaputra, debido a la falta de sombra. Tras alertar a las autoridades del lugar, Molai recibió un puñado de veinte semillas de bambú para plantar. Cualquier otro hubiera cogido las semillas que le dieron las autoridades y las habría tirado a la basura refunfuñando y murmurando entre dientes lo mal que va todo y lo poco que hacen los organismos públicos por ayudar, pero Jadav no era como los demás, decidió hacer algo al respecto e implicarse: tomó esas semillas e hizo lo que debía hacer: plantarlas.

Más adelante, las autoridades forestales del distrito de Golaghat iniciaron un proyecto para plantar doscientas hectáreas de árboles en un área cercana. Molai fue una de las personas que trabajó los cinco años que duró. No satisfecho con eso, siguió plantando árboles por iniciativa propia. El resultado final es un bosque enorme casi dos veces mayor que el famoso Central Park de Nueva York, en Estados Unidos. De esta forma, «el poder de uno», en este caso de Molai, ha ayudado a la creación de un nuevo ecosistema que ha cambiado el paisaje local albergando tigres, rinocerontes, elefantes y varias especies de pájaros, siendo una verdadera reserva natural para estas especies. Sí, uno solo puede cambiar el mundo y puede cambiar su vida. Si alguna vez te preguntas ¿qué puedo hacer yo para cambiar mi vida? ¡Si tan solo soy uno!, encontrarás la respuesta en «el poder del uno».

El poder de transformar lo que ocurre está en cada uno de nosotros. La clave para cambiar, es creer que en cualquier situación nosotros tenemos ese poder, porque si poseemos la capacidad de imaginarlo, sin lugar a dudas, tenemos la capacidad de hacerlo realidad. Quizá los cambios que observemos sean pequeños, pero nunca hay que olvidar que diminutos granitos de arena crean infinitas playas. Tal vez la forma redonda de nuestra cabeza está diseñada así para que los pensamientos puedan cambiar de dirección, y darnos cuenta que nada es estático y que depende de nosotros que las cosas cambien.

Capítulo 12

Somos cosmos

Dice un antiguo proverbio serbio: «Sé humilde porque estás hecho de tierra. Sé noble pues estás hecho de estrellas».

Las madres tenemos un sexto sentido especialmente agudo para todo lo relacionado con nuestros hijos. Es un regalo único y especial, que nos permite percibir algo que está lejos de nuestros sentidos más desarrollados. En una madre se activa un mecanismo de brújula interna que nos permite interceptar, incluso a distancia, los peligros; no importa lo lejos que estén, nosotras podemos escuchar y percibir estados del alma de nuestros hijos, y la mía estaba estrechamente vinculada a la de Rafaela. Siempre lo estuvo.

Aquella noche me costó dormir. Tenía una extraña sensación que me recorría todos y cada uno de los poros de mi piel. Un constante bombardeo de infinidad de pensamientos implacables y negativos me perturbaban impidiendo que conciliara el sueño. Cabeceé por algún tiempo, pero a mitad de la noche me desperté sobresaltada de un sueño profundo, temblorosa y completamente bañada en sudor. La imagen de Rafaela atravesó mi mente como un rayo afilado. Sentí una violenta sacudida como si diera uno de los clásicos saltos al vacío de Indiana Jones en su búsqueda del Santo Grial. Aturdida y asustada, empecé a gritar su nombre cada vez con más fuerza. Algo no iba bien. No podía controlar mi cuerpo que hiperventilaba con el corazón en la boca, y que se contraía y dilataba como un acordeón gigante.

No tardaron en entrar una pareja de enfermeros armados hasta los dientes y dispuestos a silenciarme de cualquier manera. Me dijeron que fuera a la enfermería, pero yo no podía caminar. Las piernas me temblaban. Entonces me sacaron a rastras de la cama para llevarme a una silla, amarrada de pies y manos. Una vez allí me echaron un jarro de agua fría por encima, diciéndome entre risas que si no me callaba, harían que no me despertara en una semana.

Tuve suerte que aquella noche el «bata blanca» estuviera de guardia y decidiera intervenir. Normalmente, el ultraje que ejercían algunos enfermeros y celadores en San Patricio era parte de sus actividades de entretenimiento incluidas en el sueldo.

—¿Qué estáis haciendo? No es más que un ataque de pánico nocturno. Solo durará unos minutos. No es necesario que la sedéis —dijo, desafiante.

Uno de ellos, el cabecilla, que solía instigar al resto de sus secuaces a participar de sus juegos macabros de tortura, frunció los labios en una expresión de desencanto, mientras yo tiraba del brazo del «bata blanca», en un intento desesperado por obtener un poco de compasión.

—Mi hija está en peligro. Tengo que estar con ella. Por favor ayúdame —le suplicaba.

—Ya te hemos explicado un millón de veces que no tienes ninguna hija. Deja ya de dar la paliza con ese tema —intervino el cabecilla.

—¿Por qué le hablas así? ¿Qué clase de crueldad es esa? —preguntó el doctor Fred, con cierta indignación, dirigiéndose al osado enfermero.

—El director general nos advirtió que tiene una mente enajenada, y que se ha inventado la historia de que tiene una hija. Lleva repitiendo el mismo cuento desde hace años.

Me miró desconcertado y acarició mi espalda con un ápice de misericordia. En el sembrado de dolor, dejó caer una semilla de compasión que acompañó con unas palabras.

—Tranquilízate, Amelia. Lo vamos a resolver, pero ahora tienes que prometerme que vas a tratar de dormir. Mañana vendré a verte y hablaremos sobre ello.

Su respuesta no me tranquilizó. Estaba exhausta. No podía ni sentir mi propio corazón. Estaba cabreada como una mona. Sentía una profunda tristeza, como un ancla que me arrastraba hacia todos los lados, pero en el fondo de mí, sabía que era mi mejor opción en aquel momento. Advertí que si no luchaba, no iba a sobrevivir a mi propio declive. Me dije a mí misma que si quedaba una molécula de anergia en mí, debía encontrarla y multiplicarla. Tenía que sobrevivir y salir de aquel lugar no solo por mí misma, sino que tenía que hacerlo por mi hija, la humanidad y el cosmos entero del cual derivamos, y al que tanto le debía.

Uno de los enfermeros me devolvió a la habitación blanca como mi futuro, escudriñándome con una ceja arqueada y una sonrisa maliciosa. Con mi cuerpo rígido como un maniquí, me abandoné sobre la cama. Escuché la rendición de mis huesos depositándose en el descanso. El fluorescente del techo tintineaba como una luciérnaga. Parpadeé varias veces y cerré los ojos, tratando de olvidar que estaba en aquella cárcel llena de pacientes olvidados, atrapada por la desesperanza. Entonces escuché una voz muda, una ligera sensación como de un recuerdo lejano que se posó sobre mis oídos como un petirrojo cantarín.

—Mira ese punto, Amelia. Eso es aquí. Eso es nuestro hogar. Eso somos nosotros. Hoy te llevaré al mejor lugar para perderse. Te voy a elevar al cielo y su fascinante arco. Volarás conmigo hasta esos puntitos brillantes que presumen de luz y de verdad en el oscuro firmamento. Descubriremos juntos los secretos del universo invisible. Ven conmigo, contemplaremos curiosos nuestro hogar cósmico, veneraremos los cuerpos celestes que cuelgan de hilos transparentes, bajo la majestuosa bóveda que fabrica y lanza nuestra magia. Dejaremos que nuestras siluetas dancen como trapecistas sobre las líneas imaginarias de las constelaciones. Si te atreves a venir conmigo, te recibirá Polaris, la estrella polar más chispeante de la Osa Menor. Cerraremos los ojos, te abrazaré con fuerza y pediremos un deseo cada vez que una estrella fugaz nos sorprenda. No tengas miedo, la luna será nuestra protectora en cuanto se enamore de tus ojos fulgurantes. Este viaje te impulsará hacia el absoluto, colmará tu deseo de infinitud, experimentarás la apertura a la transcendencia, e irás más allá de los límites de tu ser. Me convertiré, por un rato, en ese mago que abrirá el baúl del mayor de los secretos, siempre que no olvides que eres hija de las estrellas.

Elsu me visitaba a menudo. Podía sentir su presencia a través de mis sueños, en la ligera y fresca brisa acariciándome la cara, cada vez que una mariposa posaba sus delicadas alas sobre mí, esparciendo su polvo de arcoíris, o cuando una flor llovía misteriosamente de algún árbol adornando mi cabello. Ese era nuestro código. Me prometió que su música siempre me acompañaría y de alguna manera siempre lo hacía. Tuve la sensación de que aquello duró un segundo eterno. La puerta a las estrellas se cerró de un portazo cuando se coló la voz del «bata blanca» en mis oídos. Lo odié por haberme despertado de aquel maravilloso ensueño, y arruinar uno de los pocos momentos felices en aquel lugar. Medio dormida, busqué a tientas las zapatillas moradas bajo la cama y me incorporé, cubriéndome con uno de mis mayores tesoros, una chaqueta de lana marrón de mi madre llena de bolillas y huérfana de algunos botones, que ella solía llevar en los fríos días de invierno y cuyas mangas, cedidas por el uso, parecían abrazarme con fuerza cuando me envolvía con mis propios brazos.

—Amelia, ¿cómo te sientes? —se interesó, hundiendo las manos en los bolsillos de su bata manchada por la tinta de bolígrafo, y con un fuerte olor a caramelos de eucalipto.

Mi lengua oxidada peleaba por deshacerse del valor de la imposibilidad. Me había acostumbrado a la perfección del silencio. Caminé en círculos sobre las baldosas grises del suelo, repasando las juntas con las puntas gastadas de mis zapatillas. Mi mente obstinada por la costumbre dio al fin la orden. Acepté conversar en la penumbra de mi celda, mirando hacia la puerta por donde se quería meter la mañana, protegida por las pálidas paredes.

—No quieren escucharme. Nadie quiere hacerlo nunca. Cuando ellos me miran, solo ven a una chiflada.

—No debería estar aquí. Ya sabes que ya no soy tu psiquiatra, pero después de lo que ocurrió anoche quería asegurarme de que todo estaba en orden. Siento mucho que tuvieras que vivir semejante situación. Tienes que saber que he informado al director general para que tome medidas.

—¿Al Padre Impío dices? Pues es una pérdida de tiempo. Eso no te va a ayudar a ti ni tampoco a mí. ¿Acaso crees que todo lo que hacen no cuenta con el beneplácito del Padre Impío? Soy una veterana aquí, ¿sabes? Sé muy bien con los bueyes que aro. Veo a diario cómo reducen las dosis, abren y vierten pastillas en vasos de metal con la soltura de un narcomenudista de Las Vegas. He presenciado escenas tan espantosas que podrían servir para producir uno de los mejores *thrillers* de la historia del cine.

—¡Qué imaginación tienes, Amelia!

—Me gusta que lo llames imaginación y no locura. Desactivar los resortes de la imaginación suele transportarnos a mundos que jamás fueron, pero sin ella no iríamos a ningún lado. Con ella conquistamos lo imposible. Vivo en una eterna ilusión. Creo que en algún lugar algo increíble siempre está esperando ser descubierto. El alma busca el conocimiento. Ese es uno de los impulsos más poderosos de la existencia, no se puede detener, porque es como un gigantesco imán que es atraído por la llamada del más grande de los misterios.

—Ojalá todos pensaran como tú.

—Si alguien no está de acuerdo conmigo, qué más da. Hay que permitir que existan. Probablemente no encontrarás a nadie parecido en cien mil millones de galaxias.

—¿De verdad crees que puede haber vida extraterrestre?

—Sería una gran pérdida de espacio si fuésemos los únicos en el universo, ¿no crees? La ausencia de evidencia no es una evidencia de la ausencia.

—Bueno, aunque así fuera, no creo que tuviéramos ni siquiera que divagar con la idea de gestionar otros planetas, pensando en el nefasto trabajo y la pobre capacidad de gestión que estamos demostrando con el nuestro propio. Hay quien dice que el universo no es más que el sueño de un dios.

—Yo más bien pienso que los seres humanos podrían no ser los sueños de los dioses, sino que los dioses son los sueños de los seres humanos. La inmensidad del cosmos es inabarcable, debería hacernos humildes.

—Pero eso es algo bastante difícil de entender.

—En realidad, es una cuestión de pura lógica. Si la raza humana es producto de procesos naturales, y siendo el universo tan grande, por lógica matemática también deben existir otras civilizaciones avanzadas en planetas con unas condiciones igual de favorables que en el nuestro para el desarrollo de la vida compleja. No tiene sentido pensar que la nuestra es la única especie inteligente en nuestra propia galaxia, y mucho menos en el universo. Dime, ¿ni siquiera te ha asaltado la duda alguna vez?

—Mi exmujer suele decirme que mi gran virtud es la duda, y que por eso me hice científico.

—Bien, entonces te diré que científicos como tú han logrado estudiar por primera vez la distribución de los elementos a lo largo de la galaxia, concluyendo que el noventa y siete por ciento de la masa del cuerpo humano está conformada por materia procedente de las estrellas. A través de los tiempos, más de una voz se ha alzado advirtiéndonos esta constitución sideral de nosotros los seres humanos. Somos definitivamente polvo de estrellas. Tal vez la ciencia sea una fuente de espiritualidad, ¿no crees?

—La posibilidad de estar literalmente conformados por polvo de estrellas es una de las ideas más científicamente poéticas que he escuchado.

—Así es, la realidad es que estamos compuestos de la misma sustancia que las estrellas y el cosmos está también dentro de nosotros. Yo tuve la gran suerte de descubrirlo hace muchos años en mi gran viaje. Elsu me lo enseñó.

—Entiendo —dijo, abriendo los ojos como platos.

—Sí, él me enseñó que palpar a alguien es acariciar el cosmos, y que cuando contemplamos nuestro reflejo, estamos frente al mismísimo cosmos. Somos estrellas autodisfrutándonos. Contemplar el cosmos es un ejercicio de introspección.

—¿No te parece ese un juego reflexivo muy arriesgado?

—Piénsalo por un momento. Si los planetas orbitan alrededor de las estrellas y reciben de ellas luz y calor, inevitablemente nuestras vidas están suspendidas por su influencia. Tal vez por esa conexión con nuestro destino y el mapa de las posiciones planetarias en el momento de nuestra llegada a la Tierra, nos son tan familiares expresiones como: nacer con estrella, unos nacen con estrella y otros nacen estrellados. Ni tú mismo puedes saber ahora que esa luz está dentro de ti. Ni tú mismo te das cuenta que el Universo eres tú.

—Pero ¿cómo llegar a ese conocimiento?

—Está escrito. Conócete a ti mismo y descubrirás la grandeza del que todo lo tiene y todo lo sabe.

Su voz se apagó unos segundos como el pájaro sobre el que ha caído la noche, mientras yo continuaba con mi explicación.

—Las estrellas son un símbolo universal, uno de los primeros símbolos del hombre, con mucho significado y representación de conocimiento, sabiduría, luz y felicidad. Desde la antigüedad, los seres humanos han mirado al cielo buscando respuestas. Han sido guía de muchas civilizaciones y culturas: en su contemplación y estudio buscaban explicaciones. Los celtas, los griegos, los egipcios, los mayas, los incas, todos los pueblos indígenas fueron observadores del arco celestial, y realizaban predicciones incluso por medio de sus calendarios. Estaban convencidos que el destino de los hombres estaba escrito en las estrellas. También algunos animales se orientan por patrones estelares, y los navegantes siguen la cartografía del cielo nocturno. En nuestro ADN se halla la misma fibra con la que se bordan las estrellas y nebulosas que cada noche nos inspiran desde el infinito. Por tanto, como hijos de las estrellas también nosotros estamos hechos para destacar, para brillar y tocar el cielo. En cada célula de nuestro corazón, en cada partícula de calcio de nuestros huesos, se inscribe una historia cósmica.

—Lo pintas como si todo eso fuera algo mágico.

—¿Te parece algo mágico? No cabe duda. Estamos hechos parar relucir, iluminándonos los unos a los otros como polvo de diamantes. Somos parte de una sinfonía única y maravillosa. Somos magia en movimiento. Nos han hecho creer que la magia es algo que sucede fuera de nosotros, que es algo que se hace y a lo que solo unos pocos pueden acceder. Magia es encarnar nuestra verdadera esencia, nuestra verdad espiritual dentro de nuestra experiencia humana. Magia es traer el cielo a la tierra. Es asumir tu rol y tu labor en el mándala de la vida desde tu verdad, tu corazón. Magia es estar al servicio de la vida y no dejar que la aparente realidad te arrebate tu única y auténtica expresión. Magia es honrar y abrazar tu camino, tus pasos. Todos, porque todos te han conducido y te llevarán finalmente a ser quien has venido a ser. Magia es saber que a la luz del amor todo se transforma, todo se enciende, todo florece, todo encuentra su pulso, su ritmo, su frecuencia, su devenir, su genuina manifestación. Magia es belleza, integridad. Magia es respeto hacia todas las formas de vida, hacia todos los seres, sus elecciones, sus caminos, su estadio de evolución, su libre albedrío. Es comprender el ritmo único y perfecto de cada ser, su ciclicidad, su valor, su perfección. Es perfección que el orden divino haga su tarea para que la verdadera naturaleza aflore y se manifieste. Esto es magia. Eso eres, esos somos, eso son.

—Amelia. No estoy seguro de lo que dices, pero no creo que pertenezcas a San Patricio.

—Desgraciadamente aquí ni estamos todos los que somos, ni somos todos los que estamos. Ha llegado el momento de que yo deje de estar.

Quería dejar de sentirme como un barco calcinado en un país del que se ha retirado el mar, y sin embargo, es visitado de vez en cuando por las aguas.

Mi alma necesitaba conectarse con aquellos que también estaban despiertos. Conectar con alguien que hablara mi mismo idioma, que vibrara en mi misma nota. No, no quería hablar de banalidades. Quería hablar sobre el alma, las energías, la luna, las vidas y la evolución del ser. Soñaba con la puerta abierta de San Patricio, y con su marco metálico, llena de promesas. Mas allá de las puertas de acero que sellaban el ala de psiquiatría se extendía mi libertad, Rafaela, y una verdad por entregar.

Aquí la libertad era intercambiada por unas reglas salpicadas de sumisión. Esa era la clave. Había que parecer una buena chica, no hacer trampas, dejar el plato reluciente y decir amén a todo. Algo a lo que me había negado por décadas. Falla, pórtate mal, y volverán a darle la vuelta a la llave de tu habitación con el correspondiente descenso al infierno.

—«Cuanto más oscura está la noche, más relucen las estrellas —me susurraba Elsu, cuando el miedo me atrapaba por sorpresa—. Asómate a la gran ventana y admira la infinidad. En ocasiones basta con una simple conexión para hallar aliento e inspiración, porque te recuerda quién eres. No sientas a los astros como algo distante o superior a ti misma. Permítete entender y asumir que somos un todo, que esa materia astral se halla a su vez integrada en cada fragmento de tu ser, y que te otorga por tanto un poder y una capacidad mágica: la de brillar en cualquier escenario, situación o momento adverso, sin importar cuán oscuro esté todo lo que te envuelve. En la vida no hay que temer, solo hay que comprender. Es aquí cuando el miedo ve la fuerza en tu rostro y se desvanece con tu luz».

No es fácil brillar, lo sabemos. Las personas solemos navegar muy a menudo en los océanos de la oscuridad, en esas marismas de infelicidad perpetua, y en esos áridos territorios donde ya no crecen las semillas del amor propio. El oscuro reverso del ser humano nos pone a prueba en muchas ocasiones, obligándonos a participar en un juego perverso y macabro que nos hace olvidar nuestro destino cósmico.

Si en algún momento nos olvidamos que estamos conformados de polvo de estrellas, siempre estará a nuestro lado otra estrella que nos dará parte de su mágico material para prender de nuevo el fuego de la ilusión y la alegría. No hay nada como acariciar el alma de otra estrella para percibir a su vez la grandeza del propio cosmos. En situaciones desafiantes me gusta recordar la frase de Oscar Wilde: «Todos estamos en el fango, pero algunos miramos a las estrellas».

—¿No te parece alucinante imaginar la posibilidad de intimar en el más profundo de los planos, con seres que generalmente percibimos tan distantes e impersonales como los astros? Cuando tu consciencia conecta y descubre tu presencia en el lienzo del universo, se desploma el precepto cultural de que «todo está allí afuera», embarcándote hacia el indescriptible viaje al autoconocimiento. Una parte de nuestro ser sabe que es de allí de donde procedemos. Cada individuo está ligado al cosmos. Su comportamiento depende por completo de su signo astral. Ansiamos volver, y acabaremos haciéndolo porque estamos hechos de materia estelar que irremediablemente regresará a su origen.

—Vaya, básicamente el futuro del hombre depende del trato que le deparen los cielos. Estamos bajo un constante influjo del cosmos. Consciente o inconscientemente estamos a su merced. Entonces, ¿qué sentido tiene nuestra existencia si no somos más que títeres?

—No es exactamente así. Aunque nuestras actividades estén guiadas por las mismas reglas universales, el conocimiento nos brinda la oportunidad de establecer contacto con el grandioso poder del cosmos, reestructurar nuestros mapas vitales y hacer los empalmes necesarios para evitar las influencias secundarias que hacen estragos en nuestra civilización y crean el caos y el desorden en nuestras vidas. A pesar de toda la inviolabilidad del patrón básico de destino, tenemos un grado de libertad casi ilimitado. Nosotros podemos determinar cómo tendrá lugar el proceso en la vida presente. La vida es un juego, del cual hay que conocer las instrucciones.

»Cada uno tenemos un ADN metafísico que corresponde con el alineamiento de los cuerpos astrales en el momento de nuestro nacimiento. Seguiremos una ruta de acción en base a la posición de las estrellas que nos influirán en la dirección necesaria, pero que nos deja una porción de libre albedrío para hacer correcciones.

Me miró como si hubiera descendido de un platillo volador y dijo:

—Haber si lo he entendido, Amelia. ¿Propones que la hora exacta, día y lugar de nacimiento revelan el patrón de vida principal, así como nuestro poder potencial, nuestros apegos y nuestros problemas?

—¡Bingo! Lo has cogido. La carta natal nos revela los velos y restricciones que nos impiden sentirnos libres. Nos muestra los puntos fuertes, así como la metodología para superar nuestras debilidades. Existen unas áreas peligrosas y unos cielos propicios.

—Pero de ser cierto, ese conocimiento es fundamental para la vida y el destino de los seres humanos. ¿Por qué no lo utilizamos?

—La miopía, la intolerancia y las actitudes no espirituales suelen impedir que hagamos uso de las herramientas disponibles, mediante las cuales podemos trascender a otro nivel de conciencia y cambiar nuestro destino. Te diré más. El cosmos está principalmente orientado a compartir su beneficencia en forma incluso mayor a nuestro deseo de recibirla. En realidad, no hace falta convertirse en un yogui de la India, ser un chamán de México o un lama del Tíbet para reconocer nuestra grandeza y despertar.

—Parecise que el universo y las vidas de todos nosotros están programadas en planos cósmicos computarizados.

—Esa forma de describirlo podría ayudarte a entenderlo mejor. El conjunto cósmico de actores celestiales está predeterminado, pero cada uno de nosotros es influenciado por sus inteligencias astrales de distinta manera. Eso explica vidas tan distintas y características tan únicas y particulares. En el universo metafísico, las estrellas no brillan constantemente ni transfieren energía sin cesar, más bien irradian únicamente a intervalos establecidos. Cada unidad de conciencia o inteligencia retorna a su posición anterior después de haber cumplido su propósito. Por lo tanto, nuestro universo mundano y nuestros propios cuerpos físicos reflejan un constante vaivén entre la realidad terrenal, y la realidad de los sistemas celestiales.

—Entonces, ¿dónde quedaría el alma?

—Esa es una muy buena pregunta para un científico. Nuestra conciencia del alma posee una energía-inteligencia con el deseo de recibir y con el fin de compartir. El alma es una fuerza metafísica que crea vida dentro de nosotros. Cuando el alma deja el cuerpo, crea muerte, ya que el cuerpo no tiene vida en sí mismo. La existencia física deja de tener un propósito. Únicamente cuando la conciencia del alma domina a la conciencia del cuerpo, este queda integrado al todo.

—¿Eso significa que nuestra tendencia a dividir los mundos físicos y metafísicos en conceptos separados no es más que una ilusión?

—Solo tienes que tomar como ejemplo el Sol y la Luna y cómo ejercen una fuerte y profunda influencia sobre nuestras vidas. La Luna hace que las mareas suban y bajen. El Sol nos calienta durante el verano y se desvanece en los cada vez más fríos días de invierno. Todas las cosas o eventos percibidos o que actúan uno sobre el otro son energías-inteligentes que están siempre interrelacionadas y unidas, y aunque aparezcan como aspectos o manifestaciones distintas en nuestro mundo se consideran esencialmente como partes de un todo unificado, y nosotros formamos parte de ello.

»La inundación de energía-inteligencia de pensamiento a la que estamos sujetos en esta vida se origina en el cosmos. Los propios habitantes del planeta Tierra somos los únicos participantes de esta revolución. Existen zonas del tiempo en las que nos volvemos vulnerables a algunas actividades negativas, por lo que debemos ser precavidos con nuestras acciones durante aquellos periodos de influencias cósmicas intensamente negativas.

—Ahora entiendo muchas cosas —dijo el «bata blanca»—. Tus creencias pecan contra la moral católica y contra los principios relevados por la Biblia y el magisterio de la Iglesia. Esas son supersticiones que un buen cristiano debe evitar, especialmente en una institución católica como San Patricio, dirigida por el Padre Impío. El principio fundamental de la moral cristina es que el futuro del ser humano, como el de toda la humanidad en su conjunto, lo conoce solo Dios. Y eso abriría una pregunta muy hiriente: ¿Qué libertad nos habría dado Cristo si los seres humanos estuvieran bajo el dominio de los astros? ¡Con la Iglesia hemos topado! Aun así tiene que haber algo más. Tus creencias pueden estar en contra del Vaticano, pero no justifican tu encierro. Eres una de las personas con más manicomio encima que he conocido, y más lúcidas al mismo tiempo. Aquí hay alguna pieza gorda que no encaja.

»Recuerdo haber visto en tu maltratada historia clínica que diste a luz a una niña sana a los pocos meses de ingresar, sin embargo, no logro comprender por qué ese interés en ocultarlo y hacerte creer que nunca ocurrió.

—Durante todo este tiempo he sido testigo de la llegada de cientos de mujeres con «esquizofrenia paranoide», otros médicos escribieron «histeria». Eran solteras sin hijos, madres solteras o viudas. Estaban enfermas de los nervios, trastocaban la vida familiar con sus conductas, tenían alguna pena de amor, algún aborto o habían sufrido algún abuso. Nosotras somos su festín favorito, perfectas presas para ser redimidas.

»En una caminata a pie por el predio una mañana en que la bruma borraba las copas de los árboles, una mujer miraba los pájaros mientras sonreía con la sencillez del acto y se hacía crecer un rodete gris sobre la tapa de la cabeza. Mi presencia la sobresaltó y de inmediato se acercó a mí y acarició mi creciente barriga con los ojos caídos por la pena. Lola me contó como pudo que también llegó en estado de buena esperanza, pero la habían obligado a abortar para después esterilizarla. Ella denunciaba esas prácticas con palabras, algunas más comprensibles que otras, y con gestos: las manos en las sienes, la mueca de morder algo duro y el dolor en el rostro. Me abracé el vientre de forma instintiva, como tratando de proteger a mi bebé e inmediatamente una sensación de lástima me invadió. "¡Pobre mujer, ha perdido la cabeza!", pensé. Aunque el tiempo me hizo ver que las palabras de Lola no podían ser más verdad. Tuve mucho miedo de que algo así también pudiera ocurrirme a mí, y con el tiempo me pesó no haberla creído. El abuso que Lola sufrió no es peor que el bloqueo de las emociones a base de psicofármacos que vivió después, la llamaban por su apellido a gritos, dejándola sin privacidad. Cuando yo la conocí era una mujer preciosa, dulce y dócil; ahora tiene muy malas pulgas. Cuando se enfada, levanta la voz y manda a la mierda a todos, revoleando un brazo por encima del hombro. Si está de buen humor, canta canciones de iglesia que el Padre Impío le obligó a aprenderse. Los muchos años de encierro han hecho un trabajo implacable en su cuerpo: está muy encorvada, siempre parece cansada y pesa treinta y siete kilos. Se pasa las horas en la parroquia del centro.

El «bata blanca argentino» me observaba como si yo fuera uno de los misterios de la Santísima Trinidad. Imagino que con aquel relato y lo poco que había visto en su escaso mes desde que aterrizó en San Patricio, se preguntaba cómo es que yo había podido sortear victoriosa tanta tragedia y conservarme físicamente tan joven. Enarcó las cejas hasta que rozaron los garabatos de su alborotado flequillo y prosiguió con sus conclusiones.

—Sé el concepto que pueden tener sobre las madres solteras como tú aquí, Amelia, pero me parece imposible que eso sea el motivo de tanto castigo. En este lugar pasa algo muy oscuro que no cuadra, y que no logro ver. Me ha llamado la atención que las carpetas, con los apellidos de los pacientes en el lomo, estén divididas en la historia clínica y la psiquiátrica, como quien escinde cuerpo y alma, y que la tuya fuese la única de color azul.

Lo vi tan entregado a la causa, que por primera vez en muchos inviernos la llama de la ilusión volvió a prender en mí, y quise compartir con él mi secreto.

—Hubo un tiempo en que dudé de mí. Me convencí de que habían fantasmas en mi cabeza que no existían. Me preguntaba si no sería locura mía todo aquello. Me hicieron creer que habían crecido malas hierbas en mi cabeza que me llevaban a decir tonterías. No sabía siquiera quién era. Entonces, empecé a anotarlo todo en un diario secreto para poder rescatarme a mí misma algún día si fuera necesario. Un lugar donde encontrar respuestas a mis tantos años a cuestas, y que pudiera también ayudar a otros a conservar la versión original de los hechos, en caso de que mi memoria desertara a golpe de incredulidad. Adquirí un compromiso con mi realidad interna que me protegería de la cobardía en un futuro incierto. Se convirtió en mi cápsula del tiempo. Una caja fuerte donde guardar mi historia para salvarla del olvido. Necesitaba mantener una luz en la verdad.

En ti se halla la luz del mundo, la única Luz.
Si eres incapaz de verla en ti mismo,
es inútil buscarla en otra parte.

Mabel Collins

Capítulo 13

El mensaje de Venus

No podía volver atrás porque la vida ya me empujaba. Como engañada por la ninfa, ya había probado la pócima, y ni el polvo mágico que Belly solía poner a mis tostadas untadas con mantequilla, y cuyo sabor dulce hacía desaparecer mis problemas cuando era niña, iba a librarme de la poda de mi mundo.

—No sabes cómo te envidio, Rafaela —dijo Esther, escondiendo su cara tras una taza de chocolate, mientras yo, sorprendida, empaquetaba mis sueños rotos en una pequeña maleta. Junto a ella, un pasaporte que me llevaría a la isla de los recuerdos olvidados, y donde me veía resucitando como una desplumada y patética ave fénix. No tenía ningunas ganas de sonreír, pero una carcajada histérica se manifestó sin permiso.

—Vamos, Esther, no digas tonterías. ¿Desde cuándo practicas el masoquismo?

—En serio. Eres tan libre… Puedes hacer y vivir lo que te dé la gana.

Lo cierto es que en aquel momento estaba ciega por el desengaño, la rabia y el dolor, e incapacitada para ver aquella otra cara de mi realidad. Me sentía perdida, sentada en el miedo y con las piernas colgando.

—Ven conmigo a Granada. Juntas empezaremos de nuevo —la incité, en un ataque de inconsciencia.

Esther se llenó de ilusión por un instante, para luego desprenderse de ella como quien se despoja de un vestido caro que sabe que jamás podrá lucir.

—Ojalá pudiera, Rafaela. Nada me haría más feliz en este mundo. Ya te hecho de menos, pero sabes que esa no es una opción para mí —contestó, con un profundo suspiro.

—Esther, ¿quién eras tú, antes de que el mundo te dijera cómo debías ser?

—Estoy en el lugar que me corresponde.

—Quien está en el lugar que le corresponde, es quien hace lo que quiere —repuse tajante, observando la cadena invisible que la ataba a la suerte de su esposo.

Se quedó callada. Bajó la cabeza y me miró con tristeza.

Un matrimonio fracasado se considera en la comunidad judía la peor suerte para una mujer. La flor de su juventud se desvanecía entre un coro de niños y un marido severo, adoctrinado por una religión que tenía como rehén el alma de Esther. Un matrimonio acordado e indisoluble a los ojos de una mujer devota de mente y libre de espíritu.

Esther me visitaba la mayoría de las veces a escondidas. Yo me había convertido en la mejor amiga para ella, y la peor de las influencias para su entorno. Eran escasas las ocasiones en que obtenía el permiso de su esposo para salir de casa sin compañía. A pesar de vivir rodeada de personas, se sentía sola, encadenada. Como judía, aunque quisiera, no podía liberarse de su matrimonio. El hermano de Jared, jamás le concedería un *Guet*, el documento necesario para llevar a cabo el trámite. Está prohibido salir con alguien, volver a casarse o tener ninguna clase de relación con otro hombre hasta obtener el divorcio, de lo contrario son consideradas adúlteras. Una de las formas más extremas de abuso emocional, porque estaba confinada a la soledad. Era como si estuviera encerrada en un vacío tan infinito, como el silencio o el espacio.

Una de esas tardes clandestinas, me la llevé de compras. Esther escogía la ropa con la que soñaba vestirse, y yo me la probaba para ella. Recuerdo cómo me miraba. Era como una niña que miraba a la luna, pensando que la luna la miraba a ella. Me observaba embelesada envuelta en sus cuatro capas de vestiduras. Las mujeres de la modestia creen que vistiendo así consiguen la redención para ellas y para el resto de su pueblo. Me arreglaba las piezas en el cuerpo con suma perfección, y hacía las combinaciones de las prendas y los colores. Tenía un gusto exquisito y usábamos la misma talla, por lo que me convertí en su perfecta modelo. Aquel día hicimos un pacto: la ropa sería para ella, yo la guardaría en una sección secreta de mi armario y se la pondría cada vez que viniera a verme y hasta la hora de su marcha. Únicamente conservaría su peluca, porque no le gustaba verse con la cabeza rapada al cero como un Chupachups. Aquel día eligió una falda de cuero negra con flecos en los lados, una camisa suelta verde menta y unas sandalias de cuña de esparto. Se miraba hasta en los pomos de las puertas mordiéndose los carrillos y pestañeando, mientras se decía a sí misma «no estás nada mal, nena». Nos hacíamos montones de fotos. Es una pena que nunca me dejara conservarlas. Me encantaba verla con el guapo subido y eufórica. No podíamos ser más distintas. Nunca dos seres humanos han tenido personalidades más opuestas. Parecíamos provenir de planetas alejados, y nuestras historias eran tan divergentes que solo un milagro podría haber hecho que nos cruzáramos. Pero ese milagro se había producido, y a partir de él nada nos pudo separar. Ella era tan moderna como yo, lo que me llevó a pensar que existía más de una modernidad, al menos dos; la suya y la mía.

Ya habían pasado dos meses desde que mi relación con Jared se había muerto. Creí que me moriría con ella. Jerusalén ya no era un lugar para mí. Me sentía a días como Matías y a ratos como Pilatos, pero con la certeza de que había llegado el momento de avanzar. Aunque estaba enfadada con la vida, no podía darle la espalda a una realidad que se imponía. Ya no quedaba nada. Adiós a la esperanza. Chau, chau al prototipo de mi chico perfecto, el mismo que decía que le encantaban mis defectos. *Arrivederci* al cuento de hadas. *Auf wiedersehen* a una relación que había estirado como un chicle tratando de engañarme a mí misma. Ojalá hubiera podido abrir mi cabeza obstinada, rebuscar en mi cerebro y extirpar todo lo que tenía que ver con él. Cuando quise darme cuenta, me encontré frente a la única puerta abierta. En realidad, había dos, la primera era inviable, porque conocía perfectamente el final cuando esperas que sea la vida la que haga el trabajo por ti; la nada absoluta se convierte en el título de tu siguiente capítulo. No podía quedarme mirando como una gilipollas como todo a mi alrededor se transformaba, buscando una excusa lo suficientemente buena para dar el primer paso. Los cambios siempre son incómodos porque el futuro es incierto, pero hay que aceptar que es lo único constante en la vida.

Había tomado una decisión muy difícil. Una separación, aunque sea para bien, es siempre una catástrofe. Me quedaba un largo camino que pasaría por el duelo y la reconstrucción. Sin embargo, ¿por qué una mujer malquerida como yo, seguía dedicando parte de su tiempo pensando en él? Estaba amarrada con lazos invisibles que me resistía a romper. En realidad, no era menos esclava que Esther de su amo. Yo era prisionera de su recuerdo, de su olor, y del rencor que me había dejado el ladrón de mis sueños románticos. Era como si mi vida se hubiera quedado en una casa de empeño. Sabía que me pertenecía, pero no podía vivirla.

—Tengo una idea, algo que puede ayudarte —dijo Esther, con entusiasmo.

—Me dan miedo tus ideas *my friend*. Creo que el haberme conocido no te está sentando bien, cada vez tienes ideas más locas. Honestamente no estoy para más saltos sin paracaídas.

—Esta es distinta. Quiero que conozcas a alguien.

Nunca se daba por vencida.

—¡Acabáramos! ¿Me estás proponiendo una cita a ciegas? Lo que yo te digo, estás loca de atar.

—Es un hombre muy reconocido, con una biografía estratosférica para cualquier mortal. Trabaja en un sitio llamado Venus. Es catedrático en la Universidad del Atlántico, en Virginia y fundador del Departamento de Parapsicología. Venus es un consultorito de prestigio. Mi contacto...

—Bueno, ¿vamos a dejar de hablar de esto? —interrumpí, levantando las manos fingiendo derrota.

—No es lo que piensas. Se trata de tu futuro —replicó, dando vueltas sobre mí como un gallo de corral aleteando.

—¿Mi futuro? Esther de verdad que te lo agradezco, pero solo me apetece desconectar y olvidarme de esta pesadilla. Voy a salir de esta, no te preocupes.

—Tengo muy buenas referencias. Tal vez encuentres algunas respuestas.

—Vamos Esther, ¿una judía creyendo ahora en fenómenos paranormales? ¿Qué me va a contar que yo ya no sepa? ¿Soy psicóloga recuerdas? Sé perfectamente los estadios por los que estoy pasando ahora mismo.

—He estado leyendo. Hay relación entre la espiritualidad y las experiencias psicológicas, los sucesos extrasensoriales e incluso la psicología de las religiones. Me dijiste que desde hace algún tiempo tienes sueños recurrentes muy extraños, ¿recuerdas? Puede ser una puerta que resuelva tus incógnitas.

—Casi hubiera preferido que se tratase de una cita a ciegas —resoplé, con resignación.

—Dime al menos que lo pensarás. Se llama Derek Ríos.

De inmediato, me llegó una imagen del tal Derek recorriendo castillos tenebrosos y casas encantadas, intentando atrapar fantasmas. Mi amiga pareció leer mi mente.

—Rafaela, no creas que te vas a encontrar con un miembro de los Ghostbusters. Es un científico. Entre otras cosas estudia las experiencias con sueños precognitivos, es decir, sueños que parecen predecir acontecimientos futuros. Parece ser que, fruto de algunos de sus estudios, ha descubierto que hay personas que tienden a recordar los sueños que parecen hacerse realidad, y a olvidar los que no, además de constatar que quienes manifiestan haber tenido sueños precognitivos suelen ser muy buenos encontrando conexiones entre acontecimientos emparejados al azar. Justo una de tus habilidades, ¿no te parece sorprendente? Anímate, Rafaela. Esta será nuestra última aventura juntas. Hazlo por mí.

Pensándolo bien, tal vez los únicos fantasmas que veía eran los de mi separación, que parecían haberse instalado en mi cabeza como okupas. Por otro lado, no podía negarme por muy disparatada que me pareciese la propuesta. Mi amiga, mi hermana, me había demostrado su lealtad y su amor a un grado tal de incandescencia, que sus palabras siempre conseguían derretir mi corazón.

No conoces a alguien hasta que no le ves en los mejores y los peores momentos de la vida. No tiene sentido pensar que en verdad sabes quién es, si antes no le has visto tocar fondo y también acariciar el cielo. En esas dos circunstancias es cuando descubres al ser vulnerable que habita en su cuerpo. Esther era una de esas pocas personas que me conocía casi mejor que yo misma. En mis bajezas y mi plenitud. Bastaron unos minutos para ponerme de acuerdo conmigo y dejarme llevar. Pensé que sería mejor reservar mi energía para lo que me esperaba, que malgastarla llevándole la contraria.

Era un día cualquiera, creo que jueves, cuando descendí del autobús muerta de frío, septiembre estaba siendo especialmente crudo aquel año. No quería reconocerlo, pero no era el mes, sino mi ropa. Llevaba un pantalón corto y una camiseta de tirantes, sin más protección que una ligera camisa de rayas de manga larga. Ya había cerrado la maleta y solo dejé dos mudas fuera, suficiente para un par de días, hasta que cogiera mi vuelo de regreso a Granada. Nunca me entendí con la ropa de entretiempo, tal vez porque nunca me gustaron las medias tintas. Llamémoslo radicalismo, si quieres. Por primera vez vi como Esther dejaba su peluca al descubierto en público para ofrecerme su pañuelo, que sin mediar palabra me ató a la cintura como si fuera una falda larga. Un gesto lleno de significado para ambas.

«Bienvenido al primer día del resto de tu vida», decía el letrero de la recepción del consultorio Venus, que encontramos en el número doce de un callejón estrecho. Seguí con cierto recelo a mi amiga por el pasillo que desembocaba en una acogedora sala repleta de gente, que bien podrían haber sido espíritus o presencias a la espera de ser liberados. Esperaba encontrarme un lugar enigmático y nebuloso con música trepidante, pero en su lugar, una Raffaela Carrá alegraba el ambiente al ritmo de uno de sus éxitos: «En el amor todo es empezar».

—¡Que casualidad, Esther! Justo entramos y la cantante que nos recibe se llama igual que yo. Y para rematar el título de la cancioncita… parece una indirecta muy directa.

—Tal vez no sea tan casual —respondió, con un tono de sabelotodo.

Una chica chispeante apareció súbitamente frente a nosotras como materializada por la varita de un prestidigitador.

—¿Te molesta? —me preguntó, y a continuación señaló el equipo de música—. Me encanta. La vida es mejor con buena música, ¿no te parece?

—Sí claro. —Sonreí, levantando el pulgar en señal de aprobación—. La vida es mejor así.

—Tú debes ser Rafaela —afirmó con seguridad mientras tecleaba en su ordenador.

—A ver si va a ser cierto que tienen poderes adivinatorios —susurré al oído de Esther con cierta sorna.

Me entretenía mirando a las personas que esperaban junto a nosotras, imaginando cuáles serían las historias truculentas que las habrían llevado hasta aquel lugar. La puerta de la consulta del parapsicólogo se abría y cerraba sin que pudiera verle la cara, a pesar de mis esfuerzos. Los rostros que salían de allí eran de lo más variopinto, algunos sonreían aparentemente contentos, otros abandonaban la consulta con una expresión de espanto, e incluso algunos se atrevían a mirarnos como animándonos a entrar. Finalmente, una voz atravesó la puerta pronunciando mi nombre. Entré sola, tragando un coctel de saliva compuesto de escepticismo y curiosidad. Una abundante barba canosa suavizaba la dureza de sus facciones, cubriendo una garganta abombada. Me encontré frente a un hombre de aspecto muy sencillo, pequeño de estatura y corpulento, que ya no volvería a cumplir los sesenta años. Su cara, atezada por el sol y plagada de mil arrugas, irradiaba simpatía. Sus maneras no podían ser más cordiales. Enseguida me sentí a mis anchas.

—No sé muy bien qué hago aquí, la verdad. Una amiga me ha arrastrado prácticamente……

Enseguida me detuvo.

—Puedes marcharte en cualquier momento. Le diremos que ya está todo solucionado y no te volverá a molestar con el tema. Funciona, en serio. Te lo prometo. Lo hago muy a menudo. No te voy a culpar por no creer en algo que no conoces —dijo, con una sonrisa cómplice.

Dudé unos instantes, lo último que quería era proyectar la imagen de una acojonada de mente cerrada y sin personalidad. En aquel momento, lo que más necesitaba era alimentar mi autoestima y sentir que tenía el control de mi vida. Una pregunta muda llena de coraje se abrió paso en mis entrañas: ¿y por qué no? De repente aquellas cuatro paredes mutaron para transformarse en un escenario ideal donde abrirme y explorar.

—De acuerdo, hagámoslo. Pero nada de velas, bolas de cristal o cosas por el estilo.

—Trato hecho —acordó, tendiéndome la mano para sellar el pacto.

Le expliqué, que desde pequeña tenía sueños muy extraños que se repetían de forma diferente, y que últimamente sucedía con más asiduidad. Que a veces ocurrían cosas que tenía la sensación de haber vivido ya a través de mis sueños.

—¿Qué clase de sueños, Rafaela?

—Me veo en un lugar donde nunca he estado antes con personas a quien no conozco.

—¿Se comunican contigo esas personas?

—Sí, pero en una lengua extraña. No puedo descifrar lo que dicen.

—¿Y qué ocurre en tus sueños?

—Siento que muchos ojos me miran, como si esperasen algo de mí.

—¿Lo vives con miedo?

—No, para nada. Más bien me siento como en casa. Es como que todo me resultase muy familiar. Después de estas experiencias me suele ocurrir que empiezo a ver señales, coincidencias y a unir puntos que nadie más que yo entiende. Algunas veces tiene que ver con números o simplemente se desata una sincronicidad de eventos que parecen estar dirigidos a dejarme algún mensaje.

—Entiendo. ¿Podrías describir ese lugar?

—Por supuesto. Ese lugar me ha acompañado tantas noches desde que era una niña que podría describirlo con todo detalle. De hecho, estoy segura de haberlo dibujado una vez para mi madre cuando era niña. Hasta ahora no había caído en la cuenta, pero recuerdo que lo dejé a medio terminar aquella noche y ella lo completó para mí, exactamente igual que yo lo había soñado. Tuve la sensación de que ella también conocía ese lugar.

—Eso que cuentas es muy interesante, Rafaela. ¿Hablabas con tu madre acerca de tus sueños?

—No. Nunca he compartido esto con nadie a excepción de mi mejor amiga, Esther. No quería que me tomaran por una chiflada.

—Veo que has estudiado psicología.

—Así es. Me fascina el mundo de la mente y poder ayudar a otros a conocerse mejor.

—¿Y no te gustaría también encontrar algunas respuestas para ti? Rafaela ¿sabías que somos esponjas energéticas? Esta realidad es acogida por muchos como una verdad innegable, y por otros como algo increíble.

—Bueno, no dudo que la parapsicología esté considerada una ciencia y que se divida en la percepción extrasensorial y la telequinesis, pero francamente siempre he sido un poco reticente a ir más allá de lo que podía comprender mi mente racional. Posiblemente, mi abuela me haya influido mucho en esa manera de pensar. Siempre ha sido muy poco religiosa, pero habla de superstición con naturalidad. Se le ponen los pelos de punta cada vez que alguien saca temas relacionados con el espiritismo o la ley del Karma. Crecí llevando siempre un calcetín del revés para protegerme del mal de ojo. De lo que no me protegía era de las burlas de los muchachos en el colegio al verme con aquellas pintas. Es imposible hacerla pasar bajo una escalera y rehúye de los gatos negros, no sea que se le crucen. Tal vez en algo no se equivocaba. Cada vez que me sorprendía barriéndome los pies, me decía «no lo hagas o jamás te casarás», y mira por donde Cupido me ha declarado la guerra.

—Aún es pronto para darse por vencida, Rafaela —dijo, con una fresca carcajada—. ¿Me permites que trabaje contigo como terapeuta hipnotista?

Reconozco que aquella pregunta me hizo saltar de la silla. Hasta entonces todo había tenido su «que», pero hipnotizarme y ponerme en manos de un desconocido era harina de otro costal.

—¿Es necesario? —pregunté, deseando que la respuesta fuese favorable a mis deseos.

—Verás, existen algunas personas que tienen una sensibilidad mucho más desarrollada que otras para percibir lo que puede pasar más adelante. Quizá no puedan ver exactamente siempre con detalle lo que va a ocurrir en un futuro próximo, pero sí tener esa intuición de que algo va a suceder con algo específico. Los sueños son una entrada al plano astral, libre del tiempo y del espacio. Aunque pueda parecerte extraño, las experiencias premonitorias en los sueños es un hecho cotidiano.

—¿Quieres decir que tengo la capacidad para vislumbrar eventos futuros?

—Bueno me gustaría explorar esa posibilidad contigo si me lo permites. Los sueños transmiten información que no es derivable de datos conocidos. Van más allá de la compresión humana normal, y por lo tanto convierten estas experiencias en un proceso parapsicológico de la percepción.

Confieso que en una ocasión fui a un espectáculo de hipnosis, cuyo protagonista era mentalista e hipnotizador. Cuando salió nos explicó al público que íbamos a viajar con él a través de la hipnosis, y que nos sentiríamos parte de grandes historias de la literatura, caballeros medievales, enamorados furtivos y... ¡piratas!, pero antes debía ponernos a prueba para ver quién de nosotros era más sugestionable y fácil de hipnotizar. Aseguró que mientras todo el mundo puede ser hipnotizado, no todas las personas son igual de sugestionables en todo momento. Al escuchar aquello yo deseé con todas mis fuerzas estar dentro de ese grupo, ya que no tenía la intención de caer redonda como una muñeca de trapo delante de cientos de personas, incluyendo mis compañeros de universidad cuando el «superhombre» me tocara con su magia. Por si acaso, yo trataba de no mirarle mucho a los ojos.

En general no me daban miedo las cosas sobrenaturales, es más, me generaban mucha curiosidad, pero de ahí a vivirlo yo en mis propias carnes, eso ya era otra cosa bien distinta. Por suerte para mí, aquella noche yo no estaba muy receptiva y no fui seleccionada para subir al escenario. Cosa que agradecí después de ver a alguno de mis compañeros en plena acción o más bien «accionados», como robots a control remoto. Claro que en esta ocasión sería desde un punto de vista más terapéutico.

—Pero ¿ahora ya?, ¿aquí? —interrogué, con la esperanza de que me dijera que me daría cita para otro día, y utilizar mi viaje de vuelta como excusa perfecta para no tener que volver.

—Sí, podemos hacerlo ahora ya que estás aquí —contestó, invitándome a tumbarme en un sofá de aspecto muy confortable.

No sé por qué, pero aquel Derek me transmitió confianza y me puse en sus manos. Reencuadré la situación y pensé: «Rafaela si tienes la oportunidad de tomarte una hora para recostarte en un sofá cómodo y relajarte, eso ya es un triunfo en tu situación actual. El hecho de poder tener un beneficio personal adicional es una ventaja ¡Aprovéchalo!».

En todo momento me explicaba lo que iba a pasar. Seguí sus instrucciones. Cerré los ojos y empecé a contar hacia atrás, enfocada en profundizar y ralentizar la respiración. La verdad es que la hipnosis me pareció algo muy agradable. Era casi como dormir, pero siendo consciente de todo lo que ocurría a mi alrededor. En ningún momento «desconecté» de mi cuerpo, ni mi mente se apagó quedando atrapada en un lugar oscuro mientras él manejaba a su voluntad mi cerebro. Aprendí que no era como en las películas. A medida que la sesión avanzaba, el estado de hipnosis iba siendo más profundo. Si bien es cierto que participé activamente durante todo el proceso, ya que había decidido tirarme al barro no tenía sentido cerrarme en banda, y lo mejor iba a ser colaborar. Así que, con la atención puesta en sus palabras, me concentraba mientras seguía las sugerencias de una voz agradable que me decía:

—Ahora te visualizas parada en la parte superior de una escalera, con una barandilla en el costado para estabilizarte. Puedes verte bajando lentamente. Cada paso te lleva a una sensación de relajación y calma que profundiza en tu subconsciente. Te sumerges en un sueño profundo, tranquilamente y sin esfuerzo.

—¿Dónde te encuentras, Rafaela?

Le dije que me veía a mí misma en el suelo de un campo con pasto alto y amarillo, justo al final de la tarde. Un hombre se acercó a mí y me entregó algo. Era frío y duro con una forma peculiar. No conseguía distinguir el objeto, pero sentía que era muy valioso. De mis labios salieron un «lo encontré», algo que no recordé haber dicho de forma consciente.

—¿Hay alguien más contigo?

—Veo unos rostros confusos en el pasto y los contornos de algunos animales, moviéndose en algún lugar más lejano. Escucho susurros en una lengua extranjera. *The Layet Mai. The Mai Layet.*

—¿Y ahora qué está ocurriendo?

—El pasto comienza a aplanarse hasta formar un camino y el hombre de mi visión comienza a deslizarse por él, moviéndose cada vez más rápido hacia una luz con forma de estrella. Quiero seguirle, pero me siento desorientada, confundida. Desaparece.

Derek, hizo una cuenta regresiva para devolverme al estado de vigilia y me dijo que sintiera una sensación de calma y bienestar cuando emergiera. Abrí los ojos, sintiendo una pesadez en las extremidades y una sensación de calma y agotamiento a la vez.

Escuchar el audio de la grabación tras la sesión fue algo alucinante. Había muchas descripciones que no recordaba haber dado, y mi voz era más lenta y pausada de lo habitual. No me reconocía a mí misma. Derek humedeció los labios. Mi corazón bombeó rápido cuando le intuí a punto de despejar la «x».

—Rafaela, hay que averiguar el significado de *The Layet Mai. The Mai Layet,* esa puede ser la clave.

Sus piernas zambas empezaron a recorrer la habitación con movimientos exacerbados, acompañándolos de círculos sobre su propio eje. Parecía guiarse por un olfato adiestrado. Me recordó a uno de esos pastores belgas de las fuerzas armadas, entrenados para localizar olores que emanan de debajo de los edificios derribados, con la esperanza de rescatar supervivientes sepultados bajo los escombros. Identifican olores que suelen desprender los seres humanos afectados por catástrofes de estas características: olor de una persona ahogada, de un hueso humano quemado, del estrés propio de las personas en situaciones límite, y el de la putrefacción que desprenden los cadáveres. El olfateo del parapsicólogo lo llevó hasta un enorme libro titulado *Lenguas extintas.*

Durante más de veinte minutos tuve la sensación de que aquellas páginas se lo habían tragado. Viví uno de esos momentos en que si no estás acostumbrada a lidiar con el silencio, puedes llegar a sentirte incómodamente ignorada.

Con todo lo que me estaba sucediendo, mi mente promovía tal bullicio que el mayor desacato era mantenerme quieta y en silencio. Callar cuando el silencio produce pánico e incomoda se torna complicado, tanto que mejorar nuestra relación con la aparente nada es trabajo de expertos. Particularmente me llevó algún tiempo comprender que tener buenas relaciones no implica estar constantemente sabiendo lo que piensa el otro. Tenía la creencia que los espacios de silencio y el aburrimiento determinaban la calidad de las relaciones.

—Jared ¿en qué estás pensando? —esa era mi pregunta recurrente para llenar los espacios vacíos que me ahogaban.

Su respuesta, también recurrente, era «en nada». No podía creer que alguien no estuviera pensando en algo todo el tiempo, lo cual me hacía pensar: «hay algo de lo que no quiere hablar, se aburre conmigo, no compartimos temas que nos unan, no me tiene confianza, seguro que oculta algo, etc». Eso me producía una sensación de pérdida de control e inseguridad que me desestabilizaba. Me horrorizaba ver a las parejas sentadas en un banco, cenando en un restaurante uno frente al otro, o simplemente caminando por la calle sin dirigirse la palabra. Esa era la antítesis de la perfecta relación que yo tenía archivada en mi cabeza. Veía el silencio como el aniquilador de parejas por excelencia.

Hoy sé que el silencio es un termómetro de la confianza y la intimidad. El día que pueda caminar de la mano de un hombre por la playa, abandonándome placenteramente a la nada, sin sentir la necesidad de decir algo en todo momento, habré encontrado el amor de mi vida. Comunicarse y hablar de sentimientos es mantener fresco el amor, y por supuesto que dedicar un tiempo cada día para construir «lo nuestro» es vital. La palabra es la puerta de entrada a la realidad, pero esta debe estar engastada en el silencio para saborearla y hacerla nuestra. El corazón es un cazador solitario y la verdadera escucha nace del corazón. Hay que ver más allá de las palabras.

Un golpe seco retumbó en el aire. Derek había cerrado bruscamente el pesado libro, que liberó una nube de polvo viejo.

—Rafaela definitivamente puedo decirte que tus sueños están llenos de significado. Te están proporcionando información futura. He podido descifrar las palabras de tu visión y este es el significado literal de una lengua secreta y olvidada de los indios indígenas norteamericanos: «Tu destino está trazado, solo tienes que seguirlo».

Capítulo 14

La ceremonia de desfloración

Corrían descalzas al compás de su risa en jardines de aire. Iban recogiendo flores por el camino que elegían según el arrebato del color, y que parecían inclinarse a sus pies, suplicándoles un espacio en su regazo. Podíamos aspirar los olores que envolvían aquellas bellas criaturas vestidas con pétalos que cubrían sus contorneadas figuras. Se me antojaban ninfas, espíritus de la naturaleza que se mostraban ante nosotros como hermosas novias jóvenes y vírgenes. Todo era retozo en aquella tierra fértil de árboles hermosos y florecientes, que se elevaban sobre las montañas. Sus criaturas rendían adoración infinita a la naturaleza y cuidaban cada detalle con extrema delicadeza. Eran hermanas, hijas de la tierra. Se dejaban ver con una larga cabellera que las envolvía como un capullo. Una flor blanca, parecida al nenúfar, les brotaba en el nacimiento del pecho. La rara especie tenía estambres y carpelos, como si fuese una planta bisexual con órganos florales masculinos y femeninos al mismo tiempo. Múltiples espirales de pétalos organizados en grupos de tres conformaban los rasgos de aquella singular flor.

Nuestra presencia no pareció enturbiar su festejo, por el contrario, al vernos tímidos y distantes una de ellas abrió sus brazos con un gesto de bienvenida, invitándonos a participar de sus danzas. Elsu, puso las manos detrás de su cabeza para bajar luego los codos hasta la altura del corazón. Ella le correspondió con otro gesto parecido. Se comunicaban con una especie de lenguaje de signos. Me sorprendió que el único sonido que liberaban sus carnosos labios fueran risas, y algunos silbidos que devolvían al viento, cuando este les levantaba sus ligeras gasas.

—Amelia, las hijas de Virgo no hablan demasiado porque saben lo que pesan las palabras y por ende les dan gran valor. No dirán nada a menos que sea necesario.

Aquellas palabras entraron en mi consciencia como un pensamiento, y por un instante olvidé que nos estábamos comunicando de forma telepática.

—¡Vamos! —dijo, tomándome de la mano e imitando los suaves movimientos de aquellas diosas.

Yo le seguí con cierto reparo, pero divertida. Desde que empezamos nuestro periplo por la Laguna Púrpura, era la experiencia más humana que había vivido. Bailar con Elsu me apetecía muchísimo, aunque fuese en las circunstancias más extrañas. Nos mezclamos con aquella belleza en movimiento. Nuestros pies descalzos tamborileaban sobre la tierra estelar de Virgo que nos acompañaba con su latido.

Elsu me explicó que se dirigían al templo para unirse al círculo sagrado, donde depositarían los ramos copiosos que cargaban. Allí celebrarían la desfloración, rodeadas de todas sus hermanas silvestres. Por el camino floral se entretenían jugando con el agua transparente de los ríos y los manantiales que encontraban.

—¿El templo? —pregunté con cierta excitación—. ¿Crees que se refieren al Templo de la Luz que estamos buscando?

—Lo averiguaremos cuando lleguemos allí —contestó, sin dejar de danzar.

—¿En qué consiste una desfloración?

—Entenderás cada cosa en su momento, Amelia. Ahora disfruta de este que no volverá.

Mi mente terrestre me hizo sentir envidia. Temí que Elsu se enamorara de alguna de ellas. Eran perfectas, y por mucho que tratara de encontrarles algún defecto, solo veía belleza y virtud. El blanco que predominaba su entorno reflejaba el color de la pureza. La esencia de aquellas vírgenes cuya calma y paz interior eran el espejo de una naturaleza armónica y benévola lo invadía todo.

Me avergoncé de aquel sentimiento y luego recordé la frase de Leonardo da Vinci: «Antes existirá un cuerpo sin sombra que una virtud sin envidia». Entonces pensé que nadie te puede arrebatar aquello que nunca tuviste, y eso me dio algo de paz, aunque no me consoló. Disimulé jugando con *Vodka*, que también se movía a dos patas sin saber qué ritmo escoger. Hicimos un alto en un prado abierto plagado de flores pintadas de celeste y damasco. Yo trataba de mantenerme muy cerca de Elsu, ya que era solo a cierta distancia cuando telepáticamente podía comprender todo lo que acontecía en aquel mundo de fábula y encantamiento.

—No, así no. Tienes que poner cada flor a la misma altura que la otra ¿lo ves? Y los colores deben ir intercalados. Se tiene que ver perfecto —le decía una a la otra con signos, mientras le retocaba uno de los ramilletes que descolgaba de su cesta hecha de tallos secos.

A mí me parecía una perfección exagerada, la verdad. ¿Hay algo más utópico que la perfección? Parecían estar centradas en el ahora y en la planificación, ideando, preparando. Yo me preguntaba «¿preparando el qué?», pues su plan perfecto, claro.

A medida que avanzábamos todo era una especie de… parecido a… igual que… No percibía ningún olor familiar ni alcanzaba a identificar los colores del bosque, del cielo y del agua, con ningún otro reconocible. Creo que dominaba sobre el aire una especie de blanco difuso, como si delante de mi mirada hubiese un cortinaje de cristal translúcido y cremoso, que diluía la claridad de los perfiles de cuanto habitaba y palpitaba a nuestro alrededor. Intuía la llegada a algún lugar mágico y el anuncio de un acontecimiento fuera de lo común. Sentía que había salido del vientre de un mundo fantástico para entrar en la barriga de otro increíble. La errante luna, acompañada por una o dos estrellas, y el cansancio de mi cuerpo me dieron el aviso de que habíamos estado danzando por mucho tiempo. No sé si fue la borrachera de tanto baile o la excitación al sentir las manos de Elsu en movimiento rodeando mi cintura, que se me asemejó a la resaca del día después de una noche de fiesta. Una resaca que solo afectaba al cuerpo, liberando mi alma. *Vodka* siguiendo su natural instintito se tumbó cerca de la curva de un río, esperando que yo hiciera lo mismo.

—¿Tenéis hambre? —preguntó una de ellas al ver el cuadro—. Son conchas frescas —aclaró, ofreciéndonos una especie de ostras que acababa de sacar del agua—. Las blancas son dulces y las negras tienen un sabor más salado.

Elsu contestó con un suave movimiento de dedos, agradeciendo el presente. Yo asentí con una ligera caída de la cabeza, mirando aquel manjar con impaciencia, ¡tenían una pinta increíble! Dejó unas cuantas cerca de *Vodka* y se sentó junto a nosotros mientras se doblaba de la risa, viendo la dificultad con que las abría.

—Cuanto más frescas son, más difíciles de abrir. Pasa lo mismo que con las almas vírgenes —añadió.

Esperé alguna explicación más que diera sentido a su mensaje, pero ella solo diría lo justo y lo cierto. Como era habitual, Elsu salió al rescate de mis interrogantes.

—Amelia, lo que hacen estas criaturas habla tan fuerte que no se escucha lo que dicen. Las hijas de la zona estelar de Virgo son capaces de expresar mucho, de sentir mucho, pero todo en su justa medida, para no dejar salir todo lo que tienen en su interior de buenas a primeras, eso haría que perdiera su valor.

—¿Te refieres a darle valor a las cosas no por lo que valen sino por lo que significan? ¿Es por eso que se mantienen vírgenes?

—Las cosas que tienen valor se conquistan —respondió.

Aquella verdad me impactó, teniendo en cuenta que yo venía de un mundo donde conocíamos el precio de todo y el valor de casi nada. Un mundo de enmascarados, donde poder ver un alma es un privilegio. Una sociedad de consumismo que nos consumía. Terrestres como yo resignados en medio del materialismo que nos impulsaba a comprar, pagar y tener. Siempre a la búsqueda del precio correcto, el mejor precio, la última oferta. Hasta ese momento no me había parado a pensar con tanta claridad en lo absurdos que éramos. Vivíamos rodeados por precios, que se habían convertido en algo natural.

—Amelia, esa es una de las tragedias de las generaciones que habitan hoy vuestro planeta. Conocéis el precio de un parto en una clínica privada o un hospital público, pero no comprendéis el valor y la dignidad de cada vida humana. Sabéis el precio de un apartamento y los muebles que lo componen, pero ignoráis el valor del amor que ella emana. Sois expertos en precios de un teléfono móvil, pero muy pocos son conscientes del valor de poder hablar, escuchar y compartir con los seres queridos. Sería muy bueno para el futuro de vuestro planeta que sus habitantes empezaran a interesarse por la economía del corazón y del alma, viviríais en una infinita abundancia.

Hasta ahí podía estar de acuerdo, pero ¿qué era la virginidad? Yo no podía verlo más que como una construcción social, incluso como una herramienta de control sobre las mujeres y sus cuerpos. Para una feminista como yo era muy difícil aceptar que el valor de una mujer dependía de su pureza, y la pureza no era nada más que la virginidad ¡ni hablar, por ese aro no iba a saltar!

—No me dirás que alguien como tú está de acuerdo con eso, ¿verdad?

—No se trata de estar de acuerdo o no, me refiero a valorar el valor de los valores.

La respuesta me pareció un auténtico trabalenguas. El término «perder la virginidad» siempre me resultó algo pasado de moda, como el que habla de algo que dejas caer detrás del sofá junto con las migas del almuerzo. Históricamente, la virginidad se ha encumbrado, pero el guion ahora era diferente. Después de marcarme un monólogo de diez minutos sobre el sexo y lo liberal que era, fue inevitable que me lloviera aquella pregunta que únicamente podía caerle a una bocazas como yo.

—¿Cómo te sentiste en tu primera vez?

A estas alturas ya había aprendido que no podía engañar a Elsu, mis emociones me iban a delatar descaradamente ante su radar emocional, aun así tenté a la suerte, ¿qué iba a pensar cuando supiera mi gran secreto? Sí, yo también era virgen como ellas, pero al menos me podía haber ahorrado el discurso de experta. Pensar que él no era un hombre de mi mundo todavía me costaba. No podía dejar de verlo como alguien que me atraía y del que me estaba enamorando sin control, como cuando dejas el coche en una pendiente y te olvidas de poner el freno de mano. A pesar de lo moderna que era mi madre para todo, nunca hablábamos de sexo en casa. Lo único que me dijo en cierta ocasión es que sus padres, a pesar de estar prometidos desde los catorce años y arder de deseo, pertenecían a una categoría extinta hacía tiempo y, aunque deseaban meterse el uno en los calzones del otro, nunca lo hicieron hasta la noche de bodas. Siempre pensé que mis padres eran ángeles asexuados, que estaban por encima del bien y del mal, y no es que fuese un tema tabú o que me educaran con una carga religiosa, creo que se trataba más bien de algo cultural. Ambos habían crecido en familias patriarcales, que de alguna manera niegan todo lo que haga fuerte a la mujer. En mi caso, yo diría que fue un caos en la comunicación, donde ellos no me explicaban y yo tampoco les preguntaba, y así fui haciendo camino andando. En la escuela cuatro clases de sexualidad que pasaron de puntillas donde nos hablaron de la vulva, la vagina o el pene, pero el clítoris siempre permaneció como un órgano sexual clandestino a la espera de ser descubierto en algún lugar del limbo.

Hasta aquel momento nunca me había preocupado mi virginidad, a fin de cuentas aún era joven y tenía mucho por vivir. Eso no definía quién era yo. Había estado ocupada estudiando, viajando mucho para poder tener una profesión, y no depender de nadie en el futuro, como mi madre me enseñó con su ejemplo. Mi vida sentimental nunca fue una prioridad. Confiaba en que algún día conocería a esa persona que me haría sentir amor del bueno, y con el que vivir mi propio ritual de desfloración. También recordé que poco a poco me fui liberando de tabúes y vergüenzas y me animé a conocer mi cuerpo, y experimenté orgasmos increíbles por mí misma. Esa era la historia de toda mi adolescencia y parte de mi juventud. Entonces, ¿por qué resonaba ahora dentro de mi cabeza mil veces la palabra «eres virgen» con mil timbres de voces diferentes, como si me lo repitiera cada persona que había conocido?

Probablemente no quería que Elsu me viera como alguien desesperada o insegura, que abandera algo que nunca vivió. Tenía que pensar en algo rápido y convincente que me sacara de las llamas y no me lanzara a las cenizas.

Ese momento suele ser un hito muy importante en la vida de la mayoría de las mujeres, así que mi historia debía ser brillante, nada de perder la virginidad en el asiento trasero de un Ford o algo parecido. Había visto cientos de escenas idílicas y románticas en las películas, y mis amigas me habían explicado sus hazañas sexuales montones de veces, por lo que improvisar algo tampoco podía ser tan complicado.

—Fue una experiencia inolvidable —declaré, arrancando con mi relato improvisado— sucedió con un chico sueco guapísimo y superatento que conocí en unas vacaciones de verano. Me invitó a su casa. La cama estaba cubierta de pétalos de rosa. Yo tenía dieciocho años recién cumplidos y para los dos fue nuestra primera vez. Recuerdo que estaba temblando como un flan y a la vez intrigada por lo desconocido. Nos reímos un montón y disfrutamos mucho a pesar de nuestra inexperiencia. Me susurraba al oído palabras de amor en sueco, deslizando sus dedos por el tobogán de mi cuerpo durante horas. La relación se terminó con el verano.

Culminé diciendo que había sido un bonito recuerdo, convencida de haber salido airosa y con dignidad con mi respuesta.

Elsu me miró con una mirada nueva y me dijo: «Mi alma se alegra de seguir siendo el único que te ha visto desnuda». Comprendí entonces que los ojos siempre le pertenecen a la persona que los hace brillar. Me encantaba cómo veía las cosas y cómo me miraba a mí. Me moría por devolverle la pregunta y saber cómo un hombre de la galaxia Elove se entregaba al amor y a los placeres del sexo, pero no lo hice por miedo a que me decepcionara alguna respuesta en la que unos polvos cósmicos o el ADN extraído de seres de luz se encargaban de la reproducción de la especie sin ningún tipo de erotismo o contacto físico.

Discretas, sin la necesidad de hacerse notar demasiado, cada una de aquellas doncellas buscó un refugio escondido donde descansar en soledad, al tiempo que la flor de su pecho también se cerraba en una meditación profunda. Protegidas en remansos de paz que parecían haber sido creados en comunión con la naturaleza, e ideados para conectar con alguna fuerza espiritual. La calma era total y reinaba el misticismo en medio de una atmósfera pacífica, solo interrumpida por los movimientos tímidos de unos extraños seres camuflados a la perfección en el bosque, y que parecían árboles metálicos en miniatura vestidos de musgo. Al parecer no podíamos mirarlos directamente, ya que tenían el poder de absorber nuestra energía y convertir nuestra sangre en tierra fértil. Al atardecer seguimos nuestro viaje hacia el templo, guiados por los pasos de las vírgenes ya repuestas. Llegamos cuando era totalmente de noche sin saber muy bien lo que íbamos a encontrarnos. Esperaba hallar un edificio con mármoles y altares sagrados, pero en su lugar cuatro enormes rocas aplanadas se levantaban frente a nuestros ojos en la cima de una montaña. Entendí que el círculo mágico era un templo bien definido, pero no físico. Un espacio cerrado por paredes invisibles que protegía las energías, y que estaba delimitado con una especie de marca en los cuatro puntos cardinales. Un pentáculo compuesto de un cuenco de sal púrpura orientado al norte, que representaba el elemento Tierra, un incienso ardiendo al este representando el elemento aire, una roca de lava hacia el sur como elemento del fuego, y un cuenco de agua de lluvia al oeste. En el centro los ramilletes florales como ofrenda. Sacaron de sus cestas unas coronas florales que se colocaron sobre la cabeza, y alzaron una antorcha de copa larga y transparente unida a un mango corto de corteza. Los pequeños árboles metálicos, como un ejército bien organizado, saltaban uno a uno dentro de las lámparas, llenándolas de una luz amarilla. Los pétalos que cubrían sus cuerpos iban cayendo en medio de una danza circular alrededor de las piedras sagradas, iluminando el lugar en medio de un canto mágico que nos mantuvo hipnóticos. Sentí el privilegio de poder presenciar un ritual ancestral y poderoso. De repente, una especie de sacerdotisa druida surgió de una de las piedras que conformaban el círculo. Era una mujer madura, pero muy atractiva, de ojos verdosos. Su cabello castaño se entremezclaba con el blanco de sus canas en una trenza desgreñada. Llamaba la atención su tez tostada y sus pechos erguidos y bien separados. Esbelta y de cintura estrecha, arrastraba una liviana capa dorada y roja de holgada capucha.

Las vírgenes desnudas invocaban a la fecundidad con movimientos rotatorios del vientre y las caderas. El abdomen descubierto de las bailarinas recogía la energía y la fuerza de las piedras sagradas como símbolo de la fecundación, que posibilitaría la vida y favorecería la fertilidad. La sacerdotisa, que representaba algo sobrenatural, untaba el cuerpo de las vírgenes con aceite y arcilla verde, que regeneraría su piel tras el parto. Después recitó el conjuro que sellaría el círculo.

Invocamos al aire por la velocidad,
al fuego para purificar,
al agua para bendecir,
a la tierra para manifestar
y al espíritu para sellar.

Nos manteníamos en la distancia, escondidos tras la vegetación, respetando aquel culto a la madre tierra. Era el momento preferido de las vírgenes, el ritual de desfloramiento en el templo donde cada novia esperaba con alegría la ceremonia.

Cruzábamos nuestras miradas envueltas en el más absoluto silencio.

—Es la danza de la vida, Amelia. La celebran durante los solsticios de verano e invierno —me dijo, al verme boquiabierta contemplando aquella fiesta femenina.

—Me recuerda a la danza del vientre de nuestro planeta Tierra. Un espectáculo sensual para hombres, donde a las bailarinas les cuelgan cientos de monedas de metal que suenan al compás del movimiento de sus caderas —apunté.

—Ellas la practican para ejercitar el útero y obtener placer propio. La danza, y sus movimientos pélvicos, ayuda a la ductilidad uterina y a mejorar los partos de las dadoras de vida.

Me sentí una *voyeur* espiando aquellos cuerpos desnudos anhelantes en situaciones eróticas y excitantes. Me molestaba que Elsu las mirara. Me dieron ganas de despelotarme yo también y ponerme en frente de sus narices para que viera lo que se estaba perdiendo. No me di cuenta que en cuestión de un segundo mi libido se había disparado. Respiré hondo para tratar de calmarme. El roce de los flecos de su chaqueta sobre mi hombro desnudo, y el calor de su aliento a escasos milímetros de mí, no ayudaban. Cientos de preguntas y temores surgían de las turbulentas aguas de mis pensamientos, y ninguno de ellos positivo claro está. El brillo de sus ojos sugería que estaba divirtiéndose con aquello.

—Es increíble, ¿no te parece, Amelia?

—Ah... Bueno... Eh...

Woody Allen no habría mejorado la colección de tontos balbuceos y tartamudeos que emití. La evidencia de sentirme descubierta, y la naturalidad con que lanzó la pregunta sin atisbo de censura, me hizo sentir pequeña, ridícula, menguante. Entonces pegó su cara a la mía; estaba convencida de que iba a besarme, pero se limitó a decir: «No te preocupes, yo también tengo la sensación de que estábamos profanando un lugar sagrado, ocupando un espacio que no nos corresponde, pero aquí no molestamos».

La sacerdotisa se percató de nuestra presencia y alzó la mirada, invitándome a traspasar el círculo. Yo me dispuse de inmediato a unirme, ya que pensé que al ser una mujer querían hacerme participe de aquella ceremonia. Me sentí honrada y privilegiada de poder formar parte de algo tan mágico y especial, pero Elsu me detuvo.

—No, Amelia. Está a punto de abrirse el círculo del espíritu y el tiempo.

—¿Qué quieres decir? —pregunté confusa.

—En el círculo del espíritu y el tiempo, un minuto equivale a un año terrestre, así que quien entra allí envejece muy rápido.

—Pero ¿qué hay de la ceremonia de la fecundidad?

—Las vírgenes se quedarán embarazas y darán vida esta misma noche. Después ofrecerán la sangre del parto a la diosa de la fertilidad. Si entras en el templo sagrado, jamás podrás abandonar este lugar.

Di unos pasos atrás ante la mirada de decepción de aquella poderosa mujer, que continuó con el ritual sin insistir. A quien no pudimos detener fue a *Vodka*, que antes de que pudiéramos darnos cuenta ya había saltado dentro del círculo.

—¡*Vodka*, regresa! —le grité cuando ya tenía dos patas dentro.

—Tenemos que ir a buscarle, Elsu. No podemos dejarle aquí. No me iré sin él.

—Ahora no hay nada que podamos hacer. Tenemos que esperar al final de la ceremonia.

Las lágrimas me caían como albóndigas y la impotencia se apoderó de mí, pero confiaba en Elsu. Fuimos testigos desde nuestro privilegiado puesto de observación y vimos cómo las flores que brotaban del pecho de las vírgenes empezaban a extender y multiplicar sus finas raíces, como venas portadoras de savia que desembocaban en el vientre. Las fértiles barrigas crecían a una velocidad vertiginosa. En un abrir y cerrar de ojos, las semillas ya habían prosperado. Al unísono empezaron el trabajo de alumbramiento sin dolor, hundiéndose en la tierra. De sus úteros afloraban criaturas tan bellas como sus madres, todas hembras. Dieron a luz literalmente, porque todo empezó a iluminarse mientras abrigados por el cielo cobrizo, un sol sangriento, grande como la luna, se erigía poderoso frente a nuestros ojos incrédulos.

No puedo describir la emoción que sentí, pocas veces algo me ha sorprendido tanto y de forma tan grata. Tras aquella explosión de vida que me atravesó, siempre me quedó la duda de si es la noche la que trae la vida y el día la muerte o al revés. En cualquier caso, el sol siempre será protagonista, bien porque viene, o bien porque se va.

La madre tierra ya se había saciado con la sangre de las vírgenes y habían entregado a cambio vida nueva. La ofrenda había mantenido el justo equilibrio entre lo femenino y lo masculino. De esta manera devolvían lo que habían tomado a través del principio de reciprocidad cósmica. El pacto estaba sellado entre los seres de la zona estelar de Virgo que portaban en su alma el conocimiento de la tierra y la naturaleza. A estas alturas teníamos claro que ese no era el Templo de la Luz que estábamos buscando, pero aun teníamos que rescatar a *Vodka*. Elsu me dio la señal con el pálpito de su mirada, confirmando que el lugar ahora ya era seguro. Nos acercamos con sigilo. Allí estaba mi peludo amigo moribundo, canoso, aletargado, escuálido y con fatiga hasta para respirar. Le acaricié los callos que le habían surgido en los codos y las rodillas. Su expresión era la de un perro viejo y terminal. Ni siquiera estoy segura de que me reconociese. Se me partió el corazón y empecé a llorar desconsolada. No podía aceptar que en medio de tanta vida *Vodka* se fuera de una forma tan estúpida.

—¿Dónde está la magia para *Vodka?* —grité—. Devolvédmelo, por favor.

Elsu le levantó la cabeza con ternura y le dijo algo, pero esta vez él no respondió. Mis gritos llenos de lamento sobresaltaron a las recién nacidas, que permanecían acurrucadas en el regazo de sus orgullosas madres.

—Solo la sacerdotisa puede ayudaros —dijo una de las madres primerizas, apuntando a la figura de la poderosa mujer, que se dirigía de nuevo a la piedra de donde había surgido para desaparecer.

Corrí tras ella y me puse frente a la enorme piedra de granito con los brazos abiertos como queriendo bloquear su camino de regreso.

—No puedes marcharte. No es justo —le supliqué—. Yo también soy madre, ¿sabes?

Aquella última afirmación pareció tener efecto porque provocó una reacción en ella.

—Sé que eres virgen. Tal vez en el futuro experimentes la grandeza que significa ser madre y dar vida —dijo con la solemnidad de una sacerdotisa.

—Pero ya lo soy —repliqué—. *Vodka* es como si fuera mi único hijo. Lo amo con todas mis fuerzas desde que era un cachorro, y aun antes de que llegara a mi vida ya lo deseaba y soñaba con él. He permanecido en vela noches enteras cuidándolo cuando ha estado enfermo ¿acaso no es eso lo que hace una verdadera madre? Lo mimo, lo educo y lo quiero incondicionalmente. Yo soy su líder, su referente, como lo es una madre para sus hijos. No ha estado en mi vientre, es cierto, pero lo adoro y daría mi vida por él si fuese necesario. A diferencia de un hijo biológico, él nunca se hará mayor mentalmente, no se irá de casa, nunca será independiente. Tampoco veré parte de mi en él, ni física ni psicológicamente, pero veré cada día en sus ojos el legado de mi amor. No solo seré quien le cuide, sino también quien le vea irse para siempre, así, de manera natural. Simplemente, ese será nuestro destino, pero estoy dispuesta a sacrificar y vivir ese dolor, solo por tenerlo junto a mí muchos años. No soy su ama, ni su dueña.

Para *Vodka* soy su familia. Desconozco si algún hijo puede inspirar el sentimiento que tengo cuando veo su mirada, que lo dice todo. Cuando pienso en hacer planes, él siempre está presente, y te diré algo más, me pregunto quién rescató a quién. Mi vida no sería la misma sin él, aunque me moleste que deje pelo en todas partes. Yo no tengo duda y él tampoco de que somos una familia de verdad. En ocasiones, la sangre no es bastante para «crear familia». ¿No son los vínculos basados en la reciprocidad, las relaciones significativas y esa autenticidad del día a día la que nos une? *Vodka* es mi confidente silencioso, pero también con quien comparto mis momentos de risas y tristezas, y yo sé que soy el centro de su microcosmos particular. Tienes que saber que el amor entre un perro y un humano es tan incomprensible para los que no lo han vivido, como maravillosa para los que sí lo tenemos.

La sacerdotisa se inclinó y luego se pronunció nuevamente, desplegando su infinita sabiduría.

—Muchacha del otro lado, tu corazón ha hablado con la pasión de la que pare. Quien con el corazón ama, solo con el corazón habla. Mi condición me aparta de lo impuro, pero estaría quebrantando nuestros misterios y su justicia sino reconociera en ti la verdad de tus palabras.

Me puso la mano sobre el vientre y como si de una profecía se tratase decretó:

—Engendraras una única hija en honor a nuestra tierra, a cambio y por justicia la vida que ha sido arrebatada volverá al cuerpo del animal.

Tal como terminaba la frase, *Vodka* empezó a saltar lleno de vitalidad, repartiendo latigazos con la cola a diestro y siniestro. Le abracé con tanta fuerza, que estuve a punto de ser yo quien le matara de una sobredosis de amor.

Elsu agradeció a la sacerdotisa su justicia y luego le preguntó:

—¿Podrías responderme a una pregunta?

—Si conozco la respuesta, ciertamente lo haré.

—¿Podrías indicarnos cómo llegar al Templo de la Luz, donde se haya la escalera de los mil escalones?

—La respuesta está al otro lado, viajero —respondió, escatimando en palabras.

—Al otro lado opuesto de la zona estelar de Virgo, ¿te refieres?

—Para llegar allí tendréis que viajar a través de una de las piedras sagradas, donde confluyen las tres fuentes de vida y de energía divina de la fecundidad de la Tierra.

—¿Te refieres a uno de los cuatro elementos aire, tierra, fuego y agua?

—Cada una de las cuatro piedras sagradas abre el camino que conecta con uno de esos elementos. El Templo de la Luz se haya en uno de ellos.

—¿Cómo saber cuál es la piedra correcta, sabia sacerdotisa? —interrumpí, entrometiéndome en la conversación

—Solo hay un elemento que habita arriba y abajo. Cuando el sol alcance su punto más alto, las puertas sagradas de las piedras se cerrarán. No hay mucho tiempo.

Elsu miró al cielo y luego me miro a mí. El ardiente astro estaba a punto de culminar su ascenso. Me acerqué a las piedras en un rápido recorrido y me di cuenta de que cada una de ellas tenía grabado un triángulo con un símbolo.

—Mira Elsu, este es el símbolo del fuego. El triángulo apunta hacia arriba. Este otro debe de ser el símbolo del aire porque el vértice apunta hacia arriba con una línea divisoria en medio del triángulo.

Elsu comenzó rápidamente a examinar las otras dos.

—Sí, este es claramente el símbolo de la tierra. El triángulo apunta hacia abajo con una línea horizontal a través del centro del mismo —afirmó con cierta excitación—. Por lo tanto, la piedra que queda no puede ser otra que la que representa el elemento del agua. El triángulo debería apuntar hacia abajo.

Yo me apresuré a confirmar la teoría de Elsu.

—Efectivamente así es, pero ¿cuál debemos atravesar?

Me giré buscando a la sacerdotisa, pero ya había desaparecido. Apenas un par de minutos era todo lo que teníamos para tomar una decisión en la que la humanidad estaba en juego.

—Atravesemos la misma piedra por la que lo ha hecho la sacerdotisa —propuse con cierto nerviosismo.

—No, espera. Ella ha dicho que solo hay un elemento que habita arriba y abajo. Ese no es la tierra.

—¿Cuál entonces?

Miró al cielo por unos instantes y después dejó caer la mirada en el suelo, sintiendo la conexión.

—Los ríos, los manantiales, lagos y océanos son morada del agua abajo, pero también habita en el cielo contenida en las nubes, ¡ese es el elemento!

No tuve tiempo de reaccionar. Me tomó de la mano y yo arrastré a *Vodka* conmigo, fundiéndonos en la roca sagrada que nos transportaría a nuestro próximo desafío.

Aquella aventura, que no por elección sino por destino, me sirvió para ajustar la imaginación a la realidad. Aprendí que no existen coincidencias, caminamos cada día hacia lugares, situaciones y personas que nos esperan desde siempre. Me quedó claro que el destino se lleva siempre su parte y no se retira hasta obtener lo que le corresponde.

Capítulo 15

Lecciones de la mar

En la mar la vida es diferente. No está hecha de horas, sino de momentos. Su voz le habla al alma con una lengua que solo los despiertos reconocen, constatando que ni todo está escrito, ni todo está inventado, y por esa razón cada día descubrimos una nueva persona dentro de nosotros.

Amanecía y el nuevo sol pintaba de oro las ondas de un mar tranquilo. Chapoteaba un pesquero a un kilómetro de la costa. Algunas aves marinas jugaban a ver quién hacia el sonido más estrambótico, mientras se lanzaban en picado en el azul plomizo de un infinito cuenco de agua.

—Había olvidado el olor de la sal marina y las algas impregnando mis pulmones —dijo Conan, soltando un profundo suspiro, como si recordara viejos tiempos.

—Supongo que para un lobo de mar como tú cinco años en tierra seca tiene que ser duro —asumí, apoyando mi cuerpo sobre el timón de la balandra azul y blanca que Conan había alquilado para pasar el fin de semana. Me convenció diciendo que necesitaba aire fresco y coger un poco de color. Los destinos de mar y de playa me chiflaban, así que perdernos en alta mar y descubrir alguna playa virgen y recóndita me pareció un planazo.

—Sí, mucho tiempo, Rafaela —asintió, con un tono sereno, pero teñido de un deje nostálgico.

—Dime, ¿tú también eras uno de esos marineros con un amor en cada puerto?

La honestidad de Conan no tenía filtros, así que, si no querías saber la verdad, mejor no preguntar.

—Las mujeres musulmanas te conquistan con los ojos y las angolanas con los pechos. Las primeras se cubren de pies a cabeza y tan solo el brillo de sus pupilas y el misterio de su mirada provocativa te hacen comprender lo que sienten. Por el contrario, las angolanas van casi desnudas, y es su cuerpo y la forma de moverse lo que te atrapa como la miel a las moscas. Sin hablar de las asiáticas que tienen un encanto único, una mezcla de sensualidad y ternura que te hacen perder el sentido. Aunque son culturas frías y de negación al sentimiento extremo, saben ganarse con miel lo que no pueden conseguir con hiel. Delicadas y finas, es imposible conocer su verdadera edad. Su silencio te vuelve loco, porque nunca sabes qué va a suceder con ellas.

—Por eso nunca sentaste la cabeza, ni te casaste, claro.

—Tienes el listón muy alto, chiquilla —respondió petulante y con una sonrisa burlona.

—¡Menudo engreído! —le recriminé, tirándole un aro salvavidas que fue lo primero que se cruzó en mi camino.

El gesto brusco dejó caer el vaporoso pareo que protegía mi cuerpo, dejando al descubierto un bikini plateado muy mini. La parte de arriba, anudada al cuello, realzaba mis pechos. La braguita era una tanga que apenas cubría lo imprescindible. Aquella mañana llevaba el pelo recogido con dos colas largas rizadas, que me hacían más niña. Parecía una Lolita, a pesar de estar más cerca de los cuarenta que de los treinta.

—Solo actuaría así una mujer celosa —dijo, cogiendo el objeto al vuelo mientras se burlaba de mi mala puntería.

—Vamos a ver, Popeye, tú y yo nos queremos, pero tampoco eres mi tipo —espeté, para no sentirme menos.

Desde que volví del hospital, me di cuenta del tonteo que nos llevábamos entre manos. Bueno, más bien él tonteaba conmigo y yo me hacía la tonta. Cada vez recordaba más cosas, sin embargo, se lo oculté a Conan porque me encantaba que me conquistara como si fuera una mujer distinta, y yo descubrirlo a él de nuevo.

El velero monocasco, que por cierto había sido bautizado con el curioso nombre de *El Halcón Errante*, surcaba la Costa Tropical con el único aparejo de un mástil, dos velas, y un par de corazones de la mano de un destino, que se aprestaba a dar uno de sus pasos certeros. Cierto es que yo también remaba a favor de obra.

—Rafaela ¿no te gustaría convertirte en una «nómada de la mar» y recorrer el mundo en un barco velero? Eso sí, antes tendrías que aprender muchas cosas, incluido el argot marinero. La mar tiene su propio mundo. ¿Sabías que en un barco todas las cosas cambian de nombre? Un cubo deja de llamarse cubo y pasa a ser un balde, las cuerdas se llaman cabos. En un barco las únicas cuerdas que hay son las del reloj del capitán.

—La idea de pasar un fin de semana a bordo me resulta una opción supercreativa y romántica, pero no le veo la gracia a pasar una eternidad en un minúsculo habitáculo ¿y con mi claustrofobia?, ¡ni hablar!

—¿No será más bien que te daría miedo estar tan cerca de mí durante tanto tiempo, a miles de kilómetros de cualquier atisbo de humanidad?

—Paparruchas —contesté, sonriendo falsamente—. La convivencia es el cementerio de las relaciones, pero antes me matarían los vómitos del mareo y el ahogo al verme durmiendo en un pequeño camarote.

—Solo puede hablar así alguien que no ha experimentado dormir en cubierta mirando las estrellas, mecido por las olas de la mar, mientras una manada de delfines juega con el casco de la embarcación y las velas bailan al son del viento. En cuanto a la convivencia, en realidad refuerza los vínculos ya que el trabajo en equipo es crucial para tener una buena travesía, y en ocasiones sobrevivir. No hay donde ir ni donde escapar, te tienes que enfrentar a la realidad, cosa que no ocurre con muchas de las parejas en crisis hoy día.

—Bueno, siempre puedes tirarte por la borda —repliqué en tono de humor.

—No llegarías nadando antes que el barco, siempre es mejor relajarse y disfrutar. La mar te enseña que la libertad vive dentro de ti.

—Supongo que las personas como tú que han pasado mucho tiempo en remojo, tenéis una perspectiva diferente de las cosas.

—Chiquilla, hay muchas lecciones que solo la mar puede enseñarte. La primera que yo aprendí es que los barcos están más seguros en el puerto, pero no fueron construidos para eso. Hay que estar dispuestos a arriesgar y dejar la costa atrás si quieres descubrir lugares, personas y vivencias que jamás podrías imaginar.

Me quedé en silencio por unos segundos, pensativa, tratando de encajar aquellas palabras con todo lo que me estaba ocurriendo. Tal vez mi ancla era demasiado pesada y no tenía fuerzas para recogerla, o puede que todos los acontecimientos me hubieran dejado varada en una isla desierta. Quería avanzar, pero no sabía hacia dónde.

—¿Qué más has aprendido, Popeye?

—Que no siempre tendrás a la vista tu destino —contestó como si hubiera leído mi pensamiento—. Cuando estás dirigiendo una embarcación en la mar abierta, como en la misma vida, tus sentidos no siempre pueden decirte dónde estás o adónde vas. El horizonte se extiende en los cuatro puntos cardinales. Tienes que confiar en otros medios para saber si sigues en el rumbo correcto. Una brújula o la astronavegación pueden servirte de guía en el océano, pero tienes que estar despierto a las señales y confiar en ellas. La luz de un faro en la lejanía, el rumbo de las ballenas durante las migraciones, o el vuelo de las gaviotas. Y cuando pierdes el sentido de la orientación por completo, siempre te queda la intuición.

Eché un vistazo al capazo de mimbre playero. Un bronceador a medias, unas gafas de sol, unas esparteñas y una toalla a rayas, acompañaban las cartas de Belly, que por alguna razón había traído conmigo. ¿Serían las cartas una de esas señales a las que se refería Conan?

—¿Vas a seguir leyéndolas? —preguntó, dirigiendo la mirada hacia el puñado de cartas.

—Tengo miedo a descubrir cosas que no me gusten.

—Algunas veces las condiciones son favorables, otras veces son adversas.

—¿Es esa otra de las lecciones?

—En la mar puedes vivir vientos de hasta cincuenta y cinco nudos y fuertes corrientes, nosotros lo llamamos clima inclemente. Un buen marinero debería ser capaz de sortearlo, ya que él nunca pelearía con la mar, porque sabe muy bien que la naturaleza es la que manda. Para el océano, incluso un gran barco fabricado con los mejores materiales, no es más significativo que un albatros solitario, una orca o incluso un insecto. No nos trata con ninguna dignidad o respeto solo porque somos humanos. La vida es preciosa y delicada. Podemos desaparecer en un instante en cualquier lugar, pero esta es una realidad que se intensifica en la mar. En tiempos de clima inclemente, a veces la mejor decisión es seguir la corriente. Hay que aceptar que en ocasiones las condiciones te favorecen y otras no lo harán, pero sabes que estas siempre van a cambiar. Si te aferras a tu curso y estás preparado para los embates que te puedes encontrar en el camino de vez en cuando, eventualmente llegarás a tu destino.

—Gracias, Conan. Me entrenaste para ser una campeona y lo había olvidado. No sé qué habría hecho sin ti.

—Aquí va mi última lección de hoy, chiquilla. No puedes ser un solitario lobo de mar. Está bien saber nadar y guardar la ropa, pero en la mar dependes de tu tripulación para todo. Tienes que trabajar con ellos, comer con ellos, vivir con ellos y socializar con ellos. No puedes aislarte y tratar de sobrevivir por tu cuenta. No existen ejércitos de un solo hombre. Siempre hay que confiar en alguien, de lo contrario puede que un día despiertes y descubras que eres una solitaria boya a la deriva en medio del océano, sin posibilidad de tocar tierra nuevamente. Hagas lo que hagas no me vas a echar de tu vida.

—¿Sabes?, me has recordado a Belly y sus refranes. Solía decirme «en mar y amores entrarás cuando quieras y saldrás cuando puedas».

Conan sonrió con picardía ajustándose la gorra marinera y dijo:

—Una sabia mujer tu abuela. Yo te diré otro para tu colección: con la mujer y con la mar hay que saber navegar.

Nos reímos cómplices de aquellas ocurrencias, y el olor del deseo volvió a flotar entre nosotros. Junto a la barandilla, con el viento de frente, dominando el mundo y en la proa, nos besamos como si fuéramos Kate y Leo o Jack y Rose en la emblemática escena de *Titanic*. Un beso inmovilizador que no se sabía quién se lo estaba dando a quién, y con el que sientes que la ropa estorba, aunque solo fueran unos pocos centímetros de tela. Solo me faltó estirar los brazos en línea con el horizonte y decir «estoy volando, Conan, estoy volando».

Pocas personas son capaces de venirte a buscar adonde estás verdaderamente. Conan me había encontrado y me había enseñado que no todos los que deambulan están perdidos. Me apasionaba la manera en que rehusaba soltarme la mano, como la mar rehúsa dejar de besar la costa, sin importar cuántas veces sea enviada de regreso.

Decidimos navegar donde el viento nos llevara. Para mí navegar a vela era volver a la épica y al romanticismo de los viajes, en una época en la que volar es fácil y en la que los destinos están masificados. Para él era una forma de vida. Se notaba que por las venas le corría agua marina. Fondeamos en una cala apartada donde nos bañamos y aprovechamos para hacer *snorkel* hasta el atardecer. La experiencia fue de *wouu*. En verdad la mar tiene su propio mundo. Un interminable paseo cogidos de la mano envueltos en el más profundo de los silencios acogió mi alma. Me abordó la pregunta ¿sería Conan ese compañero de vida con el que tanto había fantaseado? Compartimos una noche guitarrera y una parrilla de pescado con unos jóvenes pescadores que celebraban una despedida de soltero en la playa junto a una fogata. Salpicaban las canciones con anécdotas y bromas. Nos contagiamos de su entusiasmo y de sus ojos llenos de sueños. Parecíamos dos adolescentes ávidos de aventuras y emociones nuevas, celebrando la vida frente a la puesta del sol en una playa secreta, accesible solo desde la mar. Una noche perfecta, sentados en la suave arena y con la mejor compañía que podía imaginar en aquel momento.

Al día siguiente zarpamos de nuevo. El fin de semana iba viento en popa a toda vela. Conan me explicó el funcionamiento de la consola de mando que llevaba el timón, donde se podía comprobar el rumbo, la velocidad y la profundidad por la que nos estábamos moviendo, así como la dirección de la que provenía el viento. Este aspecto era fundamental, porque dependiendo de ese parámetro las velas se dispondrán de una forma u otra, con el fin de optimizar su rendimiento.

Pasó sus tremendos brazos musculados por mi cintura para manejar el timón. Sentía sus gestos gobernando el *Halcón Errante*. Tomó mis manos y las puso sobre la rueda del timón diciendo: «vamos a surcar los siete mares, descubriendo nuevos rincones del planeta. Chiquilla, pon rumbo a tus sueños».

Con los nervios de una tripulante aprendiz, algún estribor lo convertí en babor. Únicamente pensar en atravesar ese inmenso desierto de mar, tan solo con la fuerza del viento y las corrientes marinas, era de por sí vertiginoso, pero no comparable a la experiencia de sentir los latidos del corazón de Conan dando vida a mi cuerpo. Disfrutaba como una cría cuando galopábamos las olas y el velero escoraba. Tenía la sensación de volar literalmente al grito de «yeeehaaaaa». Contemplar las gamas de azules me relajaba. Era un espectáculo glorioso, pero nada que ver con la riqueza de las vistas que aquel hombre me regalaba.

Ya había amanecido cuando escuché a Conan corriendo por la cubierta. Llovía a rabiar, apenas podía ver, el barco daba vueltas como si fuera una cáscara de nuez, asaltado por la furia de unas olas gigantescas. Un temporal nos había pillado por sorpresa, a pesar de nuestra planificación. El vaivén permanente que provocaba la tormenta me hizo vomitar. El mundo de calma, quietud y silencio se había transformado en un caótico escenario que no controlaba.

—¡Vuelve dentro, Rafaela! —me gritaba, desde lo alto del mástil, mientras trataba de arriar las velas a toda prisa. Gateando sobre la teca, introducí mi cuerpo empapado como pude en el camarote, dejando la cabeza fuera para asegurarme de que Conan también estaba a salvo. No sabía qué hacer para ayudar. Finalmente ¡*habemus* idea!, no se me ocurrió otra cosa que coger mi teléfono móvil y tratar de pedir ayuda.

—Deja el móvil y no te acerques a nada metálico, parece que se aproxima una tormenta eléctrica —me voceó, nada más verme con el aparato electrónico en la mano.

—¿Qué hacemos? —pregunté temblando de frío, una vez lo tuve cerca.

—Lo primero ajústate el chaleco. Recoger velas y dejar el barco a palo seco es lo más sensato ahora. Hay que correr el temporal. Voy a dejar el timón ligeramente a barlovento para que la embarcación se equilibre con las olas, hasta que amaine el tiempo y se pueda volver a gobernar a rumbo sin riesgo.

—Somos un equipo, ¿recuerdas? ¿Cómo puedo ayudar?

Me miró con la certeza de que no iba a desistir en mi empeño. Era hora de poner en práctica las lecciones de la mar que me había enseñado.

—De acuerdo —dijo, con la camisa de lino blanca pegada al cuerpo y que daba fe que no se había dejado ninguna tableta abdominal en casa.

—Vamos a frenar el barco. Lanza el ancla flotante y asegura todo lo que puedas en cubierta —ordenó, mientras yo obedecía como un grumete atolondrado.

Por muy manido y tópico que pueda sonar, siempre vuelve a lucir el sol tras la tormenta, y eso es lo que ocurrió. Las aguas bravas no tardaron en amansarse bajo nuestros pies y la lluvia dejó de azotarnos. El sol asomó de nuevo como si solo se hubiese ausentado para tomar un café.

—¡Lo has hecho fenomenal, chiquilla!, no has estado nada mal —me felicitó, levantando la palma de la mano, que fue correspondida por mi palmada con el gesto de choca esos cinco—. La próxima vez recuerda ponerte algo encima cuando salgas a recibir una tormenta de madrugada, si no voy a pensar que quieres que te meta mano —dijo, mirándome de arriba abajo con una sonrisa maliciosa.

—¡Dios! —exclamé, lanzándome al agua espumada cuando me

percaté de que, entre los nervios y el caos de la situación, había salido del camarote como mi madre me trajo al mundo. Ataviada únicamente con la insignia de mi cuerpo: un tatuaje en el tobillo que no recordaba haberme hecho. En ese momento ni siquiera podía suplicar a la tierra que me tragara, así que permanecí disfrutando del agua hasta que el muy pillo de Conan dejó colgando una toalla en el pasamanos de la proa, como el que no quiere la cosa, para animarme a salir.

Después de recomponernos y ordenar un poco la embarcación, Conan preparó un desayuno espectacular, que saboreamos frente a unas vistas de escándalo. Tengo que reconocer que el tío se lo había currado. Tostadas de pan de centeno con aguacate, tomate, champiñones y huevos, zumo natural de sandía y zanahoria, una ración de queso fresco con frutos secos, y un ramillete de flores silvestres. No se había dejado ningún detalle. Hasta el menú había impreso en unas cartulinas doradas con los ingredientes y las calorías que había titulado «Desayuno para Sirenas». Me pregunté para mis adentros ¿cómo es que había dejado escapar una perita en dulce como aquella en mi otra vida? Este bien podía ser mi cuento de hadas. No necesitaba más, ni carroza, ni diamantes, ni la promesa de un final feliz que no podíamos aventurar.

Tras el atracón, me animé a abrir una de las cartas de Belly, mientras daba la bienvenida a una buena dosis de vitamina D natural en cubierta. Conan se entretenía intentando pescar algo, dedicándome alguna mirada de reojo de vez en cuando. Me costó decidirme por cuál sería la próxima. Las barajé entre mis manos despacio, temerosa de que el olor original se mezclara con el de la maresía, y ya nunca más pudiera recordarlo. Cerré los ojos. El canto de un ruidoso alcatraz me dio la señal y escogí una al azar. Resultó ser una de las más viejas y amarillentas. Un sobre desnudo sin remitente ni destinatario.

Me asaltó la curiosidad de saber por qué nunca cerraba los sobres. Imaginé que una mujer tan independiente como ella, querría dar libertad a sus propios pensamientos. Respiré profundo, sentí la brisa en las mejillas, y me perdí en la lectura.

Mi querida Rafaela, mi niña linda:

Me ilusiona pensar que a estas alturas ya habrás aprendido cuál es el coste de vivir una vida valiente y con el corazón abierto, y que el balance te resulta positivo. Nunca le conté a nadie la historia de mi pena. Para todo el mundo he sido una mujer feliz, y de alguna forma así ha sido. Es cierto que a primera vista la pena no me ha cambiado mucho. Hay momentos en que pienso que la felicidad, como los buenos modales, es una costumbre del cuerpo. La sonrisa se entrena. No es que sea fácil, pero si te esfuerzas, acabas consiguiéndolo.

Todavía me alegra el amanecer de Granada. Me gustan los hombres altos, de manos grandes y espíritu joven. Me gusta sentirme deseada. Hubo momentos en que estuve a punto de contar mi historia, de compartirla con alguien. Pero cuando al fin me decidía y buscaba una brecha en las conversaciones, me silenciaba el miedo de que la historia echara a andar y un día se volviera en mi contra, o lo que es peor, en contra del hombre de quien estaba enamorada hasta las trancas. Además, hace tiempo que dejé de pedirle a la gente direcciones de lugares donde nunca han estado. Siempre he envidiado la franqueza con que otros hablan de su intimidad y me preguntaba si en mi discreción no habría un fondo de arrogancia. Lo último que quería era ver sufrir a tu abuelo y que su nombre estuviera de boca en boca, reducido a una etiqueta que no tenía nada que ver con su grandeza. Otros, podrían pensar que no era más que un cuento de una mujer fantasiosa que antes de aceptar su realidad, se inventa un destino que la separe con brillos del común de los mortales.

Me llevó algún tiempo aceptar que si te sientes abatida, con un dolor profundo, confundida, decepcionada o enfadada, no tienes un problema, tienes una vida. Eres un ser humano. Siempre he tratado de no ser una presa fácil de las creencias de la sociedad, encadenada a estereotipos de lo que debes y no debes ser. Muchos resignan su felicidad para lograr encajar con los modelos impuestos. Tu abuelo Esteban cayó en esa trampa, y de algún modo, también me arrastró a mí. Tu madre era una inocente niña de apenas cuatro años, el día que se desahogó y me dijo que ya no podía sostener por más tiempo una vida de negación y engaño.

—Lo siento, lo siento muchísimo... eres el amor de mi vida y la persona a quien más voy amar siempre, pero no soy quien tú crees —me dijo, echándose a llorar.

No añadió nada más durante unos segundos. Supongo que mi intuición femenina me llevó a preguntarle ¿eres gay?

—No quiero serlo —contestó él, tras el desconcierto inicial.

Me dijo que había intentado ser el mejor marido y un estupendo padre. Sin duda lo fue. Siguió siendo igual de cariñoso y dulce, e igual de distante y desinteresado por el sexo hasta que se marchó. Por lo menos en eso me sentí aliviada, al saber que no era culpa mía por ser poco atractiva o poco hábil, sencillamente no podía satisfacerle. Convertimos un matrimonio equivocado en la relación de amor más bella y duradera del mundo. Al principio le odié, pero luego me di cuenta de que no podía castigarle por haber sido honesto con sus sentimientos. Seguimos amándonos. El amor sobrevivió sin sexo. Establecimos un acuerdo tácito en el que ambos podíamos hacer nuestra vida siempre que no comprometiera la imagen familiar.

Hoy sé que nuestra propia liberación, libera a quienes nos rodea.

Recuérdame,
Belly

—Belly no te recuerdo porque nunca te olvido —susurré a media voz, con los labios humedecidos por las espesas lágrimas que regaban la emotiva carta.

—¿Estás bien?, ¿qué te ha entristecido tanto? —preguntó Conan, al verme acongojada.

La voz volvió a perderse en mi garganta, pero ahora no era porque huyera de mis palabras. Solo me tragué cada sílaba hacia dentro, porque era mejor digerirlas antes.

—Estoy muy sensible estos días, eso es todo —respondí, sin ganas de dar más explicaciones.

De repente, observé algo que brillaba bajo el sol, rodando y golpeando mis pies descalzos. La fuerza de las olas durante la tormenta había arrojado una botella de cristal hasta la cubierta del *Halcón Errante*. Primero pensé que estaba vacía, pero cuando la recogí puede ver una especie de piel de animal cuidadosamente enrollada y ajustada en su interior, por una cuerda enmohecida y verdinosa. La botella, de color marrón, tenía dos tercios de agua, pero aún conservaba su tapón. Tras extraer el corcho que la sellaba utilizando los dientes, Conan usó una delicada herramienta para evitar romperla y la desenrolló. El trozo de piel desigual, que había adquirido la forma curva de la botella, parecía estar grabada con algún objeto punzante. Se conservaba bastante bien después de haber pasado tanto tiempo a la deriva. Limpiamos la arena húmeda que cubría el texto y la dejamos secar unos minutos. En el ángulo superior derecho aparecía la frase «Montana, Estados Unidos, doce de agosto de 1822», y se podían vislumbrar unas coordenadas dentro de una esfera dividida en doce partes iguales con símbolos en su interior.

—¡Qué casualidad! El mensaje está datado el mismo día de mi cumpleaños, el doce de agosto —observé.

La misiva estaba escrita en un inglés roto que Conan me ayudó a descifrar y rezaba:

Puedes confiar en mis palabras, con la misma fe que confías en el retorno de las estaciones. Ellas son inmutables como las estrellas del firmamento. El día que tus pies pisen esta tierra estarán sobre las cenizas de tus antepasados.

Mi llamada llegará a tus oídos en el momento perfecto y el lugar exacto, viajando a través de la voz del agua. La misma agua cristalina que escurre por los riachuelos y corre por los ríos de nuestra tierra, y que es también la sangre de nuestra estirpe, manteniendo vivo un amor entre dos mundos.

El hombre no ha tejido la red que es la vida, solo es un hilo más de la trama. Lo que hace con la trama se lo está haciendo a sí mismo. Sigue tu hilo.

—Pensar que esta botella no ha sido tocada por nadie durante casi doscientos años, y que ha viajado miles de kilómetros para que seamos nosotros quien la encontremos, me pone los pelos de punta de la emoción —dije, sin poder parar de tocarla.

—El diámetro estrecho de la apertura de la botella y el cristal grueso han ayudado, probablemente, a amortiguar y preservar el contenido —dedujo mi marino preferido, que estaba tan sorprendido como yo del aquel hallazgo—. Parece que ella ha sido la que te ha encontrado a ti, chiquilla.

Confieso que estaba sobrepasada por la increíble gama de emociones que había vivido en tan pocas horas. Una puerta se había abierto por la que entraban sin permiso toda clase de ideas locas y de sentimientos, los mismos que me llevaron a reconocer que las dificultadas preparan a las personas comunes para destinos extraordinarios y que, sin lugar a dudas, había un hilo del que tenía que seguir tirando. Ojalá que en el camino me acompañe buen viento y buena mar.

Capítulo 16

Batir de alas

M e llamo Amelia. No nací un diez de julio. Mi madre no se llama Amelia. Tampoco ese es el nombre de mi abuela. No hay motivos familiares en la elección de este nombre de origen germánico que significa «trabajo», ¿un nombre tal vez premonitorio? Trabajo… me pregunto cómo podré llevar a término ese «gran trabajo» que dará sentido a mi existencia. Sé que como yo hay muchas personas que están buscando resolver esa pregunta ahora mismo.

Me pusieron Amelia en honor a Amelia Earhart, la aviadora más famosa de todos los tiempos, célebre por sus marcas de vuelo y por ser la primera en intentar circunnavegar el planeta por el ecuador en los años treinta. Mi madre siempre la admiró. Tal vez porque fue un icono del feminismo que rompió las reglas y no renunció a su independencia, por su pelo desordenado y su sonrisa luminosa, o porque nadie ha sabido llevar una cazadora de cuero como ella. Recuerdo que una vez mi madre creó una línea de guantes, sombreros cloche y casquetes inspirada en su musa, hechos con seda de paracaídas y algodón Grenfell, algunos con plumas, pedrería, de día, de noche y para ceremonias. Conservaba una fotografía en su taller de costura donde aparecía con aspecto bravucón y chic con sus calzones, sus botas de cuero negro y una gorra de aviador que lucía como nadie. Solía decirme que el sombrero era la seña de identidad de los hombres y las mujeres en aquella época, y que nunca salían a la calle sin guantes. Me apasionaba escuchar sus historias con el sonido de fondo de la máquina de coser, mientras jugaba con los maniquíes, los sombreros recién salidos de las agujas y los retazos de tela que sobraban.

—Mi vida, ¿sabías que Amelia Earhart fue una de las primeras celebridades en contar con su propia firma de ropa?, un estilo masculino y femenino al mismo tiempo.

—¡Como tú, mamá! —le contesté, con mi voz cantarina de niña.

Sonrió, mirándome con ternura y acariciándome la nariz con la yema de los dedos.

—Sí, Amelia. Sus modelos tenían un claro guiño a la aviación y estaban inspirados en las hélices de los aviones. Ropa práctica y asequible, sin perder un ápice de elegancia y de feminidad. ¿Mira lo ves?, ¡era una diseñadora de altura!

Me mostró un libro con tapas de nácar donde guardaba una colección de recortes con mujeres exitosas en cine, derecho, publicidad e ingeniería mecánica, entre las que se encontraba la audaz aviadora con su línea Amelia Earhart Fashions.

—¿Podemos ir a enseñarle tu colección de sombreros y guantes?, seguro que le encanta —sugerí entusiasmada.

—Lamentablemente desapareció en mil novecientos treinta y siete, cuando intentaba la última de sus hazañas —contestó, acariciando una de las fotografías con tristeza.

—¿Ese no es el mismo año en que tú naciste, mamá?

—Así es, mi vida. A mí también me hubiera encantado conocer en persona a esa aventurera estilosa.

—¿Y tuvo niñas como yo?

—No. Pero te diré algo, tenía muy claras sus ideas. Consideraba el matrimonio una prisión y conservó su apellido de soltera, además, le entregó una carta a George Palmer, un afamado editor y explorador con el que se casó después de rechazarle cinco veces, exigiéndole la ruptura del matrimonio si en un año no resultaba satisfactoria la unión. ¡Los tenía muy bien puestos! —se carcajeaba entre hilvanes, patrones y agujas. Mi madre solía llevar siempre alguna aguja o alfiler prendido en su vestido de estar por casa. Terminaba sellando las conversaciones con uno de sus refranes. Ya sabes… el que se casa, por todo pasa.

Se sentía identificada con ella y su falta de convencionalismo. Ambas eran mujeres pioneras y con espíritu aventurero. Solo había un par de pequeñas diferencias: la intrépida norteamericana había nacido en una cuna aristocrática y ella era hija de unos campesinos. Para mi madre la moda era su vida, mientras que el plan de la magnética aviadora nunca fue estar entre costuras, sino usar el dinero para financiar sus expediciones. Detrás del retrato de «la mujer pájaro» una de sus frases míticas se leía caligrafiada con la letra apretada, negándose el espacio y tan característica de mamá. Hoy quiero escribirla en esta primera página de mi diario, para que mi valentía nunca tenga tiempo de asustarse.

«Todo el mundo tiene océanos para volar, si tiene el corazón para hacerlo. ¿Es imprudente? Tal vez. Pero ¿qué saben los sueños de límites?»

Reconocería de un solo vistazo la caligrafía de mis padres. Eran tan diferentes como sus propias personalidades. Las letras claras y redondas de mamá se diferenciaban de las minúsculas y alargadas de papá. Eso sí, ambos rechazarían las bondades de Internet y la idea de comunicarse a través de un correo electrónico, ¿todas las letras iguales?, ¿cómo identificar de quién son las cartas? Papá decía que las inconmovibles letras negras e idénticas escritas a máquina, aplastaban la personalidad del remitente, y aniquilaban la sensación de cercanía que se percibe al leer una carta escrita a mano. Ellos preferían aferrarse a la escritura y al suave olor del papel, que no a un correo electrónico frío e impersonal, que nunca podría ser emborronado por una lágrima emocionada. Y es que igual que las huellas dactilares, no hay nada más personal que la caligrafía. Siempre los consideré fetichistas de la letra, atrincherados tras un lápiz y una cuartilla, y con la sensibilidad suficiente para desnudar los sentimientos a través de las manos. No podía creer cuando papá aseguraba que podía percibir el ímpetu de las palabras por la prisa que se daban al llegar al punto, o por el contrario cuando algo las retenía. La llegada del cartero Sanzio, que aparecía con los párpados apagados cada mañana sobre su bicicleta de reparto amarilla, les hacía saltar el pecho de la alegría, dándole la bienvenida sin importar si eran buenas o malas nuevas. Vestido con un uniforme azul de botones dorados, una gorra, la pesada mochila bandolera marrón sobre el hombro y unos zapatos negros, maltratados por el tiempo y el asfalto, él traía voces que resonaban en tinta. Recuerdo la vinculación tan fuerte que tenía con los vecinos. No podía terminar nunca el reparto a las dos de la tarde de tanto hacer relaciones públicas con la gente. Por su trabajo, mi madre recibía muchas cartas del extranjero, y papá coleccionaba los sellos.

Como dice una zarzuela: hoy la ciencia adelanta que es una barbaridad. Sin embargo, tal vez deberíamos plantearnos rescatar la tradicional escritura manual, que nos acerca como seres humanos y nos ofrece sus efectos positivos para la salud física y mental, tal como lo hacían las tradiciones milenarias como la caligrafía china, o la amanuense de los monjes medievales.

—Amelia, gracias por confiarme tu diario. Me gustaría llevármelo y dedicarle el tiempo que se merece —dijo el «bata blanca», tras detenerse al final de la primera página, y dándose cuenta que concluir la lectura le llevaría varios días.

—Claro —contesté, soltando un resignado suspiro.

La decisión ya estaba tomada. Lo haría como fuera, con o sin su ayuda. Mi plan de escape estaba en marcha. Debía recuperar todo lo que alguna vez me arrebataron. Algo se había desatado en mí. Cada día que pasaba era una maldita tortura que ya no podía soportar. Reencontrarme con Rafaela, sentir la suave brisa, respirar un aire que no perteneciera a este lugar, ver la luna y las estrellas desde una nueva perspectiva, eran ahora mi prioridad. Solo quería ser libre. Dejar de luchar contra el mundo para empezar a fluir con él.

Restaurar la relación con mi hija llenaba todos mis pensamientos, ¿me aceptaría después de tanto tiempo?, ¿cómo empezar a explicarle mi ausencia?, ¿tendría yo fuerzas para enfrentar los reproches y la frialdad, si fuera el caso? Tendríamos que reconstruir el vínculo, reconocernos mutuamente. Buscar de algún modo acomodar lo que estaba fuera de lugar en nuestras vidas, y llenar un vacío tan necesario para ambas. Deseaba que mi hija tuviera los bolsillos llenos de perdón. Me dolía el solo hecho de imaginar qué profundo habría sido su dolor, y me preguntaba qué podría hacer yo para contribuir a su sanción. ¿Descubriría en mí algunos de sus rasgos o gestos?, ¿o por el contrario me percibiría como una extraña?

Yo jugaba con cierta ventaja porque nunca perdí su rastro. Mi memoria de adulta tenía grabados todos los momentos vividos juntas, y más tarde encontré el modo de saber de ella, pero ¿y Rafaela?, ¿quedarían grabados en su mente infantil mis besos, mis abrazos y el inmenso amor que le di?, ¿o tal vez su corazón habría generado un sentimiento de culpa, pensando que fue ella quien hizo algo malo para que no la quisieran? Era tiempo para ella de obtener respuestas, cerrar heridas y reencontrarse con su propia identidad e historia.

Un torbellino emocional me apretaba con fuerza, visualizándome frente a ella, mientras me demandaba explicaciones que la llevaran a entender qué me hizo tomar la decisión de desaparecer de su vida.

No quise contarle al «bata blanca» que un enfermero siempre intentaba acostarse conmigo y que yo fingía un ataque de ira para espantarlo. Entre las muchas ideas que se me ocurrieron pensé en seducirle para ganarme su confianza, y que me abriera la puerta de la habitación que siempre cerraban a media noche. Solía entrar para inyectarme un calmante algunas veces. Una vez que lo tuviera debajo de mi cuerpo, tomaría la jeringa y lo pondría a dormir como ellos hacían conmigo. Ellos me lastimaban por diversión, yo lo haría por pura supervivencia. Solo tenía dos semanas para urdir el plan y llevarlo a cabo. Iban a trasladar a todos los pacientes de los antiguos pabellones al edificio contiguo del nuevo hospital. Yo pertenecía a una de esas plantas con treinta y dos camas. En total treinta y dos almas que compartíamos un televisor donde el mundo explotaba y decía lo mal que estaba todo afuera, y que era mejor estar aquí dentro, ¿dónde íbamos a estar más seguros? Pues al parecer habían encontrado un lugar mucho más seguro todavía para nosotros. Corrían rumores por los pasillos acerca del día en que ese movimiento iba a producirse. Además, días atrás, accidentalmente fui a parar a una sala donde el Padre Impío proyectaba un vídeo acerca del nuevo proyecto, y donde los filántropos se retorcían de satisfacción y orgullo en sus sillones de piel, mientras se relamían escuchando cómo el religioso bendecía y limpiaba sus almas con los restos de su caridad. Allí nunca pasaba nada interesante, así que no quise desaprovechar la oportunidad para cotillear un poco. Me escondí instintivamente tras el pilar donde colgaban los abrigos y observé. Era un edificio de máxima seguridad rodeado de unas vallas de hierro altísimas. Un arco enorme configuraba parte de la fachada, con retratos y nombres de los fundadores y adinerados miembros de la comunidad, que habían contribuido con sus generosas aportaciones a levantar aquel monumento a su soberbia. Una barrera de seguridad se abría unos pocos kilómetros después, controlada por un guardia en una garita. Desde allí se vislumbraba la silueta del hospital psiquiátrico a lo lejos, accesible a través de una carretera serpenteante. Le habían llamado con el original nombre de San Patricio II, ¡desde luego no se habían devanado los sesos pensando!, me dije para mis adentros. Un espacio cerrado, sobrio y con grandes ventanales enrejados.

El recién inaugurado centro hospitalario psiquiátrico de aleros oblicuos contaría con el doble de personal para cubrir las ausencias producidas por las fiestas, vacaciones o bajas de los trabajadores. Hablaban de revisar al detalle la vigilancia para garantizar la seguridad de los internos. Por ese motivo, ahora todos los pacientes llevaríamos un chip en la ropa que pitaría si intentábamos salir por una puerta o por el ascensor sin previa autorización. La tecnología punta estaba conectada con una alarma central que haría imposible cualquier fuga. El personal asistencial sería equipado con antipáticos de última generación para protegerlos de los riesgos a agresiones físicas provenientes de residentes hostiles.

—Con la ayuda de Dios y vuestra esplendidez, todos estos pobres infelices tendrán un hogar más seguro y confortable en breve —afirmaba el Padre Impío, frotándose las manos.

Menudos ilusos, no se daban cuenta de que mientras presumían de vivir en un mundo racional, ellos jamás podrían escapar de su manicomio ambulante.

En un arrebato de honestidad dejé caer la bomba.

—Voy a huir del centro.

Su reacción no podía ser más ocurrente y adecuada al contexto.

—¿Estás loca?, ¿quién te ha metido esa idea en la cabeza? —replicó en voz baja con su acento argentino, sorprendido y mirando a un lado y a otro, asegurándose de que nadie me había escuchado.

—Loca o no, es la decisión más coherente que he tomado en toda mi vida. Me despido para siempre de este aparcamiento del mundo exterior, donde los vehículos acaban muriendo en el desguace del olvido.

—Nunca lo conseguirás, Amelia. Las cámaras de seguridad te vigilan todo el día. ¿Cuántos guardias crees que hay en San Patricio?, ¿y qué me dices de las puertas con cerradura? La única manera de escapar de un manicomio es entrando en otro.

—No hay manicomio en el mundo, ni cuarto de aislamiento, ni cadenas que puedan detenerme. Dejo atrás órdenes y reprimendas. No quiero que el espejo me devuelva ni una vez más la irrefutable certeza de lo imposible. Abandono demasiados años de días idénticos, donde otros han decidido por mí qué comer, qué hacer, cómo vestir, cuándo dormir. Si hay algo maravilloso que tenemos los seres humanos, es la libertad y el derecho a decidir.

—No veo la razón del porqué tienes que hacer algo así ahora.

—Tal vez cuando termines de leer mi diario, encontraras más razones por las que no puedo quedarme.

—¿Te das cuenta de que me pones en una situación muy comprometida?

Asentí con la cabeza. Era consciente de ello, pero no quería marcharme sin despedirme.

—No seré tu cómplice. No quiero saber nada más.

—Entonces, ¿me delatarás?

Reflexionó unos instantes

—No lo haré. Pero estás sola en esto. —Se quitó las gafas para masajearse la nariz y me tocó levemente el hombro—. Buena suerte, Amelia.

—¿Suerte? No la necesito. Me dirige la inexorable mano del destino —contesté, con la paz interior que te da la certeza de estar en el camino correcto.

—Claro. Había olvidado que, en los albores de la vida, el ser humano ya tiene marcada la línea que recorrerá.

—La línea de unos es recta y clara. La de otros, como la mía, retorcida y abrupta. Y lo que llamamos casualidad, en realidad está previsto, definido de antemano.

—Entonces, ojalá que el destino te dé permiso para que todo salga como planeas.

Se despidió con una sonrisa triste y un adiós con la mano. Yo me despedí de mi diario, segura de que lo dejaba a buen recaudo.

Conocía el centro de San Patricio como la palma de mi mano. Había recorrido aquellos pasillos, salas y exteriores, millones de veces. No existía recoveco que no estuviese registrado en mi mapa mental. Sabía las costumbres y protocolos como si yo misma las hubiera creado. La mayoría de auxiliares, diplomados en enfermería y técnicos de curas entraban de seis y cuarenta y cinco a siete de la mañana. El resto de profesionales empezaban su jornada laboral a las ocho. Las monjas que vivían en el centro atendían a la primera misa puntualmente, inmediatamente después de que las campanas de la capilla alzaran su vuelo a las ocho y cuarto. Para nosotros «los que teníamos algún agujero en la azotea» las ocho y media era la hora que daba paso a las rutinas del día. La entrada estaba custodiada por dos guardias a quien llamaba Zipi y Zape, porque eran dos pícaros y desvergonzados hermanos gemelos que siempre acababan metidos en algún lío, y porque sus nombres marroquís eran impronunciables. Descarté los domingos porque estaban atestados de visitantes. Tenía claro que sería durante la noche. A la mañana siguiente cuando se dieran cuenta, ya estaría demasiado lejos. ¿A quién le iba a importar una chiflada menos? Seguramente buscarían a alguien joven que me remplazara para cubrir el expediente financiero, y se olvidarían de mí. A mi edad ya no era tan rentable.

Había metido un pequeño plano con algunas anotaciones en una novela que venía mareando desde hacía tiempo, justo en la página en la que el teléfono de la protagonista suena en un momento decisivo, para recibir la llamada que cambiaría su vida. El día «x» sería el miércoles después de la cena. Finalmente había descartado la escena de la seducción y había optado por el plan B. Necesitaba una buena coartada para salir de mi habitación antes de que echaran los cerrojos a las diez de la noche. Las monjas sor Jacinta y sor Manuela sacrificaban sus horas de sueño para acompañar a los enfermos en su etapa terminal todos los miércoles por la noche. Les daban consuelo y los guiaban en su tránsito a la Casa del Padre, como si ellas hubieran estado allí alguna vez. Se quedaban toda la madrugaba rezando y dándoles la comunión. Semanalmente uno de los internos podía solicitar ayudar en los cuidados espirituales como voluntario. Durante toda mi estancia en San Patricio nunca quise participar en esa actividad, aunque reconozco que lo hacían convencidas de su misión, no creo que eso les aliviara el dolor y el sufrimiento psicológico. Necesitaba una buena excusa y presentarme como voluntaria me pareció la mejor opción. Solo tenía que esperar que me aceptaran justo aquella semana. Rellené la solicitud y le dije a las hermanas que ahora que me hacía mayor sentía la llamada de la espiritualidad, y quería servir a la comunidad. Les pareció extraño, pero respondieron con un ¡alabado sea Dios! Solo tenía que presentar el documento de autorización y reunirme con ellas a las diez en la capilla, que se encontraba a pocos metros de nuestro edificio. Tenía quince minutos, antes de esa hora, para llegar al portón principal y saltar la valla durante el cambio de guardia, que hacían a las nueve y cuarenta y cinco. No podía fallar en el intento. Sabía que no tendría otra oportunidad.

Por fin llegó el gran día. Tenía la sensación de que estaba cayendo hacia arriba. En el comedor intenté disimular. Estaba hecha un manojo de nervios, una bola de acero me aprisionaba la garganta, y sentía un hormigueo instalado en las muñecas. Los labios me temblaban como la superficie del agua agitada.

—¿Por qué no comes hoy? —preguntó uno de los internos sentado frente a mí.

—No tengo mucho apetito.

—¿Puedo comerme tus patatas? —preguntó, tomándolas con las manos antes de que me pronunciara.

Dejé la mesa a la hora prevista. Al abrir la puerta del comedor, de repente apareció uno de los enfermeros de espaldas con una actitud desprevenida. Me miró, aunque no me vio.

—¿Dónde vas?

—Le enseñé la autorización, diciéndole que iba a ayudar a las hermanas aquella noche.

—¡Quédate ahí!

Me detuve en seco dejando mi humanidad bajo el umbral de la puerta, caminando en el mismo lugar, mientras él fumaba y comentaba con otro enfermero el partido de hockey de la noche anterior, como si junto a ellos no existiera otra persona a la que valiera la pena dirigir la palabra. Se llevó el dedo a la sien para indicar en el argot popular que no estaba cuerda, como si la mente fuera un reloj y este debiera ir a un ritmo apropiado, o como si me faltara un tornillo, comparando la mente con una máquina cualquiera.

Estaba acostumbrada a capear la represalia. La sala de contención o más medicamento, o las dos cosas juntas, podría ser mi inminente destino si me desbordaban las emociones, así que esperé unos interminables cinco minutos hasta que el enfermero me autorizó a ser lo que ellos querían que fuera. Había aprendido cuáles eran las reglas y las consecuencias que tienen para aquellos que las transgreden o siquiera intentan hacerlo. Una sonrisa enorme de Oscar cubrió mi rostro. Les gustaba que sonriera.

El frenético tictac del reloj aceleraba mi pulso por momentos. Aquel inesperado encuentro me retrasó unos minutos.

«Me tengo que ir pitando —me dije — ya son casi las nueve y media.»

Ya había cruzado la línea roja, y como si de dos estrechos raíles de un tren mágico se tratara, me deslicé por las barandillas de madera noble de la escalera que daba a la primera planta, evitando el ascensor. Con un esfuerzo acrobático y la respiración entrecortada pude llegar hasta la habitación cuadrada del Padre Impío, en la que se encontraba mi informe y las pocas pertenencias con las que llegué. Eso era todo lo que me llevaría en la mudanza a mi nueva vida. Eso y un corazón para reciclar. Aún quedaban dos puertas más antes de llegar al exterior. El corazón más bien en la garganta, en la boca un suave «Elsu, quédate conmigo». Luego ya solo pasos apresurados hacia delante, para unos el portón de salida, para mí la entrada al universo. Todo parecía salir según el plan. Me escondí en el patio hasta que el relevo de los guardias llegó. Aceleré mis pasos hasta que pude tocar el muro con las manos.

—¡Amelia, detente! —gritó una sor Jacinta histérica a pocos metros de mí.

Los guardias no tardaron en reducirme mientras la religiosa no paraba de persignarse y repetir «que Dios te perdone hija mía». El hábito negro la había camuflado en la lobreguez de la noche que cortaba como un cristal, y no me había dado cuenta que estaba siguiéndome. El mundo se me cayó encima. Estaba en estado de *shock*. Mi cuerpo seguía mis pies, pero yo no sabía dónde estaba. El desespero fue apoderándose de mi mente. Me devolvían al laberinto como un gato callejero que es capturado a la fuerza. Miré las estrellas cobijando la esperanza de que los hilos cósmicos se anticiparan al destino. Al barrer la mirada hacia abajo, me pareció adivinar como una sucia sombra movía la cortina desde el despacho del «bata blanca» en la segunda planta, observando como mi dignidad se resistía a volver, como lobo herido, que aúlla más por el orgullo perdido que por la sangre derramada.

Sor Jacinta, supongo tan decepcionada como yo, regresó a sus quehaceres después de informar al Padre Impío. Su reacción fue desmesurada. No pudo contener la cólera. Sus gritos salían del teléfono como si hubieran cobrado vida propia.

—No podemos permitirnos algo así en San Patricio. Es tarde. Llevadla a su habitación y mañana por la mañana decidiré qué hacer con ella, ¿quién está de guardia hoy? —preguntó severo.

—Debería estar el doctor Enrique esta noche, pero parece ser que justo ayer cambió su turno con el doctor Fred —informó la beata.

La pareja de enfermeros, que se habían convertido en mi azote, entró en escena con sus risas maliciosas y sus comentarios obscenos, para conducirme a mi celda.

—Has regresado muy pronto, Amelia. ¿No te has divertido en la fiesta? —se burlaban—, parece que eres una de esas mujeres inconformistas.

—Sí, es como la gata *Flora*. Si se la meten grita, si se la sacan llora

—dijo su vasallo, riéndole la gracia y levantando las manos como si arañara el aire.

—¡Basta ya! Dejadla tranquila ¿no os da vergüenza? —les reprendió una joven auxiliar de enfermería que también solía ser víctima de acoso.

—Para ti también tenemos, si quieres —contestó el líder, envalentonado.

—¡Menudos imbéciles! —les insultó con desprecio, y desapareció con el sonido de sus zuecos de goma para seguir patrullando los pasillos.

Por el camino, los segundos se derramaban lentos como el polen de un árbol. No sabía qué iban a hacer conmigo. El cerrojo sonó como una sentencia a muerte. Una mariposa nocturna que parecía hecha de cristal dormía entre las dunas de la cama. Sus alas translúcidas eran impactantes, literalmente se podía ver a través de ella, ¿cómo habría llegado hasta allí? De repente apareció una más, y otra, y otra más. La habitación estaba saturada con ejemplares de mariposas vivas de infinitos colores. El cuarto se había transmutado en un invernadero que olía a plantas, a flores y a lodo. Cerré los ojos para oír el aleteo de la nube de alas que me rodeaba. No necesitaba verlas. Permanecí inmóvil como un espantapájaros. Estaban en todo mi cuerpo, las sentía posadas en mi pelo, en los hombros, en el pecho, en las manos. El espectáculo que ocurría frente a mí capturó mi atención al punto de hacerme olvidar lo que había ocurrido.

Sucedía que, a veces, la vida me parecía una fiesta a la que nadie se había molestado en invitarme. Elsu me enseñó a no conformarme con los sucedáneos, y por eso es que me soñaba cosmonauta y cruzaba años luz para huir hasta sus nubes y llegar a su galaxia. ¿Sería este otro de esos viajes espaciales? Muchos piensan que es necesario separar la realidad de la fantasía, pero eso es del todo imposible, porque la fantasía no es más que una realidad esperando ser activada. Nunca fue como dicen una forma de evadirse de la realidad, sino un modo más agradable de acercarse a ella. Tal vez por eso a los locos les repugna la realidad.

Me estremecí cuando escuché pisadas aproximándose. De nuevo el sonido del cerrojo provocó que un escalofrío recorriera mi cuerpo. Su presencia me alegró, tal vez más de lo que admití. No supe si él estaba más arrepentido o encantado, pero allí estaba.

—El destino ha repartido sus cartas, Amelia. Parece que esta mano tiene un as para ti —dijo, entregándome una llave en forma de tarjeta magnética, como la que usaban todos los trabajadores y profesionales de San Patricio.

—He descubierto quiénes son los dos hombres que aparecían en el libro de visitas.

—¿A quiénes te refieres?

—Ahora no hay tiempo de explicaciones. Márchate enseguida. Nuestro mundo no puede esperar. Encuentra a tu hija.

—Pero…

—Rápido, Amelia. Te encontraré.

Le di las gracias y nos despedimos con un medio abrazo.

Sucede también que sin saber cómo ni cuándo, algo te eriza la piel y te rescata del naufragio de un futuro aplazado. Nunca estamos solos, siempre habrá alguien que nos dará aliento cuando nos demos por vencidos.

No me costó salir del edificio. Con grandes zancadas y con la adrenalina todavía a flor de piel, abandoné aquella pesadilla. Los talones me quemaban. Parecía una corredora olímpica cuya única meta era ver desaparecer la esbelta silueta de San Patricio a mis espaldas. La oscuridad de la noche cubría los charcos que habían quedado tras el chaparrón del día anterior. Los iba descubriendo a medida que el agua salpicaba mis piernas temblorosas, y mis pies se hundían en una alfombra de barro y hojas podridas. La profundidad de uno de ellos me hizo tropezar y caí de bruces. El barro me rellenó las narices y también las orejas. Aplastada contra el suelo sentía el fango filtrándose en mi ropa ya empapada.

«El barro no duele. Sigue corriendo, Amelia», me animaba a mí misma, dejando atrás una de las zapatillas aladas, como la Cenicienta de una versión aterradora. Sentí la fuerza de un par de enormes alas grises elevándome en volandas, y su batir desapareciendo después.

Eché la vista atrás. Allí quedaba ese centro colmado de viejas historias, algunas llenas de sufrimiento, de vida y de muerte, de logros y de fracasos. Echaría de menos, sin duda, a algunas personas con las que llegué a establecer una verdadera conexión, y desde luego la imagen que conservaría de todos ellos no sería la de alguien con apariencia anormal, pelo encrespado, cara descompuesta y ojos extraviados. El concepto de un lugar completamente acolchado con objetos volando de una parte a otra de la sala, personas babeando o gateando con movimientos corporales rítmicos, que aparecen en las películas, tienen una parte de verdad, pero también mucho de fantasía. No todo es agresividad y delirio. Puedo constatar que hay mucho amor camuflado e inteligencia encriptada, esperando la magia del genio que los libere de la botella del diagnóstico. Tal vez una de las preguntas que deberíamos hacernos como seres humanos y ciudadanos de este planeta Tierra sería: ¿qué hay que abrir para cerrar los manicomios? Con un grito humilde y valiente, les deseé, bien alto y a pleno pulmón, un futuro mejor a aquellos que se quedaban allí.

Paso algún tiempo. No sabría decir cuánto. La luna, unas horas más vieja, recibía los impacientes rayos de sol. Como una sonámbula que llevaba un vestido desfasado color ocre con lunares blancos, contemplaba los altos edificios, mientras mordisqueaba un trozo de pan negro que había conseguido a toda prisa de las sobras de la cena. Me subí en el primer tranvía que vi, sin ninguna dirección, por el simple placer de ver como los edificios grises quedaban atrás, y enseguida solo árboles y campos arados para la siembra se abrían paso bajo un cielo azul lleno de nubes despedazadas. La ciudad de Granada, cada vez más lejana y apretada en el horizonte, despertaba en mí las ganas de saltar del tranvía en marcha, pero esperé hasta que los chirriantes frenos y los pocos pasajeros señalaron el fin del trayecto. Me bajé en la última estación, frente a un lago donde las parejas enamoradas navegaban su amor en unas barcas de remo, envidiadas por los pescadores que parecían más interesados en pescar un poco de esa rara y cotizada sensación que de conseguir un pez. Un mendigo tocaba una triste sonata al violín a la sombra de un olivo casi verdeando, y cuya única audiencia eran dos perros mestizos, enloquecidos por las feromonas de una hembra en celo. Su abundante barba despeinada, sus calcetines agujereados, y el aspecto desaliñado, me recordó a Camilo, uno de los internos de gafas gruesas que solía bromear simulando que tocaba música clásica, utilizando la postura «barroca», y una larga y dura barra de pan, fingiendo que era el arco del violín. Decían que había perdido el juicio, pero en realidad era solo miope. Dos ancianas escupían cáscaras de pipas de girasol, mientras la mañana alumbraba su aburrimiento.

Me senté en un banco vacío, con una pierna sobre la otra, como un pasajero rezagado en el fin del mundo. Una gruesa mujer con enormes pestañas postizas y una cicatriz en la frente arrojó unas cuantas monedas al platillo del músico. Luego me miró con lástima desde sus enormes ojos como grandes conchas de mar, repitiendo el mismo gesto, esta vez dejando las monedas sobre la falda de mi vestido, y continuó paseando su caniche enano color champán, como si aquello nunca hubiera sucedido. Hasta ese momento no había tomado consciencia de mis pintas. No me extraña que me hubiese tomado por una indigente. Parecía haber salido de uno de esos espectáculos de lucha libre en barro, cosa que me importaba bien poco desde que me había subido a aquel transbordador de la felicidad. Con la misma evolución de la metamorfosis, había pasado por la etapa de huevo, oruga, capullo y por fin volaba como la mariposa de cristal.

Me puse a pensar en las consecuencias nefastas que tendría para el «bata blanca» el haberme entregado su llave magnética para que pudiera escapar. Su código había quedado grabado en el sistema y eso lo incriminaría. El Padre Impío no iba a pasar por alto semejante sacrilegio. Todo el peso de su ira recaería sobre él. Perdería su trabajo y quién sabe si también su reputación. Aquellos pensamientos desdibujaban mi sonrisa. Jugueteé con la llave, sacándola de mi bolsillo. Con el estrés de la fuga no me había dado cuenta del nombre que aparecía en ella. No era el del doctor Fred, sino el del enfermero hostigador. Aquello había sido un *touché* en toda regla. Había subestimado al argentino, que había hecho bien sus deberes y tomado buena nota de lo que se amasaba en el centro psiquiátrico, planeando una justa y perfecta emboscada.

A pesar de no haber dormido nada, nunca estuve más despierta, más alerta, más consciente, porque la vida es pura experiencia. Me sentía como un ave que siempre regresa al lugar donde nacen los sueños. La vida seguía siendo el mejor de los regalos, y aun en los momentos más oscuros, podemos encontrar una estrella que nos haga compañía.

Capítulo 17

Un nuevo comienzo

S i has vivido lo suficiente, ya habrás aprendido que en la crisis más desesperada, cuando todo parece amargo, un delicioso descanso podría acechar a la vuelta de la esquina.

A la inversa cuando las cosas parecen estar bajo control, es momento de anticipar problemas.

Allí estaba. Sentado en la escalera esperando mi llegada. Su sonrisa nunca fallaba en acelerarme el pulso.

—¿Qué haces aquí? —pregunté, después del triple salto mortal de mi corazón.

—He venido a buscar mi chaqueta de pana marrón, a menos que quieras quedártela.

—¿Yo?, ¿para qué iba a querer quedarme la chaqueta de un cretino inmaduro, si no es para limpiarme el culo con ella? —dije, enfadada como una niña pequeña, aunque fuera una obviedad.

—¿Qué quieres que te diga? Soy un hombre que lucha contra lo que siente y lo que necesita. Estoy en medio de lo que soy y de quien tu quisieras que fuera. Sé que muchas veces no soy coherente. Creo que me estoy volviendo loco.

—¡Menuda gilipollez! No quiero empezar otra vez con la misma cantinela. Me marcho mañana.

—¿Adónde irás?

—Camino de la buena suerte —contesté con ironía.

—No sé qué hacer con los recuerdos de nuestra historia —confesó cabizbajo.

—Ponlos en el baúl de los fracasos, junto a tus zapatos de payaso —dije tajante.

El rellano estaba en semipenumbra, pero la luz de nuestras miradas aún tenía la suficiente electricidad como para iluminar toda la manzana. Las chispas saltaban como las de una bengala en plena explosión.

—¿Puedo entrar?

Suspiré como si diera por perdida la batalla. Yo misma me sorprendí abriendo la puerta y sintiendo su mirada en mi espalda, escaneando cada milímetro de mi cuerpo. Jared miraba mis pocos bártulos amontonados en la entrada. La chaqueta seguía en el mismo lugar donde la había dejado meses atrás, como si el tiempo no hubiese pasado. No pude evitar una sonrisa discreta al leer el mensaje de su camiseta blanca con mangas rojas que decía «sin ti las emociones de hoy no serían más que la piel muerta de las de ayer».

—La compré pensando en ti —me contó, poniéndose la mano sobre el pecho.

—Claro, ¿y eso fue antes o después de liármela parda para que dejara el trabajo que tanto me gustaba? Sinceramente no entiendo nada.

—La vida no está hecha para comprenderla, sino para vivirla. Trabajabas demasiado y ese buitre como tú le llamabas te estaba explotando.

—Yo nunca he dicho tal cosa, ¿sabes cuánto me ha costado llegar hasta aquí?

—Menos currículum y más *vitae*, Rafaela. La vida son tres días.

—Sí, tres días en los que hay que pagar las facturas y comer, por si en tu mundo filosófico aún no te has enterado. Además, se trataba de mi desarrollo profesional y personal. Era una oportunidad única que ahora se ha ido al garete gracias a tus inseguridades y tu obsesión por controlar todo lo que hago.

Jared me envolvió por detrás. Su olor me inmovilizó. Me retorció la melena a la altura de la nuca y rozó sus labios con el lóbulo de mi oreja. Noté como mi temperatura subía unas décimas. Era una de esas escenas románticas de película de Hollywood que te hacen sentir que tienes la mejor pareja del mundo.

Me sentí como si tras una cadena de puntos suspensivos muy largos, la historia de amor imposible se reescribiera de nuevo con un capítulo fresco y prometedor.

Me giré y levanté la cabeza hasta encontrarme con su mirada. Se estrelló en mis labios y yo caí en la emboscada. Respiré profundamente para infundirme valor a mí misma y rechazarle. No pude evitar la tentación, era demasiado fuerte. A juzgar por lo jodida que estaba solo quedaba pensar que era una suicida del amor en potencia. Mi cuerpo, mi mente y mi alma no tenían conexión. En resumen, estaba cometiendo todos los errores que criticaba a otros.

Mientras nos devorábamos a besos, mi angelito salvador me gritaba al odio desde el hombro: «Rafaela la gente no cambia solo descansa. ¿Qué estás haciendo?, ¿acaso no decías que querías un elemento estable en tu vida?, te lo advierto esto va a mover los cimientos de tu estabilidad de nuevo». Pero ya era solo un perro atado a la correa de la pasión. Por más que el angelito bueno tratara de persuadirme, yo elegí sucumbir a los susurros del diablillo rojo, sumergiéndome en el lado oscuro. El hermanito malo trabajaba duro sembrando la contradicción. El canalla me pinchaba el corazón con su tridente afilado diciéndome: «¿qué mal te va hacer un revolcón? Tómatelo como una despedida con un buen sabor de boca. Es solo sexo mujer».

«Por supuesto —me decía a mí misma—, solo sexo. No dejes que esta cabeza llena de oxitócina confunda un orgasmo con amor. Alguien que te hace la vida imposible no puede quererte, eso es de manual, de libro y de biblioteca.»

Nunca olvidaré mi primer paciente oficial después de graduarme. Se llamaba América, como el continente. Tenía un aspecto angelical y una mirada intensa del color de la mariposa tigre. Llegó envuelta en un abrigo negro acampanado que solo dejaba ver sus largas piernas dentro de unas medias negras, con una delicada línea bordada en la parte trasera. Se notaba que no sabía por dónde empezar.

—Me alegro que mi psicoterapeuta sea una mujer. Un hombre nunca podría entenderme —se arrancó finalmente—. Tenemos sexo del bueno, ¿sabes?, pero no sé si me quiere, y yo es lo que más deseo. Eso me hace sufrir mucho. Al principio de la relación me dejaba llevar, sin pensar demasiado, pero al cabo de un año empezaba a hacerme la pregunta: ¿esto es amor o solo sexo?

—¿Ha sido claro contigo con respecto a sus sentimientos? —le pregunté.

—Dice que me quiere, pero no para de mandarme whatsapps para que nos acostemos constantemente. Me siento su *hotline bling*, su llamada de la selva. Es cierto que quiere verme todo el rato, pero nunca para hacer ningún plan fuera de la cama.

—¿Y qué esperas de él?

—Bueno, lo normal, ¿no? Ir a un concierto, al cine, un fin de semana improvisado. Nunca muestra interés por conocerme en contextos fuera del dormitorio. Dice que siempre estoy en sus pensamientos.

—¿Te refieres a los pensamientos que tienen que ver con sus sábanas?

—Si eres tan buena psicóloga como traductora, seguro que llegarás lejos.

—Entiendo.

—Se le llena la boca de decirme lo buena que estoy. En medio de la maratón de posturas sexuales: tienes un cuerpo que es un desacato a la autoridad, menudo trasero… Espero que no te moleste que reproduzca los detalles.

—No. Siéntete libre

—¿Crees que siente admiración por mí?

—Está hablando de tu cuerpo y lo mucho que te desea, no de ti. Los tipos inteligentes saben que si te hacen sentir bien, tu ego sube como la espuma. ¿Te parece que eso pueda ser una bandera roja?

—Pues pensándolo bien nunca habla de los rasgos de mi personalidad, solo de mi aspecto físico. La pasada semana me dieron un premio por uno de los cuadros que presenté en la exposición contemporánea y ni siquiera me felicitó por ello. Eso sí, me dijo que estaba guapísima maquillada en la foto del catálogo.

—¿Cómo se comporta contigo en la intimidad?

—Bueno… los besos durante el sexo son geniales.

—¿Y fuera de él?

Enmudeció por unos segundos como si la respuesta se resistiera a salir.

—En realidad, solo lo hace cuando la cosa se pone excitante y sabe que vamos a desembocar en la cama, sin más.

—Entonces, ¿no te besa en medio de la calle o en público, sabiendo que no llevará al sexo?

—Me llena de orgasmos y me hace ver las estrellas, sin embargo, no soy feliz fuera de la cama. Nunca me habla de sentimientos o de su vida personal.

América empezó a comprender que hay cuerpos que conectan sexualmente como dos imanes, pero son las cosas que suceden fuera del dormitorio lo que hace que una relación fracase o prospere. El amor se viste de placer, pero no únicamente el de la satisfacción sexual. Quien de verdad te ama, quiere verte feliz en todas partes. Un hombre con sentimientos sinceros estaría encantado de dormir contigo en posición cucharita después de mantener relaciones íntimas y no te dejaría dormir sola porque tiene cosas «muy importantes» que hacer. Es imprescindible también que en toda experimentación sexual, fuera del compromiso emocional, por más osada y fugaz que esta sea, haya una entrega, una autenticidad, una ternura que se expande.

Jared provenía de un hogar judío, de abuelos sobrevivientes del holocausto, padres que iban todos los viernes a la sinagoga y novios circuncisos. Aunque la idea de mezclar sexo con religión nunca me ha sonado atractiva, reconozco que su manera de entender el sexo me ponía como una moto. Mientras la moral católica castigaría nuestra lujuria, descubrí que su doctrina guardaba los mejores secretos de la sexualidad desde hace miles de años. La forma en que según él debíamos consumir el amor provocaba en mí un morbo exacerbado. El mismo diablo que me incitaba a dejarme llevar, se metía después en mi cuerpo dominando mi impulso sexual. Él era sabedor del placer que me producía y el atajo más corto para que alcanzara el clímax. El judaísmo establece que el hombre debe proveer sustento, cubrir las necesidades y dar satisfacción sexual a la esposa. Como mujer liberada, la única parte que me interesaba era la última. El resto era cosa mía.

Recuerdo que tras nuestro primer encuentro íntimo, el filósofo chiflado me dijo que era de justicia que tuviéramos un par de citas más. Yo no entendí muy bien en qué consistía mi deuda con él, así que me contó la vieja historia de Tiresias, hijo de la ninfa Caricio, considerado el adivino más importante y poderoso por los antiguos griegos. El mito cuenta que Zeus le otorgó la videncia después de que su mujer, Hera, lo dejase ciego. Así se arreglaban las cosas entonces.

Yo le pregunté: «¿qué llevó a Hera a castigarlo de tal forma?». La respuesta fue otra pregunta: «¿quién disfruta más en el sexo, los hombres o las mujeres?». El dios argumentaba que la mujer disfrutaba más del sexo que el hombre, por lo cual esta tenía que compensarlo con más encuentros. Hera no estaba de acuerdo con Zeus. Esa fue la discusión que mantenían ambos y que Tiresias tenía que dirimir, pues él era el único que había sido hombre y mujer en la misma vida. Su respuesta, que apuntaba de forma firme al género femenino, no gustó nada a la mujer de Zeus, que lo cegó. Así, Zeus le otorgó el don de la clarividencia y formó al adivino más poderoso de la mitología.

En efecto, Tiresias había sido hombre y mujer. Según cuenta el mito, se convirtió en mujer después de matar a una serpiente hembra en pleno coito. Años después, en un suceso idéntico, mató al macho, lo que lo devolvió a su condición de hombre. Debido a su androginia, vivió como mediador entre hombres y mujeres. Tiresias leía el futuro en el vuelo de los pájaros. Como era ciego, un lazarillo se lo describía. Hay algo de patético y mucho de sabiduría en ello: solo cuando pierde su vista, puede ver el futuro. Se cuenta que Tiresias siempre se quejó de su larga vida y que murió tras abandonar la ciudad de Tebas, después de beber el agua fría de la fuente Telfusa.

En menos de veinticuatro horas salía mi avión. Aquel iba a ser nuestro último encuentro, así que pensé en ponerme el mundo por montera, dejarme de sentimentalismos y darlo todo. ¿Por qué no podía ser yo como el novio de América? Entramos en la habitación torpemente, tropezamos con la puerta, tiramos el galán de noche y, rebotando en el armario, caímos en la cama pegados como ventosas. Me despojó muy lentamente del vestido de encaje sin hombros. Solía decirme que el cuello y las clavículas eran mi parte más sexi. Me rompió las medias sin miramientos. Mis tobillos se cerraron alrededor de su cintura, mientras él deslizaba la rodilla entre mis piernas abiertas. Su mirada intensa nublaba mis sentidos. El clima era muy prometedor.

Durante la relación sexual no estaba permitido usar ropa. La acción principal tenía que estar enfocada en dar y recibir, y no podía haber nada que se interpusiera. Jared disfrutaba como yo del calentamiento y los momentos previos, aunque él tenía muy interiorizado el manual de instrucciones del sexo ortodoxo, que decía que eso nunca debía convertirse en lo más importante. El camino no es la meta.

—Lo voy a hacer muy despacio esta vez. Quiero que sientas lo especial que eres para mí sin necesidad de tener que decírtelo —susurró, convertido ya en un experto explorador que recorría mi cuerpo en llamas.

Mi corazón bombeó con su promesa. Ni contesté. No fuera que en el último momento me diera un ataque de sensiblería. Por nada del mundo deseaba enredarme en sentimientos ni leches. Todo lo que quería era darle una alegría al cuerpo, que estaba a punto de dar carpetazo a un capítulo de mi vida. Cerré los ojos para no recordar su cara de excitación al día siguiente, pero eso no impidió que imaginase su sonrisa seductora. Me mordí con fuerza el labio inferior, notando aquella sensación que agarraba mis uñas a su espalda, y entregamos nuestros cuerpos necesitados sin concesiones.

En cuanto a la eyaculación hay una cosa que no pueden hacer los judíos: perder el esperma. El hombre debe dirigir el semen al útero, incluso si no hay oportunidad de que la mujer quede embarazada. El judaísmo consagra la legitimidad de la vida sexual en la pareja. Quien no tiene descendencia, comete un pecado similar a delitos considerados importantes. En este punto, aunque me costó convencerlo, siempre pusimos precauciones. Bueno... siempre, siempre no. Aquel encuentro imprevisto me pilló completamente fuera de juego. Después de nuestra ruptura dejé de tomar las pastillas anticonceptivas para dar descanso a mi cuerpo, y claro está, en lo último que pensé fue en comprar una caja de preservativos por si se le ocurría venir a buscar su chaqueta de pana marrón, pocas horas antes de mi partida.

De nuevo se inició la batalla dialéctica entre el angelito que me imploraba: «Rafaela, no lo hagas. Es peligroso. No sin protección». Por su parte el diablillo tiraba de la cuerda hacia el otro lado: «¿qué puede pasar por una vez? No mates este momento único, disfruta».

Dejé que ocurriera. Escalamos el placer con calma. Los dos perdimos la cabeza, llenos de ganas. Luego se recostó en mi pecho exhausto, y yo me anidé a él con fuerza. Dormitamos como dos boas que se han tragado un alce sin masticar.

No tenía ni idea de cuánto tiempo estuvimos hablando después desnudos, reconociéndonos a través del mapa de nuestra piel. Estábamos de buen humor. Parecía que se me hubiera olvidado por completo la cantidad de veces que Jared había actuado violentamente conmigo y me había humillado, para luego reconquistarme de nuevo con esa voz melosa y persuasiva que me ponía la piel de gallina para volver a empezar. Yo solía decirle que tenía un piquito de oro, y que habría tenido mucho éxito como locutor de radio. Era el mejor convenciéndote y llevándote a su terreno.

La luz entró por la habitación gris y perezosa como el día. Abrí un ojo y miré la hora en el teléfono móvil.

—Joder, joder, joder, ¡he perdido el avión! —exclamé, abandonando la cama de un brinco, como un saltamontes despavorido.

Jared me miraba desorientado entre unas sábanas tan desordenadas como mi latir.

—¿Estás segura de que quieres irte?, ¿acaso esto no ha significado nada para ti?

Dormir con él de nuevo había sido muy especial. Sentir la fuerza con que me agarraban sus brazos me hacía cada vez más débil. Aun así, mi boca iba por libre y se desmarcó del corazón.

—Lo nuestro no tiene futuro —contesté, abotonándome una camisa a toda prisa.

—No voy a volver a dejarte jamás, Rafaela. No puedo vivir sin ti. Solo te pido que lo intentemos una vez más. No te acusaré de nada si no funciona. A partir de ahora lo difícil será divertido y lo fácil felicidad. Nunca te arrepentirás de no haberlo intentado lo suficiente. Podremos decirles a nuestros hijos que no nos rendimos al primer obstáculo.

La primera parte era superideal, pero la segunda me rechinó como una tiza nueva en la pizarra, ¿hijos? Eso era en lo último en que pensaba. Desde luego que tomar una decisión de ese calibre pensando en alguien que no existía me parecía una barbarie. Me sentí poderosa, entendiendo que era la única pila capaz de dar vida a ese juguete. Acaricié su pelo desordenado, sensual y sacrificada. Ya no había hechicero ni antídoto que sacara lo que Jared había logrado introducir en mí por medio de sus besos. Todo el trabajo de desintoxicación que había realizado las semanas anteriores había terminado conmigo, cayendo de nuevo en la adicción emocional. ¿Por qué somos adictos a las personas que nos hacen daño?

Mi bienestar y mi dignidad habían dado un paso atrás, cerrado filas en torno a la ingenua esperanza de que tenía las cosas bajo control y todo iba a ser diferente desde ahora. Lo cierto es que la manera más certera de estar errados es pensar que tenemos el control de algo. Ahora sé que, si la ingenuidad fuera una hipoteca, tendría que pagar plazos hasta el fin de mis días y probablemente también mis descendientes. A su lado yo creí haberme encaramado al arcoíris, pero claro, ¿qué puede pasar cuando pones el pie en él?, que resbales y te caigas en la nada como me ocurrió a mí.

Esther estaba como loca cuando le dije que me quedaba en Jerusalén.

—Entonces… ¿estáis juntos otra vez? —asumió, entusiasmada.

—Sí, supongo que sí.

—Ay, ¡qué emoción, Rafaela! Es como la canción que tanto me gusta «Volver a empezar». ¿Cómo se llama ese cantante español?

—¿Te refieres a ese disco que te regalé por Navidad?

—Sí, ese chico tan guapo.

—Pablo Alborán.

—Hay que aprender a conformarse con lo que la vida nos da —dijo, tarareando la canción con un acento un poco raro.

Aquellas palabras produjeron un movimiento cósmico en mi interior. ¿Conformarme con lo que la vida me da? Me vi reflejada en Esther, y eso me asustó. Belly no me había educado bajo esos parámetros, ni yo era una mujer que se conformara con menos de lo que me merecía. En mi bandera estaba escrito que yo era quien tenía que mantener mi vida viva, y no habría pirata que la hondeara de cabeza.

—No he decidido quedarme por conformismo. Lo he hecho por amor —repliqué, poniendo los puntos sobre las íes.

—Claro. Bueno sea como sea. El dúo de Hipólita y Pentesilea vuelve al ataque.

En mi fuero íntimo sabía que eso era incorrecto, pero hubo una fuerza extraña y ajena a mi voluntad que me impidó moverme de aquel lugar.

Quien se llevó un disgusto de tres pares de narices fue Belly cuando le comuniqué que había decidido quedarme en la Ciudad Santa. Aunque no le había dicho el motivo de mi regreso, ni tampoco le había dado detalles de mi cambio de opinión, ella intuyó que algo no iba bien. Lo supe por cómo se despidió de mí: «cuídate mucho, mi niña linda, y ya sabes… lo que mal anda, mal acaba».

En la familia de Jared, tampoco es que dieran saltos de alegría, pero lo disimularon bastante bien.

Me daba miedo que aquella segunda oportunidad se convirtiera en una tercera, cuarta, quinta, hasta que ya solo quedaran los despojos de un amor inconsciente.

Las reconciliaciones nunca empiezan desde cero, básicamente porque no podemos hacer un *reset* y borrar todos los datos que hemos ido archivando en el pasado, como tampoco podemos reescribir la historia. Las experiencias, las vivencias, el sufrimiento y las alegrías, siguen ahí, adormecidas, disfrazadas, anestesiadas, olvidadas o ignoradas bajo la alfombra del tiempo. Aun así, volví a elegirlo. Tenía que vivir mi historia, porque ¿quién sería yo sin mi historia?

Todo ese tiempo me había dado por pensar que llegado el momento iba a vivir de verdad. *The Layet Mai. The Mai Layet*, «Tu destino está trazado, solo tienes que seguirlo». Esa frase daba vueltas en mi cabeza como una lavadora durante el centrifugado. ¿Sería ese mi destino?, ¿quedarme en Jerusalén con Jared?, o ¿no estaba sabiendo leer las señales? Súbitamente me vino una idea a la cabeza. Hacía algún tiempo que quería tatuarme algo significativo. Organicé una cita y dos semanas más tarde esas palabras que tanto retumbaban en mi mente ya estaban grabadas alrededor de mi tobillo izquierdo. *The Layet Mai. The Mai Layet* se convertiría en un recordatorio eterno que guiaría mis pasos. La persona que quería ser existía en algún lugar y tenía que encontrarlo.

En la vida llega un momento en el que te conviertes en adulto. Tienes edad para votar y para conducir. De pronto esperan que seas responsable. Crecemos, nos hacemos mayores. Pero ¿quién dice que somos adultos? Seguimos con los mismos problemas que cuando teníamos quince años. Repetimos los tropiezos, seguimos dudando de nuestras decisiones, y parece que eternamente estamos predestinados a llegar a esos cruces de camino, confusos, temerosos, sin un mapa de carretera que nos oriente. Las decisiones que tomamos entonces determinan el resto de nuestros días.

Ocurrió la primera tarde de otoño, justo después del súbito desmayo del débil sol que apuntaba a las cinco. Salíamos de la tienda de libros y discos que solíamos frecuentar. Llovía a cántaros y corríamos desesperados para ocultarnos del agua. Nuestros cuerpos se buscaban bajo la fina y callada lluvia que se derramaba incesante. Después de callejear unos metros, nos guarecimos bajo un árbol lleno de pájaros que como nosotros buscaban refugio.

—Pareces un pollo que ha tropezado en un charco —me dijo entre carcajadas, mientras ponía el libro que acababa de comprar sobre mi cabeza.

—¿Ah sí? Pues tú tampoco te creerás con el atractivo de Gene Kelly en *Cantando bajo la lluvia*, ¿verdad? —Simulé ofenderme.

—Un día de estos te doy un susto y te pido, seria y formalmente, que te cases conmigo —dijo, clavando su mirada en la mía.

Toda mi vida se concentró en un solo instante, como si mi alma hubiera recibido la salvación.

—Ay, mi filósofo loco —le contesté—, un día el susto te lo doy yo a ti, y si me preguntas, te respondo que «sí».

—¿Lo dices en serio? —dudó, incrédulo.

Nos olvidamos de respirar como nuestros besos bajo el agua.

—¡Soy un sapo con suerte, la princesa ha dicho que «sí»! —empezó a gritar mientras se dirigía a todos los transeúntes que chapoteaban por la avenida.

Un par de adolescentes que esperaban el autobús se acercaron para comprobar quién era el loco que gritaba y gesticulaba de forma exagerada, desde el otro lado de la calle.

—Rafaela, te prometo llenar nuestro camino de mil aventuras, pintar de acuarelas nuestras mañanas al despertar, y amarte durante toda la eternidad.

Nos estrechamos sumergidos en aquel diluvio de felicidad, sintiendo nuestros besos húmedos.

—Nuestro amor será una leyenda y comenzará con nuestra boda. Lo mejor está por venir —dijo con la voz de un osito feliz.

Tal vez estábamos locos después de todo lo que habíamos vivido… Pero yo sentía que esa locura era del uno por el otro. Me convencí a mí misma que éramos como el limón al tequila, nosotros habíamos nacido para estar juntos. Me repetía que en todas las relaciones de pareja siempre hay rachas, momentos felices y otros no tanto. Lo nuestro solo había sido una crisis pasajera en aquel romance de novela. Necesitaba creer en cuentos de hadas y vivir esa fantasía. Anhelaba encontrar en este nuevo intento un Jared diferente, dispuesto a escribir un nuevo guion de la historia y, ¿por qué no?, tal vez mucho mejor que la primera. A fin de cuentas por una hoja no iba a tirar el libro.

Con el tiempo me ha llegado a apasionar la neurobiología del amor. Se supone que los seres humanos empezamos a enamorarnos los unos de los otros hace unos cuatro millones de años. Pero por antigua que sea la cuestión no aparece a la luz de las estadísticas que con el tiempo hayamos aprendido a amar mejor. Quién sabe si nosotros estábamos contribuyendo a alargar la sombra de esos números. Si el amor romántico corresponde más a un impulso fisiológico que a una idea racional, es decir que en realidad nuestro estado mental estaba alterado, ¿lanzarme a la piscina era la mejor opción? En realidad, no sé por qué me hacía aquellas preguntas retóricas, cuando ya la decisión de tirarme al ruedo estaba más que solidificada.

No hay momento más emocionante en la historia de una pareja que el día que deciden comprometerse en matrimonio. Mi primer impulso fue llamar a mi madre para contárselo. Qué absurdo, ¿verdad?, ¿a qué teléfono? Ni siquiera sabía si estaba viva, aunque de algún modo seguía atada a la callada persistencia de un sueño. Aquella sería una boda en secreto. Ni siquiera se lo conté a Belly. Sabía que no contaría con su bendición, aunque tampoco se opondría. Ella tenía la sabiduría de quien ha vivido mucho y rápido. Dicen que la sabiduría es uno de los bienes más preciados del ser humano, sin embargo, solo los ignorantes duermen tranquilos.

Antes de que te cases mira bien lo que haces, que no es nudo que así desates —les aconsejaba Belly a todas las novias que estaban a punto de contraer matrimonio, y que venían a su taller a probarse los tocados de novia, y los impolutos blancos guantes de seda y ligas de encaje. Piezas únicas que confeccionaba de acuerdo a la personalidad de cada una de ellas, para que brillaran en su entrada triunfal. Nadie podía negar que era la mejor. Tenía un don especial para captar la esencia de todas ellas. Sus piezas estaban cosidas con los hilos del mimo y del buen gusto. No les importaba que Belly las alertara de que el matrimonio no es algo de soplar y hacer botellas. Todas parecían haberse dejado los oídos dentro de la cajita del anillo de pedida. Cualquier advertencia caería en saco roto. A su legión de ultraadmiradoras solo le importaba su delicadeza y la magia especial de sus manos, creadoras de auténticas joyas diseñadas especialmente para el gran día. ¿Por qué no seguir creyendo que la Tierra era plana y que las gallinas podían volar?

Nos dimos un rotundo «sí quiero» el jueves siguiente en una boda *elopement*. Jared vestía sus vaqueros de la suerte y un jersey color gris humo de cuello cisne. Yo un suéter rosa palo de cachemira y una sencilla falda larga satinada del mismo color. Sin la presión de los preparativos, los enfados familiares, el alto coste del enlace y «el postureo». Solo nosotros dos, con el único testigo de nuestro amor, y el condimento del misterio, que nos producía un subidón de adrenalina. Lo que ocurrió después forma parte de otro capítulo.

Capítulo 18

Soldados del invierno

Cuando llegamos, tuve la impresión de estar a punto de entrar en otra vida, como si fuera un personaje empujado a escena fuera de guion. ¿Dónde estábamos? El lugar, inundado de tenebrosos islotes parecía haber quedado relegado a ser observado desde la distancia. Una vaga inquietud y un sentimiento de opresiva amenaza se había adueñado de mi ánimo, casi sin que fuera consciente.

Elsu parecía sentirse cómodo y tranquilo, siguiendo el curso de las estrellas desde el momento en que caía el sol y los primeros astros se apreciaban en el alto y limpio cielo. Para un ojo profano como el mío, aquel manto salpicado de gemas centelleantes parecía siempre igual, inmutable en su inmensidad, pero los de Elsu no eran ojos inexpertos. Él conocía sus secretos, cada historia. Sabía leer los recorridos, los trazados, las parábolas, las declinaciones y las órbitas que sugerían infinitas posibilidades. Todo aquello que para seres ignorantes como yo era confuso, casual y caótico, para la visión de aquel ser de la galaxia de Elove estaba lleno de significado. Según su convicción, cada infinitesimal acontecimiento, y hasta el mínimo detalle, formaba parte de la inefable mente del cosmos.

—¿Piscis? —pregunté, queriendo adivinar la nueva zona estelar donde habíamos irrumpido.

—No, solo puede ser Escorpio —confirmó seguro, sin dejar de mirar la inmensa pizarra del cielo nocturno.

Un fuerte olor a quemado nos guio hasta las arenas lamidas por las aguas turbulentas de un arrecife. Lo que parecía un cadáver calcinado yacía en el centro de un círculo. *Vodka* lo olfateaba con precisión, como tratando de obtener un diagnóstico de aquello, aun humeante y rodeado de cenizas.

—¡Dios mío!, ¿qué es eso? —pregunté, cubriéndome la cara con las manos, para permitir de inmediato que el mundo volviera a aparecer ante mis ojos.

Elsu se aproximó al extraño cuerpo carbonizado de grandes dimensiones sentándose en cuclillas, para ver más de cerca los detalles.

—Parece que el cuerpo está segmentado en varios metámeros. Estos brazos en forma de pinzas y la zona posterior del cuerpo sugieren un aguijón como el de los escorpiones.

—¿Suicidio? Tiene el aguijón girado contra sí mismo, como si se hubiera querido envenenar. En cierta ocasión escuché que si se rodea a un escorpión con un círculo de fuego, se acaba clavando el aguijón a sí mismo en un acto de dignidad.

—Los seres de la zona estelar de Escorpio pueden ser muy destructivos, incluso con ellos mismos, sin embargo, no tienen instinto suicida. Amelia, esa es otra de las leyendas de tu mundo. La verdad es distinta, los escorpiones al ser incapaces de regular su temperatura corporal, se deshidratan cerca del fuego y empiezan a arquearse, provocándoles espasmos frenéticos y contracciones en la cola hasta la muerte. Por ello, puede parecer que se clava el aguijón a sí mismo, convirtiendo su suicidio en una leyenda urbana, ya que el aguijón no puede atravesar la armadura de su propio esqueleto y, de hacerlo, sería inmune a su propio veneno. Un escorpión nunca se suicidaría ni cuando se ve acorralado por el fuego, ni en ninguna otra circunstancia estresante. Eso sí, no dudaría en matar si fuera necesario.

—Vaya, entonces descartada esa opción, ¿qué ha podido ocurrirle?

—Cabe la posibilidad de que el fuego haya producido una columna de aire caliente ascendente, que le dificultara la respiración asfixiándolo. Pero yo apostaría porque ha sido una trampa.

—¿Una trampa?, ¿quieres decir que otro escorpión le ha asesinado? —conjeturé con cierto malestar.

—Descarto algo así. Si por algo se les reconoce es por su lealtad. Protegen a los suyos por encima de todo. Lo que nunca perdonarían sería una traición.

—Vamos, no la cagues, porque si lo haces, una vez que pierdes su confianza tendrás que defenderte tu solito, ¿es eso?

—De niño, mi padre solía contarme historias mientras paseábamos por los valles de las montañas rocosas que rodean nuestro poblado. Una de ellas lo describía muy bien:

»Un día el fuego, el agua y la confianza entraron juntos en la profundidad del bosque. El fuego dijo a sus acompañantes con pasión: "si me pierdo, buscad el humo porque allí donde hay humo hay fuego". El agua siguió con una fresca sonrisa: "si yo me perdiese, buscad la humedad, porque allí donde hay humedad hay agua". La confianza fue la última en pronunciarse: "si yo me perdiera, no me busquéis —dijo con una penetrante mirada—, porque una vez perdida, no me encontrareis nunca más".

»Al final terminó descubriéndome que la confianza tenía forma de escorpión y había nacido en noviembre.

Me encantaba cada vez que Elsu me hablaba acerca de su mundo y compartía conmigo trocitos de su historia. Me hacía sentir más cerca de él. Quería conocer todo lo que tuviera que ver con aquel hombre que me había fascinado, y ese lugar del que provenía, que visualizaba como un vergel en un paraíso de inmensas llanuras de largos silencios y estrellas de poderosa presencia.

—¿Qué hacemos? Está plagado de cayos, islotes y arrecifes. El Templo de la Luz podría estar en cualquier lugar. Estamos atrapados. Ni siquiera podemos navegar para explorar los otros islotes. Tampoco me parece el lugar más seguro del mundo, la verdad —apunté, mientras el canguelo se extendía rápidamente por mis neuronas.

—Estoy de acuerdo contigo en algo, Amelia, no es un lugar muy seguro. No es una tierra en paz en este momento.

El miedo empezó a tomar la delantera sobre las sospechas. Hubiera agradecido una mentira piadosa en ese instante, pero no podía esperar eso de alguien como Elsu. La noche empezó a hacerse gélida. *Vodka* temblaba con el rabo entre las patas posteriores. Era evidente que también estaba asustado ante lo desconocido. Un trueno se abrió con un estrepitoso crujido que dio paso a la tormenta. La lluvia caía en la noche como puñales de plata. El tenebroso cielo se cubrió de masas oscuras de negros nubarrones arremolinados. Las ráfagas del vendaval castigaban sin piedad nuestros cuerpos. Todo estaba a oscuras. Vagamos varias horas por la zona, sin comida ni ropa adecuada que nos ayudara a combatir el frío obstinado. Nadie habría podido imaginar, qué era lo que el destino, el azar o, para él las estrellas estaban a punto de mostrarnos.

Los sonidos furtivos se acercaban por todos lados. No sé si me aterrorizaba más la idea de que fuéramos los únicos en aquel lugar, aparentemente desolado e inhóspito, o encontrarnos con otras vidas poco amistosas. Todo ocurrió tan rápido que sería incapaz de verbalizar cómo empezó aquella escena. Recuerdo que Elsu me cubrió con su cuerpo y que *Vodka* se encastró en nuestras piernas. Nos hicimos un solo bloque en medio de una batalla campal. Todo acontecía frente a nuestro campo visual, mientras permanecíamos agazapados sigilosamente como testigos involuntarios de una película de ciencia ficción.

La guerra era a muerte. Una legión de escorpiones que emergían del agua por centenares, detrás de las rocas y desde los más recónditos escondites, alcanzaban con su veneno a sus enemigos con una crueldad ilimitada, y al parecer inevitable, arrollados por una espiral de reacción que iba sumando violencia.

Nos encontramos en medio de un conflicto brutal y despiadado que estaba liderado por los soldados del invierno, como así se hacían llamar. Por su capacidad de mimetizarse con el entorno, las siluetas reptantes desaparecían con la misma rapidez con que se presentaban. Se movían sigilosamente al alba y al crepúsculo. Cuando caían sobre sus enemigos, no había remedio alguno. Había que apuntalar la precaria seguridad de la inestable área en la que actuaban los seres estelares de Escorpio, en defensa de lo que estimaban su territorio.

Cubiertos por una cota de maya de color ébano llena de escamas, los seres de piel negra y curtida agitaban su melena de pelo grueso negro azabache hasta los hombros. Lanzaban gritos amenazantes, disparando con ferocidad el veneno letal de su aguijón, un arma que se activaba de forma psicológica. Tenían una cabeza alargada, rara, como la de un animal acuático. Parecían estar flotando en una cola doblada hacia la derecha con un perfecto arco. La iluminación era débil, pero los continuos flashes de luz eran suficientes para distinguir los escudos de plata engarzados en el pecho. Aquellas mareas de sombras negras se desplazaban con movimientos lentos y ondulantes, avanzando como el sinuoso deslizamiento de una serpiente. Los noctámbulos seres, enmascarados en la negrura, nos miraban amenazadores tras sus atroces y brillantes manchas negras. Yo me esforzaba por resignarme a sucumbir a la providencia. Había caído de nuevo presa de un terror sin nombre, forma, ni esperanza.

La tierra de arriba, como bauticé al lugar donde habitan los astros, no le había mentido a Elsu, aquella no era una tierra de paz.

Entre el fragor de la contienda y la penumbra que nos envolvía, me esforzaba por identificar quién era el enemigo. Tenían una actitud más defensiva que de ataque, lo que les situaba claramente en una posición de desventaja.

—Luchan contra los seres estelares de Libra —me aclaró Elsu, como siempre solía hacer al percibir mis inquietudes en forma de pensamiento.

Presenciamos como uno de ellos se derrumbaba como un árbol recién talado a nuestros pies, después de que uno de los soldados del invierno le hundiera en su transparente y blanca carne las pinzas. Tras la agresión, cautelosamente avanzó a rastras, con el vientre pegado en la arena, encharcado en su propia sangre azul. No tardó en sucumbir, como si se hubiese quedado sin energía. Lo observé atónita por unos segundos. La criatura era un apuesto joven de constitución atlética y rasgos bellamente cincelados, como los de un romano. Caían de un lado y del otro, más de uno que del otro. Toda la secuencia no debía haber durado mucho, pero a mí me pareció una eternidad.

«El horror de este momento, nunca, nunca lo olvidaré», repetía en bucle mi cerebro.

—Lo olvidarás, Amelia —declaró Elsu—, si no insistes en recordarlo.

Al parecer, los líbranos estaban hechos de antimateria. Sí, a mí también me costó comprender el concepto. Elsu tuvo que explicármelo varias veces hasta que por fin me entró en la cabeza. Tenían el gen de la energía. Necesitaban recargarse con el calor del sol diariamente, y lo hacían a través de un cinturón, que actuaba como una batería, absorbiendo la energía necesaria y transformándola en antimateria.

—¿Me puedes explicar otra vez eso de la antimateria?

—Verás es pura física. La antimateria, como su propio nombre indica, es lo contrario de la materia, es decir, una materia integrada por partículas con carga eléctrica opuesta a la normal. Cuando una materia y una antimateria entran en contacto, ocasionan la destrucción de ambas, es decir que ocurre una transformación donde la materia se convierte en energía.

—Pero ¿cómo puede alguien estar compuesto de algo así?

—En el universo se encuentran presentes cantidades iguales de materiales y antimateriales encerrados en zonas distantes entre sí. Cuando la materia y la antimateria chocan, se neutralizan y desaparecen.

—Eso daría sentido a la teoría de Lavoisier, ¿cierto? Nada desaparece, todo se transforma.

—Tú lo has dicho, Amelia. La materia que desaparece se transforma en radicación gamma.

—De acuerdo. Hasta aquí te sigo, pero…

—La antimateria puede ser utilizada como combustible —prosiguió con paciencia—. En la Tierra, los humanos ya habéis conocido el poder de esta fuente de energía. En el área médica, la principal aplicación de la antimateria es la tomografía. Los rayos gamma que se derivan del aniquilamiento de la materia y la antimateria son utilizados para ubicar tejidos tumorales en el organismo. También lo aplicáis en las terapias contra la enfermedad del cáncer.

Aquel máster en ciencia me sirvió para analizar sus estrategias de guerra, y concebir por qué cuando un ser de la zona estelar de Libra tocaba a un escorpión por más de cuatro segundos, ambos se destruían en un fogonazo de energía. Los hijos de Plutón tenían que inocular el veneno suficiente a su adversario antes de ese tiempo si querían sobrevivir. Por su lado, los hijos de Venus para ganar en la lucha debían activar su cinturón energético en ese mismo momento, contando con la suficiente carga de energía para resistir el ataque.

Una joven se precipitó envuelta en las sombras, como una llamarada azul soplada por el viento. La lluvia lavó sus facciones salpicadas en sangre. Su suave rostro en forma de corazón mostraba las mejillas llenas. Alta y de cuerpo armónico compartía un gran parecido con el joven de aspecto romano. Relucía sobre su cabeza un casco con un acabado cromado que recogía una melena de cabello fino y sedoso, con unas ligeras ondas en los mechones caoba. Enfundada en una piel azul brillante con un cinturón luminiscente que rodeaba su cintura, y que al parecer era su seguro de vida.

—Basta. Por favor. No continuéis —gritaba en lo más denso de la reyerta, dando vueltas sobre su propio eje y dirigiéndose a aquel ejército que enfrentaba a Plutón y a Venus.

Sorprendido por aquel inesperado comportamiento, una de las

corpulentas bestias negras bajó la cabeza y se detuvo con una pose desafiante.

—No queremos luchar contra vosotros, y no queremos haceros daño. Tenéis que dejar de albergar rencor y odio y permitir que el amor triunfe —expresó la bella joven.

—Habéis roto las reglas y traicionado nuestro pacto —replicó, ofreciéndole un rostro impasible e inmóvil.

—Represento la paz y la concordia. Estoy segura de que hay una solución para terminar con esta disputa, que se ha prolongado por demasiadas lunas y que ha dejado muchos cadáveres en el camino —declaró conciliadora.

—Habéis invadido nuestra tierra y ultrajado nuestro pacto —insistió el soldado del invierno, exhibiendo su fría compostura.

Aprendí que la equilibrada calma superficial del carácter plutoniano es una estrategia para ocultar su bullente naturaleza íntima.

—Calma. La muerte no es la respuesta a este conflicto —trataba de sosegar la librana, a quien no le faltaba diplomacia.

—El daño está hecho. Millones de palabras no devolverán la vida a nuestros hermanos ni tampoco borrarán vuestra traición —le rebatió, del todo insensible a sus apelaciones a la razón.

—Entregad a nuestra hija y abandonaremos vuestra tierra para siempre. El pacto se volverá a restaurar.

Acabó estallando un tumulto de gritos y voces estentóreas, de lenguas sueltas e hirientes que consideraron aquella petición un ataque a su honorabilidad.

—Nos conocéis bien —insistió—, siempre hemos jugado limpio. Es un acuerdo justo. Ambos hemos perdido.

El hecho era que un hijo de la zona estelar de Escorpio se había enamorado de una de las libranas, y eso iba en contra del pacto que plutonianos y venusianos habían mantenido desde el principio de los tiempos.

—¿Cuál es la razón? —quise saber.

—Físicamente no pueden estar juntos ya que se destruirían. Materia con antimateria no pueden coexistir —explicó Elsu—. El amor romántico e idealista de Libra parece haberles borrado la memoria. El repertorio seductor de la bella y dulce venusiana ha sido capaz de transformar la personalidad del joven escorpión, quebrantando la paz y despertando la ira en el reino plutoniano de la noche y la tiniebla. Para evitar el fatal desenlace, han secuestrado a la joven, sabedores de la naturaleza sentimental de esta y el amor que existe entre ellos.

Aquella historia me tocó el corazón de una forma muy particular, tal vez porque me vi identificada. Yo también estaba viviendo un amor entre dos mundos. Una bipolaridad que posiblemente nos separaba con la misma fuerza que yo le amaba. ¿Quién tenía el poder para modificar las leyes universales? Me pareció injusto y tremendamente triste que dos jóvenes enamorados de mundos opuestos tuvieran que luchar contra sus sentimientos para no caer en su propia trampa. Una historia romántica en un universo extraordinario, y en cuya trama los protagonistas de dos mundos unidos por planos invertidos no podían estar juntos por impedimentos físicos.

Como si no supieran qué táctica adoptar, la disputa se prolongaba sin variaciones. La sensibilidad de los venusianos se veía claramente resentida, ya que necesitaban de la tranquilidad para mantener su energía en equilibrio. Cualquier tensión a su alrededor les desestabilizaba. Por el contrario, gracias a la legendaria pasión de los escorpiones y al control que ejercían sobre su naturaleza, estos se manejaban bien en el conflicto, utilizando el atajo de la medianoche.

Elsu se abrió paso al observar la escena y comprender lo que había acontecido. Yo le seguí unos pasos por detrás. Estaba literalmente acojonada, aunque trataba de animarme a mí misma repitiendo como un mantra «Amelia no te amilanes, al contrario, hazles frente para que sepan que no tienes miedo y puedes enfrentarte a ellos».

El frío y el estrés que había sufrido al permanecer tanto tiempo inmóvil a la intemperie, me provocó una fiebre muy alta, hasta el punto que llegué a dudar si todo aquello no serían delirios febriles, ocasionados por la inadecuada actividad de mi cerebro.

El hombre de las estrellas se detuvo frente a los escorpiones. Cuando consiguió enfocar su atención, su actitud cambio súbitamente. Sus miradas penetrantes y de una profundidad hipnótica me hicieron sentir nerviosa e incómoda. Tuve que ser yo quien rompiera el ensalmo apartando primero la vista, y liberándola de las suyas, que me la dirigían como si me atravesaran el alma.

—No somos tan despiadados y peligrosos como pensáis —dijo el de mayor tamaño.

—Reconozco el ego de los soldados del invierno. Saben lo que son y lo que no son. También reconozco el calor y la sensibilidad de vuestra naturaleza, a pesar de que permanezca oculta bajo el negro caparazón. No es mi intención poner al descubierto la maraña de sentimientos profundos y la emocionalidad que el agua os transfiere. Intuyo que solo pretendéis preservaros de la manera más positiva y eso os empuja a menudo a parecer lo que no sois.

Aquellas palabras de Elsu parecieron suavizar la mirada intimidadora de sus ojos, y dominar la ira, dando paso a una calma tensa.

—En verdad conoces nuestro secreto y por ello mereces nuestro respeto. Sed bienvenidos a nuestro mundo y recordad que cuando hay tormenta en estas islas, los vientos soplan primero en una dirección y al instante siguiente en la otra.

Él sabía que lo observarían detrás de sus ojos misteriosos y encapuchados, y al mirarle podrían sentirle, permitiendo que sus sentimientos respondieran a sus observaciones. Los guardianes de Elove eran expertos emocionales y ambos estaban al descubierto. El flujo y el reflujo de emociones les permitía que estas reverberaran con una sensación de conocimiento preciso.

La pareja de enamorados se apresuró a entrar en escena al ver como Elsu conseguía con mucha mano izquierda templar los ánimos entre las partes, en un esfuerzo por pacificar el lugar. El joven plutoniano se arrodilló ante nosotros regado por la rabiosa lluvia. Su corazón estaba ardiendo, a pesar del frío invernal.

—Nos amamos —empezó el valiente joven.

—Y nos vamos a casar —dijo ella.

—Queremos que nos ayudes con un hechizo, un conjuro o algo que traigas de tu mundo desconocido, y que nos garantice que podremos estar siempre juntos —dijeron los enamorados al unísono.

—Hay algo que puedo hacer por vosotros, pero es una tarea muy difícil y sacrificada —contestó Elsu tras una larga pausa—, ante el asombro de todos y el mío propio.

—Estamos dispuestos —asintieron los dos.

—Entonces —dijo Elsu, dirigiéndose al joven—, tú sin más armas que una red y tus manos subirás al islote más alto y cazarás el Ayty más vigoroso. —Un pájaro que se asemejaba al halcón por la velocidad que alcanzaba—. Tráemelo vivo al amanecer. Y tú —prosiguió, mirando a la elegante venusiana— debes traer del islote más alto a la más valiente de las Pirudis. Tráela viva y sin rasguño alguno. —Otra ave que asocié con el águila, pero que volaba a tres alas y era de color naranja.

Ambos asintieron en silencio, y después de mirarse con ternura partieron con el consentimiento de escorpiones y líbranos, que por alguna razón confiaron en él, tal vez con la esperanza de que aquello resolviera el conflicto.

La tregua nocturna nos dio la oportunidad de compartir nuestra historia con aquellas criaturas. Unos y otros se mostraron muy interesados en ayudarnos.

Una de las escorpianas se acercó a mí por la espalda con sus andares lentos, clavándome en el hombro y por sorpresa su aguijón en forma de media luna, situado al final de la cola, y que era lo más parecido a la espina de una rosa.

Sentí un profundo flujo caliente que corría por mi cuerpo, un dolor intenso y una taquicardia inesperada. Reaccioné aterrada al sentir el pinchazo y sin entender el ataque.

—Amelia no te asustes —me tranquilizó Elsu—, ha detectado la fiebre alta y te ha inyectado una pequeña dosis de veneno que actuará como analgésico y antiinflamatorio. De esta vas a salir.

—¡Joder! —exclamé—. La próxima vez podría avisarme antes de asaltarme por la espalda.

—Son escorpiones, ¿recuerdas? —apuntó con una risa floja—, no pretendas que renuncien a su esencia.

Lo cierto es que no tardé en percibir los efectos positivos del veneno y me sentí agradecida por ello. Aunque eso sí, no les quitaba ojo de encima.

En medio de tantas vivencias e ideas que se agolpaban en mi cabeza como ovejas a la salida del corral, le recordé a Elsu que a nuestra llegada a la Laguna Púrpura, el geminiano contador de noticias hizo mención a un encuentro con una escorpiana que cantaba una canción inspirada en la escalera de los mil escalones, y que podría conducir al Templo de la Luz que estábamos buscando.

—Muy bien traído, Amelia.

—¿Hay alguna escorpiana música que pudiera relacionarse con esta historia? —preguntó Elsu esperanzado.

—Sí, Afra —respondió uno de ellos de inmediato. Una fuerte corriente marina la arrastró hasta la zona estelar de Piscis y atraída por la transparencia de sus aguas nunca regresó.

—Eso tendría mucho sentido. Estamos convencidos que el Templo de la Luz se encuentra en una zona estelar regida por el elemento agua.

—No hay acceso directo por tierra a Piscis —nos advirtió el pluto-niano—, tendréis que recorrer aún un largo camino atravesando otras zonas antes de llegar a vuestro destino final.

Nos miramos cómplices, de esa manera que solo nosotros sabíamos qué significaba. Sus ojos elocuentes se resistían a despegarse de los míos y en aquella larga mirada me dijo todas las cosas que aún le faltaban por decirme. Habíamos inventado un lenguaje íntimo solo para nosotros. Nos unía una misión, atada por el lazo rojo de los sentimientos.

A la hora establecida, los jóvenes llegaron desde direcciones dis-tintas con dos grandes redes que contenían las aves solicitadas. Elsu les pidió que con mucho cuidado las liberaran de la red. Eran sin duda las aves más hermosas de su estirpe. Arrancó uno de los flecos de su chaqueta.

—Ahora —continuó—, sin que vuestros cuerpos se toquen, atad entre sí a las aves por las patas con esta tira de cuero.

El Ayty y la Pirudis intentaron levantar el vuelo, pero solo con-siguieron revolcarse en el suelo. Irritadas por su incapacidad, las aves arremetieron a picotazos entre sí.

—Esta es la lección. Jamás olvidéis lo que habéis visto hoy y cuál es vuestra esencia. Vosotros sois como la Pirudis y el Ayty. Si os atáis el uno al otro, aunque sea por amor, tarde o temprano acabaréis destru-yendo lo que sois y os haréis daño el uno al otro. Sin en verdad queréis que vuestro amor perdure, volad juntos en espíritu, pero jamás atados.

Por un tiempo indefinido, aquel espacio se convirtió en la casa del silencio. Un silencio se adentró en el otro, contestando las preguntas del pensamiento, como las *matrioskas*, esas muñecas rusas símbolo del viaje interior. Nadie sentía la necesidad de llenar aquel vacío, tan lleno de verdad, reflexión y conocimiento, porque el silencio también tiene sus respuestas.

Aquella vivencia me enseñó que el ego se ofende y el alma aprende. Algo que solo aquellos seres en otro nivel de consciencia podían trans-cender, y que formaba parte de su tratado de sabiduría concentrada.

Elsu me confesó, que él únicamente les había recordado quiénes eran y cuál era su esencia, y que es fundamental conectar con ella para poner rumbo hacia nosotros mismos, regresar a nuestro hogar y permitir que nuestro espíritu vuelva a dibujarse en el firmamento. Esa parte íntima que siempre está en comunión con el universo, y que hay que proteger para que no cree lazos de dependencia con otras entidades,

entidades que son ajenas a esa versión genuina e iluminada de nosotros mismos. La única forma de sostenernos en un plano de consciencia elevado es conectarnos con nuestra esencia, porque cuando conectas con ella, conectas con el propio universo alineándote con él, como si fueras uno solo. Cuando te descuelgas de tu esencia, te debilitas, todo se convierte en una lucha constante, en la que nada fluye, y en la que tienes la sensación de nadar contra corriente. Te desgastas. Te sientes perdido, y finalmente acabas lejos de la paz y del equilibrio.

Conocer nuestra esencia nos enseña que todo aquello que amamos tiene la cualidad de ser libre, y por lo tanto efímero y variable. No oponer resistencia a lo que inevitablemente debemos dejar ir es la mejor prueba de amor que podemos hacernos a nosotros mismos, y aquellos a quienes amamos.

Pero nuestro caso era distinto, claro. Elsu y yo podíamos tocarnos, besarnos y sentirnos. Estaba convencida que aquello había sido una colisión de almas gemelas. Dos esencias que se habían encontrado en distintas épocas, y que habían decidido transitar juntas, como si fuéramos dos piezas que encastran a la perfección dentro de un rompecabezas, y que cuando nos mirábamos, de alguna forma sentíamos que volvíamos a nuestra verdadera casa. Solo nos miramos aquel día en el aeropuerto, y sucedió algo. Llevados por alguna casualidad aparente cruzamos las miradas por primera vez en nuestra vida, o por lo menos por primera vez en esta vida. Desde aquel instante la magia del universo arrancó con todo. No sé bien cómo, pero arrancó con la impecabilidad de una de esas pequeñas máquinas inteligentes, que se ponen en marcha para que el mundo siga siendo un lugar todavía más extraordinario. ¿Quién sabe? Tal vez después de millones de años y de reencarnaciones, Elsu y yo, dos almas gemelas, por fin volvíamos a encontrarnos. Y es que yo sentía una sensación de trascendencia que desbordaba el enamoramiento inicial. Algo entre nosotros superaba todas las expectativas y las experiencias anteriores. Era capaz de reconocerlo por la mirada y el toque de sus manos. Es como si cada uno mirara al otro, y se mirara a sí mismo. Él me observaba por tanto tiempo como se atrevía. De alguna manera indefinible también se sentía atraído por mí, como si ya me conociera, como si hubiéramos sido amigos cercanos en algún lugar, en una existencia anterior. Su mera presencia lograba calmar todos mis pensamientos, convirtiéndose en un espíritu afín.

Según el viejo Platón los primeros seres creados por el universo eran hermafroditas y poseían una fuerza realmente asombrosa. La leyenda cuenta que, para debilitar ese enorme potencial, los dioses terminaron dividiéndolos. Por eso el amor platónico no sería más que una fuerza de atracción que impulsa a estas almas a buscarse, y a fundirse en un único ser, recordando a estas dos mitades que formaron una primera unidad. Del mismo modo y aunque la experiencia se pinte como algo mágico y maravilloso, este fenómeno también está lleno de obstáculos muy dolorosos. Precisamente por tratarse de algo que transforma, encontrar a tu alma gemela es un regalo del destino, y por eso el universo se encarga de que la conexión se produzca con millones de casualidades, pero después será el libre albedrío quien acepte el regalo. Cuando dos almas gemelas se encuentran, el universo se confabula para que no puedan separarse, tanto si se queda a nuestro lado, o desaparece, el alma gemela hará que nos quedemos con nuestra verdad desnuda para recorrer un camino hacia nosotros mismos.

Las señales energéticas que emitía Elsu agitaban mi alma y estaban por encima de cualquier atisbo de duda. Solo tenía que esperar y en todo caso confiar en la maravillosa magia del destino y las estrellas —escribí en el aire, con una sonrisa ganadora.

Capítulo 19

La caja de zapatos

Estaba en la mitad de mi vida, supongo. Con suerte me quedaba por jugar la segunda mitad del partido. Podría haber empezado diciendo mi edad sin más, pero siempre me gustó complicar las cosas para darme importancia.

Según la física cuántica se puede eliminar el pasado, e incluso rebobinar la flecha del tiempo como en una película, y cambiar los acontecimientos. Lo cierto es que no me interesaba eliminar y mucho menos cambiar mi pasado. Lo que necesitaba era una máquina del tiempo para vivirlo de nuevo. Hice de mi memoria la máquina del tiempo más sofisticada. Gracias a ella, puedo volver a vivir ese tiempo feliz, infeliz a veces. Aunque por fortuna o por desgracia, solo podía vivirlo en una sola dimensión: la del recuerdo.

Negociar con los recuerdos no me resultaba fácil. Tenía un mundo lleno de ellos. ¿Por cuál empezar primero? Unos en proceso de maduración, los que se morían por ser contados, otros que se marchitaban sin remedio, y aquellos destinados a ser pulverizados. Había días en que no quería seguir cumpliendo años y terminar dándome cuenta que había malgastado mi vida de adulta en un matrimonio desdichado y otros, en que no podía imaginar ningún compañero de vida más extraordinario que Esteban.

«Pase lo que pase nunca intentes dominar el tiempo —me decía—, pues siempre será él quien te domine a ti. Únicamente disfruta cada momento al máximo, sin preocuparte de la duración de este. No permitas que tu vida transcurra contando las horas que te quedan. No cometas ese error. No intentes medir el tiempo, porque el tiempo no se puede medir. No es él el que nace, envejece y muere. No es el tiempo quien pasa, somos nosotros. La vida tiene horas, y las horas tienen que tener vida.»

Mi máquina del tiempo me llevó hasta un día claro de primavera. Aquel campo me encantaba, porque en aquella época se llenaba de amapolas en flor. Brotaban a miles sin permiso, vestidas de rojo rabioso. Esteban aseguraba que eran nocivas, porque competían con las plantaciones, robándoles nutrientes a los cereales como el trigo, la cebada o la avena, de forma agresiva.

—Un cultivo plagado de amapolas puede causar grandes pérdidas para los agricultores, ya que su ciclo de germinación coincide con el de los cereales. Aun así, me encantan porque me recuerdan a ti —me explicaba—, abrazándome por la espalda, mientras rendíamos nuestros cuerpos sentados sobre una manta en medio de aquel paraje.

—¿A mí? ¿Qué tengo yo que ver con las amapolas?

—Son resistentes y llamativas como tú. Representan la sencillez en el campo y la espontaneidad. ¿Sabías que sus semillas pueden sobrevivir diez años hasta que germinan? Además, aguantan casi cualquier cosa. A las amapolas les gusta el movimiento, bailan como tú.

Permanecíamos largo tiempo contemplando como se desvanecían las ondas verdes y doradas de los trigales, salpicadas por la multitud de puntos bermellones, hasta que el sol rojo se hundía en el horizonte como pesándose en uno de los platillos de una balanza, alzando al mismo tiempo una luna naranja en el otro. Yo sabía que él era tan gay como un arcoíris después de la tormenta, pero ver a Amelia frente a nosotros, y aquellos momentos que me llenaban de vida, conseguían hacerme olvidar que tenía el saldo de la ilusión en números rojos. ¿Quién ha dicho que las personas son más auténticas cuando están desnudas? Esteban era verdad, incluso cuando se escondía del mundo en sus propios bolsillos. Había creado una familia con alguien especial, lleno de pequeños detalles, y a quien no podía evitar querer. Tenía la sensación que las cartas de la vida me las había repartido un truhán, pero las acepté y decidí jugar mi partida. De cualquier manera, prefería tenerlo en mi vida a imaginar no despertarme a su lado un día más.

Estábamos viviendo nuestra verdad, aunque no la compartiéramos con el resto del mundo. Esteban me había confiado su secreto. No podía pedirle ayuda a nadie, no quería decepcionar a su familia y tampoco tenía la suficiente fortaleza psicológica como para aceptar insultos o el rechazo de su entorno. Me pidió que nunca se lo contara a nuestra hija. Esa fue la parte más dura para mí, pero cumplí con mi promesa.

Al regresar a casa aquella misma tarde, entró en el taller de costura con algo entre las manos.

—Hoy es tu día de suerte, diseñadora —ronroneó bajito, poniendo una caja con un enorme lazo verde sobre mi mesa de cortar tela.

—¿Qué es? —pregunté sorprendida—. Hoy no es mi cumpleaños ni ningún otro día especial que yo sepa.

—Hoy es el día del coraje y las mujeres valientes, ¿no lo vas a abrir? —respondió expectante.

—Estás loco —exclamé con un grito a medio hacer, al ver aquella bola de amor que movía su diminuto rabo como un helicóptero.

—Está deseando que lo cojas. Le he hablado mucho de ti en el trayecto a casa.

—No puedo. Me va a morder —dije, sin darme cuenta de que el cachorro estaba más asustado que yo.

Me besó de forma dulce. Nada escandaloso. Nunca se le olvidada que me gustaban los besos suaves. A mí me supo a poco.

—Solo quiere copiar mi beso. Vamos Belly, acércate. Lo he encontrado abandonado en la carretera.

Me quedé mirándole.

—Eres un liante, ¿lo sabes?

Se encogió de hombros. Colocó las manos sobre las mías y trenzando sus dedos con los míos me obligó a mover la mano sobre aquella vida que empezaba.

—¿Lo ves? Tampoco es tan difícil.

Esteban me había traído un perro porque les tenía miedo, y él quería curármelo así, como si el terror fuera solo un ataque de hipo al que se le podía espantar con un buen susto. Pero aquel perro cumplió con su misión. Amelia lo llamó *Vodka* hasta que se dio cuenta de que estaba embarazada, y que probablemente había cometido un error al declarar su género. Para entonces se había encariñado tanto con el animal, que no quiso cambiarle el nombre. *Vodka* siempre tuvo una gran conexión con Amelia y se hicieron inseparables desde el primer día.

Aquel acontecimiento lo vi como una alfombra mágica, que podría transportar a Amelia volando al lugar donde su padre se encontraba. Una puerta abierta que *Vodka* nos ayudaría a cruzar de la mano.

—Amelia, ¿estás decepcionada porque *Vodka* es una hembra? —se aventuró a preguntar su padre.

—Bueno… estoy sorprendida, ¿vosotros no lo estáis? Hace un año que pensamos que *Vodka* es un macho y ahora resulta que es otra cosa distinta. No es muy normal que se llame *Vodka* cuando es una hembra. Va a sonar un poco raro. Me había hecho a la idea de que tenía un perro y no una perra.

—¿Y cómo te sientes ahora que lo sabes?

—Un poco desilusionada, tal vez. Supongo que es normal cuando no se cumplen nuestras expectativas sobre un deseo o una persona, sobre todo cuando no contemplas la posibilidad de que algo o alguien pudiera ser diferente a lo esperado. Sé que es ridículo, pero es una especie de decepción unida a una sensación de pérdida.

—Pero no has perdido a *Vodka*. Él sigue contigo —prosiguió comprensivo.

—Sí claro, pero ahora es como si tuviera que conocer a un perro distinto. Sé que es inmaduro, pero no puedo evitar estar enfadada. Lo que no ha cambiado es cómo me hace sentir. Cuando estoy con él, soy feliz. Feliz, sin más.

—Entonces, ¿para qué ser normal cuando puedes ser feliz?

—Pues tienes toda la razón, papá. No ha cambiado nada. Un nombre o un sexo no va a cambiar mi amor por *Vodka*, ni lo que hemos vivido juntas.

—Ese es el punto de mira, Amelia. Ese choque expectativa-realidad es lo verdaderamente importante. La capacidad que tenemos de expresar nuestras necesidades, al mismo tiempo que el derecho que tienen los demás a no cumplir con nuestras expectativas y fantasías.

—*Vodka* nunca me hace caso, así que estoy segura que el mayor acto de rebeldía que ha podido encontrar es ser ella misma —bromeó resuelta.

—Amelia, ¿has reparado en esto? Cuando un bebé nace, ya está predeterminado a un perfil de identidad determinado por su sexo. Y ese género que lo hace masculino o femenino fija un modelo social al que tiene que ajustarse. Si eres hombre, te vestirás con pantalones y acorde a la moda masculina y deberás conquistar a las mujeres. Si eres mujer, seducirás a los hombres. Te maquillarás y cuidarás tu estética. Tendrás hijos de un hombre y serás una buena madre. ¿No te parece que es hora de empezar a pensar diferente?

—Papa, qué profundidad te ha dado el descubrimiento del nuevo sexo de *Vodka* —respondió con los ojos muy abiertos.

—¿Me quieres?

—Papá, qué preguntas me haces. Como solo se quiere una vez en la vida —respondió, tirándose a sus brazos como cuando era una niña.

Me alegré muchísimo de que Amelia hubiera encajado el nuevo sexo de *Vodka* de aquella forma tan positiva y madura finalmente, especialmente porque en lo más profundo de mi corazón, sabía que aquello había reconfortado y liberado el alma de Esteban. Se había producido, de alguna manera, la conversación que él siempre quiso mantener con su hija, y que nunca se atrevió por la inquietud que le generaba salir de su república del silencio, y confesar que le gustaban más los centollos que las nécoras.

Reconocí alguna de sus reacciones, y no podría culparla por ello. Recuerdo claramente cómo me sentí cuando Esteban abrió de par en par las puertas del armario, y se presentó ante mí como alguien a quien nunca conocí. Mi decepción nació de la frustración ante mis expectativas y de la necesidad de control y previsibilidad que me superaron al no verse confirmadas. Lloré lo indecible durante mucho tiempo. Me parecía imposible que una «verdad» que formaba parte integrante de mi mundo, que era incuestionable, se tambaleara de tal manera. Durante un tiempo permanecí desorientada y me sentí insegura y enfadada por haber descubierto que el amor de mi vida, no era quien yo creía. Me dolió profundamente que esa «verdad» que yo creía poseer, no fuera así, que la realidad fuera otra. La sensación física que experimenté fue como si me hubieran arrancado algo de mi interior, algo que me pertenecía. Con los años aprendí que la desilusión y la decepción son cosas distintas, y que las estructuras sobre las que se basa la decepción son profundas y arraigadas.

Lo de Amelia fue una desilusión, lo mío con Esteban había sido una decepción enorme. El impacto, la conmoción que experimenté, puso mi mundo del revés. Conecté con el miedo, con la rabia, con la frustración y con la impotencia, llegándome a sentir desprotegida y abandonada. ¿Qué hacer con todo ese dolor que no me cabía en el cuerpo? No sabía dónde meterme ni dónde encajar aquella realidad. Me sentí traicionada y desde esa decepción me convencí de que no podía confiar en Esteban, en la vida y tampoco en mí misma, por haber tomado una decisión equivocada en lugar de vivir como una mujer libre de éxito, como siempre había soñado. Tuve que reelaborar mi «verdad» y regular el saco de emociones dolorosas para enfocar mi vida de una manera distinta.

Cuando alguien nos decepciona, cambiamos la imagen que habíamos construido de esa persona, quizá la habíamos idealizado y se derrumba el pedestal en que la habíamos colocado. Dar sin esperar nada a cambio te hace libre. Por el contrario, cuando esperas cosas de los demás, nos hace dependientes, ya que, si esto no se cumple, sufrimos. Muchas veces tenemos la sensación que nuestros amigos, nuestra familia o nuestra pareja nos ha fallado, no han hecho o no han dicho lo que queríamos escuchar o incluso necesitábamos. ¿Si yo le he organizado una fiesta sorpresa, por qué él a mí no? ¿Si yo estoy siempre cuando mi amiga me necesita, porque yo nunca la encuentro en los momentos más importantes? Entonces aparece la frustración, y en el fondo de tu corazón sientes que estás siendo egoísta, te culpas por esperar algo y luego te enfadas porque no te lo dieron.

Una amistad desleal, un amor que nos decepciona, un proyecto interrumpido de forma prematura… es muy fácil que las cosas no salgan como queremos. Simplemente, no tenemos el control sobre todo lo que ocurre en nuestras vidas.

Las personas estamos continuamente creando expectativas, interpretando las situaciones o juzgando el entorno, y eso hace que vayamos por la vida con ideas prefijadas. Cuando estas no se cumplen, entonces suelen aparecer las decepciones y la frustración, empujándonos a un círculo vicioso.

¿Por qué creer que los demás deben ser o hacer lo que nosotros creemos correcto? Ojalá la escuela de la vida nos haga suficientemente buenos alumnos, para darnos cuenta que la vida va de aceptar que no poseemos la verdad, que tenemos control solo sobre lo que tenemos control, y que no deberíamos depender de los demás para ser felices. En la escuela primero aprendemos una lección y luego te ponen una prueba. En la vida te encuentras la prueba y luego aprendes la lección. Donde no cabe la decepción es un pozo rebosante de libertad. Partiendo de este contexto, vivir desde la comprensión hacia uno mismo y hacia los demás puede ser un gesto de amabilidad y compasión, ante las diferentes circunstancias que no siempre estarán a nuestro favor.

Yo aposté por aprovechar la decepción de mis horas bajas y transformarla en una oportunidad de aprendizaje y crecimiento, consciente que el desengaño camina muchas veces sonriendo detrás del entusiasmo. La decepción que sentí al darme cuenta de la realidad, me hizo ver lo importante que aquel hombre era para mí.

Nuestro amor siempre fue un verso libre. Una conexión difícil de entender por aquellos ajenos a nuestro pequeño ecosistema emocional. Diría más, incluso yo me perdí en él en alguna ocasión. La primera vez que le fui infiel, me sentí una rata inmunda. Respiré hondo y me quité la blusa. Me deshice del sujetador de encaje gris nacarado con la misma soltura que me entregué a aquella aventura fugaz. Solo conservé el sombrero gris a juego con velo enrejado, porque mi amante me dijo que le resultaba erótico verme desnuda con él sobre la cabeza. Lo había pensado tanto, que al final opté por no darle más vueltas y simplemente hacerlo. Estaba estupenda para mi edad, sin las sesiones de gimnasio y masajes que hoy día se estilan. Me armé de valor y no pensé en las consecuencias que podría acarrearme aquel acto de rebeldía. Con los nervios vencidos y los labios de color rojo amapola, como le gustaban a Esteban, franqueé la puerta que me había negado a cruzar durante años. Una punzada de pánico activó mi imaginación. El escándalo estaba servido. El mundo se desgañitaría llamándome indecente, víbora, pecadora, porque había atentado contra la ideología conservadora y las profundas raíces religiosas y machistas de la época. Nos han enseñado que la infidelidad es muy mala y en función a ese aprendizaje nos movemos por el mundo.

Por un lado, inquieta, temerosa de que se me desvaneciera el valor que me había costado tanto reunir, por el otro, decidida a no dar un paso atrás.

Todas las parejas tienen códigos, y los nuestros estaban claros. Ambos éramos libres para mantener relaciones con otras personas, sin embargo, yo no podía evitar sentir que estaba siéndole infiel, aunque no desleal. Aquello no era despecho ni siquiera deseo de venganza. Se trataba más bien de aprender a ser totalmente fiel a mí misma. Las ganas de agarrarme a la vida me invadían como las secas rocas cubiertas por la marea alta. Me sentí poderosa, quiero decir corporalmente poderosa como mujer. Necesitaba sentirme sexualmente deseada. Todo mi peso descansaba sobre mis pies. Pisaba el suelo, la vida, con decisión. Eso sí, cargando a mis espaldas con el puritanismo que había absorbido de mi familia, a través de mi rígida educación, que me ocasionaba un sufrimiento interno que no podía despreciar. Había probado anteriormente la receta de decirme a mí misma que el sexo no lo era todo, desde luego que no, pero sí forma parte de nuestro conjunto. Puedes repetirle mil veces a tu cuerpo que si nadie lo desea no importa, pero no te va a creer. Porque en la parte animal de su ser, existe esa necesidad de ser deseado, de comprobar que puedes importar sexualmente a alguien. Es un instinto animal, primario, que siempre surge y que tiene su razón de ser, ya que persigue formar parte de la exuberancia y el florecer de la vida.

No sé si existen reuniones de «infieles anónimos», pero quizás estaría bien que pudiéramos hablar de estos temas libremente, y sin sentir que se nos está juzgando.

Uno de mis viajes por el mundo me llevó hasta un desfile al norte de Senegal, donde cientos de hombres de la tribu Wodaabe, islámica y nómada que vive en el Shahel, se preparaban para un festival que tenía por objetivo impresionar a las mujeres y ser elegidos como esposos. Este es considerado el festival de belleza más impresionante del mundo. Belleza masculina que se daba cita cada mes de septiembre cuando comenzaba la fiesta. Las lluvias acababan y se celebraba el Gerowol. Durante siete días y siete noches, ellos se esfuerzan en convencer a las mujeres para que acepten ser sus esposas. La preparación era como la de cualquier certamen de belleza. Los hombres se maquillaban el cuerpo y el rostro durante más de siete horas. El jurado estaba compuesto por las mujeres más espectaculares de la tribu, y cada una de ellas elegía a su ganador. Los candidatos bailaban una danza especial. Si les gustaba uno de ellos, podían decidir ser robadas por él y dejar atrás a sus actuales maridos. Solo tenían que esperar que su favorito les tocase el hombro. Que las mujeres estuvieran casadas no era un inconveniente. Ellas podían tener los maridos que considerasen oportunos, y las que estaban solteras podían tener sexo con quienes quisieran y cuando quisieran. El poder femenino de aquella tribu me hizo reflexionar profundamente acerca de mis creencias limitantes con respecto a todo lo que me habían enseñado cuando era niña. Me habían educado así, y cuestionarme todas aquellas creencias era como volver a nacer. Cuando eres infiel, lo normal es que sientas que eres poco menos que un rastrojo. A eso había que añadir el atributo de «mala madre», al permitirte tener sexo con otro hombre que no fuera el padre de mi hija.

Pero me propuse escribir la historia de una mujer que aprendió que una madre responsable no es la que muere lentamente por sus hijos, sino la que les muestra cómo vivir con plenitud, confiando en ella misma, haciendo las paces con su cuerpo, honrando la ira y la angustia, y dando rienda suelta a sus instintos más auténticos y salvajes. La misma que emprendió la aventura de escuchar su propia voz, esa que por décadas de imperativos culturales y condicionamientos sociales había silenciado. Había liberado el grito de guerra más profundo que podía surgir de mis entrañas. Estaba dispuesta a creer en mí misma lo suficiente como para saltar las barreras que me conectarían con mi espíritu indomable. Ser una mujer no significa resignar tu felicidad personal para lograr encajar con los modelos impuestos. Si había aceptado esta idea para Esteban, ¿no era justo hacerlo también conmigo misma?

Aquella tarde ya era otra. Me había reencarnado en vida una vez más. Volví a comprarme lencería sexi, algo que llevaba años sin hacer. Llegué a mi amante guapa y estupenda. Se trataba solo de pasarlo bien. Me alejé a toda prisa del cuadro de la mujer que nunca quería llegar a ser. Una mujer de pueblo con canas, uñas cortas y manos endurecidas y agrietadas, sin maquillaje, con arrugas y la cara quemada por el sol, comprando una barra de pan por la mañana en zapatillas y con delantal de lunares, mientras preguntaba el precio de la baguette con los brazos en jarras. Una mujer desinteresada por el placer del sexo. Tenía la imagen de mi madre muy presente. Ella nunca disfrutó de su cuerpo, fue más bien disfrute para mi padre. Al llegar de misa cada domingo soltaba la barriga enfajada, relajaba la expresión, se quitaba el sujetador y los pechos colgaban hasta el ombligo, después de que tanta descendencia hubiera secado su fábrica de leche. Se dejaba caer en el sofá y ahí se desparramaba la celulitis. Al quitarse las medias de liguero le asomaban los pelos de las piernas que no había podido depilarse porque aún no eran suficientemente largos. Nunca se quitó los pelillos del bigote, o de la ingle. Siempre tras las gallinas tramposas, que a primera hora de la mañana trataban de colarse en la casa para llevar una vida de personas, comiéndose el pan recién hecho en la olla de hierro. Pensaba que su trabajo estaba hecho como mujer una vez había formado una familia, y que su cuerpo no tenía más necesidad que la de satisfacer a los demás. Ella siempre estaba cansada, secuestrada por la logística doméstica, el qué vamos a cenar y la tensión de que en cualquier momento se despierte un niño. Jamás se planteó su desdicha cotidiana. Se fue con la sensación de que había cumplido con la sociedad y con su papel de mujer.

Al principio, después de los primeros encuentros, regresaba a casa de la mano de la culpa y el remordimiento de conciencia. Me mortificaba por varios días y tenía la sensación de que todo el mundo lo sabía. Terminaba tirando la ropa interior después de cada encuentro, porque la veía sucia a pesar de haberla lavado varias veces. En un primer momento fueron aventuras buscadas, luego me dejé llevar. Tras catorce años de matrimonio, el primer hombre que me vio desnuda tenía cinco años menos que yo. Me decía que yo era el vicio de su piel y que le atraía muchísimo mi cuerpo. Eso me halagaba. En pocos minutos fuimos uno enredados en la misma pasión. Me embriagó el momento, las sensaciones, el deseo. Un poco de lo que todos necesitamos para sentirnos vivos. Al terminar se empeñó en acompañarme al autobús mientras me enseñaba su barrio, e incluso quiso darme la mano, pero me solté con una sonrisa meramente ornamental. Me aseguraba de que no nacieran sentimientos con ninguno de ellos. Cualquier vínculo emocional estaba vetado. Yo solo podía amar a Esteban, en ese sentido seguía siendo la misma que le juró amor eterno, pero en una versión más moderna y práctica.

Empecé a vivir emociones que habían estado desterradas y reprimidas durante demasiado tiempo. Me redescubrí con aquella liberación sexual. Tras años en la sequía, la ilusión de la vida no vivida actuó como gasolina al fuego. Permanecí fiel durante un largo periodo de tiempo, hasta que comencé a preguntarme cómo podría haber sido mi vida. Decidí que aquella pregunta no quedaría en el aire. Nunca fui una mujer perezosa de aventuras y esa cualidad sin duda me propulsó. No buscaba a otras personas, en realidad me buscaba a mí misma, o al menos, ciertos aspectos perdidos o ignorados de la mujer que habitaba en mí. A través de cada aventura buscaba una identidad perdida, que quedó en el pasado. Mi infidelidad no estaba motivada por enamorarme de otra persona. Lo que me enamoraba era esa novedosa y fresca imagen de mí misma, del redescubrimiento personal que suponía que admiraran mi belleza, que se fijaran en mi perfume o en mi nuevo corte de pelo. Me inundaba de dopamina y eso me daba fuerzas.

Desde el primer momento quedó claro que cualquier «desliz», por ponerle una etiqueta, que tuviéramos quedaría para nosotros. Ninguno quería saber de las relaciones del otro. Eso era demasiado doloroso. Por su parte, Esteban también tenía sus escarceos, regresaba a las dos de la mañana algunas noches y, sin ni siquiera ducharse, se ponía el pijama, se metía en la cama, me daba un beso y dormía abrazado a mí. ¿Que si me dolía? Por supuesto. Me dolía el ego, y mucho. Me educaron para que la infidelidad me doliese. Mi alma estaba en paz de estar con otra alma libre, franca y limpia, capaz de mostrarse abiertamente conmigo para construir una relación, en la que dos partes pudiesen decidir qué querían. El alma no era lo que me dolía, era solo el orgullo que estaba herido de muerte. Tenía su compañía, pero añoraba al amante.

Juntos construimos una sólida base para la convivencia. Él jamás trató de ser mi dueño ni me agobiaba. Viajamos uno junto al otro, a un paso cómodo para ambos, hasta el final. Incluso su muerte fue una desaparición serena.

Diez años después de su marcha, aún seguía echando de menos su risa, el sonido de su voz, su genialidad, su compañía, y sus mayúsculas pequeñeces. Sentía que en algunos rincones de mi alma la escoba no se había pasado desde entonces. Nuestra película fue la de dos almas libres que vivieron una junta a la otra, con amor y respeto. Vidas paralelas, en perfecta simetría y equilibrio. Algo que solo se daba una vez en la vida, no esperaba encontrarlo con nadie más. Esteban era único.

Nunca oiréis decir que un chef ha perdido las piernas en un trágico accidente por una buena razón: para que el universo nos enseñe lecciones atroces que seamos capaces de aplicar después a nuestras vidas, el chef tiene que perder la lengua, el músico los oídos, el pintor los ojos, el filósofo la mente y el deportista las piernas. ¿Qué aprendí yo? Mi lección fue que la fidelidad a uno mismo está por encima de cualquier infidelidad. Ahora que Esteban ya no estaba, podía asumir la autoría de mi historia con total libertad, sin avergonzarme de ella.

—Escúchame, Belly —dijo Esteban mientras nos sentábamos en un banco—, la lección de hoy trata de nosotros.

Me había llevado hasta el huerto lleno de surcos sembrados de patatas. Abrió una caja de zapatos verdosa, con una tapadera de cartón deshecha. Estaba llena de fotografías de parientes a quienes nunca conocí.

—Quiero que veas algo —añadió, sacando un montón de fotografías sueltas en blanco y negro— esta vieja caja está llena de vidas no vividas. Sus caras no reflejan la acumulación de arrepentimientos y fracasos, pero te puedo asegurar que muy pocos de ellos fueron fieles a sí mismos. No me gustaría que nuestras caras se añadieran a esta caja de zapatos algún día. Aunque el mundo no lo sepa, nosotros debemos vivir siendo auténticos con nuestros sentimientos. Tú y yo, ¿me sigues? El amor es un misterio que importa solo a dos. A veces ocurre que el mundo no está preparado para recibir personas especiales, y para sobrevivir tienen que inventarse un mundo nuevo, como nosotros. Siempre pensaré que fuimos grandes, que fuimos dos, tú en tu cuerpo, yo en el mío, pero en un solo corazón. No pienses que es cobardía, te hablo precisamente de valentía inteligente. Si no entramos en la caja de zapatos, quedamos fuera de la memoria, y la memoria es el alimento del futuro porque un hombre es su memoria. Si en alguna ocasión de tu vida te das cuenta que no puedes cumplir, no te sientas obligada a mantener compromisos insostenibles. Primero has de ganarte la confianza en ti misma y ser fiel a tus valores. Luego estarás a la altura de lo que prometas, sea lo que sea y a quien sea. Eso significa cumplir las promesas que te haces a ti misma, y satisfacer tus necesidades por encima de todo, para poder estar disponible para alguien más cuando te comprometas a estarlo. Nunca te traiciones a sabiendas.

Esteban me dijo que traición no significa infidelidad. La autoinfidelidad suele ser la más espectacular de las traiciones, aunque nunca es el inicio, sino uno de los posibles resultados. Las traiciones más peligrosas son las que resultan de hechos cotidianos que se van acumulando en el tiempo, y que responden a la pregunta ¿puedo confiar en mí?, ¿cómo de fiel soy a mi persona? No hay situación más difícil que vivir batallando con nuestro interior, por ello la coherencia requiere de voluntad para superar el temor a ser diferentes.

Me costó sudor y sangre aprender que la lealtad hacia el otro es falsa, si no eres leal a ti mismo primero. Mantener una actitud basada en lo que realmente quería y actuar con autenticidad en cualquier momento de la vida, sin miedo, respetándome, escuchándome y entendiéndome, sin traicionar mis propios principios e ideas, fue un camino lleno de espinas, pero también de recompensas, que me permitió tomar las riendas de mi vida sin estar condicionada por lo que pensaran los demás. A la hora de la verdad, que es la de buscarse a sí mismo, uno olvida todo y se dispone a no ser fiel más que a su propia sinceridad. Solo lamento que saliera al encuentro de mí misma en el último tramo de mi viaje, y no al principio, al grito de «vive salvaje o muere».

Capítulo 20

Alguien como yo

L o que sabemos es una gota de agua, lo que ignoramos todo un
océano.

Mi madre no era como otras madres, esa era mi gota. Me imaginaba
cómo habría sido su infancia en los años sesenta, en una Granada de calles
anchas y edificios bajos, con ausencia de coches y el tranvía como gran
protagonista de las calles, junto con algunos burros usados como medio
de transporte, y que portaban las cargas de los granadinos de un punto
a otro de la localidad.

Una imagen llena de contrastes, entre la modernidad que surgía
para quedarse, y un mundo rural, aún presente, que ha ido poco a poco
desapareciendo de la estampa. Seguramente fue una de esas niñas de
cabeza trenzada, que jugaba al aire libre a la rayuela, a la goma o sal-
taba a la comba al ritmo de la tradicional canción «al pasar la barca»,
rodeada de vendedoras de romero, tejedoras, limpiabotas, y jóvenes que
paseaban cerdos en la Plaza Nueva. Una infancia que transcurría en
plena transición entre la posguerra y la dictadura franquista.

Recuerdo vagamente que, en cierta ocasión, Belly me contó como mi
madre se escapaba para presenciar entre la algarabía infantil y en primera fila, la función del mago Fumanchi. Los niños gritaban: «Peneque,
Peneque, ¿dónde te metes?». Al parecer era un héroe de cartón y fieltro
de unos cincuenta centímetros, que irrumpía en un pequeño escenario
ambulante para hacer justicia, y que el bien siempre se impusiera so-

bre los villanos. Todavía hoy el valiente títere andaluz sigue viviendo aventuras, gracias a las manos de los hijos del creador de la marioneta, que conservan la tradicional compañía de teatro infantil.

—«Tu madre siempre regresaba con la cabeza llena de fantasías e historias increíbles después de ver a Peneque. Ella siempre tuvo mucha imaginación», aseguraba Belly, moviendo la cabeza de un lado a otro, como si esa virtud hubiese sido más bien un problema.

Apenas estaba poniendo mi vida en marcha de nuevo y tratando de recomponer mi historia. Había recobrado el ochenta por ciento de la memoria, el veinte por ciento restante pertenecía a recuerdos antiguos, y que al parecer volverían de forma gradual. Reanudé mi trabajo en la consulta, y Conan y yo cada día estábamos más compenetrados, sin embargo, aquella pregunta hizo saltar por los aires una vez más mi pasado.

—¿Te gustaría ser madre, Rafaela?

Mi silencio lo dijo todo.

—¿He hecho la pregunta demasiado pronto o demasiado tarde? —insistió Conan.

—No lo sé. Tal vez se la has formulado a la persona equivocada.

Él, protector, me abrazó y bromeó quitándole importancia. Estábamos tan cerca que podía sentir palpitar la vena de su cuello.

—Solo quería comprobar que no te importaba que mis espermatozoides de marino fuesen demasiado salados para fecundarte —se guaseó—, solo él tenía la capacidad de tirarse a chufla hasta lo más serio.

—Me parto y me mondo —respondí aún entre sus brazos.

Me dio por reír, sí, primero un poco. Luego, cuando él me vio y se unió a mí, ya no hubo quien nos parara, básicamente porque la de Conan era una de esas risas contagiosas, que nacen en el estómago y se expande en el acto por todo el mapa corporal, lanzando tentáculos que te envuelven con ella.

No pude evitar que se colaran algunos pensamientos. ¿Qué es lo que define realmente a una madre? ¿Qué es lo que define a un hijo?

La familia crea lazos que después la convivencia no sabe cómo seguir tensando, y muchas veces se deshacen. ¿Quería o no quería hijos? Mi reloj biológico no clamaba por la maternidad, no existía un impulso que despertara mi instinto por ser madre. Supongo que eso estaba ligado a mi visión de la vida y el trauma no resuelto por la ausencia de mis padres.

Casualmente estaba trabajando aquellas semanas con Alicia, una consultora de *marketing* de treinta y siete años atrapada en sus emociones. Empezó muy directa y tajante la primera sesión de terapia, diciéndome:

—No quiero ser madre. A los veinte pensaba que los tendría a los treinta, cuando cumplí los treinta pensaba que a los treinta y cinco, y así he llegado a los treinta y siete, y me he dado cuenta que no quiero tenerlos, y que nunca va a ser el momento. He concluido que quiero recurrir a la esterilización como método anticonceptivo definitivo.

—Parece que lo tienes muy claro —dije escueta.

—Fui al médico a solicitar una cita y me trataron con paternalismo, me infantilizaron y hasta me recomendaron hacerme un examen psicológico. Mis amigas me dicen que tener hijos es cerrar un círculo, que forma parte del proceso natural. Por otro lado, mi pareja insiste en que el hecho de que no quiera tener hijos es una decisión egoísta. Todo esto me hace sentir realmente mal y no sé cómo gestionarlo.

—Me has hablado de lo que piensan y quieren los demás. ¿Y tú qué quieres realmente, Alicia?

—Simplemente no quiero asumir más responsabilidades. Sé que sería una madre estupenda, aun así, ya tengo otros compromisos y obligaciones y no quiero añadir una nueva. Eso supondría poner freno durante años a mis proyectos y a mi proyección profesional.

—¿Eso significa que piensas que perderías más de lo que ganarías con tu nueva faceta de madre?

—Bueno, está claro que tendría que hacer un alto en el camino, pasar por el embarazo, el parto y la baja de maternidad. Como autónoma perdería clientes y oportunidades, además quiero hacer otras cosas en mi vida.

—¿Cómo describirías la maternidad con una metáfora?

Bajó la mirada deliberando por unos segundos y contestó con firmeza.

—Tener hijos es como firmar un contrato lleno de renuncias de por vida.

—Vaya. Parece que la decisión de ser madre tendría un impacto importante en tu vida.

—Así lo veo yo. Creo que el tiempo es de quien lo posee y debe gestionarlo como decida. Mi estilo de vida no encaja con la dedicación que requiere un hijo. Se me ponen los pelos de punta cada vez que veo bombos por la calle convertidos en imanes de cuñados, sabelotodo, pediatras, vecinas y visionarios que lo utilizan como una bola de cristal de advenedizos presagios, que con la bandera de la omnisapiencia convierten sus experiencias en un dogma de fe o, peor, ni siquiera sus vivencias, sino creencias populares que han escuchado sobre la maternidad, y sabios consejos de cómo ser madre y depilarse las dos piernas el mismo día.

—Entiendo.

—Siento una fuerte presión en mi entorno. Parece que tenga que estar dando explicaciones constantemente acerca de mi elección.

—Tú lo has dicho. Ser madre es una elección, no una imposición.

—El pasado fin de semana solo porque dije que no me gustaban los niños en casa de mis suegros, me miraron como si fuese una despiadada. Mi suegra me reprochó el comentario y luego añadió: «Ya te llegará el momento, todo llega hija. Todavía no eres lo suficientemente madura». ¿Te lo puedes creer?

—Entonces no te gustan los niños y además no quieres firmar ese contrato de renuncias. ¿Es eso?

—Hay algo más. Ahora que reflexiono acerca de todo esto, creo que pintan bastos. El planeta y los valores se están deteriorando y no quiero participar de este circo. No es misantropía, es simplemente que en mi escala de valores no encaja tener un hijo en un mundo materialista, agresivo, competitivo, autoritario, poco cívico, voraz, y que se deteriora con unos valores difíciles de encauzar.

—¿Cómo te gustaría sentirte con respeto a tu decisión?

—No quiero sentirme culpable, ni considerar que mi decisión no es normal. Me han llegado a preguntar qué es lo que espero de la vida si no quiero tener hijos, como si no fuera suficiente conmigo misma, como si solo pudiera ser una mujer o una persona completa si los tengo.

—Alicia, me has dicho cómo no quieres sentirte, pero no me has respondido acerca de cómo te gustaría sentirte con respeto a tu decisión.

—Ligera, valiente y segura de que la mía es una opción de vida tan valiosa como lo es la maternidad. Es hora de quitarle la pila al proverbial reloj biológico que hace saltar su insoportable tictac, y de deshacerme del modelo-madre históricamente instaurado que se empeñan en adjudicarme.

—∞—

Aquella tarde intentaba disimular mi torpeza al encender un incienso por cuarta vez consecutiva. Me sentía inquieta, sin saberlo barruntaba cosas que todavía me eran ajenas, verdades todavía no perfiladas. Luces y sombras. No imaginaba que quizá tuviera razones para estarlo. Razones que aún desconocía.

Caminé por el pasillo hecho de piedritas y cemento blanco del jardín, que se había convertido en uno de mis rincones favoritos. Los rosales, el azahar, las madreselvas, y el árbol de jazmín que perfumaba la entrada, embalsamaban el aire con su aroma. La enigmática botella que rescatamos del barco con el mensaje oculto reposaba sobre la redonda mesita de hierro blanca, rodeada de las verdes enredaderas que me hacían sentir serena y enamorada de los secretos que aquella botella abrigaba. Me senté a la sombra, en una de las sillas mullidas a juego con la mesilla, acariciando una de las aterciopeladas rosas que acababa de cortar. Pensé en el privilegio de estar sentada en medio de tanto verde en aquel jardín del alma, mientras miraba tras el cristal empañado de una jarra de limonada helada que me hacía compañía.

La imaginación puede embellecer o afear lo que los ojos contemplan. Eso me estaba sucediendo. El jardín lo sentía como un edén, pero lo que veía realmente era a una pordiosera mirando el interior a través de las rejas de la entrada. A pesar de su ropa zarrapastrosa, su luz despuntaba en la oscuridad del atardecer, brillando entre todo lo que alcanzaba mi visión. Se me antojó una de esas estatuas de mármol que rodeaban la plaza de Roma, excepto que llevaba más ropa puesta, y su cabello enmarañado tenía un aspecto pegajoso. Cuando se dio cuenta que la observaba y le sonreía, la figura me devolvió una sonrisa limpia de maldad que me despertó un fugaz recuerdo, lo cual demostró que no era una estatua, ni un ángel, sino una mujer. Estaba bastante quieta, con los brazos caídos. Primero percibí su cara, de una belleza cándida, después sus manos, y mientras la miraba me atravesó un escalofrío que no entendí. Aguardaba frente a la puerta con la paciencia de un pescador, con la callada inmovilidad de un ser que controla su cuerpo y sus emociones.

—Lo sé —dijo ella, interpretando que me reía de su aspecto sucio y desgalichado, mientras se alisaba la parte delantera del polvoriento vestido con sus manos delicadas—. ¿Puedes creer que llevo caminando tres días? —Hizo un gesto señalando los olivos que se perdían a sus espaldas.

Por un instante me quedé sin respuesta mientras mi cerebro intentaba encontrar el recuerdo que vagaba lejos de mi alcance. No había manera.

—¿Hay algo que pueda hacer por usted? ¿Busca a alguien? ¿Está perdida? —pregunté, levantando la voz sin perder mi posición.

Sus ojos grandes castigados por el sufrimiento estaban húmedos.

—Busco a Rafaela —declaró con una voz pusilánime y emocionada.

Esperando que se calmaran los golpes de tambor que sentía en el pecho, me incorporé como alzada por un resorte y caminé atraída por una fuerza inexplicable hacia aquella voz. Me detuve a pocos metros frente al portón, con la flor en una mano y la otra en el bolsillo.

—Soy Rafaela, ¿y tú?

—Soy tu madre —contestó— como si estuviera dispuesta a recibir con la misma conformidad un beso o una puñalada.

Y de pronto sucedió. En el bolsillo ya no había sitio para la mano, ni en la otra mano soporte para la flor. Eché a correr. Los brazos por fin rodearon y ahogaron el tiempo perdido. Me pareció escuchar un suspiro de alivio.

Nos mecimos como si hubiéramos echado raíces en el centro mismo de aquel jardín. De nuevo estábamos juntas destino con destino. Comprobamos que éramos en verdad la una y la otra. Le acaricié el pelo cubierto de polvo y fango, pero a mí me resultaba sedoso al tacto de mis yemas. Ella me rozó las mejillas, incrédula. El tiempo se alió con nosotras hasta que las lágrimas saltaron. Nos estremecimos de amor como las hojas secas cuando son pisadas en otoño.

—Todavía nos queda tanto tiempo y el corazón nos sigue latiendo —me dijo sin soltarme, y abrazándome con la virulencia de un volcán—, podemos poner en marcha el cronómetro de una nueva etapa de nuestra historia, mi niña.

Mi alma temblaba a punto de lanzarse al espacio de la suya, como el pájaro que agita sus alas antes de entregarse al vacío por primera vez.

—Ven —dije—. No existe el tiempo perdido. Cada minuto vacío lo he llenado de ti, mamá.

Nos separamos, pero cuando las almas se tienen que encontrar, el destino acerca los mundos, borra la distancia, une los caminos y desafía lo imposible. Silbó el aire que había contenido la respiración para escuchar la música del rumor de nuestros besos impacientes. Yo pensé entonces algo que no puedo recordar, y que, aunque lo recordase, no encontraría palabras para describirlo, porque mi espíritu se había sustraído a cuanto le rodeaba. Vivimos un sueño de oro, del que nadie podría hacernos despertar.

—¿Has formado una familia, Rafaela? —preguntó, dirigiendo la mirada a Conan, que nos observaba perplejo desde el ventanuco de vidrio tintado de la cocina.

—Es Conan, mamá. Lo más parecido a una familia que he tenido desde que murió Belly.

Le hice un gesto para que se acercara y enseguida se unió a nosotras. Quiso disimular, pero le embargaron los sentimientos al presenciar el voltaje emocional de nuestro encuentro. Sabía lo que aquel momento significaba para mí. Mi madre le saludó amablemente, y él la apretó con fuerza contra su pecho ancho y fornido. Después, despejó con ternura la última lágrima que había caído por la mejilla, y que se había detenido en mi barbilla.

—¡Bueno, por fin tengo una suegra con quien discutir! —bromeó, tratando de darle un giro a la energía emocional—. Si lo llego a saber, hubiera preparado una tarta y colgado guirnaldas para celebrar tu regreso.

Yo estaba en una nube. Ella se columpiaba en la luna. Siempre soñé cómo sería este momento, sin embargo, ni en mis mejores sueños podría haberme imaginado a mí misma tan feliz. Me daba miedo soltarle la mano por si desaparecía de nuevo como cuando era niña, y se quedaba en mi retina su imagen con su moño a la italiana y su maleta de piel marrón desgastada.

—Chiquilla, deja a tu madre que se dé una ducha y se cambie de ropa. Prepararé algo para cenar. Tenéis mucho que deciros, pero dale un respiro —sugirió Conan con mucho criterio, al darse cuenta de que nosotras nos habíamos perdido la una en la otra.

Ella asintió con la cabeza agradeciendo la iniciativa, y entró en la casa donde había crecido, su hogar. La puerta estaba abierta para refrescar el interior. Caminó despacio, reconociendo cada rincón. Yo había conservado la mayor parte de los muebles de mi abuela, pero sin duda había algunas reformas y cambios en la decoración. Convivía una mezcla de lo viejo y lo nuevo, porque si bien quería imprimirle mi propio sello, nunca me deshice completamente de lo que conformaba la personalidad de la casa familiar. Se encaminó a la cocina, giró la cabeza hacia mí y me dijo:

—Aquí había una barra de madera con banquetas altas en la que mi madre preparaba sus mermeladas, y donde aprendí a hacer canapés para Navidad, que era el mismo día del cumpleaños de papá. Y justo en este rincón la estantería con las medicinas —siguió, señalando el moderno microondas, que se reflejaba en los brillantes azulejos de estilo nazarí a juego con el mosaico.

Cerró los ojos y respiró profundo, como si quisiera aspirar los aromas impregnados de su historia. Luego buscó otra instancia.

—Recuerdo el día que me quedé encerrada en el baño y mi padre me pasó uno de mis cuentos favoritos por debajo de la puerta para que no me aburriese. En este mismo lugar me hice una brecha en la frente, porque me empeñé en patinar con una esponja de guante por el fondo de la bañera. No tendría más de ocho años entonces.

La seguí por toda la casa, más feliz que un ratón con un trozo de queso, mientras compartía conmigo las anécdotas y los recuerdos de su niñez. Era como un paseo por el tiempo que nunca conocí. Un regalo invaluable al que me aferraba.

—El monumental cabreo que cogí a los dieciséis años fue sonado. Yo había pedido una maleta de viaje para mi cumpleaños y me regalaron una máquina de escribir; monté una escena en este pasillo. Entonces estaba pintado de color garbanzo. Y desde este ventanal escuchaba a papá hablar con las verduras y los árboles en el huerto. Yo me reía cuando les decía que tenían que crecer jugosas y sanas, porque iban a ser cocinados por la mejor cocinera del mundo, y degustados por los paladares más exquisitos. El domingo que volvimos a casa después de que muriera, entrar sin él y sentir que todavía quedaba algo vivo de él fue una sensación muy extraña.

»El entorno y los exteriores han cambiado bastante. El jardín es aun más bonito ahora, y las persianas están pintadas de un color diferente, pero la casa conserva su esencia. Que alegría poder volver a casa y revivir tantos momentos —dijo con nostalgia—, gracias por conservarla, Rafaela.

—Sigue contándome, mamá. ¿Qué más cosas viviste aquí?

—El lugar más importante era nuestro árbol del jardín delantero. Cuando era pequeña, le puse un nombre, *Berto*, y agregué el apellido de la familia. Bajo sus hojas tomamos fotografías del primer día de escuela cada año.

Ya en la planta de arriba, me mostró su antigua habitación.

—Cuando venía a visitarte, te quedabas a dormir conmigo en esta cama. ¿Te acuerdas, Rafaela?

Asentí con la cabeza. Aquel recuerdo perduraba en algún lugar remoto de mi conciencia. La niñez es como estar borracha. Todos recuerdan lo que hacías menos tú, pero en aquella ocasión debía estar muy sobria.

—Durante demasiado tiempo he recordado cada rasguño de estas paredes, el crujido de los escalones de madera, el olor de mis padres, el bullicio del taller de mamá que siempre estaba lleno de clientas, y la imagen de las libélulas en el huerto buscando la última franja de luz. Cuántos recuerdos alberga esta casa, Rafaela ... cuántos sueños y planes de futuro. En verdad recordar es volver a vivir.

Sus palabras me hicieron ver que un hogar es el santuario donde uno es esperado, y donde habita el corazón. Como los pájaros, podemos posarnos en lugares infinitos, pero solo hay un nido. Incluso en los momentos en que se encuentra vacío, quedan en él ecos de nuestra vida. Hay una magia en el pequeño mundo del hogar, que permite que las lágrimas se sequen a su propio ritmo, y que las risas se desnuden sin timidez. Es ese lugar donde uno descansa de las guerras, y se refugia de las flechas en llamas. El hogar es un ente con vida que nos invita a soñar en la calidez de sus brazos.

Allí estaba yo, frente a la persona que me dio la vida, entregada al temblor de la emoción, tratando de descubrir, imagino, las razones de su desaparición. Y allí estaba ella, delgada pero fuerte, pequeña pero no insignificante, tan atenta a mis reacciones, como incapaz de ocultar la satisfacción que experimenta quien pisa firme en el mismo terrero en que otros se encuentran a un paso del abismo de lo desconocido.

Conan nos observaba desde la distancia cautelosamente, con el minucioso interés con que se estudia a dos seres de otro planeta que se redescubren. Su lenguaje corporal se tornó algo más osado. Puede que se tratara de algo que los sentidos aprecian, pero que no saben nombrar: el olor y el brillo que desprenden las personas enamoradas. El reloj me confirmó que la eternidad que yo sentía, esperando que terminara su ducha y se vistiera de limpio, no era más que fruto de mis ganas por recuperar y asegurar su presencia de nuevo.

Comimos algo. Conan había preparado una ensalada de cangrejo fría y una tortilla de espárragos. Se comportaba con tal familiaridad que parecía el propio anfitrión. Me parecía un espejismo ver a mi madre ocupar la casa de nuevo conmigo dentro. Fueron varias horas las que permanecimos sentados en la penumbra del jardín. Al principio nos movíamos en el terreno de lo abstracto, la vida, el futuro… Mi mente era un hervidero de interrogantes, estaba llena de dudas, sin embargo, no tenía el valor para formular la pregunta definitiva. ¿No tiene todo el mundo derecho a un tiempo de indecisión? Ella pareció adivinar mi inquietud.

—Rafaela, hay preguntas que uno tiene derecho a hacer y respuestas que le deben ser dadas. Ya no seremos más extrañas —dijo, tomándome la mano.

—¿Por qué me abandonaste? —me arranqué por fin, como el motor de un coche viejo que ha permanecido parado por mucho tiempo.

Me dio mucha pena lanzar aquella pregunta, pero creo que a veces una pregunta cruel es un favor a largo plazo. Conan buscó una excusa y se retiró, dejándonos solas. Tal vez pensó que podríamos necesitar caer en el vicio que produce una conversación patológica, que se enreda durante horas en lo mismo, y quiso regalarnos la privacidad que ese escenario necesitaba. Era como si el semáforo se hubiese puesto en verde, y el muro de contención se hubiese desplomado.

—¿Damos un paseo, Rafaela? —preguntó, poniéndose de pie.

Yo la seguí. Fuimos paseando despacio por la avenida principal, sedientas por beber de nuestros sentimientos, ajenas a todo y a todos. Hicimos incluso algunas pausas, sin perder la distancia que facilitaba las confidencias. Si alguien nos hubiera observado, habría pensado con total seguridad que disfrutábamos de un paseo en una noche fresca primaveral, y de una compañía de la que nos costaba desprendernos. Es posible que fuera yo quien me acercaba a ella para rozar su piel, o tal vez fuese ella quien acompasaba mi paso para percibir el pulso de mis venas. Sentí muchas veces el impulso de abrazarla, el impulso que tiene el animal más débil hacia quien solo puede protegerla, pero me contuve. El rumor de los pocos coches, y el olor de la vegetación que levantaba la noche, me trajo intacto el recuerdo de la caminata que solíamos hacer cuando era niña hasta la tienda de los libros olvidados.

Algunos silencios junto a la brisa nocturna, me ayudaron a eliminar la maraña mental que la increíble historia de mi madre me produjo. Era como si remara a contracorriente para destilar mis pensamientos. Una frase menuda y punzante como una espada me hirió en lo más profundo, cuando me habló de Elsu, un hombre fuera de este mundo y a quien me presentó como mi padre.

Después de treinta años esperaba escuchar cualquier narrativa, menos aquella historia de ciencia ficción. Me hubiese conformado con la historia de una madre joven que se queda embarazada, y no es capaz de responsabilizarse de su hija. Un padre al límite de sus adicciones que abandona a su familia. Un embarazo no deseado del que acaba haciéndose cargo una abuela. Me hubiese valido incluso la historia de unos padres inmaduros que acaban rompiendo su relación de forma dramática, dejando por el camino algún hijo en tierra de nadie, o la de un progenitor cobarde que decide dejar de formar parte de la vida de su hija, para reiniciar su vida con una nueva pareja formando otra familia. No sé… me había preparado para cualquiera de esas dramáticas y tristes historias que escuchaba diariamente en mi consulta, pero ¿cómo enfrentarme a algo así?

Me sentí atrapada, seducida, y envuelta por aquel relato inverosímil que empezó a ser escrito hacía más de tres décadas. Llegó a impresionarme de tal modo aquel hombre a quien rodeaba el misterio, que no di punto de reposo hasta saber todo de él. ¿Cómo si no podría conocer a un desconocido? No estaba segura de estar despierta. Mi cabeza se escindía en dos mitades, la primera se rebelaba y se negaba al grito de no es posible. La otra solo quería saber más.

—¿Rafaela, recuerdas cuando eras pequeña y yo te contaba cuentos?

—Sí, esa era una de las cosas que más me gustaban —asentí nostálgica.

—Bien, esto podría bien ser un capítulo del cuento de «El taller de las ilusiones», pero no lo es. Es una de las pocas cosas que sé que son verdad.

Me contó cómo consiguió escapar de San Patricio, como quien huye después de cometer el peor de los delitos, como quien se escapa de un tirano carcelero y se sirve de lo oscuro para que nadie la vea. Fugitiva, así llegó. No quiero calcular cuántos kilómetros caminó con aquellos pies hinchados, cansados y heridos. No negaré que al unir la palabra «psiquiátrico» seguida de todo aquello, lo primero que pensé es que una impostora que había perdido la cabeza se las había apañado para llegar hasta mí, y decirme aquello que más quería oír en el mundo. Su historia parecía la de una de esas personas secuestradas por una secta, que comen hongos alucinógenos y que aseguran volar a lugares insospechados. Aun así, decidí cambiar mi mirada y reservar mis pulsiones lógicas a otro ámbito, incluso cuando se puso a hablar con un mastín canela, que aseguraba le había guiñado un ojo. Porque para conocer la realidad esencial de una persona, tenemos que mirarla con el corazón. Comprendí también cómo otra jugada del destino quiso que el hospital de neurocirugía donde permanecí ingresada estuviese en el mismo recinto sanitario de San Patricio, facilitando a mi madre las escapadas para visitarme.

Un fluir de momentos aterrizó de pronto en la pista de mis recuerdos. Yo tendría seis años de edad. Una niña no comprende el lenguaje vertical, y pensaba que tal vez mi madre estaba loca como decían algunas personas.

Una mañana se levantó triste y me dijo: «Mi vida, hoy estoy vestida de niebla, ¿lo ves?». Cuando despertaba de buen humor, me mostraba su vestido de notas musicales, girando sin parar como una de esas bailarinas de *ballet* que se mueven al compás de una cajita de música. Me pedía que subiera el volumen de la melodía de *El Lago de los Cisnes*, yo hacía el gesto imaginario, y en cuanto la música de Tchaikovsky sonaba, se erguía y empezaba a mover los brazos como si fuera una de esas deliciosas bailarinas de primera línea, doblegándose con la delicadeza de un junco movido por el viento. Sus pantalones color verde caqui y la sencilla camiseta naranja no me impedían ver con claridad su talle ajustado, moviéndose etéreamente sobre unas piernas larguísimas, flexibles como la goma. Al ritmo de una música ligera y pegadiza se balanceaba hacia los lados con desenvoltura. El vuelo de su vestido imaginario envolvía mi diminuto cuerpo con el tul y las plumas blancas, mientras bailaba con ella poniendo mis pies sobre los suyos descalzos. Percibía el tacto tibio de sus dedos en cada giro. Éramos dos almas felices empolvadas por el color rosa de la vida.

—Rafaela, he notado que te molestas si tus amigos te llaman loca y eso no está bien —dijo sin parar de danzar—, es natural que la hija de una loca sea loca también.

Entonces, por primera vez repliqué a mi madre. Levanté el rostro con una sonrisa sellada por la expresividad de la inocencia y el atrevimiento, enfrenté la luz de sus ojos, y contesté vivamente: mamá, te equivocas, no siempre la hija de una loca tiene que ser loca; a veces ayuda a los que están locos.

—Tienes razón, mi vida. Sigue escuchando y bailando, esta es música para despertar.

Aquellas largas e intensas horas con mi madre me ayudaron muchísimo a despejar mis ideas en cuanto al tipo de madre que me gustaría ser, si algún día se diera el caso. En primer lugar, como hija comprendí que una madre no tiene por qué ser esclava de nuestra idealización. Mi madre era diferente sí, pero no por eso me amaba menos, no por eso estaba relegada a un escalón inferior en la categoría de las madres. Yo sería más bien como la mesa del bufé libre. Estaré ahí. Cerca. Disponible. Con la certeza de que, cuando me necesiten, me van a buscar con la misma naturalidad con la que yo les voy a recibir. No se es mejor madre por desangrarse y vaciarse, sino que como mujeres debemos mirar por nosotras y mimarnos, buscando el hueco para dormir, para reponer, para delegar, para pedir, para tener ratos a solas y en silencio, para volar, para cuidarte y poder cuidar mejor. No hay dos madres iguales, como no existen dos hijos idénticos. Es fácil caer en la trampa de las comparaciones «me gustaría que mi madre fuera como la madre de mi amiga», «¿por qué no puedo tener una madre normal?». Estoy convencida que cada madre viene de un planeta distinto, aunque eso sí, todas tienen superpoderes curativos, para dominar el tiempo y esa carrera instintiva llamada «todólogas» que las hacen conocedoras de todos los temas, primero como aprendizas y luego como expertas de nuevas y múltiples profesiones; son enfermeras, maestras, cocineras, animadoras, psicólogas, etc. Enamorarnos de nuestra madre, sin importarnos del planeta del que venga, es lo único que nos hace merecedores de ella, sin juzgarla, sin criticar tal vez aquello que se nos escapa a nuestro entendimiento, simplemente con aceptación y amor.

Como madre, yo sería ese árbol que permite que cada tronco escoja quién quiere ser, limitándome a observar y a dar ese espacio para que tengan suficiente terreno para llegar hasta donde ellos quieran. Aceptando que habrá algunos más enraizados que otros, unos que crezcan más rápido, y otros que necesiten más riego. No importa que unos extiendan sus ramas más altas porque quieran llegar muy lejos, y otros sean más cortos porque necesiten menos, lo importante es que cada una tenga la libertad para crecer hasta donde decida y en la dirección que escoja. Estaré atenta para escuchar cuánta agua necesita cada uno, y dejaré que cada extensión de mí sea como quiera ser, con sus particularidades, amaré a la rama más parecida a mí y también a las más distinta. Todas las extensiones de mí me enseñarán un mundo desconocido, y mis raíces siempre permanecerán firmes para animarlos a que algún día ellos también siembren su propio árbol, si así lo desean. Del mismo modo yo creceré bajo el sol como ejemplo, libre, única, fiel a mi propósito, y con las alas extendidas para volar allí donde el corazón me lleve, unas alas hechas con las plumas de cada uno de mis retoños, que se encargarán de limpiar mi cielo de todo obstáculo para que lo logre.

Mi madre es la que es, y así la quiero, porque no me coarta y me enseña que todo lo puedo. Hoy sé que ella es salvaje y que moriría entre los barrotes de la monotonía y la rutina, que necesita volar libre hacia parajes innombrables, personajes peculiares, universos estelares, lejos de todo lo preestablecido, para de nuevo regresar a mí siempre con la mente abierta, llena de sabiduría.

Aquel mismo día perdí el miedo a que partiera, a que no me amase. De lo único que tenía miedo es de que no se sintiese libre, que no fuese feliz y que no encontrase un hogar allí donde decidiera estar. No quería que nos amaramos de otra forma. No quería encadenarla a mis miedos, mis necesidades, con mis condiciones, imponiéndole mis motivos y mis obligaciones. Quería a mi madre entera, ligera de mi dependencia emocional, libre de explicaciones. Madres e hijos no tienen que volar el mismo vuelo, soñar el mismo sueño, vivir la misma vida. Existe algo mucho más divino que todo eso. Un hilo infinito que anuda el alma y aunque se doble, se enrede, pasen milenios, encantos, y mil guerras, ese hilo no suelta el amor. Borra fronteras, cruza los mares y no entiende de lejanías en el corazón. Siempre se mantiene fuerte, pero no aprieta, ni duele, ni ahoga el amor. No reclama presencia, ni gestos, aflora sin más.

Aquella noche escribí en mi libro de frases favoritas «una madre perfecta, es una madre feliz».

Cuando regresamos, todavía algunos trozos de limón flotaban en el borde de la jarra de limonada sobre la mesilla. Conan me preguntó de manera distraída: «¿Dónde habéis estado?, ¿cómo ha ido?». Le dije que bien con una sonrisa. Hizo un gesto muy suyo, como de quien solo quiere comprender lo justo, porque no tiene la necesidad de hurgar en conversaciones ni vidas ajenas. Para los temas emocionales era más hermético que las bolsas zip de los congelados, aunque poco a poco el tiempo lo había ido pelando como a un plátano hasta descubrir su tierno interior.

Mi cuerpo se sobresaltó con un espasmo cuando vi a mi madre con la botella que contenía el misterioso mensaje entre las manos, corriendo hacia mí, con un aire asustado y extraño preguntándome:

—¿Cómo ha llegado esto hasta aquí?, ¿dónde lo has encontrado?

Capítulo 21

El salto de la rana

Allí estábamos, con un café caliente sobre la mesa y los dedos inquietos jugando sobre el teclado del teléfono móvil. Me llamo Rafaela, pero también podría ser Sofía, Paula o Julia, el nombre es lo de menos, podría ser cualquiera porque mi historia es la de muchas.

Si introduces una ranita en una olla de agua hirviendo, esta saltará de inmediato. Pero si la olla está al fuego y llena de agua fría, el anfibio seguirá nadando y poco a poco ajustará gradualmente su temperatura corporal a la del agua, manteniéndose en una cierta comodidad que le impide darse cuenta de que el agua está aumentando la temperatura, y de que si no salta, acabará muerta.

Cuando el agua está llegando a su punto de ebullición, la temperatura se torna insoportable, la rana intentará escapar, pero tristemente como ha gastado todas sus energías adaptándose al agua, a la somnolienta y agotada ranita ya no le quedan fuerzas suficientes para saltar. Paralizada, sus músculos ya no le permiten dar el brinco. Ha perdido su capacidad de reacción y ya no goza del ímpetu que le haría falta para ponerse a salvo. Lo que empezó siendo un baño refrescante acaba convirtiéndose en su final.

Esta parábola del filósofo y escritor Oliver Clerc, convertida por desgracia en una ley física real, demostró que, si el agua se calienta a 1,2°C cada hora, la rana permanece dentro del agua y muere. Pone de manifiesto los peligros de la sobreadaptación, el conformismo y la falta de contacto interno. Describe perfectamente que la falta de consciencia acerca del deterioro progresivo impide tomar decisiones a tiempo que pueden revertir la situación. Ahora bien, yo me pregunto: ¿Qué mató a la rana?, ¿fue el agua hirviendo o fue su incapacidad para decidir adecuadamente en qué momento debía saltar? Seguramente si se hubiese sumergido en la olla a 50 °C, ella misma habría dado el gran salto con el objetivo de salvar su vida. Sin embargo, mientras toleraba la subida de la temperatura, no se planteó que podía y debía salir de ahí. Esa era yo, una mujer bajo «el síndrome de la rana hervida», que había desarrollado el arte de adaptarse a lo dañino, en contra de mi bienestar mental, emocional y físico. Esther llamaba a mi conducta virtuosa, pero, en realidad, era una «rana hervida», resultado de mi propio abandono.

Nadie soporta un insulto o una agresión de alguien a quien acaba de conocer, renuncia a todos sus derechos un día cualquiera, ni pierde su propia identidad de la noche a la mañana. Saltar en esas circunstancias sería un acto reflejo. Se trata de un proceso que desemboca en una sopa de rana que a veces se cierra con tapa. Si el primer día que conocí a Jared me hubiese ocurrido lo que viví aquella tarde, me hubiese puesto a salvo de un energético salto. Pero el deterioro, si es muy lento, pasa inadvertido y la mayoría de las veces no suscita reacción, ni oposición, ni rebeldía. Me quedé paralizada como la rana en el agua hirviendo. Los músculos emocionales ya no me respondían. Me sentía en una zona de confianza, sin percibir los cambios menores que se estaban produciendo a mi alrededor que, en realidad, suponían un debilitamiento del afecto, el respeto y la confianza. Un desgaste emocional progresivo, que terminó atrapándome hasta el punto de que no veía ninguna salida. Cumplía con la típica maltratada de libro. Primero negué la importancia del problema «tenemos nuestros más y nuestros menos». Más adelante justificaba su conducta «somos una pareja muy pasional». Para minimizar la situación me centré en los aspectos positivos «es mi único apoyo en la vida». Luego sobrevolé la esperanza del cambio «cuando nos vayamos a vivir a Granada, cambiará». Pasé por la fase de culpabilidad «la culpa es mía por haberme casado con él». Me sentía engañada por mi propia estupidez. Finalmente intentaba justificar por todos los medios mi permanencia en aquella relación «bueno, seguro que esto es una lección que tengo que aprender».

Tres semanas después de nuestra idílica boda, la vida ya no me sonreía, más bien hacía muecas como si algo le provocara risa nerviosa. Los instantes de dicha mundana y corriente eran un bien escaso, que habían perdido hasta la sombra. Dejé de dibujar corazones en cristales empañados, para volver a la «historia de amor» desgarradora y lacerante. Jared vio de nuevo en mí ese pequeño invertebrado verde fosforescente de ojos rojos saltones y brillantes, y yo me quemaba de nuevo entre las paredes de su olla.

Empecé a sentir mareos y un cansancio mortal. La ley de Murphy se manifestó. Sí, esa mal recibida ley que dice que la tostada siempre cae por el lado de la mantequilla y que si algo puede salir mal, saldrá mal. Vamos que todo aquello que sale al contrario de nuestros deseos ha sido inspirado por la ley de este buen hombre. Siempre he tenido periodos irregulares, así es que no tenía ninguna razón para pensar que algo iba mal. De golpe, todo parecía acelerarse vertiginosamente al mismo ritmo de los más de cien latidos por minuto, que registraba el diminuto corazón del feto en la primera ecografía. Aunque mi ilusión siempre fue formar una familia feliz en la que yo sería la Barbie, él mi Kent y viviríamos en una caravana rosa, con un perro y un niño rubio precioso, la sorpresa de la noticia, y la sola remota idea de pensar que tendría que compartir mi maternidad con un hombre de una inmadurez emocional como la de Jared, y unas tradiciones que distaban años luz de las mías, me aterrorizaba. Yo siempre soñé con construir un futuro hogar de tres, no una multitud en la que cogían rabinos, padres y un séquito de otros tantos dispuestos a gobernarte la vida. Ni Jared ni yo estábamos preparados para lo que nos esperaba.

Aquel día de pasión sin freno en que nos reconciliamos cuando estaba a punto de poner rumbo a mi nueva vida, había resultado en un embarazo no deseado. Si tenemos en cuenta que las probabilidades de embarazo en cada relación sexual son de un veinticinco por ciento, y que siempre utilizábamos anticonceptivos, siempre menos en aquella ocasión claro, sin duda Murphy había hecho de las suyas. Me quedé mirando la prueba de embarazo. El ecografista paso el escáner sobre mi estómago. Ahí estaban, las inconfundibles líneas azules. No lo podía creer. Estaba embarazada de siete semanas.

Aunque existía una química definitiva entre nosotros como pareja, no veía un futuro demasiado alentador. No hay peor entorno para un hijo que una convivencia como la nuestra. Tampoco quería que mi hijo se criara sin su padre como me pasó a mí. ¿Qué podía hacer?

A veces, cuando alguien te acerca hasta el abismo, descubres que puedes volar. Abrir los ojos a tiempo puede ser una victoria, y aquella circunstancia consiguió que viera lo que no había visto hasta ese momento. Tenía miedo y me sentía completamente sola ante aquella situación. Dudé mucho antes de decírselo a Esther. A Belly no podía darle ese disgusto. Jared estaba descartado, ya que había tomado la decisión de dejarle definitivamente. Me movía entre el pánico desesperado, el miedo y la incertidumbre de no saber en manos de quién caer en un país extranjero, donde el aborto es ilegal y donde me sentía completamente desprotegida.

—¿*Hapala?* —gritó Esther, tapándose la boca con las manos como no queriendo dejar salir aquella palabra tabú que en hebreo significa «aborto».

—Necesito tu ayuda —le pedí, acercándome a ella.

—Rafaela, el judaísmo no permite el aborto, a menos que exista una amenaza directa para la vida de la madre por llevar el feto a término o por el parto mismo. En Israel el aborto está permitido por la ley solo bajo circunstancias determinadas por un comité especial: si la mujer es soltera, si es menor de dieciocho años, si ha sufrido una violación, embarazos fruto de una relación incestuosa, o si hay riesgo de la salud para la madre o inviabilidad fetal. Ninguno de esos es tu caso. Vas a cometer un delito.

—No puedo hacer otra cosa.

—¿Acaso no ves las noticias? Justo estos días, el país está revuelto con protestas de activistas que abanderan los mensajes provida, las calles están saturadas de folletos y los medios de comunicación están presionados por los líderes religiosos, que intentan cambiar la actitud pública para que el Gobierno y Sanidad preserven la vida en el vientre.

—Vamos, no seré yo la primera mujer en este país que aborte ilegalmente.

Esther negó con el ceño fruncido como antesala a una negativa determinante. Pero antes de continuar con sus razones, me clavó una mirada de hielo, esa que hacía para no regañar a sus hijos, esa que era un grito y un golpe, esa que era un rayo paralizador, un superpoder que me hizo sentir como un champiñón.

—Israel es el número uno en el mundo en pruebas prenatales, y a menudo se recomienda el aborto si existe alguna sospecha de un problema o malformación con el bebé. A mi hermana le practicaron un aborto legal porque detectaron que el bebé tenía los pies zambos y le faltaban tres dedos de la mano.

—En ese caso, yo hubiera tenido a mi bebé —declaré con una espontaneidad que molestó a Esther.

—No entiendo tu forma de ver las cosas, Rafaela. Según la Torá, vivir es una responsabilidad frente a Dios, pero también con la sociedad, por cuanto todos estamos aquí como parte de un plan en el que el amor al prójimo se expresa en poner a disposición las fuerzas propias al servicio del otro. Los médicos, según la concepción de la ley de Moisés, están para tratar las enfermedades de las personas, pero no tienen derecho a usar sus conocimientos para acortar o quitar la vida, igual que cualquier otra persona. El *Hapala* es una grave transgresión que atenta contra uno de los más santos mandamientos de la humanidad que es la procreación.

—Sí, sí, ya se… La vida es un don de la divinidad que debe ser apreciado y valorado sin importar su dimensión temporal, y ese regalo sagrado no está en el dominio de los hombres para decidir su suerte bla-bla-bla… Pero ¿qué hay de la dignidad de las personas? ¿Del derecho a una vida feliz? ¿Tenemos nosotros el derecho de traer desgraciados a este mundo? ¿No tiene la misma significación la vida de un sabio que la de un hombre disminuido en sus facultades mentales o físicas? ¿Por qué entonces es legal abortar cuando el bebé tiene alguna malformación?

—Este bebé puede salvar vuestro matrimonio, Rafaela.

—¿Salvar dices? Un hijo no es un flotador que se hincha en un momento dado para sacarnos a flote, por el contrario, se convertiría en la pieza más pesada del naufragio. Abrazados a ella nos hundiremos sin remedio.

—Para los judíos conducir sin cinturón de seguridad, cruzar fuera de la senda peatonal o transgredir cualquiera de las normas de tránsito o de salud es considerado pecado, porque es obvio que esa actitud pone en riesgo a las personas. Poner en peligro a una persona es considerado una ilicitud, y el *Hapala* linda con el homicidio.

—He tomado una decisión de vida Esther, aunque te parezca todo lo contrario. Yo comprendo que pueda haber personas que piensen y que harían algo distinto en mi misma situación, porque es algo muy personal, pero no comprendo a aquellos que se permiten imponer su criterio a otros que han pasado por una situación así.

—Solo me preocupo por ti.

—Lo sé, pero no podemos permitir que nadie robe nuestra voluntad jamás, si así sucediera, no tendríamos fuerzas para superar ninguna situación que no fuese nuestro fracaso personal. Si alguna vez deserta mi libertad para hacerme cargo de mi destino, no me gustaría estar aquí para verlo.

Vendí todo lo que tenía de valor para pagar la intervención. No era mucho, la verdad. Nunca me gustó adornarme con joyas por lo que no tenía ni un triste reloj que empeñar. Desprenderme de mi laptop fue lo que más me dolió. Lo había comprado con el primer sueldo de mi trabajo allí y lo utilizaba para todo. Era una extensión de mi cuerpo. El pelo conseguimos venderlo en un floreciente negocio de *scheitels* como llaman a las pelucas en *yidish*. Un objeto de prestigio para las mujeres judías, y por el que me pagaron quinientos euros al cambio de la moneda israelí, que es el nuevo shekel. Lo que descubrí después, tras recibir una postal de Navidad en la que Esther aparecía con sus niños, me conmovió el alma. Mi gran amiga, mi hermana, había comprado la peluca de media melena, corte despuntado, y flequillo, hecha con mi propio cabello.

—Ahora sí que vamos a parecer hermanas gemelas —dijo cuando la descubrí.

En la sala de espera sentí que me había autoinfligido una marca derogatoria o una «letra escarlata» porque iba a abortar. En mi caso yo sabía que convertirme en mamá no era una opción en ese momento. Estaba atrapada en una relación de abuso. Quería continuar con mi carrera, ser una madre mejor algún día. Tampoco podía mantener a un niño. Mientras pensaba en mi decisión, me convencía aún más. El futuro con Jared lo veía negro y no hubiéramos formado un buen equipo como padres. Pero por encima de todo, me ratificaba en mis valores de darle a mi hijo la mejor vida posible como una madre convencida, con estabilidad financiera y un padre responsable y maduro. Quería criar a mi hijo en un ambiente de amor y seguridad.

Fue una de las decisiones más difíciles que haya tomado, pero también sé que fue una decisión correcta para mí, en aquel momento de mi vida. Un acto de responsabilidad. Para muchas mujeres, el aborto conlleva un dolor irreparable, particularmente cuando se suma a otros sucesos traumáticos como una pareja abusiva como era mi caso.

Resulta curioso cuántas personas hay preocupadas de la vida, aprendiendo a ser Dios, y cuántos niños hay en la calle olvidados, y sin que nadie se preocupe de ellos. Preocupémonos de eso primero. Nosotras no somos incubadoras, aparatos reproductivos. Muchos de esos aspirantes a Dios no tienen ni idea de los sentimientos cuando hablan de salud, no perciben lo peligroso de un corazón roto, ni calculan el alcance de un ánimo destruido. No creo que deba acatar la justicia de los ajenos para mi destino, particularmente cuando no están más capacitados que yo misma para entender lo que necesito. La conciencia de quien actúa desde los dictados de su corazón jamás permanecerá sucia por muy arbitraria condena que sufra. Lloré durante una hora sentada en una silla al lado de Esther, que se removía incómoda en el asiento. A pesar de su ideología no emitió juicio alguno, cosa que le agradecí enormemente. ¿Qué partido podía ella tomar cuando no se podía tomar partido? Me costó marcar la casilla en la esquina inferior de la página que preguntaba si estaba segura. Me temblaba todo el cuerpo. Estaba asustada. Finalmente firmé el formulario, di mi consentimiento y esperé mi turno. Fue una tortura esperar a que llegase el momento. El minutero de mi teléfono parecía no moverse o hacerlo con abrumadora lentitud. La incertidumbre era horrible.

Primero pensé en comprar unas pastillas a través de Internet que eran carísimas, pero los muchos testimonios de mujeres que declaraban que eran falsas y que terminaban con caramelos... o algo peor, me hizo desistir de los medicamentos abortivos en el mercado negro. Con la ayuda de Esther recurrimos a una matrona que operaba fuera del sistema oficial de salud en condiciones precarias, pero con algo más de seguridad. Atendía fuera del horario habitual. La sala estaba llena de mujeres de todas las edades. Cruzamos los dedos, confiando en que no surgieran complicaciones en el procedimiento. Siempre sería mejor que los tallos de perejil o las perchas de ropa introducidos en la vagina. A simple vista nada tienen en común una piedra, una varilla de paraguas, una bañera de agua caliente y una escalera, sin embargo, todos estos elementos han sido utilizados, y aún se utilizan, en algunas partes del mundo por mujeres que abortan de manera clandestina, poniendo en riesgo su vida por no poder acceder al aborto de forma legal, segura y gratuita.

El año antes de llegar a Jerusalén, acudí a una exposición de fotografía, acompañada por textos explicativos de métodos utilizados antiguamente para evitar el embarazo o bien abortar. Me pareció surrealista ver los condones de vejiga de pez o de tripa de oveja que se utilizaban entonces, o las agujas de hacer punto. Sí, ese utensilio ha sido y es utilizado actualmente en los países con políticas más conservadoras, para provocar un parto prematuro mediante su introducción punzante por el cuello del útero hasta llegar al saco amniótico del feto. Pensé en el nivel de desesperación que debe sufrir una mujer para recurrir a estas metodologías tan físicamente duras y las comprendí. Ya no estábamos en el siglo XVIII cuando las mujeres se colocaban medio limón exprimido en la vagina con el fin de bloquear el esperma durante el acto sexual. Método poco seguro y efectivo, que muchas veces acababa en el interior del útero. Sin embargo, todavía se cuestiona la situación de muchas mujeres que deciden no ser madres, por distintos motivos que no haría falta dar a nadie.

Me impactó mucho más escuchar la conversación delirante acerca de la «violencia obstétrica», que mantenían dos mujeres sentadas a nuestra derecha.

—Mi amiga fue denunciada por su propio médico cuando le dijo que deseaba abortar. Otra fue operada sin anestesia cruelmente como forma de «castigo moral» —dijo la mayor, vestida con los códigos del vestuario musulmán. No es que adivinara su edad por su rostro, pues apenas veía a través de la redecilla que le caía a la altura de los ojos, pero su voz la delataba.

—Muchas no sobreviven por abortar en estas condiciones —sentenció su interlocutora, cubierta también por un burka negro, y envuelta de pies a cabeza en su redondez de tonel.

—Prefiero arriesgarme a esto que pasar por lo que hizo una de mis amigas con tan solo veinte años —continuó la primera—. Su madre la encontró muerta junto a una nota explicando que se había bebido una botella de lejía, esperando que eso le causara la pérdida del feto. Al parecer primero probó con una varilla de rueda de bicicleta. El útero se le empezó a pudrir. El *shock* séptico se extendió a los riñones y el dolor era insoportable.

Sentí los flechazos de las enfermeras aterrorizadas que vivían regidas por el pavor y les decían a las mujeres que llegaban rogando ayuda, que eso no era posible, que eso estaba mal, que la Iglesia las condenaría, la policía las perseguiría, que las meterían en la cárcel, que eso era ilegal, cuando en realidad era un derecho. Aquel era el sitio más frío del mundo y la gente más gris y menos receptiva que he visto en un centro de salud. Despertaba un intenso olor a fatalidad. Flotaba en todas partes una aspereza en el aire, una suerte de hormigueo que me ponía la carne de gallina. Tristemente vi muchas chicas solas o acompañadas por alguna amiga. Todas las mujeres gestantes merecemos ser tratadas con respeto porque atravesamos mil infiernos, antes, durante y a veces incluso después. Nadie va contento a practicarse un aborto.

Llegó el momento de la intervención. Solo pensaba en ponerle punto final a todo. Me recogió una enfermera de orondo físico, claramente marcado por un sobrepeso que no se molestaba en disimular. Su pelo rojo hacía conjunto con los gruesos mofletes que acompañaban su enorme boca, la cual no paraba de abrir hasta sus topes de capacidad cada vez que pronunciaba una palabra. Unas enormes gafas de pasta negra y cristal humo recogían sus cejas y parte de los pómulos salpicados de acné. Aun no puedo creer que mi sentido del humor aflorara en aquel momento, cuando le pregunté si iba a bucear con ellas. Me miró hastiada. Había una camilla en medio de un montón de libros, todos sucios. Un nudo de nervios replegados en la boca de mi estomago no me permitía apenas tragar saliva. Las preguntas antes de que la anestesia tuviese efecto eran tremendas, me asustaron más que el aborto en sí. ¿Quién sabe que estás aquí?, ¿te ha visto alguien entrar? Elimina esta dirección de tu mente, no cuentes a nadie que has venido. ¿Quién te acompaña?

Me practicaron un aborto quirúrgico. Cuando desperté, me encontré extrañamente dolorida en el centro del alma, en una especie de depósito de cadáveres. Formaba parte de una fila de camillas viejas, donde otras mujeres permanecían estacionadas también. La sensación que recorría mi cuerpo era parecida a la experiencia de engullir medio Polo Norte. Sentí como si una ola de frío ártico cubriese mi desnudez, y no encontré nada con qué taparme. Todo era desolador, oscuro, y una sensación de lo oculto y lo clandestino flotaba en el ambiente. No sabía si alguien vendría a buscarme o si me tenía que levantar. No sabía que hacer realmente. Me quedé acostada, con miedo, confusa y mirando aquel espacio gigante. Finalmente se dignaron a devolverme a la sala de espera donde estaba Esther aguardándome. Su cara era un poema. Me dieron unas pastillas marrones, que no sabía para qué eran.

—Son para prevenir posibles infecciones —me dijo Esther, metiéndomelas en la boca.

Yo me las tragué, a pesar de estar medio «grogui». La agriada mujer del pelo rojo seguía taladrándome la cabeza «Dios te va a castigar, vas a quedar estéril», «tus hijos van a nacer mal en el futuro» y toda una retahíla de lindeces que pretendían acabar de hundirte en el fango de la culpabilidad. Intenté levantarme, pero me desmayé y caí redonda. A Esther le sobrevino el temor y empezó a gritar a una de las asistentes que llegó sin prisa, y le ayudó a recostarme en la silla. Cuando pude recobrar algo de fuerzas, me dirigí a ella y le dije:

—No soy una niñata que no ha sabido cerrar las piernas, soy una buena madre que ha tomado la decisión de no darle a su hijo una vida de mierda.

La inquisidora pelirroja cerró la boca y nos dejó en la sala en medio de unas diez mujeres más, que me miraban como si yo fuera una heroína de no sé qué.

En el camino de regreso reflexioné sobre lo que podría pasar después. Si algo iba mal, ¿qué iba a decirle a Jared?, ¿que acababa de abortar? Algo me presionaba la coronilla, me oprimía el pecho contra la espalda. Supongo que así se siente una pobre calabaza en una olla a presión.

Serían las cuatro de la madrugada cuando desperté destemplada, pensando que todo aquello había sido una pesadilla borrosa, pero no fue así. Las sábanas ya eran incapaces de absorber el río de sangre que brotaba de mis entrepiernas. Entre vómitos y fuertes convulsiones llegué hasta el baño, allí me coloque un tapón de gasas como si fuera una botella de champán a la que colocan un corcho recortado para que no pierda el gas. Se me empañaron los ojos y me los froté con el antebrazo. Conseguí dominar el ataque de pánico, sospecho que era porque estaba especializada en ansiedades y traumas.

—¡Rafaela! ¿Qué te ocurre? —preguntó Jared estupefacto cuando despertó a la realidad y me vio retorciéndome en el suelo sobre la pared de la bañera.

—Que la vida es un cúmulo de absurdos infortunios —contesté.

—Deja a Platón fuera de esto. Hay que ir al hospital inmediatamente. Te estás desangrando.

—No. Sé lo que tengo que hacer.

—Mi amor, no me hagas esto por favor, déjame pedir ayuda —insistió, tomándome en brazos y llevándome hasta la cama.

—He abortado.

Jared negaba una y otra vez, sin querer dar credibilidad a mis palabras.

—¿Por qué has hecho algo así? —preguntó con amargura.

Le confesé lo más serena que pude que me había realizado un aborto en un acto de responsabilidad. Fui al grano, obviando los detalles que no me apetecía compartir. Él perdió el norte. La rabia que le recorría se reflejaba en la expresión de su cara. Jared era una de esas personas que detestan perder el poder.

—Si alguien inventó los problemas, fue porque sabía con certeza que otro sería capaz de resolverlos, en caso contrario, jamás hubiesen sido creados. Lo hubiéramos solucionado juntos.

—Lo siento, pero por fin me he dado cuenta, no puedo ser nada sin mí. Tú me llevas lejos, pero lejos de mí. Lo nuestro se ha terminado aquí y ahora —dije incapaz de hacer un solo gesto más, al límite de mis fuerzas.

—Has matado a nuestro hijo. —Su voz sonó áspera y cortante como una afilada tijera.

—No, he salvado mi futuro. Necesito unos días para recuperarme y poder viajar, eso es todo lo que pido. He solicitado también el divorcio. No quiero volver a verte, y por favor no intentes volver a contactar conmigo. Ya no te quiero —sentencié, de la forma más cruel que pude, y esas fueron las palabras que más me dolieron pronunciar, porque no era cierto. Las lágrimas se agolpaban en mis ojos, abundantes y traidoras como esas tormentas de verano que llegan sin avisar, cogiéndote por sorpresa. Apreté los dientes, decidida a contener la desolación, y todo el amor que sin quererlo seguía enraizado en mí.

Jared agachó la cabeza, todavía nervioso y algo aturdido, abandonando su actitud beligerante. Y aunque podía ser más pesado que un teleoperador a la hora de la siesta, en esa ocasión adivinó que nada podía hacer para cambiar mi decisión.

Ahora que cuento con un poco más de vida sobre mis hombros, me psicoanalizo con frialdad y me doy cuenta de la fortaleza de las anclas de aquella joven rana, que dio un salto histórico en mi vida, desconectando los cables de aquel interruptor que me convertía en un ser henchido de falsa felicidad, a veces rebosante de luz oscura, para inmediatamente después cambiar mis sentimientos a «modo *off*», como si yo fuera un interruptor y él el dedo que me encendía y me apagaba. Y no es que la vida hubiera aprendido a decirme «no» a todo aquello que le pedía educadamente, o que el doble seis no existiera en los dados que lanzaba, simplemente no se pueden franquear puertas sin antes haberlas abierto. No sabía que tenía que saltar de la olla para poder gozar de todo aquello que me esperaba.

Capítulo 22

La hermandad del Afar

What keeps me going is what I don't know. Esta conocida frase, que significa «lo que hace que continúe es aquello que aún no sé», era sin duda el motor para mí. En cambio, Elsu iba al encuentro de lo que sabía. Ese era su *leitmotiv*.

La tierra abierta al mundo. El epicentro de la Laguna Púrpura. Donde se saludan según su rango y donde todas las criaturas conocen su categoría. El lugar donde el futuro se vive en presente. Donde todo se explora y se descubre. La casa de los maestros. Donde crece la sustancia más valiosa del universo, la codiciada esencia, famosa por su capacidad para expandir la mente. Así me describió Elsu lo que mis ojos no creían. Aún no sé en qué momento llegamos a aquella especie de ciudad flotante con tres niveles claramente diferenciados, unidos por unos túneles de roca antigua, por donde circulaban unos globos dorados y transparentes que parecían pompas de jabón gigantescas, y que transportaban a aquellos seres de un nivel a otro. Los reconocían como estadio-incubadora, estadio-laboratorio y estadio-lanzadera. Cada estadio tenía su propio ritmo, su propia actividad, y funcionaba según sus reglas, sin embargo, era como si por las venas de aquellos seres circulara la misma sangre. Eran una hermandad con un fin común que se hacían llamar así mismos «La hermandad del Afar».

Me sentía como si estuviera en un parque temático, lleno de atracciones que no sabía cómo utilizar. Un tres en uno de personajes de fantasía que estaba ansiosa por descubrir. Era una niña secuestrada por la magia de la imaginación, que había atrapado mis ojos, mis oídos y el resto de mis cinco sentidos, hasta el punto que me hizo olvidar para qué estábamos allí, y cuál era nuestra misión.

No teníamos que esforzarnos en buscar vidas. Todo allí era un bullicio superpoblado de criaturas que se entremezclaban en un desorden perfectamente ordenado.

Me parecía imposible que todo aquello hubiera estado allí todo el tiempo, y que sus habitantes hubieran permanecido callados como los actores detrás del telón, mientras nosotros los terrícolas, nos entreteníamos gastando millones de euros en planificar misiones humanas y de otro tipo a la Luna. Incluso parece que a la NASA también le habían entrado ganas ahora de incluir un puerto de escala en la Luna para las rutas a Marte y más allá. ¿No será que estábamos mirando hacia el lugar equivocado? ¿Cómo podíamos estar tan perdidos?

Ahora todo palpitaba vivo frente a mí. Todavía no lo sabía, pero estábamos adentrándonos en el corazón de lo inmenso, en el estadio-incubadora. La selva se cernía divinal alrededor de la multitud de vías que circulaban en todas direcciones, con una variedad de plantas que ni siquiera en las selvas más profundas de África podríamos encontrar. El azul reinaba por encima de cualquier otra tonalidad.

Un rápido latigazo de mirada se cruzó con la mía. La percibí con cierta frialdad. Luego descubrí que era resultado de una timidez natural profunda, disfrazada de esnobismo, y una actitud distante. Atendía apresurado a decenas, cientos de transeúntes hambrientos, en un mercado ambulante donde la comida esperaba apilada por colores. Servía una especie de pinchos de bolas brillantes envueltos en plástico comestible, que clavaba sobre los dedos de los clientes. Dedos que presentaban unos agujeros diseñados para este propósito. A pesar del tumulto, y lo que yo hubiera calificado de estrés, mantenía las emociones bajo control en todo momento. Había un latente factor de serenidad en él. Su venta era muy práctica, como parecía ser su propia personalidad. Estaba claramente enfocado en la ganancia material de su actividad. Su rostro serio y preocupado se mantenía concentrado en la adquisición del beneficio y no parecía disfrutar del placer de las risas, las conversaciones y el espectáculo que flotaba a su alrededor. Unos ojos de color azul lavanda a los lados de la cabeza mostraban las pupilas en forma de cruz, lo que les permitía extender su campo visual controlando el suelo y el horizonte sin tener que mover la cabeza. Rodeaba la cornamenta un cabello blanco extremadamente recortado, que parecía haber sido cedido a la barba de chivo trenzada que colgaba de su alargado rostro. De su boca pendía un pequeño manojo de hierbas azules a medio masticar, que se evaporaban antes de ser digeridas.

El clop de las pezuñas de las cabras cachorro resonaban mientras subían y bajaban de las montañas que rodeaban el mercado. Jugaban a ver quién llegaba al borde del risco más alto; las cabras nunca piensan que pueda haber nada más arriba de donde están.

Aprendí durante mis viajes, que la mejor forma de conocer una ciudad es averiguar cómo se trabaja en ella, cómo se ama y cómo se muere. Lo primero que descubrimos fue cómo se trabajaba. Un mercado siempre es el espejo de cualquier lugar, porque observando con cuidado los productos en venta podemos imaginar con detalle qué rellena cada uno de los hogares, significa sumergirse a cuerpo entero en tantas y tantas etapas de vidas ajenas, que no sabes qué hacer con ellas.

—Esta es la morada de los seres estelares de Capricornio.

—¿Cómo lo sabes? Yo distingo al menos tres criaturas diferentes.

—Así es, Amelia, pero la mayoría de ellos son capricornio llevando a cabo el trabajo arduo del día a día, ellos son también quienes controlan el mercadeo. Esta es su casa y aquí empieza todo. El resto son visitantes que provienen posiblemente de los estadios superiores en busca de aprovisionamiento.

Tenía razón. El número de aquellos seres cuadriplicaba al resto. Conformaban además la guardia y seguridad de aquella ciudad flotante. Miraban a los miembros de la hermandad con admiración y respeto, y ellos parecían ver en las cabras la solidez y la competencia que necesitaban. En el estadio-incubadora no solo se acumulaban provisiones, también experiencia. Siempre estaba presente el deber «hago lo que debo hacer». Precisos y exactos eran responsables de cultivar y preservar el mayor de los tesoros, que daba sentido a aquella hermandad.

El mercader con cara de viejo señaló con la mano gris enmugrecida, ofreciéndonos uno de los extraños productos. Yo me tensé más que un arco, cuando Elsu le dijo que no teníamos con qué pagar, y él apretó la cara indignado, como si hubiéramos rechazado el mismo firmamento. Llegue al súmmum de mi asombro cuando le ofreció unas piezas de comida a *Vodka* que este engulló sin miramientos.

—Él no tiene que pagar, vosotros sí —refunfuñó con pose de entendido—. Necesito llevar esta caja al estadio-laboratorio, pero tengo que quedarme hasta que venda toda la mercancía —continúo, cubriendo con la mirada las otras mil mercancías que colmaba el tenderete en aquel lugar, atestado de toda clase de puestos—. Si hacéis eso por mí, podéis comer cuanto queráis —concluyó.

Algo me decía que aquel encuentro, en aquel mercado y con aquel vendedor grotesco, no era ni anodino ni fortuito, tampoco había que ser un negociador muy hábil para darse cuenta de que accederíamos. Elsu sabía que *Vodka* y yo necesitábamos alimento para sobrevivir. Leyó las emociones del anciano y su ofrecimiento no escondía maldad. Ese sería nuestro salvoconducto para subir al siguiente nivel.

Teníamos que imprimir nuestras huellas dactilares en los cuernos que enmarcaban la cabeza del capricornio para poder acceder a una de las capsulas doradas. Al parecer era un sistema de control avanzado, que los disciplinarios protectores de aquella ciudad en volandas habían instaurado para restringir el tráfico. El exceso de precaución y la necesidad de asegurar la existencia de la comunidad, y preservar su secreto, eran su máxima. Su mente no funcionaba con rapidez, pero sí de una manera organizada y detenida. Eran pensadores prácticos que funcionaban con precisión cuando realizaban esfuerzos mentales por un fin útil. Me imaginé a ese mismo mercader siendo un niño, jugando en el agua y reflexionando acerca de cómo se construyen los diques, en lugar de lanzar sus sueños en barquitos de papel, o pensar en algo poético acerca del sonido del agua.

Cerré los ojos, totalmente abstraída en explorar la sensación que me producía el contacto de los dedos con aquellos cuernos, que irradiaban un calor que casi quemaba y que se extendía por los brazos. Me percaté al soltar la cornamenta que en las yemas de los dedos teníamos grabados el símbolo de la hermandad del Afar: un nudo celta que representaba la protección y el ciclo de la vida, el universo, y la eternidad.

El mercader levantó el dedo para anunciar que iba a decir algo importante.

—Tenéis dos *estias* para realizar vuestro cometido y regresar. Después los símbolos desaparecerán y estaréis sin protección y a vuestra suerte.

—¿Dos *estias*? —repetí, mirando a Elsu.

—Aquí el tiempo se mide en *estias*, Amelia. Contamos con tres horas y veinte minutos de tu tiempo terrestre.

Tenía la sensación que el dichoso tiempo nunca jugaba a nuestro favor desde que empecemos nuestra andanza en La Laguna Púrpura. Dejamos atrás aquella extensa superficie de montes pedregosos, donde se alineaban ordenadamente inmensos almacenes, repletos de mercancías listas para su distribución, dirigido por un ejército de capricornios que controlaban el inventario y la producción. Nos transportamos en aquellos globos al vacío a alta velocidad por el interior del túnel, rompiendo los límites de lo desconocido. Los seres que habían creado aquel transporte aeroespacial, que me recordaba a un tren supersónico que vi en una película futurista, solo podían ser genios. Mientras levitábamos, me tentó la curiosidad de abrir la secreta cajita blanca de madera lacada, pero Elsu, que solo parecía estar habilitado para prácticas honestas, no dejó que siguiera adelante con mi locura. Me distrajo de la intriga mostrándome una colonia de grandes insectos con caparazones de color amarillo paja y verdes. Estaban cortados por la mitad y volaban febrilmente en busca de su otra parte.

El viaje fue corto, pero apasionante. No sabía si estaba dormida o despierta. Una de las cosas que más me impresionó fue la estación de nubes que utilizaban como fuente de humedad para mantener a una temperatura constante aquella casa de la gran dama de la ciencia ficción. El globo se deshinchó, abriendo una especie de tobogán de gelatina, por el que se suponía que teníamos que deslizarnos. No es que yo fuera una lumbrera, simplemente copiábamos al resto de criaturas que se movían con soltura y naturalidad por los túneles. Seguimos otro de los sabios refranes de mi madre: «Allí donde fueres, haz lo que vieres». *Vodka* pesaba tan poco que daba vueltas sin control, intentando desesperadamente agarrarse a la serpenteante superficie por la que se deslizaba hacia arriba. Sí, digo bien, hacia arriba, yo tampoco había visto jamás un tobogán que te absorbe como un aspirador hacia la superficie en lugar de caer en caída libre. No pude evitar reírme al ver su cara, que parecía la de un niño al que habían lanzado por sorpresa a un tobogán acuático. Llegó aturdido y con alguna uña rota, porque las había desgastado en un intento fallido por frenar la ascensión. Todo el mundo parecía divertirse, hasta Elsu me pareció más terrenal dejándose llevar.

El estadio-laboratorio era impresionante. Yo diría que era la sede de la ciencia y de las matemáticas. ¿Cómo describir aquel lugar y aquellas criaturas? Allí nunca se hacía de noche, la luz era una constante. Elsu se sentía perdido sin el brillo de sus estrellas. Estaba gobernado por los seres estelares de Acuario. Para empezar no tenían pies, se movían con rapidez sobre un par de ruedecillas, conectadas a unas gafas de realidad mixta y aumentada. Decir que utilizaban una combinación de sensores, cámaras e inteligencia artificial, era poco más que un insulto a su inteligencia. Envueltos en un viento verde, nos tropezamos con uno de ellos que rodaba a los cuatro vientos despistado, como el resto. Absorto con la lectura de un diminuto librito de apenas el tamaño de un dado que giraban sin parar, y que parecía contener entretenimiento para toda una vida. Recorría las vías como si no hubiese suficiente senda para él en su mundo, porque una senda significa un principio y un fin, y su mente era infinita. Su perdido ser respiraba olor a lo nuevo, a lo desconocido, o a lo que faltaba por inventar. Se detuvo impulsado por una fuerza más poderosa que su curiosidad: el hallazgo de nuestra presencia y lo extraño, la diferencia. Sus pupilas se dilataron. El iris color amarillo leopardo se extendió a lo largo del ovalo, haciendo desaparecer el blanco del ojo. Su rostro rosado le daba un extraño aspecto infantil, como si los últimos rasgos de su lejana juventud se negaran a desaparecer por completo.

—Quiero saber. Quiero ver. Quiero comprender —dijo a modo de presentación.

Su cuerpo, de corta estatura, estaba tan abrigado de capas de ropa como lo estaba su cabeza de ideas. El consumo energético cerebral era tal alto que siempre tenían frío. Tenía toda la pinta de coleccionar los bichos más raros e inimaginables.

—Buscamos la sección siete. Tenemos que entregar esta caja —dijo Elsu, señalando la pequeña cajita que sostenían mis manos—. No tememos mucho tiempo.

El ser de la zona estelar de Acuario desplegó un mapa en el aire como quien lanza una red de pescador. Su lectura era realmente compleja, pero ambos reconocimos el símbolo de Piscis, nuestro ansiado destino final. Me apresuré a preguntar apuntando el lugar en cuestión.

—¿Cómo podemos llegar hasta aquí? Seguro que tenéis alguna nave espacial supersónica que nos transporta de inmediato —apuntillé con desesperación.

—Haber, esto no tiene lógica. ¿No es la sección siete lo que buscáis?

—Sí, sí, pero tenemos que llegar hasta el Templo de la Luz —contesté, enredando todavía más al amistoso y desapegado acuariano.

—Esto no tiene sentido. Deberíais acompañarme a mi laboratorio para que os examine. Puede que encuentra algún nuevo algoritmo en vuestra manera de pensar. ¿Y quién sabe? Quizás hasta me lleve a descubrir una nueva forma más ecológica de salvar a la humanidad de enfermedades mentales. Hemos descubierto que una pandemia mental amenaza vuestra especie.

—Todo esto no es normal —dije, sin salir de mi asombro.

—¿Normal? Ese es un concepto prohibido en el estadio-laboratorio —se apresuró a decir con espanto como si le hubiera propinado el peor de los insultos—. Todos nuestros hijos son vacunados contra el germen de la normalidad nada más nacer. ¿No estaréis vosotros infectados, verdad? La vacuna les permite tener una conciencia temprana e intuitiva para aceptar lo nuevo y asombrosamente singular. Aquí somos amantes de lo original. Sabemos que hay que salirse de cualquier ruta tradicional para llegar a ideas inusuales e innovadoras.

Habíamos llegado al reino de la abstracción donde se preservaba desde los conceptos hasta la conclusión. Los obstinados y rebeldes acuarianos habían convertido, con su mente innovadora y brillante, aquel estadio en un lugar donde crecían las ideas extravagantes, alimentadas por la lógica pura.

—La mejor manera de comunicarse con ellos es usando un método racional. Si no tiene lógica ¡olvídalo!, su mente rehusará cualquier interferencia emocional dentro del proceso del pensamiento. Tienes que tener cuidado con tus muestras de emotividad, Amelia, pueden llegar a ser molestas para el enrarecido ambiente mental de estas criaturas. Sé directa y mantente fuera del plano emocional —me advirtió Elsu.

—Ya veo —dije, resoplando con resignación.

—Se rigen por una objetividad impersonal, que les permite aceptar ideas incomprensibles o censurables para otros. No tienen problemas en creer en aquello que para otros puede ser una locura.

—No me extraña que hayan sido capaces de crear todo esto —exclamé—. Me encantaría tener algún día un hijo bajo el influjo de Acuario. Si es capaz de creer en ovnis y extraterrestres, me resultará más fácil explicarle esta vertiginosa peripecia.

La sección siete resultó ser donde él trabajaba. Nos prometió ayudarnos después de la exploración. Solo le interesaba mi cerebro humano, al parecer digno de estudio.

—Esperad fuera —ordenó, separándome de *Vodka* y Elsu, y animándome a que lo siguiera.

Los independientes acuarianos necesitan su espacio, y como cabía esperar un extraño era una curiosidad, dos una invasión. La peculiar criatura se inclinó sobre la cajita. Escrutaba su interior con la espalda arqueada, como un escriba descifrando un enigma, ajeno a todo lo que le rodeaba.

—Interesante. Ahora entiendo por qué crecéis por cientos de las mismas cepas genéticas, como clones con mentalidad adormecida para ser manipulados como obreros de una clase trabajadora. Os educan de manera que os aleje lo más posible de la curiosidad que despiertan las leyes universales y las ciencias complejas del espíritu. Eso es lo que os mantiene en un estado de deficiencia voluntaria impuesto durante la gestación, con un estado mental restringido y un físico débil y frágil.

»Vaya, no cabe duda —se decía a sí mismo— he aquí, por fin, las oleadas de ritmos-luces que asaltan a los humanos cuando atraviesan el umbral de las muchas dimensiones desconocidas. No hay reacción positiva ante las artes fantásticas. Claramente sois una especie incontrolable emocionalmente, porque vivís bajo la enajenación del «yo». Parece lógico pensar que el encierro de vuestra mentalidad introvertida solo puede conducir a una lenta decadencia, y el fin de la especie de tu planeta. Vuestro mundo no está aún lo bastante cuerdo como para permitirse la locura. No se puede perder el contacto con una realidad que no se conoce. Puedo ver una clara mutilación psicológica.

Levanté la mirada confusa, fruto de tantos datos inconexos para mi cerebro al parecer afectado por la enfermedad de la «afantasia», contemplándolo desde la butaca de mi propio escepticismo.

—¿Y cuál es la solución?

Me sentí ridícula haciendo aquella pregunta, como quien va al médico y le diagnostica un virus desconocido.

—Hay que hacer el amor a diario con la magia, y recuperar la llave perdida de la infancia. Bueno… esto ya está visto. Voy a intentar romper las cadenas que invaden la zona vigil de tu mente. No te preocupes, el billete es de ida y vuelta —vaticinó, echándose el pelo metálico y ruidoso hacia atrás con la mano.

Todo se movía sin parar a mi alrededor cuando me hizo aspirar aquella especie de polvo blanco con esencia de mandarina, y brillante como las grosellas que contenía la cajita. Durante un tiempo indeterminado, no encontré dónde sujetarme, sin un lugar al que pertenecer. Poco a poco se fue colando por mis ojos de nuevo la luz, en medio de un enorme dolor de cabeza que se apoderó de mí en el mismo instante en el que fui medianamente consciente de estar despierta, en coma mental, pero, al fin y al cabo, despierta. De lo que aconteció luego no recuerdo nada con exactitud.

Hace apenas cuatro días pensaba que el mundo, tal y como lo conocía, se había vuelto loco. Ahora, sé que agonizaba. Cuatro días no es mucho tiempo en la vida de una persona, pero en la Laguna Púrpura me parecía una eternidad. En cierto sentido, había adquirido algunos conocimientos, pero me sentía como quien sabe de qué enfermedad está muriendo, y sin embargo, es incapaz de hacer algo para evitarlo.

Si tuviese mi propia publicación de revistas sobre viajes, algo que siempre me llamó la atención, sin lugar a dudas pondría el destino del estadio-lanzadera en el número uno del *ranking*, segura de que no decepcionaría a ninguno de mis lectores en busca de experiencias significativas. Lo describiría como si un gran maestro enloquecido hubiese arrojado su caja de colores contra el cielo, para cegar el ojo interno del mundo, chorreando los colores de la tierra ocre y el ópalo de fuego, y licuándolos después con el rayo de la luna plateada, que iluminaba las flechas de los arqueros, orgullosos y hospitalarios residentes de aquel espacio. Para plasmar semejante lugar con una sola y espectacular fotografía, que acompañara el texto del magacín y captase la inmensurable belleza del lugar, utilizaría la imagen de los arqueros con el brillo de la luna acariciando sus largas cabelleras salvajes color ceniza, acercando distancias inigualables con sus flechas de plata.

Los viajes, como los artistas, nacen, no se hacen. Y este es uno de los que despiertan unas ganas irreprimibles de hacer las maletas, con la certeza de que vivirás un viaje emocionante. No importa qué tipo de viajero seas.

El fotógrafo, ese que nunca sale sin su cámara y que ha podido evolucionar con la era digital, pero sigue siendo inconfundible por llevar siete kilos de peso al cuello y un macuto a rebosar de útiles. El resplandor del flash siempre está alrededor de ellos. Sabe que ha estado en la India porque al regresar a casa y descargar las fotos, ve por primera vez el Taj Mahal. Nosotros sabemos que ha estado porque nos lo dice, pero nunca aparece en ninguna de las fotos.

El coleccionista, ese que se preocupa de hacer una interminable lista con las «cosas que hay que ver» y las va tachando según avanza el viaje. No importa si las ha disfrutado o no, lo importante es tener una cruz en todas ellas. Consulta blogs en busca de los comentarios de otros que le digan lo que es digno de ver y lo que no. Ha memorizado la Wikipedia y hace de guía turístico de sus amigos, y todo el que pilla por el camino. Auténticos *bucket listers* que jamás se entretienen en contemplar algo si no lo ha visto antes en la guía, pero puede hacerle un millón de fotos a un monumento que ni siquiera le gusta, solo porque alguien dijo que era importante. Al llegar al destino se aburre, ya que sabe más historia del lugar que los propios habitantes. Conserva multitud de entradas y tiqués de lugares que no puede recordar, porque apenas estuvo lo suficiente para que su olor dejara huella, eso sí, tiene una foto delante de cada edificio ilustre que visitó. Sabe de memoria cuántos países ha visitado, y ve la tierra como un tablero de Risk.

El consumista, el típico al que siempre le llaman la atención en el aeropuerto por el sobrepeso de las maletas. Su equipaje pesa cinco kilos a la ida y cuarenta a la vuelta. El afán por acumular recuerdos no tiene límite. Es un busca chollos que gusta de comprar «cositas» a precio de ganga. Recorre todas las tiendas de recuerdos que ve y su VISA hecha humo en todos sus viajes. Todos sus familiares y amigos tienen en casa la dichosa réplica de la Opera House, y solo la sacan cuando él viene de visita.

Uno de mis preferidos es el viajero camaleón; tiene una facilidad increíble para sumergirse en las costumbres lugareñas y la cultura, llegando a cambiar de vestuario, de lengua y hasta el color de la piel si es necesario. Después de una semana es imposible distinguirlo de los nativos. Son especialmente sensibles a los detalles que pasan desapercibidos para el resto, como la mirada perdida de un anciano o la sonrisa de un camarero en un chiringuito.

El intrépido, con quien la gente se muestra incrédula ante la narración de sus viajes, pero acaba convenciéndoles con alguna fotografía borrosa que demuestra que el tiburón era de verdad. No conoce el miedo. Se siente cómodo en los barrios marginales, se abre paso a través de las selvas amazónicas sin ayudarse siquiera de un palo, y degusta esos bichos que nadie más se atrevería ni a mirar.

También está el viajero alternativo que se jacta de haber visitado Barcelona y no haber visto la Sagrada Familia, o de haber recorrido toda China esquivando siempre la Gran Muralla. Su objetivo es por encima de todo evitar al resto de turistas y cualquier foco de interés público. La calle realmente bonita siempre es la de detrás, las vistas más espectaculares se veían desde donde nadie podía acceder, y los mejores lugares para comer resultaron ser los que no recomiendan las guías.

El turista-oveja es un clásico; con un buen guía y un buen rebaño puede viajar a cualquier lugar del mundo. Por supuesto nunca se ha cruzado con el «viajero alternativo». Necesita que le guíen incluso para ir al cuarto de baño. Alucina en colores cuando alguien le dice que ha viajado a la isla de al lado sin pasar por una agencia de viajes.

El viajero-pastor es la antítesis de este último. Siempre controla la situación y toma decisiones, aunque no tenga ni idea de lo que está haciendo. Habla con todo el mundo en cualquier idioma, interpreta mapas indescifrables y confía en su instinto para llegar a su destino. Aunque el viajero-pastor de pura raza prefiere prescindir de todo lo anterior. Si le preguntas por qué da tantos rodeos, te explicará convencido que es para que conozcas mejor la zona.

Si lo que más me impactó del estadio-laboratorio, y sus seres frescos como una jalea, era su capacidad de soñar, de imaginar, de inventar, de ver lo invisible, de intuir lo infinito del universo, lo que me maravillaba de los hospitalarios habitantes del estadio-lanzadera era el lado mágico de su espíritu aventurero. Se movían todo el tiempo de un lado a otro impulsados por la necesidad de explorar y conocer. Para mí que era una amante de los viajes, aquel estadio me hacía sentir como en casa, y sus seres amigos del alma. Claro que ahora cobraba sentido que hubiese nacido un doce de diciembre. Lo llevaba en el ADN del cosmos. Los seres estelares de Sagitario vivían su existencia como un viaje desde la aventura. Si hubiera algún tipo de premio o de reconocimiento al «viajero alegre» más recomendable para llevar siempre contigo, este sería el suyo. Todos los tipos de viajeros cabían en aquel estadio.

Los hombres eran los portadores de las flechas, que variaban en número de acuerdo al rango del arquero. La punta tenía forma de corazón al revés. Una pequeña cápsula transparente que contenía el famoso polvo blanco, y que se desintegraba esparciendo su contenido en el espacio infinito al final de su viaje sideral. Portaban el haz de flechas en un carcaj ornamentado con piedras preciosas. Las mujeres cargaban con un arco hecho de hilos de seda muy livianos y resistentes. Una carga de lluvia de flechas era lanzada constantemente hacia el universo, cuando la luna salía y el sol ya no les cegaba. Eran grandes jinetes manejando el arco con singular maestría y disparando las flechas a una distancia que se perdía en la visión del ojo. El vuelo de la flecha disparada significaba la liberación del espíritu, pero también la penetración del conocimiento, de la gnosis. El arsenal de flechas no tenía que ver con guerras y muerte, sino más bien con vida y esperanza. Eran guerreros pacíficos. Poseían una puntería experta con el objetivo de completar el círculo de la hermandad; expandir la codiciada esencia convertida en polvo blanco, que había sido cultivada y extraída de las montañas más altas y duras del estadio-incubadora por los persistentes capricornio, y posteriormente purificada y mejorada en el estadio-laboratorio por los acuarianos, para conseguir la mejor versión de todos los seres habitantes del cosmos.

Tras una ventana encendida de poniente por los últimos rayos del sol, un grupo de seis arqueros arreglaban sus arcos y flechas con mano experta. Divertidos, tatareaban una canción al tiempo que tensaban las cuerdas del arco, cerciorándose de su resistencia, elasticidad y potencia. El fuego en el centro nunca se extinguía. Eran seres de mente viva y corazón apasionado y alegre.

Nadie mejor que ellos podrían haber sido elegidos para la transcendental misión. Perpetuamente optimistas y observadores, cuyos sentidos eran tan nítidos como agudos. Eran únicos disparando sus flechas con la velocidad de un meteoro, rasgando el límite extremo de los abismos exteriores. Los jinetes arqueros conocían los complicados itinerarios para el acceso y salida de aquel mundo, que lo convertían en una fortaleza natural inexpugnable.

Le pregunté a Elsu lo que significaba la palabra *Sebel* en la jerga de aquellos seres, que parecía estar pegada a sus lenguas.

—Significa «alma libre», Amelia.

Después le pedí que me hablase de la canción.

—Es un canto al deseo de un mundo mejor, en donde todos seamos valientes y nobles, alentándonos a que amemos lo puro y lo verdadero.

—Muy idealista, ¿no te parece?

—Ser idealistas forma parte de su naturaleza. Sería imposible lanzar sus flechas al infinito si no pensaran que iban a llegar a su destino final. Ver a las personas como deberían ser nos ayuda a tratarlas como son, ¿recuerdas? Son buscadores de la verdad, como tú, aunque aún no te hayas dado cuenta.

Amelia, cumple con tus obligaciones, cuestiónate siempre algo nuevo y nunca dejes de perseguir tu ideal, con determinación y alegría, segura de que, aunque no sepas dónde vas, estás en el camino. Este es el regalo que nos ofrece la hermandad del Afar.

Fuera, un corrillo de niños mantenía una conversación que me llamó la atención. Habían encontrado un contenedor lleno de estiércol. Probablemente desechos de los corceles que utilizaban los jinetes para moverse. Una versión sofisticada del caballo con seis patas y muchísimo más rápido. Distinguí claramente dos cabras, dos acuarios y un pequeño sagitario.

—¡Uff, qué mal huele!, ¿por qué habrán dejado estos excrementos aquí? Deberíamos avisar a alguien —protestó el primero.

—¿Quién te ha dicho que son excrementos? Vamos a examinarlo de cerca —siguió otro.

—Por aquí debe de haber una cría para mí —dijo el último, sonriendo alegremente como si estuviera en una nube rosa de felicidad.

Con los ojos cerrados me hubiese sido entonces fácil distinguir quién había dicho cada uno de los comentarios.

Me fascinaba ver el espectáculo desde el estadio-lanzadera, en lo más alto de aquella ciudad suspendida, donde ráfagas de flechas, como fuegos artificiales, desaparecían en el horizonte a una velocidad prodigiosa y en dirección a quién sabe dónde. Me preguntaba cuántas de ellas terminarían en mi herido planeta.

Capítulo 23

Promesas que unen

Tenía veinticuatro años, acababa de cumplirlos el domingo 23 de mayo, día en que la Iglesia celebra la solemnidad de Pentecostés, el mismo en que se cumplió la promesa de Cristo a los apóstoles de que el Padre enviaría al Espíritu Santo para guiarlos en la misión evangelizadora, que por cierto coincidía con su santo, san Juan Bautista de Rossi.

Jambi, como le llamaban todos los que le conocían, era alto, recio, hermoso, de cara como un arcángel, y como él poderoso y fuerte contra los enemigos del alma.

La primera misa de un nuevo sacerdote es todo un acontecimiento, especialmente en el pequeño pueblo que lo había visto crecer y arropado por la comunidad donde había vivido la experiencia en el caminar de la fe. Acababa de salir del seminario y de celebrar el «cantamisa» en torno a su familia en la recogida iglesia parroquial de la plaza, donde le esperaban con ansia los padrinos seglares, devotos y allegados; aquello iba mucho más allá de cualquier deseo humano. Era el ideal de todo el que recibe el presbiterado, el cargo y la dignidad del rango eclesiástico que reciben los diáconos para convertirse en sacerdotes, y actuar como responsables de un santuario o una parroquia.

La víspera del gran día, se anunció el acto con volteo general de campanas, y se colocó la bandera en la torre como era la costumbre local. Fue la casa materna del misacantano el lugar elegido para la congregación de los invitados y las autoridades. Desde allí, le acompañarían solemnemente la comitiva hasta el lugar sagrado, donde se celebraría la fiesta litúrgica. El obispo siempre le dijo que tenía un don especial, una especie de don milagroso por el cual podía ver en cada joven si había recibido la llamada de Dios. Era casi una especie de santo. «Tú serás sacerdote para siempre», le repetía cada vez que acudía con su madre, cubierta con la mantilla negra y el rosario entre las manos, a los ejercicios espirituales. En realidad, le engañaron como a un chino, y él se creyó que era el elegido. Devoción por su parte muy poca. Sentado con sus primos en los bancos ubicados frente al altar, eran constantes las llamadas de atención del sacerdote, que cortaba la letanía llamándoles al orden para que guardaran silencio. Su interés era más bien piropear y perseguir a las muchachas que acudían sin ganas, como si fueran al matadero. Como no pudo ser una estrella de rock, que era lo que le privaba, se unió al coro escolástico, y de allí nunca más pudo salir.

Con el tiempo se convirtió en un servidor de Dios, simpático, educadísimo, de modales correctos e impecable en el vestir. Aunque rehuía de los riquísimos ropajes, nunca se olvidaba del brillante anillo pastoral que lucía su mano de piel blanca, como la de una duquesa. Se acostumbró a la vida de cura. Encontró cierto placer en las grandes comilonas a las que solían invitarle después de cada servicio. Las bodas eran sus preferidas, nunca se escatimaba con la comida, dando por terminada su asistencia una vez el estómago se daba por satisfecho. Solía decir que era tan ético comer un buen chorizo en casa del pobre, que un faisán en la del rico. La evidencia descubría que no era precisamente el *bocato di cardinale* lo que hacía que hubiera tantos curas con sobrepeso. Estaba convencido que detrás de cada manjar estaba la mano de Dios, y por eso era un pecado capital rechazarlo. Le apodaron el «cura mantelito» porque no había mantel que no contara con su presencia. Para el padre Jambi todo era una ambrosía. Era raro no verle limpiándose las migas de las tortas de la casulla blanca. Lo cierto es que, en algunas contadas ocasiones, se permitió confesarse a sí mismo que lo que le llenaba el alma en aquellas bodas no era tanto la comida, como la ilusión dormida de haber sido él mismo el enamorado, porque la sotana forcejeaba con el ánimo pedigüeño de caricias y besos apasionados, gestos que presenciaba entre los esposos, queriéndolos hacer suyos. Ni siquiera el agua bendita saciaba la sed del deseo que a veces le consumía. El luto que vestía era más acorde a la pérdida y a la memoria de esa ilusión, que al código protocolario de la milicia de Cristo a la que pertenecía. Aun así, le mantenía en sus filas la vocación y el deseo de ayudar a los más necesitados.

—Yo era ateo, padre Jambi, pero ahora creo —le dijo uno de los jóvenes esposos a quien iba a unir en santo matrimonio—. Sin duda, un milagro ha obrado, bajando del cielo a esta mujer. Usted que tiene conexión directa con Dios, dígale que me perdone por las cosas que hago con ella en la cama. Veo la religión en su melena, en su boca y en su cara a todas horas. Usted no me entiende, padre, pero una vez que el hombre prueba el veneno del amor, es capaz de quemarse en el infierno si hace falta. Pero él le entendía muy bien. Sus votos de celibato no le impedían sentir lo que sentía, y desear lo que deseaba.

Como dice la misma expresión del Nuevo Testamento «los caminos del señor son inescrutables», sosteniendo que algo negativo que le sucede a alguien tiene, en realidad, una connotación positiva, o al menos un motivo. Así, aunque el padre Jambi no lo comprendiera, debía confiar en la decisión divina, o ¿tal vez en las estrellas? Los más sofisticados hubieran afirmado que la historia del padre Jambi había caído bajo la ley de la sorpresa.

Su vida transcurría con la normalidad que cabía esperar. Tras cinco años como misionero y profesor en África, lo destinaron a una de las iglesias más antiguas de Granada, donde se encontraba un santuario dejado de la mano de Dios. La quebradiza iglesia, como todas las antiguas de la diócesis de Granada, había sido fundada hacía más de seiscientos años, después de la conquista de la ciudad por los Reyes Católicos. Se sostenía a duras penas, asentada en una olvidada mezquita, cerca de una de las zonas más pobres de la periferia y a la que solo visitaban algunos turistas «alternativos». El obispo quiso enviarlo a Roma para prepararlo como profesor para el seminario, pero el padre Jambi no tenía demasiada confianza en la formación tan cuadrada que se promulgaba en el centro neurálgico de la Iglesia católica, así que accedió a crear una comunidad de feligreses y ayudar en las reformas del inhóspito enclave. Para aquel entonces, su visión estaba tan cerrada a lo que aquel lugar protegía como sus ojos durante la oración.

Se acomodó en uno de los fríos cuartos de piedra, tan imposibles de hechura como de decoración, e hizo de aquella sala una mezcla de despacho, oratorio, alcoba y tocador. Lo único que le daba alegría a aquel espacio de tres metros cuadrados era el catre, que había cubierto con una vistosa manta de flores étnicas de vivos colores, regalo de una de sus feligresas africanas antes de su despedida. Una percha de hierro de aspecto severo y minimalista sostenía las ropas. El ordinario palanganero hacía las veces de lavabo, que apoyaba sobre una pila de libros viejos. Para reconocer su presencia, dejó el trozo de espejo quebrado, vacío de vida, que colgaba de una puntilla oxidada, justo encima de los amarillentos cirios que alumbraban la alcoba, suficiente para que no se atreviera a salir la vanidad de su figura. Los primeros meses fueron los más austeros, luego con la ayuda de algunos lugareños, acondicionó algunas estancias lo mejor que supo, convirtiéndolo en su hogar y en la casa de Dios, que recibía a los pocos que se atrevían a asomar por aquel lugar remoto. Con un trozo de madera y una piedra punzante diseñó el lema de la renacida iglesia «Nuestra fe es nuestra fuerza». Se aseguraba de leerlo varias veces al cabo del día, para recordarse a sí mismo que su fe no había adelgazado como lo había hecho su cuerpo.

Hacía días que no lograba dormir una noche entera, y había renunciado ya a la lucha por intentarlo. No había espacio ni claridad entre el día que empezaba y el que terminaba. Despertó abruptamente cuando los rayos empezaron a caer sobre las frágiles casuchas del pueblo. Pestañeó, giró sobre el colchón y volvió a cerrar los ojos. Nada. Solo funcionaba momentáneamente. Decidió levantarse y asomar el rostro adormilado por la ventana. Le gustaba que se le helaran los pómulos en invierno, para luego sentarse frente a la chimenea y sentirse vivo un instante. Husmeó los libros, moviéndolos de un lado a otro, sin leer una línea siquiera. Para distraerse se le ocurrió reflexionar acerca de si los rayos caían al suelo o subían desde la tierra. «¿Qué más da?», acabó diciendo.

El sonido de la tormenta dejó entrar unos golpes secos que venían de la puerta principal. El padre Jambi se apresuró a abrir.

—¡Dios bendito! Estás empapado. Pasa hermano —dijo, abriendo la puerta de par en par.

—Gracias en el nombre de Alá. Dudaba que alguien viviera aquí —carraspeó el visitante, sin fuerzas y con los pulmones agobiados.

Se abrió paso entre la penumbra un joven imán con la tez del color de la arena tostada, vestido con una chilaba de color marrón violeta. El rostro alargado y limpio de arrugas reflejaba su juventud. Una melena de pelo negro ensortijado se asomaba por debajo del pañuelo gris que le cubría la cabeza. Acentuaba su imagen mística una barba larga. Parecía un hombre amable, nada delató ningún destello de fanatismo en sus ojos grandes y oscuros.

Sabía que no estaba bien sacarle defectos al prójimo, pero sus andares rápidos y los pies abiertos eran más propios de un comediante que de un clérigo. Envidié su tripa que ensanchaba la chilaba, y que parecía una despensa de comida y bebida, propia de un hombre glotón y lujurioso que me recordó a mí mismo antes de licuarme en el continente africano. Cuando se sentó, percibí sus pies descalzos, encallecidos y deformados por los dedos.

—Vengo desde Marruecos en peregrinación para visitar las mezquitas de Granada —declaró, masajeándose las pantorrillas y los tobillos cruzados de cicatrices—. Sí, ya sé, todo el mundo piensa que solo peregrinamos a La Meca —añadió, antes de que pudiera abrir la boca.

»Para nosotros, Granada es un lugar muy importante también. La consideramos la casa del islam. La historia cuenta como antes de que los Reyes Católicos completaran la Reconquista en mil cuatrocientos noventa y dos, el reino nazarí de Granada constituía el último reducto musulmán de una presencia que había durado casi ocho siglos en la Península Ibérica. La presencia musulmana siempre ha continuado en la cultura, la arquitectura, la música y las costumbres de esta ciudad, que también consideramos nuestra, a pesar de lo que digan los mapas y los políticos. Aquí hay «buenas semillas» para el regreso de nuestro pueblo. Los musulmanes buscan aquí una continuidad con la historia que rompieron los Reyes Católicos —me explicó el imán, que no podía llamarse de otra manera más que Ahmed.

—Siempre he tenido una gran curiosidad por La Meca. ¿Cómo lo vivís los musulmanes?

—La peregrinación a la Gran Mezquita de La Meca es la visita que todo musulmán debe cumplir, al menos una vez en la vida. Es uno de los cinco pilares del islam junto con el ayuno en el Ramadán, la limosna, la oración cinco veces al día y el testimonio de fe.

—¿La Gran Mezquita de La Meca? Esa es la ciudad santa ubicada en Arabia Saudita.

—Así es. Denominada *Hajj*. Tiene lugar una vez al año, en el mes lunar musulmán de *Dhu al-Hijjah*.

—Tengo curiosidad. ¿Por qué peregrináis los musulmanes?

—Acudimos a La Meca para realizar un singular recorrido. Durante el *Hajj* oleadas de adoradores, vestidos con túnica blanca en señal de pureza, buscamos el perdón, rodeando siete veces la Kaaba en sentido contrario a las agujas del reloj. Durante las oraciones permanecemos arrodillados en dirección a La Meca.

—Claro, La Meca es vuestro centro espiritual. ¿Esos rituales garantizan al peregrino un lugar en el cielo?

—Exacto. El momento cumbre de la peregrinación se produce cuando subimos al monte Arafat, monte de la Misericordia en el valle de Mina.

—¿Cuál es el simbolismo de ese lugar?

—Fue en esa colina donde el profeta Mahoma predicó la despedida a los musulmanes que lo habían acompañado para la peregrinación hacia el final de su vida.

—A muchas personas no musulmanas les parece que la mujer está oprimida. ¿Qué opinas sobre ello?

—La mujer es como un cristal —contestó Ahmed—. En la mezquita tienen un lugar reservado para no mezclar las energías y mantener la intimidad. Las personas piensan que hay discriminación. No. Somos diferentes. La costumbre de casarse con más de una mujer permite, por ejemplo, a un hombre proteger a la mujer de su hermano si ella se queda viuda. Es una lástima que esté prohibido por las leyes españolas.

—Pero eso es bigamia —protesté ante aquella blasfemia.

—¿Por qué no puede un hombre casarse con más de una mujer si quiere hacerlo, especialmente por razones nobles?

—Lo mejor de la ciudad es la gastronomía, ¿no te parece? —pregunté, saliéndome por la tangente para distender la conversación, que se estaba tornando un tanto tensa por lo distante de nuestras ideologías religiosas.

—Sin duda alguna. Es única, sobre todo las tapas —asintió, tocándose el estómago y relamiéndose de gusto.

—Tapas, flamenco, jamón ibérico y Semana Santa —añadí, con un guiño de ojo al mencionar la tradicional fiesta religiosa. Una de las expresiones más genuinas del sentir cristiano andaluz.

Ahmed no se molestó con mi broma, al contrario, cómplice, participó con una sonora carcajada, dándome el pase de oro.

—¡Hay, el jamón ibérico!, lo único que me haría atentar contra el Corán.

—Quien escribió vuestro libro sagrado, y prohibió el consumo de carne de cerdo, sin duda no disfrutó de este suculento bocado.

—Debes saber que esta restricción no es una elección de estilo de vida, sino un mandato divino. No se trata solo de mantener un alma sana, sino también un cuerpo sano. El cochino es un carroñero que come casi cualquier cosa que se encuentre, incluso sus propios desechos. No filtra las toxinas ni los parásitos que se almacenan en el tejido graso del animal.

—Entonces tampoco compartirás una copa de buen vino conmigo —adiviné.

—Nada de alcohol. Pero sí agradecería un trozo de pan con aceite de oliva, y algunos de esos higos con miel que adornan tu mesa.

Conversamos durante horas hasta el rayar del alba. Aprendimos el uno del otro, con un diálogo interreligioso al que jamás había sido expuesto, encerrado en mi burbuja cristiana. Abrir la puerta a la tolerancia ante los diversos sistemas de creencias que a priori desconocemos es el puente hacia el respeto y la paz. Me di cuenta, dicho sea de paso, que no suponía un riesgo para mis creencias como me habían adoctrinado, sino un enriquecimiento espiritual e intelectual. Si las religiones dominan el mundo y estas están indisolublemente unidas a la sociedad, ¿no deberíamos al menos interesarnos por conocer sus respectivas creencias? Con seguridad un solo acto de bondad echa raíces en todas las direcciones y, como en la primavera, las raíces brotan y producen nuevos árboles. Aquella noche aprendí que todas las religiones te acercan a Dios, tanto como te alejan.

Invité a Ahmed a que fuera mi huésped durante su estancia en Granada. El imán aceptó. Ni que decir tiene que no pedí permiso al obispo, ya que sin duda se me habría negado. Yo me acostumbré a sus continuas plegarias, que empezaban con un lavado ritual de ciertas partes del cuerpo con agua corriente, y él al aroma del vino eucarístico, donde yo ahogaba los fuertes olores de la vida.

Hacía algún tiempo que quería recomponer la pequeña capilla. Después de la misa del mediodía, a la que acudieron tan solo dos almas ancianas y una monja que se había dejado caer del convento de San Jerónimo, le pedí a Ahmed su ayuda para mover algunos tapices, unas pocas bancas donde los fieles elevaban sus rezos, y la imagen del santo patrón, por cuya advocación se erigió ese espacio, y que tenía un peso monumental. Mi intención era reubicar el altar y solventar los problemas de humedad que presentaban los laterales.

—Padre Jambi, ¿ha visto esta marca bajo el retablo?

—Parece algún tipo de acceso subterráneo. Tal vez lleve a alguna tumba donde haya sido enterrado un personaje importante, o un primitivo templo oculto.

—Es curioso, la luz que entra de la cúpula choca con los pequeños pilares de mármol, apuntando directamente a este lugar.

—Sí, tienes razón, Ahmed. Tiene que haber alguna forma de levantar la losa.

Con mucho esfuerzo e improvisando artilugios más propios de MacGyver, el agente secreto cuya arma más peligrosa es su inteligencia que la de dos religiosos con dioses enfrentados, conseguimos descubrir la zona inferior que estaba hueca, dando paso a una escalinata de mármol descendente. Al quitar tres losas más contiguas, quedó abierto por completo el acceso a una cripta subterránea, que se encontraba a trece metros de profundidad y bajo riesgo de derrumbamiento. La curiosidad pudo más que el temor. Bajamos los escalones de mármol de diminuta huella, con el mismo asombro que precaución. Ahmed me seguía, sosteniendo uno de los cirios que alumbraban el estrecho recorrido abovedado y por el que teníamos que bajar la cabeza para no golpearnos con el bajo techo. Al final del pasadizo había una pequeña puerta circular oculta, de angosta entrada, y que conducía a una cámara impresionante de pavimento color azul turquesa marmoleado. Encontramos rollos de copias de antiguos manuscritos en hebreo y judío, libros de oraciones, comentarios, leyes religiosas, correspondencia entre órdenes cristianas y musulmanas, textos mágicos y místicos, y también antiguas Biblias. Era una especie de biblioteca secreta llena de hileras de estanterías de madera carcomida. Una pequeña parte del contenido estaba curiosamente a salvo de su terrible enemigo, la humedad.

—¿Por qué habrían sellado la cueva? —preguntó Ahmed incrédulo.

—No tengo ni idea, pero sin duda debe de ser un lugar sagrado que esconde mucho más que alijos misteriosos.

—Mire esto, padre Jambi. —Me señaló, con un vaivén de la mano, un pesado volumen pardo—. Este libro parece diferente al resto —dijo, mientras limpiaba la suciedad de la cubierta con la manga de la chilaba—. Tiene oculto un fragmento manuscrito en la encuadernación. El papel y la tinta son realmente antiguos. Nunca he visto algo igual.

Examiné con gran cuidado la escritura y el papel.

—Sí, parece estar escrito en una lengua muerta ancestral. Fíjate en el símbolo grabado en el centro. Una esfera color púrpura, dividida en doce partes iguales con símbolos en su interior. Sugiere un mapa incompleto con algunas coordenadas. Observa estos pequeños puntos unidos entre sí. Trata de encontrar el trozo que falta —le pedí, mientras yo hacía lo mismo.

Por distracción tiré al suelo un frasco de cristal de cuello largo, imitación del huevo filosófico, una especie de destilador, que descansaba cerca de donde encontramos el libro. Tardamos un buen rato en sobreentender que contenía muestras de los ocho metales, correspondientes a los ocho planetas.

—¿Qué crees que hay detrás de todo esto, Ahmed?

El imán habló:

—Te ruego, en el nombre de Alá, que no hables ni escribas acerca de este hallazgo, ni divulgues en ningún momento la ubicación de este lugar. Me agarró de la ropa que es la forma árabe y musulmana de imponer un juramente obligatorio a cualquiera.

—De común acuerdo y en el espíritu de la fraternidad, debemos unirnos sellando un pacto de silencio —insistió con una inquebrantable obstinación.

—Ahmed, no podemos ocultar este descubrimiento, que se debe más a los designios de Dios que a la providencia. Esto va más allá de nuestras propias creencias —razoné, con el peso de la conciencia, sin parar de explorar, pasmado por la fascinación, aquel espacio de paredes vacías, sin cuadros, sin plegarias pintadas, ni siquiera manchas que pudieran distraer la atención del conocimiento. Las impresiones se agolpaban en la mente tan rápido, que parecían difuminarse en medio de tantos apuntes y dibujos sobre los procesos del gran magisterio.

Al día siguiente con el sol alto y seguros de que aquella historia no había sido un engendro de la imaginación, empezamos a preparar nuestro plan, que nunca supe en virtud de qué fuerza adversa se fue enredando en una maraña de pretextos y evasivas, de la mano de los minúsculos problemas de la vida cotidiana, hasta convertirlo en una ilusión. Durante los tres días siguientes, los monólogos sordos, y las miradas absortas eran todo el diálogo que nos cruzábamos. Silencioso y retraído, de vez en cuando forzaba a extremos increíbles los límites de la imaginación, para tratar de comprender el misterio que yacía bajo nuestros pies.

De Ahmed descubrí que era un hombre tan inteligente y pacífico, que su único entretenimiento era sentarse a pensar, con los ojos inmóviles, oyendo en la distancia las sonajas de los gitanos de piel aceitada, y alborotados de alegría, que llegaban al pueblo como expertos echadores de suertes, revelando la fortuna de los crédulos que se presentaban con las manos limpias, a fin de que estos pudieran predecir con claridad su porvenir.

Cerré la iglesia para terminar con los arreglos de la capilla, aprovechando que los habitantes del pueblo se encontraban perdidos en sus propias calles, aturdidos por la feria y los saltimbanquis callejeros. La burla del travieso destino quiso que el obispo se presentara por sorpresa aquella misma tarde. Entró silenciosamente en la capilla, como un zorro en un gallinero, descubierto por el ruido de la puerta que raspaba el desnivel del suelo. Lucía su vestimenta de diario, una sotana negra con ribetes rojos, adornada con botones cordoncillo, fajín morado y solideo del mismo color. El movimiento de la cruz pectoral era la insignia de la firmeza de su fe. Dijo que aprovechaba unas semanas de libre disposición para acercarse y visitar al que siempre fue uno de sus hijos predilectos, y a quien para sus adentros le gustaba imaginar como su sucesor.

—¿Qué es esto? —preguntó al ver la losa que daba a la cripta, claramente manipulada, mientras un gato callejero siamés que Jambi solía alimentar se frotaba contra las piernas del recién llegado, dejando pelos blancos en la sotana oscura.

—Su Excelencia, qué alegría. Llega en el mejor momento. No hay mejor camino que hubiese podido tomar. Han sido unos días muy entretenidos.

El príncipe de la Iglesia no pareció turbarse.

—El cristianismo es una disciplina, padre Jambi, no una diversión.

Pero el obispo sonreía al decirlo, porque en el fondo comprendía la naturaleza de Jambi, a quien conocía desde que abrió sus ojos al mundo. Tal vez por eso miraba para otro lado cuando invitaba a algún cantante pop, de larga melena y ataviado con un caftán, para que cantara uno de esos «hurras *hippies* para Jesús», en sus sermones.

Embriagado por la evidencia, el obispo reaccionó poniendo la mano sobre su hombro, mientras el corazón se le hinchaba de temor y de júbilo, al saber a Jambi en contacto con el misterio.

—Entonces, ¿lo has encontrado por fin?

—¿Su excelencia era conocedor de la cripta? —pregunté desconcertado.

—¿Quién más lo sabe? —interrogó, mirando a Ahmed con desconfianza.

Por fin me atreví a introducir a quien se había convertido en más que un desahogo y una buena compañía, porque estábamos ligados hasta la muerte por un vínculo más sólido que el de la amistad: el despertar a la verdad y el legado del misterio de la vida.

—Siempre supe que tú eras el elegido, aquel llamado a preservar lo que por tanto tiempo ha sido mi misión. No me equivoqué. Ahora te toca a ti. Solo uno de los nuestros puede hacerlo.

Miré a Ahmed en un gesto para advertirle que no era el único sabedor de la existencia de la cripta.

—No te preocupes, el secreto está en manos de los musulmanes y los cristianos desde hace cientos de años. Ahmed junto contigo conformareis el relevo de esta generación. Ambos sois dignos herederos de este honor, que empieza aquí y ahora —dijo, con la autoridad y la determinación que aniquila todo riesgo de discusión—. No habría mayor peligro para la Iglesia que el secreto viera la luz. Sería nuestro fin, ya que comprometería los principios de las Sagradas Escrituras. En el caso de los musulmanes el Corán y sus enseñanzas. Eso nos ha unido en esta encomienda. Lo que ese pergamino declara contradice todo lo que la religión ha creado durante miles de años.

Sus palabras parecían haber clavado nuestros hábitos al suelo con remaches, porque éramos incapaces de movernos, inmóviles, temblando de sorpresa sin poder creer en la evidencia.

El imán abandonó su prudencia para lanzar la gran pregunta que yo mismo no me atreví a formular.

—¿De verdad es cierto que existe ese lugar que apunta el mapa? ¿Que el cosmos es esa fuerza que rige la vida y no un Dios creador como defendemos nosotros?

—No tenemos la certeza de que eso sea así, pero la duda nunca debe ser sembrada. Eso sería nuestro fin. Esa ciencia de la que hablan los manuscritos es el mayor de nuestros enemigos, el ejército silencioso que espera ser descubierto para derrotarnos y arrebatarnos el poder, expandiendo la infamia. Si la teoría de ese lugar y de las estrellas gana, la divinidad del creador sería imposible de defender.

Ahora serenamente, sin la exaltación de la novedad, creí entender el profundo significado de aquello. El obispo nos estaba encomendando lo que sería nuestra verdadera misión, tendríamos que entregarnos en cuerpo y alma para ser dignos de sobreguardar aquel misterio. Nos dejamos vencer por nuestra devoción, convencidos de que aquel acontecimiento tan esperado por nuestros antecesores era inminente. No se nos reveló más para que no sobrepasáramos los límites del conocimiento humano, entregándonos a la tortura de la fantasía.

—Alguien va a venir —les anunció, fijando en ellos una mirada que les envolvió de incertidumbre. Como siempre que el obispo expresaba un pronóstico, el padre Jambi estaba seguro de su presagio—. El cuarto viene de camino —insistió, dirigiéndose a la puerta con premura, como si patinara por el helado suelo.

No tardó en hacer su aparición el esperado visitante. Un ayatolá chiita, un rango que se designa a una de las máximas autoridades dentro del sacerdocio chií duodécimo, y experto al parecer en ciencias islámicas, leyes, moral y filosofía y que, por tanto, se ha ganado el privilegio de interpretar la ley, emitir juicios religiosos de forma legítima, y dar clases en seminarios islámicos. Ahmed se dirigía a él como el «gran ayatolá». Un líder muy respetado en su comunidad religiosa que había dejado su retiro para unirse a nosotros. Lo trataba como a un mito, una figura intocable, mucho más que un hombre. Tendría no menos de setenta años, alto, erguido y barbado. Sus cejas abruptas, negrísimas y enredadas, quitaban el protagonismo a sus pequeños ojos líquidos. Cubierto por una larga chalina negra, enrollada alrededor de la cabeza en forma de turbante, dejaba escapar una sonrisa maliciosa tras su sobrecogida expresión.

Allí mismo nos cedieron el testigo y se materializó el juramento. Cristiano y musulmán nos comprometimos a mantener y proteger los cimientos del cielo, guardando el secreto que había perdurado en sepultura durante tiempos inmemorables. Un conocimiento que, cierto o no, nunca revelaríamos al mundo.

Si había un Dios, no podía castigar a alguien eternamente por el pecado de vivir confundido, siguiendo sus mandatos. Era preferible morir con nuestras creencias, antes que aceptar que el mundo era distinto a como lo concebíamos. Era necesario ser todo aquello que nos habíamos prometido. Pero la verdad siempre sale a luz de todas formas, ¿no es así?

«Nadie enciende una lámpara para después taparla con algo, o ponerla debajo de la cama, sino que la pone en alto, para que tengan luz los que entren. De la misma manera, no hay nada escondido que no llegue a descubrirse, ni nada secreto que no llegue a conocerse y ponerse en claro» (Mc 4:21-25).

Capítulo 24

Paso de tango

La primera excusa fue hacer una investigación sobre la parte psicológica, y los papeles del hombre y la mujer durante el baile. La segunda era que necesitaba un sustituto que me hiciera olvidar la adrenalina del boxeo. La versión oficial se quedó en que ahora que de algún modo la normalidad volvía a mi vida, apuntarme a una academia de baile sería una buena idea para liberar el estrés y mantener mi mente activa. La realidad era bien distinta; la luminosa escuela argentina de tango, ubicada en el histórico y magnífico edificio del centro cultural, se había convertido en nuestro lugar de encuentro secreto. Aquella tarde, como todos los martes y jueves a la hora mágica de las siete y durante las últimas dos semanas, me calcé mis zapatos de tacón, el vestido negro de falda corta y tela danzarina, que resaltaba los movimientos, y hasta una liga en uno de los muslos que me hacía sentir muy sexi, siguiendo mi lema de siempre; si hay que hacerlo, hagámoslo bien. Mi mejor sonrisa como decía el profesor Liberto, un argentino de Río de la Plata, era de quita y pon, así que no había problema en desplegarla cada vez que hiciese falta. En medio de todas las enseñanzas y el tango danzarín, yo tomaba apuntes mentales sobre cómo discutían algunas parejas, acusándose el uno al otro de tomar el paso equivocado o de invadir el espacio ajeno.

—¡Me estás atropellando!

—No, eres tú que no retrocedes.

—Pero ¿cómo quieres que retroceda si tengo el pie en el aire?

—Pues las demás lo hacen.

—Las demás lo hacen porque los demás lo marcan bien.

El profesor se acercó.

—¿Queréis bailar tango o hacer una lucha de sumo? No se olviden que al bailar están dialogando, no imponiendo su voluntad —les repetía Liberto desorbitado.

Pero nada, el diálogo pasaba a ser un monólogo, en lugar de un baile de dos, donde cada uno improvisaba de acuerdo al movimiento del otro. Esas eran las mismas parejas que discutían por todo al terminar la clase, prodigándose infinitos reproches cuando no lo cambiaban por un silencio que parecía imposible detener. Para quienes sean de números les diré que el tango ignora las matemáticas en cualquiera de sus manifestaciones, porque la suma de uno más uno, nunca resulta ser dos, sino uno. Desde el principio me cautivó, sin imaginar el caudal de emociones, sensaciones y sentimientos que podía llevar consigo ese hipnótico baile. Siempre lo haré responsable de aquel *revival*. Una aventura tentadora que habíamos cerrado con fuego y no con hielo, y que los sensuales movimientos, envueltos en milongas, consiguieron avivar la llama. Hicimos creer a todos que nos habíamos conocido por casualidad en aquel espacio. En mi caso no necesitaba la fase de precalentamiento, nada más recorrer la pulcra vereda de la calle y traspasar las rejas azules que resguardaban el edificio de ladrillos a la vista, el calor del desierto más abrasador se adueñaba de mi piel. Después, durante las secuencias juguetonas que caracterizan ese modo especial de bailar milonga, nos regalábamos sonrisas cargadas de picardía y provocación. Un tira y afloja que escondía detrás de la aparente desavenencia una atracción sensual cómplice, de dos almas acuciadas por pasiones urgentes como la vida.

El sonido rebotaba en las paredes de piedra del salón. Una lámpara de tiras blancas fosforescentes simulaba una araña de cristal, derramando una luz tenue. Debajo de ella, nos balanceábamos al unísono sobre el parqué de madera.

—Qué bueno sería que un hombre me llevara por la vida como lo hace él, Rafaela, y que lindo es bailar con alguien que te entienda —comentó la mujer de una de las parejas de baile, de pelo negro brillante trenzado hacia un lado, sin despegar su mejilla de la de su compañero y refiriéndose a Jared y a la sintonía de nuestros cuerpos.

El profesor insistía:

—Tenés que seguirlo a él, son tres minutos de obediencia, nena, nada más. Tranquila que te va a guiar —le indicaba Liberto con gestos exagerados a una de las parejas de no más de treinta años, a quienes les era imposible seguir el ritmo del dos por cuatro.

Lo de la obediencia se me daba bien, al fin y al cabo, había estado sometida a Jared durante mucho tiempo, y tal vez por eso me sentía cómoda y me resultaba fácil dejarme llevar, sintiendo su pulso.

—Bailemos un tango que aún no esté escrito, mi vida. Casi podía oírte todo este tiempo de tanto pensarte —me susurró Jared con mirada alta y pasos leves y suaves, mientras deslizaba sus manos por mi espalda desnuda hasta el límite de los glúteos.

—Llévame a rincones nuevos otra vez —le pidió alguien con mi mismo cuerpo, mi boca y mis ojos, como un alma errante. Durante aquel baile el mundo se quedó dormido, para luego despertarlo uno a uno mis sentidos.

—Los cuerpos se conocen a través del movimiento. El tango es como el momento previo al orgasmo —afirmaba el profesor argentino, pero los nuestros ya conocían la geografía del otro sin necesidad de GPS ni tango alguno. Bailábamos con una cercanía atrevida y una intimidad intimidante, volando en alas de aquellas letras de desilusión y desamor que conocíamos muy bien.

Mis pies parecían vibrar en un trasatlántico que navegaba la noche. El tango me permitía entrar en el mundo de Jared y a él en el mío. Para otros el permitirse ser abrazados, ser tocados muy íntimamente, estar piel con piel con la otra persona era la barrera más difícil de saltar, para mí era una necesidad dejarme fluir por aquella especie de química, de conexión metafísica, confiando en mi cuerpo y su capacidad de reacción, a pesar de estar tan dolida con Jared, como la letra de la propia música.

Algunas parejas fracasan la primera vez y triunfan a la segunda. Otras inventan nuevas reglas para llegar a la orilla tras el naufragio. ¿Habría sido aquella visita en el hospital un encuentro casual, o la continuación de una historia de amor eterna? Un paso hacia delante, un paso hacia atrás, un paso al lado, lo nuestro era ese tango de Gardel «Volver», apasionado, violento, arrebatador, romántico y trágico. El eco de sus zapatos me contaba lo que callaba su boca, recogiendo lo que nunca debió pasar bajo la alfombra del tiempo.

Constaté, como dice el saber popular, que la vida es un tango y que a veces nos pisa bailando. Escondemos bajo la risa muchas ganas de llanto y como en sus letras está llena de despedidas. Si te resbalas con uno de sus pasos imposibles, sigues bailando. Aunque en cierta ocasión pronuncié esa frase delante de Liberto, y él me hizo observar que hay muchos tipos de tangos y que cada uno elige bailar uno distinto.

—He estado asistiendo a terapia. No soy el mismo hombre que abandonaste en Jerusalén, Rafaela —dijo, como declarando un testimonio sobre el texto sagrado.

Fue en aquella cena mágica, después de la clase de baile, donde celebramos lo que había cambiado en el tiempo en que habíamos estado separados. Si bien es cierto que me sentía en desventaja al conocer a alguien nuevo, porque no era consciente de cómo había madurado y cambiado de manera positiva con el tiempo, como expareja obtenía una instantánea del antes y el después, que me motivó a reconectar, abriéndome de nuevo a su amor y al sexo apocalíptico, como si no hubiera un mañana. Nos conocíamos, pero ciertos elementos de nosotros ya no eran igual. En muchos sentidos éramos «nuevos» el uno para el otro.

—Aquella noche te despediste de una forma muy cruel —me recriminó.

—No quiero revivir aquella última noche —contesté.

Aunque pensaba que sería imposible, si hablaba de ello aun sentía más dolor. Recordé pequeños trozos de la conversación. ¿Dónde se había visto que dos personas que se deseaban tanto se despidieran para siempre?

—Te propongo que pongas el corazón a cero y deshagas los miles de kilómetros de amor que te hirieron. Yo estoy dispuesto y aunque viviera mil vidas te elegiría de nuevo —declaró, antes de que nos besáramos con una ansiedad desesperada.

No estaba preparada para las opiniones de otras personas. ¿Qué?, ¿vais a volver a estar juntos después de todo?, ¿estás bromeando?, ¿por qué? Pero quien más me preocupaba era Conan, un hombre maravilloso que siempre había estado a mi lado, me cuidaba, me amaba y a quien estaba traicionando de forma injusta. Un marinero que me había curado las heridas por dentro y por fuera navegando en sus brazos cálidos, y que ahora terminaba con ese sueño frente a un mar color ceniza, espumoso y sucio, que no merecía el riesgo y los sacrificios de esta aventura.

Pero ¿cómo habíamos llegado a revivir aquel amor desaforado, hablándonos entre murmullos a escondidas, y sin voluntad para apaciguar la lava del volcán que desprendía el corazón a fuerza de golpes? Todo empezó cuando mi madre descubrió la botella misteriosa y me explicó el simbolismo que podría haber tras ella. Necesitábamos más información. Recordé que aún conservaba en el bolso la tarjeta que Jared que me dio en el hospital cuando vino a visitarme. Me contó que estaba en Granada realizando un trabajo de investigación arqueológica.

—Conozco a alguien que puede arrojarnos luz sobre el origen de la botella y el mensaje del contenido —sugerí de un modo espontaneo, por supuesto sin mencionar nada acerca del pasado que nos unía, del que yo misma aun estaba en proceso de reconstrucción.

La llamada pareció sorprenderle tanto como a mí su alegría al oír mi voz.

—Por supuesto —afirmó con contundencia, tras escuchar mi invitación.

Tuve el gesto de citarle en uno de los cafés judíos del centro de la ciudad, justo debajo de mi consulta. Una leve corriente de aire trepaba por la pared hasta mi oficina, que me permitía percibir la mezcla de olores. El aroma del té se mezclaba con el del café tostado con cardamomo. Un café, negro y denso, que desde hacía mucho tiempo se servía en aquel y otros establecimientos de la ciudad. El humo que se elevaba de los recipientes trazaba unos dibujos serpenteantes que me recordaban el carácter arabesco, y mi paso por Jerusalén. Jared estaba sentado chupando la boquilla de una pipa de agua, de una cachimba que tenía al pie de la mesa, y envuelto en su aromática columna. Sereno, imponente, se levantó sobre la enorme alfombra turca para recibirme, haciéndome un gesto con la mano. Avancé hasta su encuentro, como tantas veces lo había hecho en otra vida. Por un instante me sentí como un animal asustado con el imperioso impulso de huir de aquel lugar sin saber por qué. Su mirada me hacía sentir como una presa. Camine ágil para acortar el recorrido y encontrar refugio en el sillón de piel azulón que estaba frente al suyo. A pesar de todo, por primera vez desde que tenía memoria, me sentía fuerte e invencible. Algo en mi cabeza me decía que ya no era la misma, y aunque tenía la capacidad de revelarme contra aquel instante, no quise hacerlo. Había entrado en aquel lugar docenas de veces, sin embargo, en aquella ocasión era como si me estuviese adentrando en otra dimensión. No esperaba su efusivo abrazo, que me dejó petrificada, esperando que se volviera a sentar. Todo me resultaba tan familiar y al mismo tiempo tan lejano, que tuve que hacer un esfuerzo por centrarme en el presente.

—Gracias por venir, Jared —dije, para romper el hielo.

Las manos se me hundían tanto en los bolsillos del pantalón que corría el riesgo de agujerearlos.

—No hay nada que me haga más feliz que tu presencia, Rafaela. Te veo fantástica. Llegué a pensar que nunca me llamarías y que me volvería a Israel sin poder verte de nuevo —respondió, con unos ojos que destellaban una ilusión sin tapujos.

—¿Ya te marchas? —pregunté con falsa indiferencia.

—Regreso en un mes. Mi trabajo en el proyecto arqueológico que me ha traído hasta Granada está a punto de culminarse.

El botón de mi camisa naranja de cáñamo de manila no paraba de desabrocharse a la altura del pecho, y yo no hacía más que abrocharla, para que no pensara que estaba utilizando un arma de seducción voluntaria, o uno de esos sebos jugosos con un anzuelo de cuatro puntas dentro. Aunque el gesto compulsivo atraía más su atención que el propio canalillo de mis senos. Ni siquiera me atrevía a cruzar las piernas, recordando que ese gesto solía disparar su libido.

—¿Así que ahora combinas la filosofía con las labores de un Indiana Jones moderno?

—Lo cierto es que paso la mayor parte del tiempo trabajando y viviendo en las excavaciones, recorriendo el mundo, obsesionado, dispuesto a dejarme la piel bajo el sol para revelar los conocimientos de la antigüedad. Vivo fascinado por el pasado. Aunque soy tan feliz trabajando en una biblioteca llena de libros como rodeado de tierra.

—¿Y has encontrado muchos tesoros?

—Bueno, a menudo una pequeña pieza de cerámica rota tiene más valor para nosotros que un anillo de oro y diamantes. Buscamos información básicamente, pero tengo que confesar que el mayor tesoro que he encontrado lo tengo frente a mí —dijo, terminando la frase con ese tono que no deja salvación.

—En ese caso y haciendo acopio de tu insaciable curiosidad, tal vez puedas echarme una mano con algo. Se trata de esta botella y su contenido —dije, sacando el objeto de mi bolso y alargándolo hasta sus manos.

—¡*Wouu*, Rafaela, esto es realmente increíble! —exclamó con fascinación, después de un breve examen—. ¿Cómo ha llegado hasta ti?

Le relaté la historia de la botella y todo lo que consideré que podía necesitar saber para unir cabos. Noté como su semblante se entristecía con la escena del barco y la aparición de Conan en acción, pero no hizo ninguna mención sobre ello.

—¿Qué te parece? —pregunté impaciente.

—Tengo que hacer algunas indagaciones y llevarme la botella al laboratorio para someterla a algunas pruebas. Creo que este hallazgo tiene mucho que ver con el proyecto que me ha traído hasta aquí.

—¿Qué quieres decir? ¿A qué proyecto te refieres?

Jared se acercó a mí inclinando su cuerpo, asegurándose de que nadie nos escuchaba, y como quien desvela el misterio de la Santísima Trinidad me susurró al oído.

—La organización arqueológica para la que trabajo lleva años tras la pista de un antiguo yacimiento, cuya importancia va más allá de los restos arqueológicos. Se trata de un portal secreto que opera como marcador astronómico, ubicado cerca de un yacimiento milenario. Estamos barajando varias teorías, la más definida es que algunas órdenes religiosas están involucradas. No hemos podido aún averiguar la ubicación exacta, pero hay suficientes indicios para situarlo a las afueras de la ciudad. Este sería el mayor descubrimiento arqueológico de todos los tiempos. El sueño de cualquier arqueólogo. No puedes hablar de esto con nadie, Rafaela, hasta que descubramos algo más.

—Ese lugar es real, te lo aseguro. Mis padres han estado allí. Lo que ocurrió en ese sitio nunca ha llegado a conocerse, salvo por quienes vivieron los acontecimientos de una manera personal y directa. Tal vez contándotelo ahora estoy cometiendo la insensatez de poner en peligro mi propia vida y la tuya.

—No entiendo, Rafaela. Pensaba que no sabías nada de tus padres.

—Así es. Han pasado muchas cosas desde que nos separamos que desconoces. Me he reencontrado con mi madre, y por fin he podido comprender muchas cosas que estaban ocultas.

—Esa es una gran noticia, Rafaela. Sé cuánto necesitabas que llegara ese momento. Aun así, no acabo de comprender la conexión de esta botella con tus padres.

Mire pensativa en torno mío.

—No podemos seguir hablando de esto aquí. Tenemos que reunirnos en un lugar más seguro.

Cuando le hablé de una academia de baile, al principio se lo tomó a broma, echando la cabeza para atrás con una carcajada, pero al ver la seriedad de mi expresión, asumió que ese sería nuestro lugar de encuentro.

—¿Quién sabe?, igual encuentras allí a una de esas mujeres mayores que desenterrar —bromeé, detectando una sonrisa divertida por debajo de su nariz.

El Jared impulsivo y dominante que conocí se iba deshaciendo en jirones de humo en mi memoria, al tiempo que iba dibujando un hombre distinto, conservando lo que un día me enamoró. Parecía que el ego que le mataba de asfixia todas las noches se había jubilado.

Allí mismo se produjo otra coincidencia que me empujó aun más a creer en el mundo de lo fortuito y de la predestinación. Un adolescente se cruzaba con nosotros a la salida del café, repartiendo folletos mientras vociferaba:

—La escuela de tango celebra su treinta y siete cumpleaños y ofrece un mes de clases gratuitas. ¡Vamos anímense, solo me quedan dos plazas disponibles!

A Jared le bastó con guiñarme un ojo y alzar el pulgar para que supiera que estaba dentro. Yo sellé el acuerdo con el carmín de mis labios.

A la cena le siguieron unos vinos, a los vinos unas copas de Pommery, mi champán preferido, y cuando nos dimos cuenta eran las tres de la madrugada. Mi teléfono estaba a rebosar de llamadas perdidas y mensajes de mi madre y de Conan. Ambos preocupados por mi ausencia, ya que ese comportamiento era totalmente inusual en mí, que me acostaba a la hora de las gallinas y siempre informaba a Conan de mis planes. Me lo estaba pasando tan bien, que me agarraba indefectiblemente a todas las excusas que apoyaban mi decisión para no romper el *momentun*. Mi cerebro recurría a mil triquiñuelas para sostener mis teorías, no le importaba la verdad. De nuevo volvía a ignorar los gritos de advertencia de mi angelito que se arrancaba las plumas de sus alas por la desesperación. A fin de cuentas, la neurociencia ha demostrado que diez segundos antes de optar por una decisión, las neuronas han decidido el tipo de resolución que vamos a tomar, sin que nosotros lo sepamos. Algo parecido ocurre con nuestro sistema motor, que opta por un músculo de una mano u otra, cinco segundos antes de que lo activemos. Si estaba tan desarmada conscientemente y mis propias neuronas iban siempre a llegar tarde, a toro pasado ¿no sería mejor respetar la naturaleza y dejarse guiar? Para sentirme mejor conmigo misma, iba alimentado la idea de que no había una gota de azar en aquel encuentro, estábamos destinados a encontrarnos. La vida nos había llevado por caminos diversos, pero, de alguna manera, se había ocupado de reunirnos. Si esa teoría funcionaba con mi madre, ¿por qué no iba a ser igual con Jared? El loco guionista de mi vida acababa de dar un nuevo giro de vértigo a mi historia, situándome en un escenario, engarzada al cuerpo de Jared en un circuito de pasos de tango y tensiones encontradas.

Mi motivación estaba por los cielos. Me pellizcaba para comprobar que no estaba viviendo un sueño, sino una realidad de la que nadie podría apearme.

Las comparaciones son odiosas, pero ¿cómo no hacerlas? Las hacía todo el tiempo, especialmente al bajar del Olimpo a mi casa, donde estaba Conan que no era más que un simple mortal, dejando atrás a ese semidiós hecho hombre, que me llevaba a pasear por el cielo en cada paso de tango, para luego soltarme en mi propio infierno de dudas, ¿dónde desembocaría todo esto? Dos veces por semana en la escuela de baile ya no eran suficientes, ni tres... la exigencia era la eternidad completa, pero ¿qué pasaba con Conan, con nuestra historia construida, con el héroe que me rescató y me enseñó de nuevo a creer en el amor?

En unos segundos escucharían el girar de la llave en la puerta. Llegué vestida de excesos de muy diferente índole. No me reconocía a mí misma. Hubiera preferido que por mi cabeza circulara el arrepentimiento, pero la culpa no había sido invitada a la fiesta. Sabía que habría problemas, no estábamos hablando de una juerga puntual un sábado por la noche, sino de sentimientos, mentiras y los daños colaterales que supondría decirle a Conan la verdad, pero la pasión me empujaba, sintiéndome capaz de vencer cualquier obstáculo que se interpusiera en mi camino. La creencia que me movía era definitivamente triunfalista «el amor no conoce límites». ¿Qué hacer entonces?, ¿sería posible amar sin equivocarme, y que el sufrimiento fuera una excepción y no la regla?

Yo no era una de esas mujeres capaces de tener una vida paralela. Bajo los efectos del alcohol y mientras caminaba hacia el lugar donde me esperaba un hombre perfecto, soñaba con reemplazar mágicamente a Conan por Jared, mi exmarido y ahora amante furtivo, y que todo siguiera igual como si nada hubiese pasado, pero el «traspaso afectivo» no era tan simple. Me hallaba inmersa en un gran dilema que no me dejaba vivir en paz.

—Chiquilla, ¿dónde te has metido? Estaba a punto de llamar a la policía. ¿Estás bien? —Conan agarró mi cara entre sus manos y se arrimó a mí, besándome como nunca lo había hecho antes. Me sentí colapsada y aturdida, porque aquel único beso logró borrar de mi piel todos los que Jared me había dado aquella misma noche. Todo ocurrió muy rápido, en el lapso de unos segundos ya me había dado un par de vueltas en mi propia montaña rusa emocional. Supongo que el impacto me hizo responder estupideces.

—La clase se alargó, ¿qué hacéis despiertos? —contesté, dándole toda la naturalidad que pude interpretar, con los largos sollozos de los violines aún flotando en mi cabeza.

Sus cejas se relajaron y aflojó la tensión de sus hombros. Ingenuamente, creí que mi respuesta había sido lo suficientemente convincente para que no reparara en que mi sabor aquella noche no era el mismo que tenía cuando dormía con él, y me abría las puertas de su paraíso.

—Rafaela, sabía que no corrías peligro, al menos peligro físico, aun así no vuelvas a desaparecer de ese modo, por favor. Nos has tenido preocupados —dijo mi madre, que por primera vez me dio una de esas regañinas de madres que siempre añoré. Me desconcertó su comentario «sabía que no corrías peligro, al menos peligro físico». Subestimé el hecho de que las madres lo saben todo, especialmente la mía, y que yo era un libro abierto para ella. Ella sabía muy bien de lo que hablaba. Puse cara de ese perro al que le han regañado, pero no consigue entender que ha hecho mal. Antes de irme a dormir, buscó un momento para encontrarse a solas conmigo, e intentó sonsacarme qué era lo que me estaba torturando, pero yo me cerré como una ostra.

A la mañana siguiente, durante el desayuno, les expliqué a Conan y a mi madre que mi contacto arqueólogo estaba haciendo averiguaciones acerca de la botella y el mensaje. También les mostré la carta que había recibido para mi treinta y siete cumpleaños, anunciando la muerte de mi padre. Mi madre se emocionó, sin poder contener las lágrimas. Miró al cielo, y ante nuestra incredulidad, una estrella se hizo visible a pleno día sobre nuestras cabezas, en medio de una nube de mariposas monarcas despreocupadas, que migraban totalmente fuera de su ruta.

—No es posible —negó Conan, sin parar de tomar fotografías del fenómeno con su móvil—. Las mariposas monarcas tienen una particular brújula solar, y su reloj interno les permite volar sin desorientarse miles de kilómetros entre Canadá y México, en dirección suroeste en otoño y en dirección noreste en primavera. Al finalizar el otoño, las monarcas emprenden el viaje más largo de su vida. Estos insectos están genéticamente programados para volar más de tres mil quinientos kilómetros hacia el suroeste desde el este de Norteamérica hasta el centro de México, donde afrontan el invierno. En primavera, realizan la ruta inversa dirección noreste. He visto este proceso muchas veces cuando vivía en América, y como invadían con su color el cielo a su paso. ¿Cómo han conseguido llegar hasta aquí? Es prácticamente un milagro.

—Es Elsu —aseguró mi madre con cierta excitación, mientras cientos de ellas se arremolinaban a su alrededor y tapizaban, como si de una alfombra se tratara, las ramas del árbol de nuestro jardín, el suelo y todo lo que llegaba a alcanzar la vista. Un inmenso enjambre de mariposas naranjas, que parecían provocar hasta las flores de los maceteros que colgaban en las paredes blancas, desenraizándose para llegar a alcanzarlas.

—Juntas, aun son más bellas —exclamé con la boca abierta, y sin poder apartar la mirada del intenso color naranja y las marcadas líneas negras de sus alas.

—Sí lo son, Rafaela. Es una de las más grandes y conocidas de Norteamérica. Cuando era niño pasaba muchos veranos en Canadá correteando detrás de ellas, preguntándome dónde irían en invierno. Me interesé por ellas y descubrí que realizan una de las migraciones más largas del mundo animal.

—Mamá, estas mariposas son unas impresionantes viajeras como tú —le dije, abrazándola e intentando arropar su emotividad.

—Las mariposas adultas reproductivas viven de cuatro a cinco semanas. Sin embargo, una de las maravillas de las monarcas es la «generación Matusalén». Esta es una generación especial que no es igual a la de sus ancestros. A diferencia de sus padres, abuelos y bisabuelos, que tuvieron vidas efímeras de unas semanas, las mariposas migratorias viven hasta nueve meses, por eso pueden realizan semejante proeza.

—Eso significa que, si nosotros viviéramos un promedio de setenta y cinco años, nuestros hijos vivirían quinientos veinticinco, ¿verdad? —calculé.

—Sí, chiquilla. Eres muy buena con los números.

—Las envía Elsu desde Montana —continuó, fijada en la idea de que todo ese extraño fenómeno era obra de mi padre. Un mensaje en una clave secreta que solo ellos entendían, conectándolos de alguna manera sobrenatural.

Sentí curiosidad por conocer aquel lugar del que me hablaba mi madre, a través de las palabras de Elsu. Encontrarme algún día con mis ancestros y ese mundo al que yo también pertenecía era una idea que hervía en mi interior. Una llamada que cada vez sentía con más fuerza y más claridad. Sedienta de información, de impulsar la búsqueda de mi principio y al mismo tiempo consciente del peso de mis antepasados en mi existencia, tuve una intuición. Aquella carta firmada por Wakanda, el del poder mágico interno, también contenía una pista que ahora cobraba sentido. Conan reconoció el sello postal de Montana en el sobre.

Comencé a sentir que mis raíces me fortalecían, y que explicaban mucho de lo que yo era y de lo que hacía. Eran como una corriente de vida donde veía pasar mi historia. Conocer mi linaje significaba buscar respuestas profundas a preguntas que no terminaba de hacerme. Aprendí más tarde, que hay herencias grandiosas a las que hay que ir a su encuentro, porque no caben en un testamento, y antepasados en galaxias, todos huéspedes de mi espíritu, a la espera de entregarme mi destino.

Del aquel capítulo también saqué una de las mejores terapias para parejas en crisis, y que hoy día utilizo para mis pacientes, focalizada en la comunicación, y que llamo «paso de tango». Las parejas se sorprenden cuando las recibo calzada en zapatos de tacón, enfundada en un vestido rojo de apertura lateral en toda su altura, y mi liga negra de la suerte abrazando mi muslo.

—Si quieres decirle algo, primero tienes que contactar, llamar su atención, de lo contrario la invades, la sorprendes y en esa incertidumbre no te va a entender.

Llevemos esto al baile. ¡Mira! Primero buscas su pie, la detienes y luego haces el movimiento. Si antes no haces contacto, será difícil que ella adivine que quieres comunicarte. Como cuando quieres hablarle: primero la llamas, y solo cuando ves que ella te escucha, hablas, de lo contrario antes o después tendrás que gritar. Esto es lo mismo. Y tú (a la otra mitad de la pareja) ten en cuenta que cuando te llama, tienes que detenerte y escucharlo, si no para que lo escuches te va a gritar. Y si estás bailando, te va a golpear. Mirar como lo hago. Acerco mi pie al suyo; ella se detiene para escuchar, hago el movimiento y espero a que ella me conteste. Recordar, al bailar estáis dialogando, nunca imponiendo. Uno habla y después de escuchar, el otro contesta. Atención, solo después de escuchar. Porque en el tango, como en la vida, si no tienes el interés de escuchar, vas a presuponer que sabes lo que te van a decir, y nunca contestarás al otro. Si acaso, contestarás a tus suposiciones, pero nunca al otro. Así, el verdadero diálogo deja de existir y se convierte en monólogo, que acaba terminando con las relaciones. El tango es un diálogo corporal y amoroso, donde los dos manejáis la autodeterminación, y donde también hay momentos de silencio, un silencio que necesariamente forma parte del diálogo, enriqueciéndolo, pero que nunca lo anula. Los dos podéis proponer porque aunque uno tome la iniciativa del primer movimiento, de acuerdo a la respuesta del otro, ya sea por velocidad, amplitud o dirección, es el otro a quien corresponde el siguiente movimiento, marcando si quiere avivar las llamas o dejar que el fuego se apague lentamente.

Este baile con esencia conquistadora y toques melancólicos significa además autoconocimiento. Conocemos como somos a partir del otro. En el tango puedes ser protector o protegido, dominado o dominante, seductor o seducido, infinitamente tierno, violento, o incluso la mezcla de todo eso, y tu pareja está ahí para mostrártelo. Podéis bailar de una manera distinta cada día, pero siempre conducidos por un solo espíritu, siendo uno la sombra del otro.

La coreografía grácil y elegante del tango está cosida con los hilos de la vida; abrazos contenidos, no estrujados; el error es una posibilidad nueva para crear juntos; si no le doy espacio a mi pareja, ella se lo tomará; mi pareja está ahí para mostrarme como soy; el encuentro es diálogo, no imposición; el diálogo es escuchar al otro, no suponer; el abrazo es dar espacio, no atrapar; el tango es dialogar, dialogar, dialogar...

Capítulo 25

El péndulo

E n toda vida existe al menos un momento único e irrepetible, una ocasión, un instante de iluminación personal que le da significado. A veces podemos pasarnos años sin vivir en absoluto, y de pronto toda nuestra vida se concentra en un solo instante como decía Oscar Wilde. Un minuto de perfección amorosa, intelectual o mística, un momento de eternidad prometido por el vaivén del péndulo, uno que deberíamos saber aprovechar.

La gigantesca y pesada esfera de cobre, en cuyo centro tenía grabado un girasol, se movía con la isócrona majestad que correspondía a un péndulo, desprendiendo pálidos y cambiantes reflejos al ritmo de sus amplias oscilaciones, como única luz que iluminaba aquel lugar. La esfera, móvil en el extremo de un largo hilo sujeto de la vasta cúpula cósmica, actuaba como un poder indestructible, suspendido en la nada infinita, que giraba con movimientos laterales sobre su propio eje, a una velocidad que no podíamos calcular. El movimiento simétrico y silencioso, apenas nos hizo percatarnos de que estábamos en medio de un vacío, que determinaba el pulso de la ley universal que regía aquel lugar.

A pesar de la resistencia del aire o de la posible fricción con su punto de sostén, el estímulo que permitía la existencia de aquel movimiento indefinidamente parecía guardar una voluntad mayor. La misma voluntad que contenía el espíritu de sus guardianes, indispensable para afrontar cualquier adversidad, y elegir su propio destino. No es casualidad que tanto las pequeñas como las grandes hazañas personales sean alcanzadas gracias al movimiento, porque sin movimiento no hay crecimiento.

Habíamos viajado a tal velocidad en aquella especie de automóvil convertible, que ni siquiera lo sentimos. La hermandad del Afar me había provisto de una camiseta de tejido inteligente que formaba parte del uniforme necesario para dirigir aquel artefacto. El tejido contenía unas membranas capaces de diagnosticar el estado de salud, e incrementar el coeficiente intelectual y emocional, basado en una reactivación potencial de la intuición y el inconsciente. Resultaba obvio que Elsu no la necesitaba. En la galaxia Elove se movían en otro nivel, que para nosotros los humanos era inalcanzable. Para entonces, ya había iniciado una relación más que duradera con lo imposible, viajes en el tiempo, campos de fuerza, universos paralelos, fantasía y ciencia ficción constituían un gigantesco campo de juego, donde realidad e imaginación eran rivales a partes iguales. Había aprendido que lo «imposible» es un término relativo, y como bien intuyó Einstein «si una idea no parece absurda de entrada, pocas esperanzas hay para ella».

Que hubiéramos volado como pájaros motorizados en el diccionario de mi mundo estaría traducido como algo imposible y prohibido. Pero la única manera de descubrir los límites de lo posible era aventurarse un poco más allá de lo imposible. La vida se vuelve mucho más interesante mientras cocinas la receta perfecta que mezcla entretenimiento y conocimiento.

—¿Estás bien? —pregunté a Elsu al percibir unas sensaciones extrañas y nuevas para mí, posiblemente disparadas por el increíble tejido inteligente.

Él se quedó mirándome y sonrió, con un atisbo involuntario de preocupación que yo nunca había detectado.

—Te inquieta que no lleguemos a tiempo, ¿verdad? Es difícil escoger siempre el camino correcto.

—Qué sabia eres ya, Amelia. La vida está llena de elecciones. No podemos andar por dos caminos a la vez. Este enorme péndulo guarda esa gran enseñanza.

—El tiempo se agota, sin embargo, debemos de estar muy cerca. Hemos transitado por casi todas las zonas estelares. Tal vez esta sea por fin Piscis y podamos completar la misión.

—Me gustaría decirte que hemos llegado al final del viaje, Ame-lia, pero las estrellas indican que no es así —terminó diciendo con la mirada perdida en lo alto.

Tenía miedo a intentarlo, aunque lo estaba deseando. El miedo me indicaba claramente que debía hacerlo y por fin lo hice.

—Bésame —le pedí—. No quiero arriesgarme a morir o a desaparecer en una fantasía cualquiera de este lugar, sin tener el recuerdo de la epidermis de tus labios con los míos.

No me besó, pero tampoco puso resistencia a que yo lo hiciera. Estábamos tan cerca que respirábamos el aire del otro. Se entregó, rodeándome con esa aura no humana. Después retrocedió un poco, lo mínimo para mirarme a los ojos. Me acarició la mandíbula con los pulgares y convirtió el segundo largo, lento, suave y profundo beso, en el principio de la historia que ninguno olvidaría. Ese beso lo fue todo. Un atajo al paraíso, donde morir solo podía ser el principio.

—¿Qué sientes? —le pregunté, todavía sin poder creer que hubiera sucedido.

—Sucesión —contestó, suspirando el último suspiro del mundo.

—¿Cómo? —insistí, más perdida con su respuesta que un pulpo en un garaje. No negaré que esperaba algo superromántico del tipo «besos como el tuyo deberían venir con una etiqueta de advertencia: ¡Cuidado atrapan corazones!», o «quiero besarte de todas las formas que sepa, porque planeo amarte de todas las formas que pueda». Sin embargo, respondió con una de sus frases encriptadas.

—La sucesión es dejar de ser lo que se era, para ser lo que se será.

—¿Te refieres a que algo ha cambiado en el tiempo?

—Se puede vivir en el tiempo y para el tiempo, o se puede vivir en el tiempo para la eternidad.

Comprendí que aquel beso era como el de Superman y Lois Lane «realmente no puedo estar contigo, pero me gustaría estarlo». Uno de esos besos en los que te das cuenta que el oxígeno está sobrevalorado. Ahora me arrepiento de no haber guardado aquel beso, aquel golpe del destino, en una botella para tomarlo en pequeñas dosis cada hora de cada día, y recordar cualquier detalle esquivo, que como buenos samaritanos me salvaran de la nostalgia. Dicen que todos somos mortales hasta que nos dan el primer beso de verdad. Yo hubiese perdonado la inmortalidad a cambio de una sola vida a su lado, porque lo más grande que aprendemos en la vida es a amar y a ser amados.

—Si no estamos en Piscis, entonces, ¿dónde? Solo podríamos encontrarnos en la zona estelar de Tauro o Aries —dije, ahora ya con el corazón lleno.

—En las dos, Amelia, en las dos. A un lado del péndulo se encuentra Aries y al otro Tauro —afirmó Elsu, observando un extraño reloj triangular de una sola aguja, que se movía a contrasentido y al compás del péndulo, dividido en dos partes iguales de color rojo y verde—. ¿Te has parado a pensar alguna vez cómo sería tu vida, convirtiéndote en tu lado opuesto?

—¿Quieres decir siendo una persona completamente distinta a la que soy?

—Justamente eso. Permitirte renacer como esa pintora bohemia que nunca pudiste ser, o la atrevida y divertida persona con la que desde niña soñaste.

—Bueno… me considero bastante divertida y atrevida, ¿no crees? —respondí con mi chispa habitual—. ¿De verdad estamos preparados para una segunda oportunidad así?

Tardó tanto en contestar que por primera vez pensé que no tenía respuesta. Obviamente me equivoqué.

—Eso es lo que hacen aquí. Abren dimensiones ocultas del alma que permiten la autoliberación. Los guardianes de Elove me hablaron del péndulo y de los seres que lo custodian.

—Eso sería realmente poner alas a los sueños.

—Los sueños no necesitan alas, Amelia, solo pistas de aterrizaje.

Al oeste, una isla tan plana como un encefalograma, bañada por aguas tibias y formada por gemas de jaspe rojo, cuyas propiedades brindaban a los seres estelares de Aries protección contra maleficios, hechizos y energías negativas, protegiendo además a cada quien de sí mismo, frente al miedo y al pesimismo, aportando energía positiva que a su vez elevaba el coraje y la determinación. A su nacimiento se les otorgaba un brazalete con la piedra preciosa del jaspe rojo, incrustada como símbolo de vitalidad y poder, de la que nunca se desprendían. Los nativos de aquel lugar la llamaban «sangre de la madre tierra». Al este, otra de crisocolas cuya superficie de brillo vítreo encerraba el más intenso de los verdes. Transmitía un mensaje de paz y bienestar gracias a su energía, que ayudaba a controlar los arranques emocionales de los seres estelares de Tauro, fomentando la tolerancia, la paciencia, y reduciendo la agresividad. Decenas de pájaros, cuyos colores y naturaleza tanto me intrigaban, parecían bendecir sus costas con unos silbidos tan coordinados como los de una orquesta sinfónica de primera. Sus habitantes llevaban colgada en el cuello una de esas gemas en forma de cuernos, como símbolo de su ideal. Ambas absorbían los rayos desprendidos por el desmesurado péndulo, que otorgaba el día y la noche acorde a su preciso balanceo, iluminando una isla mientras la otra permanecía oscura.

Lo asemejé a la Tierra, que girando sobre su propio eje consigue el milagro de que algunos países disfruten de la luminosidad del sol, mientras otros duermen a pierna suelta, como España y Australia. Claro que en este caso el Sol, nuestro «astro rey», uno de los cientos de miles de millones de estrellas en nuestra galaxia, es quien tiene el honor de levantar y dejar caer el telón dorado, dejándonos ser testigos de horas mágicas, tan perseguidas por fotógrafos, ojos ensoñadores, y amantes que se cuentan la historia de cómo el Sol amaba tanto a la Luna, que moría cada noche para dejarla respirar. El péndulo era ese Sol que les abrazaba primero humildemente y luego con todo su esplendor, dando aliento al rojo ladrillo y al verde campo, de dos mundos, tan unidos como distantes, por la promesa de un nuevo amanecer. Esa risa que ahuyentaba el invierno de dos caras de una misma moneda.

¿Por dónde empezar? ¿Qué camino sería el más certero? Estábamos justo en el principio y el final de cualquiera de ellos.

—No todos los caminos que elijas serán buenos, pero algunos serán necesarios para que crezcas —me dijo Elsu, tomándome de la mano en dirección a la isla de los seres estelares de Aries—. Según el movimiento del péndulo llegaremos al amanecer. Si escogiéramos el sentido contrario, la oscuridad nos atraparía durante horas.

Aquella fue su elección, la mía fue la esperanza. Me dijo que muchas veces me daría cuenta de que no existe un camino correcto, sino motivos correctos para elegir un camino. A todas luces parecía lógico, y más que todo eso, sabio como todo lo que salía de su boca, que se había convertido ya en mi cita favorita, y que con solo rozarla evaporaba mis miedos como una medusa al sol.

—Una de las limitaciones de los seres humanos, Amelia, es que a veces creéis que estáis en el camino correcto, pero no os dais cuenta de que no es el único.

—¿Y si nos perdemos?

—Algunos caminos hermosos no se pueden descubrir sin perderse.

La aventura comienza donde los planes acaban. Cuando dejes de mirar atrás, sabrás que tus pasos están bien encaminados.

—¿Cómo estás siempre tan seguro? —pregunté mientras acariciaba distraída los pétalos de color azul que nevaban a nuestro paso, como chispas de vida desprovistas de su brújula.

—Si hay paz en tu alma, hay un destino en tus pasos. La vida es como un barco que no detiene la marcha, solo diriges el timón. Es imposible detenerse. Te mueves o te arrastra la corriente marina, el viento, o las mareas.

Cruzamos la interminable extensión del puente que unía ambas islas, con la lentitud con que despertaba el día, justo cuando los primeros flases de luz que arroja el péndulo regaban de vida los rincones más escondidos de aquel lugar. La tierra rojiza se chupaba el agua que la rodeaba como una boca sedienta. *Vodka* iba unos metros por delante, como un veterano de cien expediciones que disfrutaba de nuestra reconfortante compañía. Yo caminaba al paso de mi persona vitamina, ese lápiz perfecto que escribía mi felicidad, sin borrones, sin puntos ni comas que frenaran el sueño donde siempre le esperaba. No podía parar de pensar en qué nuevos paisajes desconocidos, personajes enigmáticos y mensajes indescifrables nos esperaban.

Una vez allí, todos los carneros parecían estar en una calma tensa, en alerta. Un gran revuelo corría a sus anchas. Los grupos de seres desperdigados con quienes nos íbamos encontrando nos observaban con quietud y confiados, aunque parecían estar demasiado ocupados en la preparación de algún tipo de festejo o juego de competición, como para prestarnos atención. Una manta de lana recién estrenada cubría sus cuerpos bajo una enorme cabeza erguida de cornamenta retorcida. Al mirar sus ojos, me daba la sensación que siempre estaban preparados para desatar su ferocidad y el indómito fuego del impulso que los dominaba.

—¿Cómo es que no hay niños en la isla? —quise saber, al barrer con la mirada los alrededores.

—Los hay, Amelia. De hecho son los protagonistas hoy. Deben de estar preparándose para las competiciones.

—¿Niños compitiendo? ¿Para qué?

—Su naturaleza es ambiciosa y aventurera. Necesitan divertirse y competir para satisfacer su esencia, que les dice que siempre pueden ser mejores. En ellos encontrarás un buen contrincante que siempre estará a la altura. Esta es una competición muy especial, Amelia. Cuando cumplen doce años de edad, tienen que demostrar su madurez y la capacidad para elegir su destino. Lo llaman los juegos sagrados del «Yo soy», que representan las verdades más profundas de la vida.

—Es decir, una especie de deporte de terapia —repuse, dándomelas de experta—. ¿Y en qué consisten?

—En uno de los juegos los jóvenes realizan una caminata a paso sostenido durante cientos de kilómetros, rodeando la isla tres veces, día y noche. Durante el recorrido se encuentran con diferentes pruebas físicas, emocionales, espirituales y mentales que tienen que superar. Solo a la luz de la totalidad de cada ser estelar de la zona de Aries es posible comprender y valorar el significado de su propósito. De esta forma expresan el dominio que tienen sobre su vida interior. Son juegos rituales que los llevan a estados límites y alterados de conciencia, que les permiten realizar nuevas introspecciones en sí mismos. Solo bajo este estado logran un grado de habilidad y concentración extraordinario.

—Me parecen juegos muy duros y crueles para niños.

—No para ellos, Amelia. Los juegos favorecen la percepción de las cosas de una forma diferente. Los participantes son más conscientes de su propio ser, de sus posibilidades y capacidades, promoviendo el desarrollo de la voluntad, la disciplina, la responsabilidad, el compromiso y el respeto con el adversario y con ellos mismos. Se les prepara desde su nacimiento con sesiones de iniciación y entrenamiento para este gran momento.

—¿Por qué es tan importante superar los juegos?

—Únicamente aquellos que estén preparados podrán decidir su destino.

—¿Y qué ocurre con los que no lo logran?

—Lo llaman la fuerza del fracaso. Es una búsqueda de una situación mejor a través de un mayor esfuerzo, disciplina, voluntad, acción y reflexión. No hay triunfo o derrota. Se les dan los elementos para que se conozcan a sí mismos y valoren lo que son. Algún día serán líderes con un carácter audaz e independientes frente a un grupo de su comunidad, pioneros abriendo nuevos caminos o ayudando a otros en su preparación para su gran día, pero ellos no podrán elegir su destino.

Mientras yo no daba respiro a Elsu con mis preguntas que no se estaban quietas, tratando de adivinar aquel acertijo, un nuevo escenario había florecido ante nosotros. Una especie de circo gigantesco sin carpa y con innumerables pistas se había levantado sobre el jaspe rojo. Igual que faisanes rompiendo el cascarón, con mucho alboroto, el espíritu combativo de los jóvenes guerreros salió de su reposo, estallando como un cohete de feria en busca de los retos a los que estaban predestinados. Engalanados con coloridas pinturas que cruzaban sus cabezas rapadas, corrían con la velocidad de un lobo cazador, hambrientos de los primeros puestos.

Era como estar sumergida en uno de esos videojuegos, indistinguibles de la realidad, donde los carismáticos personajes se mueven a la velocidad de la luz, enfrentándose a todo tipo de retorcidas pruebas para sobrevivir y conseguir nuevas habilidades que les permitan acceder a otro lugar, en un diseño de niveles con dificultades genialmente medidas que te hacen vivir momentos de espectacularidad visual tan tensos, que no eres capaz de soltar el mando.

Los tiernos carneros se entregaban con valentía a los juegos de competición, arriesgando con una impulsividad temperamental, motivando los aplausos y los jaleos de la audiencia. Un soplo divino que les hacía arder con más fuerza, mientras alzaban el brazalete con el jaspe rojo, en un gesto de orgullo por quienes eran.

Los finalistas, aquellos pocos que conseguían completar los juegos con éxito, eran enviados a la tierra estelar de Tauro, donde reinaba el lujo, el placer y la opulencia. Allí, durante un año, experimentarían la esencia de sus habitantes, viviendo como ellos, sintiendo como ellos, visualizando la vida desde las pulsiones de un ser estelar de Tauro, comportándose como un verdadero toro. Abandonarían la pasión por el equilibrio, la aventura por la tradición, el ímpetu aguerrido por la tranquilidad, la prisa por la prudencia y la calma, las ideas innovadoras por el juicio racional, la libertad por el arraigo. Al mismo tiempo, sus vecinos, los seres estelares de Tauro, celebraban del mismo modo el acontecimiento anual que seleccionaría a la nueva generación de elegidos, jóvenes que emprendían el viaje inverso, donde tendrían el privilegio de dejar de tener para empezar a ser.

Aunque la historia fuera totalmente distinta y la comparación descabellada, no pude resistirme a comparar la experiencia de aquellos jóvenes con los de la comunidad amish. Sin coches ni electricidad ni teléfono, los amish viven en su monocromático mundo religioso que les enseña que, si no son amish, no irán al cielo. Como si fueran un pueblo del siglo xix, huyen de una cultura en la que el progreso tecnológico y la prosperidad engendran, según su entender, orgullo, poder y estatus, que conduce a la ruptura de las relaciones. Antes de bautizarse y decidir si quieren unirse a la Iglesia, deben de estar en lo que llaman su intervalo *rumspringe*. Básicamente se les anima a que exploren el mundo de afuera, donde pueden disfrutar de las libertades del mundo moderno que incluye por supuesto conducir vehículos que no sean de tracción a sangre, fiestas, sexo, alcohol y hasta se les permite fumar y el uso de drogas. Se supone que eso les ayuda a tomar una decisión con fundamento. Así pues, cuando cumplen dieciséis años cruzan al otro lado para ver el mundo moderno en un salto en el tiempo, dejando de ser inaccesibles e inabordables. El choque es brutal, hasta el punto que solo un diez por ciento decide no volver a la comunidad. La testosterona adolescente cambia su existencia basada en valores sencillos orientados en la familia, y el vestir idéntico que apenas les distingue entre sombreros de fieltro negro, tirantes, barba y bigote para los hombres, y vestidos grises y gorros blancos para las mujeres, por un estilo de vida opuesto. Solo unos pocos deciden cambiar el pan hecho a mano y la mantequilla de cacahuete por una hamburguesa con patatas fritas de McDonald's, la sensación de conducir un carro de caballos en una fría mañana de invierno, con el único sonido del crujir de las ruedas contra la nieve, por un atractivo coche deportivo, la ropa triste por vaqueros y chaquetas de cuero, el silencio por los estímulos constantes de las televisiones de pantalla gigantesca y los videojuegos, dejar atrás la edad de piedra para unirse a una comunidad cuyos ciudadanos adoptan con avaricia accesorios y posesiones materiales, y no consideran pecado utilizar un lavavajillas o un ordenador.

En general, parece que aquellos que deciden no regresar están en un dilema, aunque no confusos. No se plantean el impacto psicológico ni las consecuencias espirituales de sus acciones, porque no cavilan sobre la elección entre el mundo amish y el «mundo *out*», simplemente se formulan la pregunta que ocuparía la mente de cualquier joven: ¿Qué me hace más feliz?, y cuya respuesta solo puede satisfacer un alma hecha de polvo de estrellas, esa noción vaga y frágil que ni siquiera tiene un asiento claro en el cuerpo.

Allí nadie dormía. Rodeados de cientos de antorchas prendidas que trabajaban a destajo abriendo camino entre la fría oscuridad que gobernaba la noche, concluyó la ceremonia con trece jóvenes listos para partir hacia el corazón de los secretos que entrañaba el otro lado del péndulo. Una invitación irrechazable, donde poder ser todo lo que no eran, la única manera de averiguar quiénes querían ser, solo posible tras el periodo de «experimentación» que comenzaba con el anuncio de la hora olvidada del reloj del péndulo. Era la señal. Se miraban con una sonrisa cómplice, sabedores de ser unos afortunados. Por momentos solo se escuchaban los latidos emocionados de sus corazones.

Idealizaban al opuesto, explorando el lado contrario para permitirse después elegir entre dos opciones. Eso les hacía libres para elegir. Una vez probados los dos extremos, conocidos los pros y los contras de cada uno, tendrían el criterio para decidir en qué parte del péndulo querían situarse. Era una elección real que conllevaba con ella el compromiso. El vistoso extremo era necesario para no morir en el vacío del discreto centro.

—Tu apariencia cambiará. Tu aspecto será el de un Toro a partir de ahora, si eliges quedarte —dijo con obstinación, mirándole fijamente con unos extraños ojos color regaliz y pupilas de tamaño desigual.

Él, quiso saber más:

—¿Significa eso que no podré recuperar mi yo verdadero, mi cuerpo?

—No habrá marcha atrás —le advirtió—, acabará con tu pasado. Lo matarás.

—¿Qué significo yo en el breve diccionario de la vida? ¿Cuánto vale mi esencia?

—¿No lo vale todo para ti? La esencia es esa última gota de agua en el profundo pozo de nuestro ser. Esa que te impide ser un nombre perdido en la historia del cosmos.

—No estoy seguro, no del todo —contestó, llevado por algún peculiar impulso, como si su deseo se hubiera hecho añicos como un huevo al caer sobre el reluciente verde y duro suelo de crisocolas.

Sentía que quien le hablaba era una especie de agente de la CIA al servicio del universo y la ley del péndulo, que conocía a la perfección el mecanismo que le hacía ser quien era, como estaba envuelto y construido, y estuviera en posesión del manual para desmontarlo, tuerca a tuerca y cable a cable, sin intención de volver a montarlo jamás, indiferente al hecho de que todas y cada una de las piezas se caerían, perdiéndose en la inmensidad del péndulo.

—¿Y si decido volver? —interrogó con firmeza a la musculosa figura que combinaba fortaleza y delicadeza, y que parecía narcotizar con el movimiento de un rabo que recogía sobre sus pies, grandes y anchos.

—Los tuyos te recibirán como si nunca los hubieras dejado. Perderás la memoria del tiempo que pasaste aquí, como si la línea de tu vida jamás se hubiera alterado. Retornarás a tu esencia y toda huella quedará borrada —informó, descansando sus hechuras taurinas.

El joven ariano no era ya inmune a lo extraordinario de ese mundo que había tenido la fortuna de conocer, sin embargo, se hallaba perdido en el no saber si se acercaba huyendo o de regreso a casa, con la naturalidad de quien nunca se alejó de ella.

Como los jóvenes amish, la mayoría terminaba regresando a las zonas estelares que los vieron nacer tras el periodo de experimentación. Los que optaban por quedarse en la tierra extranjera eran adoptados por una nueva familia que reconocerían como la suya propia, con lazos de parentesco tan estrechos que harían olvidar la existencia de una vida anterior. El único recuerdo que albergaría su mente sería una luz amarilla bañada en frío. Aquella zona estelar que reclutara más extranjeros, y recuperara más seres de su propia zona, era recompensada por el péndulo con recursos que convertían la isla en un lugar mejor para quienes la habitaban, agua más pura, más horas de luz y nutrientes que hacían crecer sus frutos con más vitaminas y rapidez. La lucha era por conseguir el mayor número de seres con los genes más fuertes, a fin de perpetuar la supervivencia de su especie.

¿Quién sería yo si pudiera ser cualquier otra persona? Recuerdo que aproveché uno de mis viajes para realizar un proyecto personal, que tenía como finalidad reflexionar sobre nuestra existencia, lo que éramos y lo que no. Como si fuera una intrépida fotoperiodista, dejé la cámara digital a un lado, compré una de película instantánea y empecé a tomar fotografías en todos mis viajes. Personas anónimas que veía por la calle a quienes animaba a completar la frase: «me hubiera gustado ser... ». Después de la sorpresa inicial preguntaban ¿lo qué sea?

—Sí claro, cualquier cosa —les contestaba, invitándoles a soñar. Los comentarios eran de lo más variopinto y abrían un mundo de respuestas infinitas. Disfrutaba observando a los transeúntes, y me preguntaba cuál sería su historia, sus secretos, cuáles eran sus deseos, cómo eran de niños y hacia dónde se dirigían en la vida. Las verdaderas y fascinantes historias de la gente no están en las redes sociales, sino en la calle, a nuestro alrededor. Me acercaba a las personas sin intención de encontrar un perfil en especial. Algunas las elegía por su manera de andar, otras me intrigaban por lo que hacían en aquel momento, un simple gesto podía ser el detonante que me inspirara a querer saber más sobre ellos. La mayoría eran personalidades cautivadoras que respondían con una sonrisa y otros con mucha nostalgia. Primero, yo les explicaba que de niña siempre soñé con ser una actriz de Bollywood y que había terminado siendo guía turística, luego ellos se abrían y los dos nos íbamos con una historia que contar.

Había alguno al que le hubiera gustado ser Julio Cesar en su marcha hacia la conquista y el poder absoluto. Un anciano de setenta años, que rodaba a trompicones en una vieja silla de ruedas, me contó que había sido una figura del baloncesto en sus años de juventud, pero que un accidente de avión le hizo perder las piernas. Me confesó que le gustaría convertirse en el hombre araña, para sentir la libertad de nuevo. Pero claro, hasta el superhéroe tiene sus propias quejas, Spider-Man fue privado del amor de sus padres ya que estos murieron cuando tenía tan solo seis años, y tuvo que esforzarse mucho en la vida; su corazón también se rompió y se sentía solo muchas veces, sin olvidar todas las batallas que tiene que librar contra sus enemigos. Parece que su futuro pende de un hilo constantemente, y no me refiero al que dispara con sus poderes arácnidos. No importa lo que quieras ser, el dolor y los retos también están asociados a esa personalidad. Solemos creer que los demás tienen vidas mejores y más emocionantes. Pero, ¿realmente eso es cierto?

El supremo péndulo fue para mí una verdadera revelación. Decidí entonces que no me gustaría ser como cualquier otra persona en el mundo, ni siquiera por un día. Yo tenía mi propia personalidad única, esa marca que me distinguía. Ser como alguien más, incluso imaginarlo, sería un desprecio a esa última gota que contenía todo lo que yo era, y había sido llamada a ser.

No hay un buen jardinero que no se haya encontrado un error en su libro de semillas favorito y lo haya anotado en los márgenes, como si fuera un libro antiguo inscrito en la biblioteca de la vida. A mí me gustaría poder ser yo en cada instante, ojalá logre ser esa persona cada día de mi vida.

Capítulo 26

Viaje a mi destino

Como una trapecista, ligera sobre la cuerda floja, sentía que cada paso era una decisión, al mismo tiempo que un riesgo al vacío. Venía de atrás, pero confiaba en lo que venía, intuyendo que el nuevo paso me libraría del riesgo. Conectar los puntos implicaba abrir los ojos para saber cuál era el camino adecuado, ya fuera una ruta visible y conocida o totalmente invisible, consciente de que no podía conectar los puntos mirando hacia delante; solo podía hacerlo echando la vista atrás, confiando que de algún modo se conectarían en el futuro, y siendo observadora del constante *stop* y *play* de la banda sonora de los días, que corta, impone, delinea, dibuja mapas, marca rutas, deshace nudos y acomoda el tiempo. Cada trazo en el camino, cada llanto, caída, éxito o fracaso tendría sentido más adelante, cuando al mirar atrás, comprendes que todo enlaza, que todo lo ocurrido tenía que ocurrir, porque de alguna forma somos mancos escultores, de un destino que nos es escurridizo.

Vivir con el latido prestado de la existencia, habiendo integrado en cada célula de mi ser que cada nuevo golpecito en el corazón podría ser una despedida, me ayudó a tomar las grandes decisiones de mi vida. No hay luces de neón que te muestren el camino, pero sí sutiles señales como el estudio de tu pasado, que te llevan a intuir hacia dónde va tu futuro. Una vez encuentras ese dulce espacio de intersección, la luz te ciega hasta el punto que ya nunca más verás a través de los ojos, ni desaprovecharás el presente como si te sobrara.

Todo parecía indicar que esa mañana era el comienzo de un día más, un día cualquiera. Eran las ocho de la mañana de un sábado impar, cuando el tren de la vida arrancaba para mí con destino al tiempo que lo devora todo. La luz matutina del otoño, despedazada en fragmentos, descansaba sus reflejos en la piel desnuda de Conan, aun dormida. Mi madre entreabrió la puerta de mi habitación lenta y sigilosamente, como dejando entrever que quería que la siguiera. Fue un chirriar adormecido, pero suficiente para que lo oyera. Me di la vuelta de inmediato y descubrí el asomar más cauteloso de su figura. Allí estaba ella, sonriente, tan salvaje, tan mi madre, regalándome curiosidad a pinceladas. Me despegué en silencio de las sábanas para ir tras las huellas de esa viajera cansada, pero apasionada, que me recordaba las nubes, firmes en su nómada transitar en el horizonte libre e infinito.

Ella se estremeció porque supo que él había pulsado la cuerda de la verdad. Aunque tal vez con su presencia le asaltaran recuerdos de su estancia en San Patricio, dejándole fisgonear en los oscuros rincones de la memoria, y desempolvando más de treinta años de sufrimiento.

Un golpe de aire arremolinó la tierra del jardín a su espalda. El viento insistía empujándole para que se apresurara al encuentro de aquel hombre, que sin duda alguna había estado esperando. La manera confiada y amigable con que mi madre se dirigió a él me desconcertó.

«Lo único que quizá traiga es más claridad. Pero no sé si estoy preparada para ello», pensé para mis adentros.

Mis ojos se deslizaron rápidos por sus caras, en busca de microexpresiones que me ayudaran a leer el lenguaje no verbal a falta de palabras.

—Prometí que te encontraría. Tienes buen aspecto. Me alegra que por fin te hayas reencontrado con tu hija —dijo al fin, dedicándome una duce y familiar mirada, como si me conociera de toda la vida.

—¿No piensas decírmelo? —indagó ella, sin desdibujar la sonrisa.

Él se puso pálido. Abrió la boca para decir algo, pero su paralizada garganta se negó a permitir dejar salir las palabras, como si fuera un pez bloqueado en un charco de agua.

—Hay gente que tiene que luchar con sus propios demonios, Amelia —respondió, tras unos segundos de silencio, como si cada vocablo fuera de importancia vital.

Aquello me sonó a algo turbio, como si fuera el mensajero del miedo, aunque me esforzaba en no suponer.

—Por suerte yo conozco a muchos ángeles. No te preocupes, «bata blanca» —le animó, poniendo la mano sobre su hombro.

Allí mismo, una vez dentro de la privacidad del cálido salón y sin formalidades, accedimos al tesoro que guardaba su mensaje. No sabría describir con qué magia se hechizó aquella conversación, pero enseguida comprendimos mucho de lo que hasta entonces había estado velado.

El «bata blanca» nos contó quiénes eran Ahmed y el padre Jambi, y por qué sus nombres aparecían en el libro de registro del psiquiátrico, como visitantes regulares de mi madre durante toda su estancia.

—¿Un religioso cristiano y un musulmán? —exclamé, incrédula y con cierta decepción.

—Todas las manzanas tienen su gusano, Rafaela —contestó el psiquiatra, a quien yo también empecé a llamar «bata blanca», como si ese fuese su nombre de bautismo.

—Lo que durante siglos fue una cortina de recelos, desconfianza y odio, que separaba a cristianos y musulmanes, les hizo unirse de alguna forma tras el hallazgo encontrado en la cripta de la remota iglesia. Tu madre suponía un peligro, alguien a quien había que silenciar y mantener alejada de la verdad a toda costa. San Patricio resultó ser la tapadera perfecta.

—¿Y el Padre Impío?, ¿cuál es su papel en todo esto? —preguntó mi madre como si el argentino fuera el libro de la sabiduría.

—Él es solo un peón en el tablero de las mentes diabólicas. Recibe instrucciones que sabe ejecutar con precisión por la cuenta que le trae. De forma inocente y casual reveló al obispo tu caso, y automáticamente le fueron asignadas las pautas a seguir, con la promesa de dirigir San Patricio si cumplía con su misión, que era obviamente perpetuar tu internamiento hasta el fin de tus días, aunque no conoce el fondo de los verdaderos intereses que encierra la decisión. El Padre Impío es tan solo un soldado a sueldo, y a quien se le cierra la boca y el corazón con poder. Desatender el alma para cuidar su cuerpo embarazado de los placeres mundanos, alimentando la codicia, parecen ser sus verdaderos votos. Tu caso se convirtió en su mayor obligación en el sagrado ministerio.

—Le he visto tantas veces ponerse de rodillas delante de la divinidad y humillarla, que no me sorprende lo que me dices —apuntó, con voz muy baja y desvanecida.

—¡Que Dios se lo pague como se merece! —dije, sintiendo como mis fosas nasales se dilataban aspirando el aire de la indignación y la rabia, al imaginar todo lo que ella y otras víctimas habían sufrido injustamente en aquel terrible lugar.

—Entonces, ¿ellos conocen la existencia de la Laguna Púrpura?

—Al parecer no tienen el mapa completo.

—¿Cómo has descubierto tanta información?

—Después de leer tu diario y darme cuenta de que pasaban cosas extrañas en San Patricio, me puse a investigar y a atar cabos ¡Ya sabes soy científico! —aclaró, acompañando un guiño con su amplia sonrisa—, necesitaba un enfoque lógico y sistemático de lo que estaba ocurriendo. Un par de semanas antes de tu huida, esperé en la recepción la llegada de los misteriosos visitantes, y después de poner en marcha mis habilidades de espionaje todo empezó a cobrar sentido.

—¿Espionaje?

—Sí, bueno, lo de analizar mentes llegó después de que me cansara de llevar una doble vida durante algunos años, y no pudiera compartir con nadie lo que realmente hacía como agente de inteligencia externa. Diría que siempre me gustó la excitación que genera saber cosas que la mayoría de la gente no sabe.

De todas formas, creo que no he podido evitar levantar algunas sospechas y ahora me vigilan.

—Contraespionaje —dije alarmada.

—¿Y ahora qué vas a hacer?

—Amelia, te gustará saber que he vuelto con mi mujer. No voy a poner en riesgo ahora a mi familia. Aquí termina mi misión. Nos marchamos del país para emprender una nueva vida esta misma tarde. Esto es todo lo que puedo decirte para salvaguardar también vuestra seguridad.

La despedida entre ellos fue con alegría, que es el material del que está hecha la esperanza. Ambos convencidos de que la misma razón que los había acercado, ahora separaba sus caminos. La historia de amor de mi madre inspiró al «bata blanca» a reconquistar el suyo, y él se convirtió en el ángel de su liberación. Un intercambio justo que siempre hace sonreír a las estrellas.

Aún estaba tratando de asimilar todo aquello, acompañado de un bol de cereales como desayuno, cuando sonó el teléfono, sobresaltándome. Era Jared. Me extrañó su llamada tan temprano. Dijo que tenía que verme. Cada vez que oía su voz me desestabilizaba. Un día era la mujer más feliz del mundo, arreglando maletas para irme con él a Jerusalén, y al otro día preparaba mi discurso para decirle que amaba a Conan y que nunca volvería a su lado.

—Hola mi vida. Tengo noticitas sobre la botella. Es importante que nos veamos de inmediato.

En cierto modo me sentía culpable solo permitiendo a mis oídos escuchar un saludo cariñoso que no saliera de los labios de Conan. Traté de focalizar mi mente en la botella y avanzar con su misterio.

—Te espero en la recepción del salón de baile en una hora —dijo, colgando el teléfono, y sin apenas darme tiempo para confirmar la cita.

Giré la perilla del grifo de la ducha y sin esperar que el agua caliente saliese, me di la ducha más rápida de mi vida. No hubo transición a tibia o caliente. La cascada de agua helada sofocaba mi corazón ardiente y apenas sentí el impacto de la temperatura. Me puse unas mallas elásticas color azul turquesa, un top ajustado de manga larga, también azul, y unas zapatillas de deporte, recogiéndome el pelo en una cola de caballo y rematé con una gorra deportiva de esas que siempre te dan un toque. Me despedí de mi madre con un breve «voy a correr para despejarme». Por si acaso me estaban observando, hice unos estiramientos como hubiera hecho cualquier corredor habitual. Seguidamente salí corriendo, avanzando en círculos para confundir a cualquiera que intentara averiguar cuál era la dirección que había tomado. Después de siete kilómetros de carrera, hice un esprint a toda velocidad hasta que llegué a la puerta de la academia de baile. Jared ya estaba esperándome allí.

—Rafaela, no te esperaba tan pronto… ¡No sabía que estabas en tan buena forma!

—¿Qué pasa?, ¿qué has descubierto? —pregunté con voz cansada, tratando de recuperar el aliento.

Me llevó rápidamente al interior del edificio, y nos encerramos en una pequeña habitación donde guardaban todo el vestuario y los accesorios para las competiciones de tango anuales. En su semblante apareció una expresión de alarma.

—Este mapa ha sido objeto de deseo por muchos a lo largo de los tiempos. En el pasado muchas expediciones confiaban en que triunfarían donde otros habían fracasado, gracias a la posesión de un invaluable pedazo de manuscrito con la ubicación de la famosa Laguna Púrpura, buscada desde tiempos inmemorables. Un mapa que solo una persona conocía y sabía interpretar, porque había sido dibujado por su padre, uno de los guardianes de una galaxia invisible a nuestros ojos y a nuestro conocimiento. Al parecer originariamente formada por una tribu de indios americanos que vivía en Estados Unidos, concretamente en lo que ahora conocemos como Montana. Una infructuosa búsqueda que ha costado la vida a algunas personas y billones de euros en investigación por parte de nuestra organización. Una organización arqueológica judía que se creó encubierta, con el propósito de averiguar la verdad. Según he podido recabar, el trozo de pergamino lo atesoran líderes cristianos y musulmanes. Lo que posees, Rafaela, es probablemente el mayor hallazgo de la humanidad de todos los tiempos. Todo lo que nos hemos preguntado y que jamás hemos podido constatar. Algo que no se haya en ninguno de los registros históricos que se conocen. Ese lugar contiene pruebas visibles del inicio de todo, del cosmos entero.

—Espera, espera… a ver si te sigo. ¿Estás diciendo que los seres de la galaxia de Elove son una civilización portentosa y originaria, y que nosotros los humanos llegamos aquí como fruto de una aventura única?

—Probablemente ellos sean la llave del futuro que nos espera, Rafaela. Seres tan extraordinariamente notables y con cualidades divinas que son capaces de explicar las leyes sobrenaturales. Leyendas, sagas y religiones han hablado de ellos de muchas maneras desde el principio de los tiempos. Cuentan la misma historia de formas diferentes, la historia de seres poderosos que llegaron de las estrellas. Ellos son la explicación de las primeras civilizaciones. Sus conocimientos han pasado de iniciados a iniciados durante decenas de miles de años. Son las ciencias ocultas de nuestra actualidad.

—Entonces, mi padre fue uno de esos iniciados que conocía y podía interpretar el mapa de la Laguna Púrpura, tal como mi madre me ha explicado.

—Es increíble, Rafaela, que seas hija de uno de esos seres. ¡No puedo creerlo! ¿Te das cuenta de lo que eso significa? Nuestra organización ha descubierto que hay un informe interno oculto al que llaman *Kura* y que recoge todo esto.

—¿Y qué dice el informe?

—No lo vas a poder creer, pero la recomendación es negarlo, ocultarlo en la medida que sea posible y si es necesario destruirlo. Su excusa es que la posible divulgación de la existencia de vida extraterrestre inteligente podría generar un caos social de tal magnitud, en el cual instituciones políticas, religiosas, creencias filosóficas, sistemas morales, hasta la misma estructura económica podrían verse resentidas, pudiendo sumir a la humanidad en una crisis de consecuencias imprevisibles.

»En nuestra organización judía existen arqueólogos, astrólogos, matemáticos, filósofos y científicos que llenan pizarras de cálculos matemáticos, teoremas geométricos, estructuras numéricas lógicas, y esquemas con líneas trazadas, que obedecen a patrones inteligentes que tienen un significado, y que podrían dar explicación a la forma en que el cosmos está constituido.

—*Wouuuu*, todo esto suena increíble, y yo soy parte de ello.

—Estoy convencido que esos seres existen y jamás se han ido, Rafaela. Todo está previsto e indica una fecha y justamente la fecha es ahora.

—¿Ahora? ¿Qué significa eso?

—No lo sé, pero parece que han dado con algo que se aproxima muy pronto. Una configuración astrológica que abre una puerta dimensional giratoria y gigantesca de manera aleatoria. Lo peor de todo es que hay quienes se empeñan en mantener a la raza humana fuera del conocimiento. El fenómeno se está dando, pero tenemos que comprenderlo. Están ocurriendo cosas asombrosas.

—¿Asombrosas como qué?

—Hemos descubierto que el patrón vibratorio de la Tierra está subiendo. Nuestro equipo de psicólogos ha descubierto un fenómeno que les está dejando perplejos. Al parecer, los niños que están naciendo en todas partes del mundo, cuando se les somete a un test de inteligencia están estadísticamente, y de una manera inexplicable, dando resultados mucho mayores que las generaciones anteriores.

—Bueno, como psicóloga puedo justificar eso, dado la increíble cantidad de estímulos que reciben hoy día, ordenadores, televisión, videojuegos...

—No me refiero solo a niños de países occidentales, Rafaela. Eso sucede en países en vías de desarrollo y también en países subdesarrollados. En algún sitio están pasando cosas muy raritas. Algo está sucediendo y creo que tú eres la clave.

—¿Yo? Tengo que hablar con mi madre y explicarle todo esto.

—¿Qué te hace pensar que ella no lo sabe? Tu madre es el único ser humano que ha estado allí, que ha conocido a tu padre y ha engendrado una hija de un ser de otra galaxia.

—Devuélveme la botella y el mapa, Jared. Acabo de tomar una decisión —le pedí rotunda.

—Pero… pensé que querías que viviéramos esta aventura juntos. ¿Sabes lo que esto significa para mí, para mi carrera y para mi pueblo?

—No quiero que hables de esto a tu organización, ni a nadie. Lo haré a mi manera. He comprendido que estamos aquí para cooperar en algo más grandioso que nosotros mismos. Esta puede que sea la última oportunidad que nos brinda un puente a una vida sin limitaciones, fuera de los deseos inmediatos de gente egoísta con sus necesidades siempre en expansión, donde nada es más importante que ser el número uno. Si alguna vez me has amado o como dices sigues haciéndolo, te pido que respetes esta decisión y olvides todo esto.

—Lo pensaré, si tu piensas también tu respuesta después de leer esta carta —dijo, metiendo una cuartilla de papel debajo de mi gorra, y robándome un beso, uno de esos ilegales que tienen mucho valor en el mercado negro, porque a pesar de ser robado, sabes que te pertenece.

No pude reprimirme. Solo pensaba en detenerme y leer la nota. Me detuve a medio camino, apoyando mi espalda sobre uno de los ancianos robles, que habitaban el recién lavado parque por una lluvia fresca y fina, que caía desde hacía días indiscriminadamente sobre las calles de Granada, apenas perceptible, pero constante e intermitente, como un auspicio de que mi alma necesitaba una profunda limpieza. Fui deslizándome lentamente hacia el suelo, sintiendo la rugosidad de la corteza contra mi espalda, hasta caer sentada en la humedad vivificante de la tierra. Desplegué el frágil papel, que parecía estar aun vivo entre mis manos, sintiendo todavía el calor de las palabras recién paridas, que a borbotones se esforzaban por alinearse, igual que una banda de música en un desfile. Le eché la culpa a la carrera y no a la emoción del galope de mi pequeño músculo, que se agitaba como una coctelera, mezclando pensamientos, deseos, sentimientos y recuerdos. El resultado acabó más pareciéndose a un cóctel molotov, que a una refrescante caipiriña. Eran tan solo unas pocas líneas, pero suficientemente claras como para ponerme en jaque.

Rafaela, mi amor:

Mi vuelo es el MVRT7 con destino a Ben Gurión, Israel. Regreso mañana a las dos y cuarto de la tarde. He comprado un billete para ti que llevaré conmigo. Este es un billete a la felicidad. A un mundo nuevo solo para nosotros dos. Si me dejas, reinvento el universo a tu medida. Si aceptas, me olvido de la botella y el mapa y de todo lo que no sean tus ojos clavados en los míos. Si no te veo en el aeropuerto, solo me quedará seguir persiguiendo el sueño que me trajo hasta tu ciudad, utilizando este mapa que no ha podido llevarme hasta ti, pero que guiará a mi pueblo hasta la verdad. Estaré junto a la ventana, imaginando tu cuerpo.

Te amo,
Jared

Deslicé un dedo sobre las letras e intenté visualizar a Jared mientras las escribía. ¿Lloraría igual que lo hago yo ahora? ¡Menudo chantajista! —pensé, dos segundos más tarde de aquella pregunta retórica, sintiéndome la protagonista de una novela que bien podría titularse «chantaje o seducción».

—¡Esto es de locos. No puedo creerlo! —me repetía, sin poder dejar de leer la misiva.

Nerviosa, emocionada, le conté a mi madre con todo detalle lo que sabía. En esta ocasión, añadiendo el condimento de mi cacao amoroso, y como después de haber sobrevivido a un pasado sentimental traumático, ahora volvía a estar enamorada de ese mismo hombre, o al menos navegaba en un fuerte mar de dudas que me hacían perder el rumbo. Ella pareció no sorprenderse. Mi mejor refugio siempre fueron sus abrazos, tal vez por eso me recogieron en aquel instante, y sentí la misma sensación que cuando era niña y me decía que los abrazos venían de las estrellas.

—Quiero ir a Montana, mamá, la tierra de mis antepasados. Algo me dice que es el camino perfecto para poner en orden mi cabeza y mi vida. Me gustaría que vinieras conmigo. Esta es una aventura que tenemos que vivir juntas.

Sus ojos danzaron cuando me miró, como si su brillo saliera de la alquimia más delirante.

—Hace mucho que te esperan, y por fin estás lista. No sabes cuánto he deseado que llegara este momento, Rafaela —respondió entusiasmada.

—Pero ya no tenemos el mapa —confesé con culpabilidad.

—Le entregué a tu abuela una copia exacta del mapa original que Elsu reprodujo durante nuestro viaje a la Laguna Púrpura. Quise que estuviera a buen recaudo por si algo me ocurría. Le pedí que lo protegiera con su propia vida.

—He removido la casa muchas veces, y nunca he encontrado nada. ¿Crees que Belly lo conservaría?

—Nunca supe si creyó mi historia o murió pensando que su hija había perdido la cordura. Probablemente el hecho de que no lo conservara es definitivamente la prueba de la segunda opción —dedujo, con los ojos entornados y la voz apenada.

—Necesitamos definitivamente ese mapa —dije, envuelta en una de esas emociones desbocadas que últimamente me costaba controlar.

—Confía en que algo va a ocurrir, Rafaela. Siempre ocurre. Tu padre me enseñó a creer que todo es posible, incluso cuando no sabemos cómo sucederá. Una vez has cumplido con tu parte, deja que el universo haga la suya, y asegúrate de que te encuentre con los brazos abiertos para recibirlo cuando llegue el momento. ¿Puedes confiar en un universo que crea flores?, entonces aprende a confiar en lo que está ocurriendo. Si hay silencio, déjalo aumentar, algo surgirá. Si hay tormenta, déjala rugir, se calmará —dijo, con una paz completa, que desconcertó mi desánimo inicial, una verdad inspiradora que anoté en mi libro «si no puedes, yo te ayudo».

Había recuperado a mi madre. Tenía el amor de dos hombres, que supuestamente bebían los vientos por mí. Por mis venas corría la sangre del mismísimo secreto de la creación. ¿No debería estar dando saltos de júbilo? Debería, pero en cambio, allí estaba yo cuestionándome el pasado y el futuro, desmenuzando minuciosamente mi presente en busca de la pieza que no encajaba. Una parte del pasado todavía me perseguía, aunque aceptaba la incuestionable realidad de que había sido demasiado ingenua en cuestiones del corazón. Pensaba que ya había dejado atrás esa etapa de mi vida con Jared, y que ya no habría más tonos grises y oscuros a mi alrededor. Superado el amargo trago, había llegado a percibir los tonos brillantes y vivaces de una nueva relación junto a Conan, y me había aferrado a ellos con ilusión. Pero ahora, aparecían flashes de colores que volvían a cegarme, mientras yo daba saltos acrobáticos al borde del deleite. Lo que pensaba que era pescado congelado, estaba más fresco que nunca.

Aquella noche Conan me había invitado a cenar. Dijo que íbamos a celebrar nuestro *Ikigai*, que además de ser el nombre de aquel escondido restaurante, en japonés significa «propósito de vida o la razón por la que vivir». Al llegar estábamos solos, y lo estuvimos hasta el final de la cena. Se trataba de una fusión *cool*, apta para gente viajada y adicta a lo último en gastronomía japonesa, y amigos de lo oriental. Un pequeño y acogedor lugar que no defraudaba, donde dominaba el orden y el silencio del minimalismo zen. La luz de la luna llegaba a todos los rincones, creando ese ambiente de calidez característico de la cultura nipona. Estaba decorado con lámparas de papel de arroz, láminas de peces colgadas en las paredes, una geisha de porcelana dentro de una urna, sillas de escay rojo, y un tatami de bambú, donde nos sirvieron un rico sake, acompañado de *nigiris* de atún con caballa macerada, y trufa rallada. ¡Mmmm mi perdición!

Me acordé de Esther porque el chef nos explicó que lo habían decorado siguiendo las claves del Feng Shui, con el propósito de crear equilibrio energético que llenara de calma a los visitantes. ¡Justo lo que necesitaba!

—Te veo triste. Pensé que estarías feliz por todo lo que estás viviendo —dijo Conan—. Su cara estaba tranquila como siempre, pero un destello apareció en sus ojos. Lo sé, chiquilla. Pero aun así no puedo dejar de quererte. Tengo la estúpida manía de parar mi vida por si llegas tarde —declaró, sin más explicación, con un tono resignado y conciliador. Le miré con desconfianza, pensando que tal vez estaría al tanto. Él siempre tenía un don especial para leerme, aun cuando no decía nada. Carraspeó y siguió hablando—. ¿Todavía tengo espacio en tu *Ikigai*?

Traté de escabullir la pregunta agazapando la mirada tras el pequeño bonsái que había en el centro de la mesa, concentrándome en sostener los palillos, que bailaban entre mis dedos nerviosos, como dos bailarinas borrachas.

Conan esperaba intrigado las palabras mágicas, que todo enamorado quiere escuchar, mientras tomaba mis manos con dulzura, ayudándome a colocar los palillos en la posición correcta.

—Recuerda que los palillos no deben entrar en contacto con la boca. Se considera de mala educación chupar o morder el extremo de los utensilios. No se debe pinchar la comida con ellos, y nunca permitas que queden cruzados sobre la mesa, el plato o el reposa palillos. Es un símbolo de muerte, intenta que queden paralelos. Parece fácil —continuó— cientos de millones de personas lo hacen cada día. Pero cuando te enfrentas por primera vez al reto, te das cuenta que tiene su truco.

—Sí, nunca pensé que para comer con palillos había que hacer un máster.

—Me refiero a algunas situaciones a las que la vida te enfrenta, chiquilla.

En ese momento pillé la indirecta. Lo sabía. No lo imaginaba. Había que carecer de todos los sentidos y no conocerme como él lo hacía, para no enterarse de aquello. No tenía pruebas, pero tampoco tenía dudas. Sentí que su comentario me dio la venia y decidí contarle todo, saliera el sol por donde quisiera. Si algo no soy, es cobarde. El tiempo se detuvo y mi mente se clavó en uno de mis recuerdos durante una de las competiciones de boxeo. Estaba prácticamente fuera de combate, cuando Conan se acercó a mí y me dijo: «Iris, si un huevo se rompe por la fuerza exterior, la vida termina, pero si se rompe por una fuerza interior, la vida comienza. Las cosas grandes comienzan siempre por el interior. Hay boxeadores que se ganan la vida perdiendo, pero tú no eres uno de ellos».

Me despertó de mis cavilaciones haciendo chasquear sus dedos delante de mí.

—¿En qué piensas?

—En que tienes razón. Me has enseñado mucho. Has sido mi mejor amigo, mi amante, mi entrenador de vida, mi todo. No me imagino mi vida sin ti.

—¿He sido? Sin secretos, ¿recuerdas?

Teníamos más cosas que nos unían de lo que pude imaginar, y eso nos hacía realmente especiales. Me sinceré con él, y le conté cómo me sentía. A fin de cuentas, siempre quise estar con alguien con quien poder hablar de cualquier cosa, y compartir mis pensamientos más íntimos. Me aventuré una vez más en ese difícil camino que es abrir tu corazón, exponiéndote a que alguien lo abrace, aceptándolo tal como es, o que lo rechace, decepcionado por la verdad.

Belly decía que a lo largo de la vida vamos a tener dos amores; uno nos romperá el corazón en mil pedazos, y el otro hará lo imposible por repararlo. La cuestión es que no sabía lo que quería. Me sentía arrastrada como una hoja al viento, incapaz de tomar una decisión. Uno me daba hogar, el otro vida. Uno era pasión desmedida, el otro mi guía. Uno me daba paz, el otro miedo. Estaba perdida entre dos amores. Un amor normal y un amor veneno. Un amor sensato y otro sediento. Con uno dormía, con el otro soñaba. Con uno vivía y por el otro moría.

Como era de esperar, aquella noche no pude pegar ojo. En un intento por escapar de mí misma me quedé flotando en la penumbra de la habitación. Añoré a Belly, y las noches en que se quedaba en vela escuchándome cuando tenía algún problema. Preparaba uno de esos tazones de loza antigua con chocolate, que tenía que rellenar constantemente cuando se enfriaba porque estaba tan absorta con mis preocupaciones que me olvidada de tomármelo. No le molestaba que le diera vueltas al puchero de mis lamentaciones una y otra vez. Siempre me escuchaba como si fuera la primera vez. Era mi paño de lágrimas. Ese retazo de tela con el que solo ella era capaz de hacer un vestido de novia. Miré el reloj. Faltaban cuatro minutos para las cuatro de la madrugada. Me dirigí a su habitación y me llevé las cartas, seguida por el humo blanco de los recuerdos. Leerla me haría sentir cerca de ella. Cerré los ojos y después de acariciar el fajo de cartas, saqué una al azar de entre las nueve restantes que me quedaban por leer, esperando que contuviera una de esas sabias respuestas que llegan en el momento adecuado. Una de esas luces que, aunque lejana, brilla lo suficiente como para adivinar el camino.

Mi querida Rafaela, mi niña linda:

Aquí podrás conocer más sobre tu origen, como te forjaste con amor, y te convertiste finalmente en el maravilloso y extraordinario ser que eres. Después de aquel caluroso doce de agosto, transcurrieron miles de vivencias, algunas tristes, pero la mayoría rebosantes de alegría y dicha. Ninguna de las mejores pudo nunca vencer la primera vez que vi a tu madre contigo entre sus brazos. Desde tu primer día fuiste su aliento y su fortaleza. Aun a veces como la embarcación agotada y rota, ella nunca se dejó caer sobre la orilla de sus días. Tenías una piel rosa casi púrpura y una mirada dorada que nos llamó la atención. Eras un bebé muy revoltoso. Desde que naciste tu madre descansaba menos, pero sonreía más. Eres mucho más que otro eslabón de la cadena de la vida. No negaré que al principio me sobrepasaron las circunstancias, pero nada excepcional llega de una forma tradicional. Ser tu abuela es uno de los mayores honores que me ha otorgado la vida. No te quepa duda de que fuiste la niña más deseada del mundo, y te cuidamos como a nuestro tesoro más grande. Nunca fuiste un error como me dijiste un día enojada, desde la torre de cristal de tu inocencia, sino el mayor de los aciertos. Tus padres pidieron un deseo y te hiciste realidad. Yo solo me ocupé de disfrutar de su regalo durante todos estos años, sabedora de que custodiaba no solo a mi nieta, sino también el futuro de la humanidad.

En el reverso de esta carta encontrarás algo que he conservado desde entonces. Algo que te pertenece y que prometí proteger. Estoy segura que cuando llegue a ti, será el momento perfecto para su libración.

Te quiero,
Belly

Di la vuelta a la carta de inmediato, y allí estaba el mapa. Era como si mis deseos se hubieran convertido rápidamente en el centro del universo. Tal como mi madre vaticinó: las cosas pasan cuando tienen que pasar. Ni tarde, ni temprano. Simplemente llegan en el momento justo. Aunque nos empeñemos en sacudir con fuerza el reloj de arena, cada grano caerá a su tiempo. Abrí los ojos como el peregrino a quien el relámpago fugaz ha mostrado el camino. Un hormigueo recorrió los poros de mi piel al imaginar la cara resplandeciente de felicidad de mi madre, al saber que su secreto había sido guardado celosamente por Belly. Un secreto que hundía sus raíces en un lejano pasado, y que ahora volvía al umbral de la consciencia. Llené mis pulmones de aire con un profundo y lento respirar. Probablemente, aquel era el olor de la magia. Los pensamientos se atropellaban los unos a los otros, como empujándose hacia esa puerta que acababa de abrirse ante mí.

Tardamos dos días en organizar el viaje y pisar Montana. Cuando llegamos, un vendaval soplaba desde hacía tres días, llevando nieve y partículas de hielo por doquier, pintando de blanco aquel vasto territorio abierto, medio salvaje, medio indómito, medio inhóspito. Los hombres de las nieves no supieron responder. Allí en las cumbres no conocían el paradero de ninguna tribu que se asemejara a nuestras descripciones.

—Hoy, el país del cielo grande ya no alberga pueblos indios como esos, ni bisontes —nos aseguró uno de ellos, que montaba un caballo negro con la crin y la cola rubias, y que era tan guapo como el mismísimo Kevin Kostner en la serie *Yellowstone*, amo y señor del rancho más grande de USA en Montana.

Descendimos a las praderas con el corazón encharcado en la duda. Los días transcurrieron repletos de desaliento, pero con el ánimo encendido. Convivimos con viejos hechiceros, pero sus dioses eran de caña y fuego. Decidimos dejarnos llevar por la perfección del momento, y del gran Oeste de Estados Unidos, que nos ofrecía en bandeja la oportunidad de vernos reflejadas en lagos alpinos, disfrutar la una de la otra en largas caminatas, a través de las ondulantes llanuras, y contemplar la vida silvestre que nos acogía como hijas pródigas.

Una nueva senda rodeada de un pasto alto y amarillo, abierta por azar, descubrió el más luminoso y desconcertante de los paisajes, después de diez días de marcha. Allí mi cuerpo era pasado, presente y futuro.

—Este es el lugar —le dije a mi madre, adelantándome a sus pasos—, he estado aquí muchas veces en mis sueños, envuelta en el lento y dorado balanceo de estas mieses.

Un hombre de pelo largo y piel oscura surgió tras una luz brillante, como las mil caras de un diamante. Una presencia dotada de la más pura de las naturalezas. Me resultaba tan familiar el color de su sonrisa… Apareció con una actitud de saludo, con el brazo derecho en alto. Se acercó a nosotras y nos abrazó con un amor inmensurable. No hicieron falta palabras.

Conocí a Elsu, mi padre, a través de su pueblo, de su tierra, de las historias que Wakanda me contaba cada día durante el tiempo que permanecimos en aquel lugar rodeado de montañas. Mi mirada secuestrada por la sorpresa, se perdía en las alturas de las cumbres y el vuelo de las águilas y los halcones. Al anochecer, alzaba la mirada a las estrellas, y me preguntaba cuántos desde allí observaban.

Vi como los niños mojaban sus manos en la luz de la nieve, animados por los adultos para que dejaran escapar el alma de la mano de los sueños. Aquellos rostros, a los que nunca había visto, me resultaban cercanos, abriendo ante mí el templo del conocimiento. Sentía el milagro del regreso a mi hogar, a mi verdadero hogar. Descubrí mi por qué, y por primera vez escuché la voz de Elsu, diciéndome *The Layet Mai. The Mai Layet*, rodeando con fuerza mi tobillo tatuado con su mano, dejándome saber que el espíritu siempre continúa. Puede que nunca lo pruebe, pero sé que es verdad, y tengo que intentarlo. Está perfectamente claro, ahora que he descubierto el significado de todo.

Sé que el conocimiento, el gran conocimiento, puede estar a años luz de la sabiduría experta. Wakanda me preparó con el deseo de que alcanzara la máxima perfección. Con la autorización de los guardianes de la galaxia Elove, adquirí la experiencia y acepté el legado de ser quien era. Mi memoria perpetua no me haría olvidar que unirme a un hombre a partir de ahora pondría en riesgo el futuro de la humanidad. Como iniciada híbrida, fruto de un ser humano y un ser de la galaxia Elove, no podría nunca más enamorarme ni tener relaciones con ningún hombre. Incumplir ese juramento podría hacerme desaparecer en el firmamento en forma de polvo de estrellas, como le ocurrió a mi padre. Fue solo entonces cuando entendí la fuerza del amor que me hizo existir. El sacrificio y el alto coste que mis padres pagaron por ser quienes eran, y por amarse como lo hicieron. ¿Qué si podía elegir? Por su puesto. Siempre se puede elegir. Pero decidir ser quien eres es siempre la mejor opción.

Ahora que estaba en el espacio, no había fuerza alguna que pudiera impedirme flotar eternamente entre las estrellas. No necesitaba más que el inagotable combustible de mi destino, que me hizo caer como un dardo en aquel nuevo mundo. Una obra tan magistral e inmutable que ningún ser pensante podría siquiera imaginar. Mi voz ya no vacilaba contradiciendo todo lo que creía saber. Cerré los ojos sin hacer caso al frío y me concentré en la oscuridad que se ocultaba tras mis párpados. Era como salir de un mundo subterráneo, poblado de topos grises y ciegos, que jamás conocieron otra existencia que la de sus propias madrigueras. Una raza colonizada de topos, cuya vida siempre transcurrió en la más absoluta oscuridad, como el hábitat lógico y natural. Alejados del conocimiento, cuya luz era considerada fruto de la locura, la fantasía y la ciencia ficción. Un mundo minúsculo donde no había espacio para la verdad, y donde el más mínimo intento de abrir los ojos era dinamitado, siempre dentro de los límites y las fronteras establecidas.

Se estaba produciendo una especie de cambio invisible en mí, donde me veía a mí misma transformándome y preparada para recibir lo que el universo estaba a punto de entregarme. El espejo ya no me devolvía el aspecto con el que me había reconocido hasta ese momento. Había adquirido la capacidad de sentir las emociones de los demás como si fueran las mías propias, como mi padre. Una empatía ilimitada que me hacía sentir el peso de los miedos en cada uno de los pasos de quienes estaban asustados. Experimentaba los anhelos y los deseos de los enamorados. En ocasiones, mi cuerpo se incendiaba por la ira, a pesar de no estar furiosa. Me asaltaba la vergüenza y me sonrojaba como efecto de la humillación de otros a quien ni siquiera conocía. Al principio me costaba distinguir cuáles eran mis sentimientos, porque vivía inmersa en una especie de espiral emocional difícil de controlar. Una herencia que me abrumaba tanto como me acercaba a la verdad de quien era. Pero la herencia era justa. No basta con calzarse las botas de otro y comenzar a caminar. Lo que parece fácil acaba revelando tu torpeza, y la verdad de que nada resulta sencillo. Los consejos tan bien argumentados, salidos de la biblioteca de los sabelotodo, acaban reducidos a frustración. Los sueños de otros no son sino una quimera inalcanzable. Porque no somos nadie en las botas de los demás. Nos miramos al espejo y solo vemos un personaje a la deriva, inseguro y tambaleante metido en unas botas cuyo número siempre va a descuadrar con nuestros pies, viviendo en un planeta azul que nos pone colorados.

Mi madre decidió quedarse en Montana, donde yo la visitaba a menudo. Allí estaría a salvo y protegida por nuestra nueva familia. Como la gran viajera que siempre fue, me despidió diciéndome: «pobre del ser humano que tiene patria, porque su lugar es muy pequeño en el universo». Me gustaba imaginarla bañándose desnuda en un arroyo de montaña cristalina, o empapada en el esplendor de una puesta de sol en una noche tranquila, junto al espíritu de Elsu. Yo, con la ayuda de los guardianes de Elove, y el mapa actualizado de la Laguna Púrpura encontré el Templo de la Luz, en la zona estelar de Piscis, completando así la misión que mis padres no lograron, ya que la puerta se cerró antes de que pudieran llegar a su destino final. El mapa original al parecer tenía un error de cálculo, que Elsu descubrió y que le llevó a rehacer el mapa de nuevo. Me tranquilizó pensar que Jared y su organización nunca encontrarían la Laguna Púrpura, y que el secreto seguiría a salvo por siempre, hasta que la humanidad estuviese preparada para ello. Yo había sido la elegida para liderar el «Gran Trabajo». Los puntos se unían, ofreciéndome la imagen que por mucho tiempo había permanecido emborronada y difusa. Estoy preparada para contarle a mi mundo la grandeza de la realidad, y las cosas que sé que son verdad.

Banda sonora del libro

Dicen que con música la vida tiene más sentido. Nos hace sentir vivos y nos transporta a ese mundo mágico donde somos libres de ser y de sentir. Estas canciones han dado alma al universo de estas páginas. Tal vez hayan entrado por el oído, pero sin duda, se han quedado en el corazón de sus protagonistas, como las voces de los espíritus que nos conectan con el vuelo de la alegría, el encanto y la imaginación

«Esta tarde vi llover», Armando Manzanero

«I Will Survive», Gloria Gaynor

«Todos locos», Los Caligaris

«Cry to Me», Solomon Bruke

«En el Amor todo es empezar», Raffaella Carrà

«Volver a empezar», Pablo Alboran

«El lago de los Cisnes», Tchaikovsky

«Ateo», C. Tangana, Nathy Peluso

«Entre dos Amores», Ana Belén

«The Spirit Carries On», Dream Threater

«Ay mamá», Rigoberta Bandini

Acerca de la autora

Pilar López Cárdenas (Granada, España) es una inspiradora escritora internacional, reconocida en el mundo del *coaching* y desarrollo personal por su revolucionaria visión y sus transgresoras ideas. Actualmente vive a caballo entre España y Australia.

Durante los últimos veinticinco años, se ha entregado de modo entusiasta a su misión, contribuyendo en el nacimiento de un nuevo y mejor ser humano. Le gusta llamarse a sí misma «el despertador», y es lo que sin duda hace: despertar consciencias.

Colabora en diversos espacios de radio y lidera programas empresariales enfocados a potenciar el talento humano y la transformación interna. Es experta en procesos de cambios y en empoderamiento personal, y viaja con frecuencia como conferenciante motivacional, promoviendo el movimiento para una vida más feliz.

Mujer emprendedora, ha fundado varias organizaciones entre las que se encuentran la ONG House to Grow, desde donde apoya activamente a los colectivos más vulnerables.

Es además una gran y muy cercana comunicadora, una seductora de audiencias que atrapa la atención del público, llegando a sus mentes y conquistando corazones.

Entre sus obras se encuentra el libro de autoayuda *Como crear una vida maravillosa*, disponible también en inglés bajo el título *How to Create an Amazing Life*.

¿Te gustó este libro?

Comparte tu opinión
Pilar López Cardenas

Escríbenos
farfalle7@icloud.com

Contrata a Pilar para una conferencia, seminario o programa de desarrollo personal

www.ingramcontent.com/pod-product-compliance
Lightning Source LLC
Chambersburg PA
CBHW050027030726
47506CB00001B/153